손만 잡고 잘게

II

설이수 장편소설

연필

손만 잡고 잘게 2

펴낸날 2017년 5월 31일 초판 1쇄
지은이 설이수

펴낸이 차보현
편집 김보성 권진하 임민택
기획 방경록

펴낸곳 연필 | 에이치비(HB)
출판등록 제2015-000007호
주소 경기도 동두천시 동두천로111, 906호
전화 070-7566-7406 **팩스** 0303-3444-7406
bookhb.com

손만 잡고 잘게

I'll just hold your hand

설이수 장편소설

II

목차

봄뜻

　현실에서 느끼는 감각은 꿈과 확연하게 달랐다. 꿈속에서는 자각하는 것 자체가 힘들었지만, 깨어나는 순간 확실히 알아차릴 수 있었다.

　아, 이곳이 현실이구나.

　정신이 몽롱하게 부유하는 감각은 완전히 사라졌다. 그렇게 오랜 시간 꿈속에서 헤매었건만 이상하게 의식이 현실을 되찾는 건 순식간이었다. 여전히 몸은 모든 감각을 둔탁하게 받아들이는 것 같지만 말이다.

　얼마나 시간이 흘렀을까.

　정신보다 몸의 시간이 한 박자 느리게 흘러가는 것 같은 느낌은 한동안 계속되었다. 마르멜은 느릿하게 숨을 내뱉었다. 그리고 들이쉬었다. 살아 있었다. 여전히. 이곳에. 정말 질긴 목숨이구나 싶어 입가에 조소가 어렸다.

　하지만 잠에서 깨어나는 순간 절절하게 느껴졌던 원인 모를 통증이 사라져 있었다. 고통을 느낄 새가 없었다는 표현이 더 어울릴지도 몰랐다. 허무와 절망으로 텅 빈 마음이 짙은 호기심으로 가득 메워지기 시작했다.

짙은 호기심, 그리고 그보다 더 짙은 두려움. 그리고 괜찮아질 때까지 늘 곁에 있어 주겠다던 소니도르의 말까지 차례로 지나갔다.

바로 곁에서 고운 숨소리가 들렸다. 아주 가까운 곳에서 들리는 것 같았다. 그러니까 귓가에 대고 숨결을 뱉는 것처럼 가까운 곳이었다. 마르멜은 천천히 눈꺼풀을 들어 올렸다.

그와 동시에 바로 지척에서 들리던 숨소리도 불규칙적으로 변하기 시작했다. 몸을 살짝씩 뒤척이며 뱉는 고통 어린 투정 소리도 들렸다. 그는 안구에 갑작스럽게 밀어닥치는 빛 때문에 눈가를 찌푸렸다. 눈가에 맺힌 눈물 때문에 시야가 뿌옇게 흐려졌다. 그 와중에 무언가 주황색 털 뭉치가 아른거렸다. 시선을 사로잡는 가장 강렬한 색이었다.

털 뭉치가 외쳤다.

"멜. 멜……이 아니라! 태자 전하께서 깨어나셨어요!"

아주 시끄러웠다. 마르멜은 고막이 윙윙 울리는 것 같아 잠시 작게 신음을 흘렸다. 소리에 두드려 맞는 것 같았다. 깨어난 건 둘째 치고 좀 조용히 해 줬으면 좋겠다.

돌고래인가? 돌고래인 것 같다. 계속 저렇게 초음파를 터트리면 어쩌나 걱정했더니 다행히도 그녀의 비명은 거기서 끝이었다. 한순간에 조용해진 그녀는 마르멜의 눈가에 어린 눈물을 닦아 주었다. 동시에 따뜻한 온기가 느껴지던 심장에서 갑자기 무언가 옷 틈으로 재빨리 쓱 빠져나갔다.

음? 갑자기 심장 언저리가 싸늘하게 식자 그가 의아함을 느꼈으나 의문을 해결할 길은 없었다. 다시 한차례 소란스러움이 일었기 때문이다.

"의원님, 의원님 빨리요."

누군가가 그의 팔다리를 주무르기 시작했다. 작게 웅얼거리며 마법을 영창하는 익숙한 목소리도 들렸다. 마르멜은 평소에 사람을 목소리와 체격으로 구분했기 때문에 그가 누군지 단박에 알 수 있었다. 주치의 하기스였다.

하기스의 실력은 평소에도 인정하고 있는 바였다. 몇 번 눈을 깜빡이며 눈물을 흘리자 뿌옇게 흐려졌던 시야가 환하게 돌아오기 시작했다. 계속 희고 부드러운 손이 마르멜의 눈가와 볼을 연신 쓸었다. 여자는 '어어, 왜 우시는 거지?' '아프신가?' 하고 옆에서 쫑알쫑알 떠들어 댔다.

그냥 눈이 시려서 그래. 그는 무의식중에 눈앞에 아른거리는 손을 잡아챘다. 그녀의 손 때문에 그녀의 얼굴을 제대로 확인할 수가 없었다.

"전하?"

그리고 천천히 손을 내렸다.

검은 알갱이에 잡아먹힌 목 없는 사람이 아니었다. 새하얀 얼굴에 타오르는 불꽃만큼 강렬한 주홍빛 머리를 깔끔하게 틀어 올린 여자였다. 낯선 얼굴이지만 분명 익숙한 목소리였다.

감정이 온전히 드러나는 표정도, 투명할 정도로 맑은 연두색 눈동자도 그랬다. 마르멜은 몇 번이나 두 눈을 깜빡이며 눈앞에 있는 소니도르를 뜯어보았다.

여전히 주변은 무채색인 가운데 그녀만 다채로운 색으로 뚜렷하게 빛났다.

무슨 마법을 부린 걸까. 너만 보인다. 너 혼자 찬란했다.

마르멜이 손을 붙잡고 놓아주지 않은 채 빤히 쳐다보기만 하자, 그녀는 왠지 민망함을 느끼고 손을 빼내려고 했다. 하지만 그보다 마르멜이 반대 손으로 그녀의 뒤통수를 그러쥐는 게 더 빨랐다.

한 달 넘게 잠들어 있다가 막 깨어난 사람이라고는 믿을 수 없을 정도로 강한 힘이었다. 어쩌면 그만큼 필사적인 것 같기도 했다.

"어어?"

소니도르는 어리둥절한 소리를 내며 그가 당기는 대로 딸려 갔다.

—저주에 걸린 공주님을 깨우기 위해선 진실된 사랑의 키스가 필요하답니다.

뇌에 과부하가 걸린 그녀의 머릿속에 순간적으로 이런 문구가 떠올랐다. 아냐, 이건 너무 빨라! 그것도 침대 위에서! 하지만 마르멜은 입술을 맞붙이는 대신 그저 그녀의 머리를 틀어 묶은 머리끈을 풀어냈을 뿐이었다.

사르르 하고 결 좋은 머릿결이 흘러내릴 때 사용하는 의태어는 없었다. 단단히 틀어 올렸던 머리카락이 뭉텅이로 풀렸을 뿐이었다.

두 눈을 질끈 감았던 소니도르는 민망함 때문에 차마 눈을 뜰 수가 없었다.

"훨씬 낫군."

마르멜은 돌돌 말았다가 풀어내서 한층 더 굽실거리는 머리를 보고 만족스럽게 웃었다. 여전히 잠기운이 덜 풀려 지독하게 낮은 목소리였다.

소니도르는 귀신 산발을 하고 눈꺼풀을 닫은 채 그저 침묵했다. 온몸이 부드러운 털로 덮여 있는 걸 좋아하는 그는 머리 취향마저 남다른 모양이었다.

"……깨어나셔서 정말 다행입니다. 꿈 장인 소니도르라고 합니다."

"머리가 있어 다행이야."

"……."

"특이하게 생겼어."

순수한 감탄이었다. 이게 대체 몇 년 만에 마주한 인간의 얼굴인지 모르겠다. 저런 생김새의 인간은 처음이라는 뜻에서 한 말이었지만, 소니도르의 입장에서는 뜬금없이 시비를 거는 걸로밖에 들리지 않았다.

마르멜은 산홋빛을 띠는 그녀의 볼을 쿡 찔렀다. 홍조마저 사랑스러운 살아 있는 인간이었다.

"볼살만 통통하군. 다람쥐 같아."

"……인간은 다 다르게 생겼으니까요."

"동물도 자세히 보면 다 달라."

이 인간이! 또 시작된 동물 타령에 소니도르는 눈썹을 가늘게 떨었다.

"신기하네."

마르멜은 정말로 신기했는지 그녀의 볼만 쿡쿡 찔러 댔다. 호기심 어린 시선이 정말 생전 처음 보는 것을 발견한 어린아이 같았다. 소니도르는 그의 손가락이 닿을 때마다 고개를 이리저리 비틀며 끙끙대다가 울상을 지었다.

가뜩이나 꿈속에서 나와서 온몸이 다 비명을 지르고 난리인데 황태자까지 그녀를 괴롭혔다. 결국 보다 못한 테리가 다가와 소니도르의 양팔 사이에 손을 집어넣어 번쩍 들어 올렸다.

마르멜의 눈빛이 순식간에 차갑게 가라앉았다. 웬 처음 보는 옷차림에 호리호리한 체격을 가지고 있는 남자가 그녀를 멋대로 채 갔다. 누군지 짐작할 수 없는 데다가 신체까지 자유롭지 못해 그의 기분은 더욱 바닥을 쳤다.

그는 자신의 주치의를 향해 손가락을 까딱여 자신을 일으켜 세워 달라 명했다. 보통의 경우라면 함부로 움직여서는 안 되겠지만 마르멜은 꾸준히 마법으로 관리받은 상태였다. 하기스는 마르멜과 소니도르, 테리를 번갈아 쳐다보다가 의미심장한 웃음을 지으며 마르멜이 몸을 일으킬 수 있도록 부축해 주었다.

"그대는?"

"무례를 용서해 주십시오. 소니도르 님이 싫어하시는 것 같아서요."

"무례한 건 아는군."

"제가 배우지 못한 놈이라서요."

뭐 인마? 소니도르는 퉁명스럽게 대답하는 테리의 머리를 내리쳤다. 덕분에 테리는 그녀를 단번에 놓치고 욱신거리는 머리를 감싸 안을 수밖에 없었다. 소니도르는 허리와 다리를 잠시 짚으며 앓다가 겨우 몸을 추스르고 엄한 표정을 지었다.

"악, 진짜! 왜 때려요!"

"내가 널 어떻게 키웠는데 배우지 못한 놈이래? 빨리 예의 안 갖춰?"

"언제 소니도르 님이 절 키웠어요? 제가 자랐지."

"이놈이!"

찰싹찰싹. 소니도르는 테리의 등짝을 인정사정없이 내려쳤다.

뼈 빠지게 일해서 지금까지 먹여 주고 재워 주고 인간 구실 하게 만들었더니 저놈이! 이래서 머리 검은 짐승은 거두는 게 아니라고 했는데! 아이고, 아이고!

테리는 그녀의 정신없는 곡소리와 구타에 결국 짧았던 반항을 그만둘 수밖에 없었다.

그는 뚱한 표정으로 깍듯하게 고개를 숙이며 자신을 소개했다. 소니도르가 그의 뒤통수를 꾹 누르고 있었기 때문에 거의 반강제적인 인사였다.

"꿈 장인 소니도르 님의 조수 테리라고 합니다."

"그대가 예의 조수인 모양이군."

마르멜이 침대 헤드에 몸을 기댄 채 입가에 나른한 미소를 지어냈다. 눈과 입은 웃고 있는데 아무리 봐도 황태자를 상징하는 온화함하고는 거리가 멀었다. 기괴하게 비틀린 입이 누가 봐도 살기를 담고 있었다.

소니도르는 그런 그를 불안한 시선으로 살폈다. 당연히 가식적인 미소를 지으실 줄 알았는데 왜 갑자기 내숭을 다 집어치우신 건지 모르겠다.

설마 아직도 오락가락하시는 거 아니야? 만약 그게 사실이라면 지금이라도 다른 사람들을 이 방에서 쫓아내는 편이 좋을 것 같았다. 아무리 다 같이 황제에게 목숨을 위협받는 사이라고 해도, 마르멜의 본성이 들통 나면 일이 복잡해질 게 뻔했기 때문이었다.

'어쩌지. 전하께서 안정을 취해야 한다고 하고 다 내보낼까? 하지만 난 의원도 아닌데.'

소니도르가 영 엉뚱한 고민을 하는 사이에 마르멜이 그녀를 향해 손가락을 까딱이며 말했다.

"쏭."

오라는 건가? 그녀는 고개를 갸웃거리다가 그가 부르는 대로 쪼르르 달려가 그의 옆에 섰다. 그러자 마르멜이 굉장히 심기 불편한 말투로 입을 열었다. 목소리에 심술이 덕지덕지 붙어 있었다.

"왜 다 남자지?"

"네?"

"조수도 남자, 저기 서 있는 라이젤 가드도 남자, 의원도 남자로군."

소니도르의 표정도 덩달아 심각해졌다.

"그러고 보니 그러네요. 아무리 여성의 사회적 지위가 낮아도

14

요즘 같은 변혁의 시대에는 여성에게도 기회의 균등을……."

"……."

"……이거 아니에요?"

"됐다."

애초에 이곳에 남자들만 득실거리는 건 그녀의 탓이 아니었다. 마르멜은 괜한 소리를 했다며 앞머리를 쓸어 올리다가 곧 한숨을 내쉬며 고개를 절레절레 흔들었다.

소니도르는 그의 반응에 괜히 바보 취급을 당한 것 같아 찝찝해지고 말았다. 예전에 괜히 사무실에 쳐들어와서 여자는 집에서 밥이나 하라는 헛소리나 지껄이고 가는 진상이 생각나서 꺼낸 말이었는데. 그 진상은 그때 테리가 알아서 친히 사무소 창밖으로 던져 줬지만 말이다.

그럼 그게 아니라면 대체……. 거기까지 생각이 미쳤을 즈음에 마르멜이 목소리가 끼어들었다.

"또 멋대로 전하라고 부르면 혼낼 거다."

"어, 어떻게요?"

"글쎄."

"……멜. 늘 생각하지만 멜이라는 애칭 정말 예쁜 것 같아요."

정말 예쁜 이름이었다. 캐러멜처럼 혀에 달콤하게 감기고 말이다. 괜히 혼내 준다는 말에 겁을 먹은 소니도르가 고개를 마구 끄덕이며 말하자 마르멜이 입꼬리를 끌어 올렸다. 그는 그녀에게 더 가까이 다가오라는 듯 손짓을 했다.

"왜, 왜요."

설마 멜이라고 불러도 혼내 줄 생각인가! 그래도 황태자의 명을 어길 수는 없어서 그녀가 잔뜩 어깨를 움츠린 채 다가가자 그가 몽실몽실한 머리를 쓰다듬었다.

소니도르는 고개를 푹 숙인 채 그의 손이 정수리에 닿을 때마다 움찔 떨었다. 뭐지. 손길이 묘하게 익숙했다. 마치 꿈속에서 마르멜이 그녀의 털을 쓰다듬을 때처럼 말이다.

이거 아무리 생각해도 동물 취급인 것 같은데. 역시 이러려고 머리를 푸셨나!

마르멜과 소니도르가 둘만의 세계를 구축하고 있자 남은 사람들은 모두 혼란스러운 시선을 했다. 혼란은 혼란인데 다들 각각 표정이 달랐다.

하나는 불만으로 가득 찼고, 하나는 흥미진진해하고 있었으며, 하나는 그저 경악이었다. 크리스티안은 대체 이게 어떻게 돌아가는 상황인지 파악하지 못한 채 애써 무표정을 가장했다.

"경. 내 곁으로 오게."

마르멜은 허리를 숙인 채 그림처럼 서 있는 라이젤 가드에게 말을 걸었다. 라이젤 가드들은 전부 다 기사단 정복에, 심지어 체격마저 비슷비슷하게 거대했다. 그래서 머리가 보이지 않는 그에겐 누가 누군지 구분하기 힘들었다. 기사들의 종족 특성인지 있는 듯 없는 듯 과묵한 게 일반적이라 보통은 알은체하지 않지만 지금 같은 상황은 어쩔 수가 없었다.

라이젤 가드는 황제가 심어 놓은 충성스러운 개였으니까. 어디서 무슨 얘기를 어떻게 전할지 몰랐다.

"꿈 장인이 내게 폐하께서 주신 기간에 관해 얘기하던데. 정확히 얼마나 남았지?"

"사흘 남았습니다."

크리스티안 경이로군. 마르멜은 목소리와 어투로 단박에 상대를 파악했다.

그는 고개를 들어 보통 사람의 눈이 있을 만한 위치에 정확히 시선을 맞췄다. 그리고 사람의 인격이 돌변하기라도 한 것처럼 다정하고 인자한 미소를 머금었다.

"그렇군. 경도 수고가 많았다."

"아닙니다."

"내가 깨어났다고 고해도 좋아. 하지만 그 외의 모든 것은 내가 먼저 폐하께 알현하고 직접 전해 드리고 싶군. 일단 내가 몸을 추스를 동안만 함구 부탁해도 괜찮겠는가? 사흘이면 충분해."

"물론입니다."

"고마워. 역시 크리스티안 경밖에 없어."

마르멜의 붉은 눈동자가 둥글게 휘면서 도톰한 눈 밑 살이 도드라졌다. 부드러운 직선을 그리는 눈썹부터, 살짝 올라간 입꼬리, 볼에 파인 보조개까지 매력적이었다.

얼굴 근육 좀 움직인 거로 어쩜 저렇게 개미 한 마리도 못 죽일 것 같은 천사 미소가 되는지 모르겠다. 잘생기면 다 되는 건가? 아닌 것 같은데. 인체의 신비였다.

여전히 그의 옆에 서 있던 소니도르는 별 해괴한 광경을 다 본다 싶어서 입을 헤 벌린 채 그들을 응시했다.

그때 천사 같은 미소가 무색하게도, 마르멜의 얼굴이 마치 못 본 것이라도 본 양 순식간에 일그러졌다.

"대체……, 이곳 물건을 공수해 온 게 누구지?"

그가 바닥에 있는 호랑이 가죽 양탄자를 손가락으로 가리키며 말했다. 모두의 시선이 바닥으로 향했고, 대체 뭐가 문제인지 의아한 얼굴을 했다. 오로지 소니도르만이 낭패 어린 표정을 한 채로 이마를 짚었다.

살아 있는 동물 가죽. 마르멜이 발견하면 분명 기함할 거라고 생각하긴 했지만, 그동안 이것저것 정신이 없어서 치워 두는 걸 깜빡했다.

무심하기 짝이 없는 기사, 크리스티안이 호랑이 가죽을 흘 낏 응시하다가 이내 정중하게 고개를 숙이며 답했다.

"본궁으로 가는 길에 알아보겠습니다."

"부탁하겠네. 저 잔인한 걸 장식이라고 해 둔 자의 심미안에 심히 유감을 표하는 바로군."

그는 당장 양탄자를 내 눈앞에서 치워 달라 손짓했다. 마르멜의 눈에는 그게 일반 사람의 사체를 말려서 걸어 놓은 것과 별반 다를 바 없이 보였다.

한참 인상을 찌푸리고 있던 그는 크리스티안이 양탄자를 들고 방을 나가자 가까스로 미소를 지을 수 있었다. 그는 하기스와 테리를 향해 부드러운 목소리로 말했다.

"그럼 일단 잠시 다 나가 주겠나?"

그리고 직감적으로 이상한 낌새를 느끼고 슬슬 뒷걸음질을 치는 소니도르의 손목을 붙잡았다.

"그대만 남아."

황태자의 명으로 단둘이 남게 되었다. 전혀 예상하지 못한 상황이라 소니도르는 마르멜의 따가운 시선을 피해 눈동자를 이리 데굴 저리 데굴 굴렸다.

갑작스럽게 둘만 남아서 긴장이라도 한 것인지 옆머리를 타고 식은땀이 흘러내렸다. 왜 저렇게 얼굴을 집요할 정도로 빤히 쳐다보시는 거지. 부담스러웠다.

미남이 자신을 빤히 쳐다보는데 뺨이 저절로 붉어지는 건 어쩔 수 없었다. 그녀는 도저히 저 시선을 마주할 수가 없어 괜히 그의 어깨너머 벽만 하염없이 응시해야 했다.

설마 예뻐서 보는 건 아닐 것이다. 황궁에서 자란 마르멜은 아름답고 화려하게 치장한 수많은 황족, 귀족들만 보고 살아왔을 테니까 말이다.

하지만 그의 시선이 떨어질 생각을 하지 않자 소니도르는 괜한 기대감이 들었다. 혹시 취향의 얼굴이라든가. 그건 좀 아닌 것 같았지만, 하도 잘생기고 예쁜 사람들을 보다 보니 미의 기준치가 낮아졌다거나.

그 순간 그가 남겼던 몇 마디 말이 다시 뇌리에 스쳐 지나갔다.

'머리가 있어서 다행이야.'

'특이하게 생겼어.'

'신기하네.'

역시 이건가.

내가 그렇게 신기하게 생겼나. 소니도르는 차갑게 식은 눈빛으로 턱을 타고 흐르는 식은땀을 닦았다. 시선이 부담스러운 것도 있었지만, 능력을 사용한 후유증 때문에 가만히 버티고 서 있는 것도 힘들었다.

사실 이럴 땐 몸이 풀릴 때까지 안마를 받거나 어디 앉아 있어야 하는데 마르멜이 의원까지 쫓아내 버려서 그럴 수도 없었다. 다리는 계속 후들거렸다.

소니도르가 손목이 붙들린 채 이러지도 저러지도 못한 채 계속 식은땀만 닦았다. 마르멜은 그녀의 상태가 이상하다는 것을 알아차리고 물었다.

"왜 그러지?"

"원래 능력에 대한 제약이 있어서 꿈속에서 나오면 한동안 몸이 좀 아파요."

"아파? 어디가. 많이 아픈 건가?"

의원을 부를까? 그가 상당히 당황해서 되물었다. 소니도르는 사실 이 정도는 익숙한 편이었기에 굳이 나간 사람을 다시 부를 필요 없다며 고개를 저었다.

전에 마르멜의 꿈에서 억지로 쫓겨났을 때는 지금과는 비교도 할 수 없을 만큼 더 아팠다. 이 정도면 굉장히 양호한 수준이었다. 그냥 어디에 잠시 앉아 있는 것만으로 충분했다.

"사실 의원님이 오시면 정신 사나우니까요."

"누가 정신이 사납다고?"

마르멜은 전혀 알아듣지 못한 눈치였다.

"아, 모르시면 됐어요."

그러고 보니 황태자와 의원은 서로 내면을 숨긴다는 점에서 닮은 점이 있었다. 마르멜이 자신의 광기를 한계까지 꾹꾹 눌러 삼켰다면, 하기스는 자신의 변태력을 한계까지 꾹꾹 눌러 삼키는 쪽이었다.

소니도르는 거기까지 생각하고는 죄책감 어린 표정을 지었다. 변태 하기스와 비교하는 것조차 마르멜에게는 굉장히 미안한 일이었다.

그녀가 빨리 생각을 털어 내려 고개를 흔드는 사이에 마르멜의 시선은 소니도르의 발에 닿아 있었다. 대체 왜 저렇게 식은땀까지 흘려가며 후들거리는가 했더니, 그녀는 굽이 한 뼘도 더 되는 것 같은 키 높이 구두를 신고 있었다.

지금 발가락으로 서 있는 건가? 그는 미간을 좁히며 어이없다는 목소리를 했다.

"쏭."

"네?"

"계단에서 내려와."

"네? 계단요?"

"지금 한 칸 정도 올라가 있는 것 같은데."

전에 키 얘기에 예민하게 반응한다 했더니 콤플렉스라도 있는 모양이었다. 하지만 키를 높이는 것도 정도가 있지 마르멜은 저러다가 발이 꺾이지 않을까 걱정이었다. 그가 어서 벗으라는 듯 눈짓을 주자 그녀는 고개를 정신없이 휘저었다.

"아, 안 돼요. 저건 이미 저의 몸의 일부입니다!"

"내려올래, 아니면 내가 벗겨 줄까."

"아무리 그렇게 절 협박하셔도 이것은 제 자존심……, 꺄악!"

마르멜이 말없이 그녀를 자신이 기대앉아 있는 침대 위로 당겼다. 거칠진 않았지만 단호한 손길이었다. 뭘 입든 뭘 신든 상관은 없었지만 제 몸을 해치면서까지 신으려고 한다면 친히 벗겨 줄 의향이 넘쳤다.

제대로 서 있지도 못해서 다리를 후들거리는데 무슨 키 높이 구두란 말인가.

그는 그녀를 자신의 무릎 위에 앉혀 놓고 어깨너머로 손을 뻗어 구두의 끈을 풀었다. 그러자 소니도르가 속으로 비명을 지르며 버둥대기 시작했다.

"가만히 있어. 내 몸은 아직 성치 못하거든."

나른한 숨결과 함께 다정한 목소리가 귓가에 맴돌자 소니도르는 온몸을 뻣뻣하게 굳혔다. 그리고 그의 얼굴이 있는 반대쪽으로 기름칠이 덜 된 쇳덩이처럼 고개를 돌렸다. 끼긱, 끼긱. 숨을 쉬는 것조차 괴로워서 겨우 들이쉰 숨을 천천히 입으로 내뱉었다.

마르멜이 하는 짓은 꿈에서나 현실에서나 다를 바가 없었는데 이상하게 더 낯설었다. 꿈속에서는 자신이 동물이라는 전제하에 그의 거침없는 애정 표현을 받아들였는데, 지금은 대체 어떻게 반응해야 할지 알 수가 없었다.

괴로웠다. 소니도르는 지금 자신이 그를 의식하고 있지 않다고 속으로 계속 세뇌하듯 중얼거려야만 했다.

"알았어요. 제가 할게요."

"이미 다했는걸."

그가 부드러운 손길로 그녀의 검은색 구두를 벗겨 냈다. 반대쪽도 마찬가지였다. 자존심은 잃었지만 이제 심장 터질 일은 없겠다.

겨우 안도의 한숨을 내쉰 그녀가 그의 품 안에서 벗어나려고 하자 마르멜이 정수리를 꽉 잡아 눌렀다. 뀪. 놀란 그녀의 입에서 몸체가 억눌린 뱁새의 소리가 튀어나올 뻔했다.

"……."

갑자기 인정사정없이 머리를 붙들렸다. 인간이 되었다 한들 동물 다루듯이 하는 건 한 치도 다름이 없어 그녀는 갑자기 서러워졌다.

"멜…… 너무 행동이 거칠어요. 그냥 일어나지 말라 말로 해 주면 안 될까요."

"미안하군. 나도 모르게 다급해져서."

동물 아니라고 무시할 줄 알았는데, 그는 순순히 사과하며 자신의 잘못을 인정했다. 그 말을 듣고 소니도르는 자신의 확신에 더욱 확신을 더 보탤 뿐이었다.

이렇게 친절하시고 다정하신 걸 보니 역시 아직도 나를 동물로 보고 있는 게 틀림없다. 그녀는 자신의 정수리에 올라와 있는 마르멜의 손을 떼어 내려고 끙끙거리면서 말했다.

"제가 계속 동물의 모습을 하고 있었으니 받아들이기 힘드시겠지만 저는 인간 여성이랍니다."

"그런데?"

"왜 자꾸 저를 침대 위에 앉히시는 거죠! 벗어나게 해 주시죠!"

"흐음."

그는 그녀의 풍성한 머리카락을 만지작거리며 잠시 불만 어린 소리를 냈다.

"내 옆에서 계속 날 끌어안고 있었다며?"

괜히 뜨끔해진 소니도르가 잠시 어깨를 움찔 떨었다. 죄송해요, 전하. 사실은 그냥 안고 있던 것뿐만 아니라 본의 아니게 여기저기 더듬고 말았어요.

괜히 꼬투리를 잡힐 것 같으니 이건 아무래도 영원히 비밀로 해야 할 듯싶었다.

"……그건 의료 행위였어요. 꿈속에 들어가기 위해선 어쩔 수 없었다고요."

"그럼 계속 옆에 있어. 온기에 익숙해져서 네가 없으면 이제 추우니까."

마르멜이 자신의 옆자리를 가리켰다. 고질병인 수족 냉증과 저체온증인 몸이 체온이 높은 그녀의 옆에 있으면 그나마 훈훈한 열기로 데워지는 기분이었다. 그 증거로 그가 꿈속에서 소니도르와 있는 동안에는 딱히 큰 추위를 느끼지 못했다.

그가 말했다.

"이것도 일종의 의료 행위 아닌가?"

억지가 따로 없었지만, 그의 무릎 위에 계속 앉아 있는 것보다는 심장에 덜 해로웠기 때문에 소니도르는 그가 시키는 대로 냉큼 옆으로 가 앉았다.

그녀는 한결 편해진 발가락을 꼼지락거리다가 괜히 말려 올라간 치맛자락을 내리거나 머리를 만지작거리면서 부산스럽게 굴었다. 그동안 황궁에 처음 올 때를 제외하곤 옷매무새 같

24

은 건 한 번도 신경 쓴 적 없으면서 말이다.

역시 의식하고 있잖아! 그녀는 비명을 꾹 삼키며 어색한 분위기를 타개하고자 입을 열었다.

"그런데 다들 왜 나가라고 한 거예요?"

마르멜은 말없이 눈가를 접어 내리며 웃다가 답했다.

"너 오래 보려고."

"엥?"

"네가 그랬잖아. 네 본모습을 보고도 좋아할 수 있겠냐고."

그녀가 인간의 모습을 한 건 처음 봐서 그런 건지, 아예 인간의 얼굴을 아주 오랜만에 봐서 그런 건지. 첫눈에 반한다는 기적은 찾아오지 않았다. 그래도 나쁘지 않은 기분이었다.

아직은 네가 유일하기 때문에 소중하다는 감정에 더 가까운 것 같지만. 소중하기 때문에 유일했으면 좋겠다. 살랑살랑 내리는 봄비에 저도 모르는 새 흠뻑 젖을 때까지 곁에 두고 지켜보고 싶었다. 언젠가 어둠이 저 얼굴마저 삼켜 버린다 해도 떠올릴 수 있도록, 완전히 각인될 때까지 자주 보고 오래 보고 싶었다.

……라고 말하면 역시 겁먹으려나.

마르멜은 무채색의 세계에서 홀로 빛나는 소니도르를 보았다.

"아직은 잘 모르겠거든. 내가 누굴 좋아했던 적이 있었나 싶을 정도로 가물가물하고. 누굴 좋아했던 감정이 진심이었는지, 아니면 나조차도 속였던 건지 헷갈리고."

그는 그렇게 말을 이으며 고개를 기울인 채 다시 그녀를 빤히 응시했다. 야하게 접힌 눈매 사이로 붉은 눈동자가 형형하게 빛났다. 그가 무릎을 세우자 그의 몸에 덮여 있던 얇은 이불이 스르르 흘러내렸다.

"그래서 너 좋아질 때까지 오래 보려고."

마르멜은 무릎 위에 팔꿈치를 괴고 그 위에 자신의 턱을 괬다. 나른하게 늘어져 있는 모습이 더없이 색정적이었다. 잠시 그렇게 가만히 웃고 있던 그는 이리 오라는 듯 그녀를 향해 손가락을 까딱였다.

소니도르가 굳은 채로 움직일 생각을 하지 않자 결국 먼저 움직인 건 마르멜 쪽이었다. 그는 애가 탈 정도로 천천히 느긋하게 손을 뻗어 앞으로 흘러나온 그녀의 옆머리를 귀 뒤로 넘겨 주었다.

소니도르는 숨을 멈추며 두 눈을 질끈 감았다. 그의 손끝이 닿는 곳마다 이상하게 간질간질했다. 능력을 사용한 후유증은 이미 느껴지지 않은 지 오래였다.

온몸을 괴롭히던 고통이 씻은 듯이 날아갔다는 의미에서 본다면 이건 정말 마르멜이 말했던 대로 의료 행위일지도 몰랐다. 대신 심장은 남아나지 않을 정도로 뛰어 댔지만 말이다.

"이리 온. 더 자세히 보고 싶으니."

그는 눈을 뜰 생각을 하지 않는 그녀의 볼을 살짝 꼬집으면서 말했다.

❧

아무도 믿지 않겠지만, 사실 하기스는 20년 전 현자이자 대마법사 돌리오스의 제자였다.

　그때 그의 나이 여덟 살로 하는 일이라곤 청소나 빨래뿐이었으니, 제자라기보단 종살이에 더 가깝긴 했다. 하지만 어린 나이에 마나를 운용할 수 있는 데다가 잠재력이 있었고 특출하게 발달한 혀 놀림으로 어떻게든 돌리오스의 연구실에 들락날락하는 게 가능해졌다. 하기스는 그곳에서 몇 년간 대마법사의 연구물을 몰래 슬쩍슬쩍 훔쳐보고는 했다.

　그의 어린 날의 꿈은 마탑에 들어가 이름깨나 날리는 마법사가 되는 것이었다. 하지만 늙은 마법사 돌리오스는 하기스에게 마법을 가르쳐 줄 생각이 전혀 없었다. 잠재력은 있었으나 훗날 제국에 크게 이바지할 정도로 뛰어나 보이지 않는다는 이유에서였다. 마법사는 최고가 아니라면 키워 낼 생각이 없다고 말했다. 거의 7년에 가깝게 종살이를 한 하기스는 어이가 없었다.

　마법사가 되고 싶다는 꿈에 회의감을 느낄 때쯤 우연히 치료 마법에 재능이 있다는 걸 깨치고, 그는 치료 마법서를 훔쳐서 달아났다. 그리고 의원의 밑으로 들어가 의료술을 배웠다. 천직이었는지 실력은 하루가 다르게 일취월장했다.

　그것이 하기스가 스물여덟이라는 젊은 나이에 황실 의원이 된 배경이었다. 사실 본인도 의료술에 재능이 없었다 하더라도 어떻게든 먹고 살지 않았을까 생각했다. 사기꾼이라든가. 상인이 되어도 장사 수완이 있지 않았을까 싶기도 하고.

　하기스는 지금 당장 황궁에서 쫓겨나거나 의원의 자격을 박탈당한다고 해도 별 미련이 없었다. 재산을 다 몰수당해도 악착같이 살아남을 자신이 있었다. 하지만 기회조차 주지 않고 가차 없이 죽을 운명이라는 건 너무하지 않은가. 어떻게든 살아남을 기회가 있을 텐데.

마르멜의 명령으로 쫓겨난 크리스티안, 테리, 그리고 하기스는 끝없이 이어진 지하 통로를 걸었다. 하기스는 크리스티안의 뒤를 따라 걸으면서 잠시 깊은 생각에 잠겨 있었다. 역시 죽으려나. 너무 많은 것을 알아 버렸다. 죽으면 죽는 대로 어쩔 수 없다고 생각했는데 역시 막상 죽으려니 억울하기 짝이 없다.

죽기 전에 그동안 참고 하지 못했던 것 중 뭐라도 하나 더 해 보고 싶은데. 죽어도 미련 없을 정도라면 역시 광장에서 스트립쇼를 벌인 뒤, 알몸으로 말을 타고 황궁까지 달려서 황궁 앞에서 폐하는 통쟁이라고 외쳤다가 모독죄로 직접 사살당하는 정도인가. 그것도 뭔가 모자란 것 같았다.

세상에 얼마나 할 수 있는 것들이 많은데. 역시 죽는다면 좀 더 화려하게…….

하기스가 곰곰이 생각에 빠진 사이 그들은 어느새 어느 방 앞에 다다랐다.

기사는 조수와 의원을 방 안으로 밀어 넣고 너희에게 폐하의 처분이 내려질 때까지 여기서 대기하라는 말만 남겨 놓고 떠났다. 황제에게 마르멜이 깨어났다는 것을 알리고, 그 예의 양탄자를 공수해 온 자를 알아보기 위해서였다.

문은 어느새 마법을 사용해 없애 버린 뒤였다. 말이 대기지 결국 감금이었다.

하기스는 볼을 긁적이다가 테리를 돌아보며 히죽 웃었다.

"드디어 역사가 시작되는 건가?"

"갑자기 무슨 역사예요."

"남자와 여자가 새로 쓰는 역사라면 뭐가 있겠어? 하나와 하나를 더하면 셋. 창조 신화."

동그랗게 만 엄지와 검지 사이로 반대 손 검지가 들락날락했다. 하기스의 저질스러운 말과 손동작에 테리가 눈썹을 꿈틀거렸다. 이제 저 도발에는 절대 넘어가지 않겠다고 다짐하고 또 다짐했다. 하지만 그럴수록 수위는 점점 더 높아질 뿐이었다.

테리는 자신이 격한 반응을 보일수록 그가 더 즐거워한다는 걸 알고 있었지만, 이번에도 정신을 차려 보니 의원의 멱살을 틀어잡고 있었다.

이 변태 의원이!

하기스는 그가 발끈할수록 실실거리며 더욱 짙은 웃음을 지었다. 누가 봐도 놀리려는 의도가 가득한 얼굴이었다.

"절대 그런 사이 아니거든요? 절대. 아니라고."

"왜. 아직 새아빠는 받아들일 수 없어? 소니도르가 영원히 네 곁에 있길 바라? 아가, 어른의 사정도 좀 이해해 주련."

"패도 되죠? 당신 어차피 자가 치료가 가능하잖아요?"

"그건 그렇지만 너무 아프게 때리면 신음을 흘릴 테야. 흐윽 …… 흑. 하읏!"

"……."

더러워……. 역시 죽이는 게 좋겠다. 테리는 굳게 결심했으나 불행히도 근처에 검 같은 게 보이지 않았다. 장식용 검도 없었다.

지하만 아니었어도 창문 밖으로 던져 버리는 건데.

그는 치켜들었던 주먹을 내리고 멱살을 놓은 뒤 말없이 의원에게서 서서히 멀어졌다. 때리면 진짜 저 더러운 소리를 더 낼 것 같아서 차마 때릴 수도 없었다.

저런 인간이랑 단둘이 이런 곳에 갇혀 있어야 한다니. 그는 제 부스스한 갈색 머리를 쥐어뜯으며 구석에 기대어 앉았다. 마음 같아서는 벽을 뚫고 뛰쳐나가고 싶은 심정이었다. 게다가 하기스가 쓸데없는 소리까지 하는 바람에 심란하기 짝이 없었다.

소니도르는 말만 청산유수지 그런 쪽으로는 경험이 전혀 없어서 아무것도 모르는 둔한 곰이었다.

대체 왜 소니도르 님만 남으라고 한 거지? 무슨 꿍꿍이야. 설마 정말로 저 변태 의원의 말대로 황태자가 깨어나자마자 순진한 사람 붙잡고 그렇고 그런 짓을…… 아냐, 설마 막 깨어난 환자가 그럴 기운이 있겠어?

아니지. 의원이 계속 회복 마법을 퍼부어 줬으니 욕창이 생길 일은 없었고, 황태자가 잠들어 있는 방 전체에 클린 마법이 걸려 있었으니 어디 감염될 일도 없었다. 몸에 기운이 없고 좀 찌뿌둥한 것을 제외하면 무방비한 여자 한 명 제압하는 것쯤 일도 아닐지도 모른다.

괜히 쓸데없는 걱정만 더 늘었다.

"아 진짜, 이게 다 당신 때문이에요!"

"내가 뭘."

하기스는 어깨를 으쓱일 뿐 시치미를 뚝 떼며 얌전히 벽에 등을 기댔다. 평소처럼 몇 번 더 저질스러운 소리를 해 댈 줄 알았더니, 그것을 끝으로 더는 아무 말도 꺼내지 않았다. 대신 심각한 표정으로 생각에 잠겨 있을 뿐이었다.

그는 자신이 살아남을 길을 찾기 위해 맹렬하게 머리를 굴리고 있었다. 하지만 아무리 고민한다 한들 역시 생각나는 방법은 하나밖에 없었다.

크리스티안은 보통 황궁으로 갈 때 오랜 시간을 소비했다. 그 이유가 물론 따로 볼 일도 있었겠지만, 대부분 소니도르의 디저트를 챙겨 오기 위해서였다. 이제는 마르멜까지 깨어났으니 그가 먹을 수 있는 음식까지 따로 챙겨 오면 상당한 시간이 지체되지 않을까 싶었다.

기회가 있다면 바로 지금일 것이다. 하기스는 지금 자신이 결단을 내려야 할 때임을 직감적으로 느꼈다.

그는 고개를 들어 테리와 시선을 맞춘 뒤 갑자기 뜬금없이 이렇게 물었다.

"돌리오스는 죽었지. 그렇지?"

돌리오스? 테리는 어디선가 들어 본 것 같은 이름을 몇 번 되뇌다가 어렵지 않게 한 인물을 떠올릴 수 있었다. 현자이자 대마법사로 한때 대륙 전체에 위명을 떨치다가, 은퇴를 선언한 뒤로도 계속 연구를 하며 살다가 제 수명을 다하고 죽었다고 들었다.

그가 은퇴 후에 연구한 자료들은 전부 그가 죽은 뒤에 사라졌기 때문에, 그 가치를 알고 있는 이들이 아직도 찾으려고 혈안이 되어 있다고 했다.

"대마법사 돌리오스요? 갑자기 고인 이름은 왜 들먹입니까."

"티끌만큼 남은 양심과 내 목숨을 저울질 중이거든."

"뭔 소리를 하는 건지."

뭐 이상한 거라도 먹었나? 테리는 하기스를 의심스럽게 위아래로 훑으며 그와의 거리를 더욱 벌렸다. 하지만 탐탁지 않아 하면서도 할 말은 해야겠다고 생각했는지 오만상을 찌푸리며 이렇게 말했다.

"내 목숨이 달렸는데 양심이란 걸 따질 여유가 있으십니까?"

"우리 아가 차갑구나."

"누가 당신 애입니까!"

테리가 버럭 소리를 지르자 하기스는 유쾌하게 웃음을 터트렸다. 소년은 점점 더 똥 씹은 얼굴을 하면서 제 뒷머리를 벅벅 긁었다. 솔직히 왜 저런 말을 하는지조차 이해하지 못하겠다. 그렇게라도 하지 않으면 제 죄책감이 덜어지지 않을 것 같아서? 대체 저 변태 의원이 언제부터 그렇게 착하고 상냥했단 말인가.

"티끌은 개뿔. 양심 같은 거 있지도 않으면서. 어차피 있지도 않은 양심 따를 생각 없잖아요."

"그건 그렇지?"

영감님도 사람 하나 살렸다 생각하시라지. 작게 중얼거린 하기스는 입꼬리를 씨익 끌어 올리며 후후하고 웃었다. 고개를 흔들 때마다 찰랑거리는 걸 좋은 녹색 단발머리 사이로 언뜻 보석이 달린 귀걸이가 보였다.

그는 엉덩이를 탁탁 털고 일어나 벽을 짚으며 주문을 영창했다. 그러자 잠시 빛이 번쩍이더니 사라졌던 문이 다시 모습을 드러냈다.

테리는 잠시 이 상황을 이해하지 못하고 입을 벌렸다. 한참 그렇게 멍하니 서 있다가 하기스가 나무문을 옆으로 드르륵하고 열고 나서야 정신을 차리고 목소리를 높였다.

"이게 뭡니까? 당신 치료 마법만 사용할 수 있는 것 아니었어요?"

"나의 천부적인 다재다능함에 놀랐니?"

"또 뭔 헛소리야! 사용할 수 있으면 진작 말하든가요!"

"언제 어디서 써먹을 수 있을지 모르는데 내 패를 왜 쓸데없이 보여 주겠어, 아가."

하기스는 귀엽게 구는 테리를 보고 역시 애는 애라면서 웃음을 터트렸다. 그리고 따라올 테면 따라오고 겁먹었으면 아가는 여기서 기다리라는 말로 그를 도발한 뒤에 문밖을 나섰다.

테리는 저런 속 빤히 보이는 도발에는 절대 넘어가지 않으리라 각오를 다졌다. 그러나 발은 이미 멋대로 움직여 하기스의 옆을 나란히 걷고 있었다. 다른 건 몰라도 겁먹은 아기 취급은 절대 받고 싶지 않았기 때문이었다.

'망할…… 저런 망아지 같은…….'

그는 뚱한 얼굴로 의원을 쫓아갔다. 대체 어딜 가는 건지, 설마 이대로 도망이라도 가는 건가 싶었더니 아까 왔던 길을 그대로 되돌아가고 있었다. 마르멜과 소니도르가 있는 방으로 가는 모양이었다.

테리도 두 사람이 뭘 하고 있는지 걱정이 되었던 터라 마침 잘됐다고 생각하긴 했지만, 대체 왜 가는 건지는 이해할 수가 없었다.

가서 뭐 하려고? 목숨을 구할 방법이라도 찾았나? 돌리오스와 관련된?

찝찝하기 그지없었으나 이미 의도치 않게 한 배를 탄 몸이었다. 소년은 의문을 꾹 눌러 삼키며 대체 하기스가 뭘 하려는 건지 일단 가만히 지켜보기로 했다.

마법 실력을 숨긴 것부터 뭔가 미리 대비해 둔 모양인데, 그것 외에도 숨겨진 패가 더 있는지 궁금했기 때문이었다. 모두의 목숨을 살릴 정도의 '비장의 카드'가 있다면 저런 변태 의원이라도 의지해야지 어쩌겠는가.

어느새 그들은 다시 마르멜과 소니도르가 있는 방 앞까지 다가왔다. 하기스가 벽을 짚은 채 뭐라고 웅얼거리자 이젠 익숙하기 짝이 없는 돌문이 나타났다.

잠깐, 이걸 어떻게 열지? 그들은 잠시 말없이 서로 시선을 교환하다가 결국 한숨을 내쉬며 팔을 걷어붙일 수밖에 없었다. 두 남정네가 들러붙어서 낑낑댔더니 겨우 돌문이 움직이더니 방으로 내려가는 계단이 보였다.

"돌문 여는 마법은 없어요?"

"마법은 만능이 아니란다."

"신체 강화 마법이 있잖아요."

"그거 후유증 장난 아니라는 걸 모르는구나. 자연을 거스르는 모든 힘에는 대가가 따르는 법이지."

하기스는 잔말 말고 따라오라는 듯 테리에게 손짓했다. 그들이 계단을 밟고 내려오자 이제는 집보다 더 익숙해진 방 안 풍경이 펼쳐졌다.

설마 무슨 일이라도 있겠어, 하고 반신반의했던 테리는 그대로 굳어져 버리고 말았다. 침대 위에서 서로 마주 본 채 앉아 있는 두 남녀를 보았기 때문이었다. 소니도르가 능력을 사용할 때는 의료 행위라 우길 수라도 있었지 이건 빼도 박도 못했다.

대체 왜 침대 위에 있는 건데?!

마르멜의 얼굴이 마치 금방이라도 키스할 것처럼 소니도르에게 가까워졌다.

⚜

자세히 본다던 마르멜은 정말로 소니도르의 얼굴을 이곳저곳 샅샅이 뜯어보고 있었다. 얼굴에 난 솜털 개수까지 세어 낼 기세였다. 눈꺼풀이 파르르 떨렸다. 눈을 꾹 감은 채 뜰 생각은 하지도 않고 있어도 시선이 너무 강렬하게 느껴졌다. 그녀는 자신이 이대로 기절하거나 아예 동상이 되었으면 좋겠다고 생각했다.

유체 이탈. 유체 이탈은 어떻게 하는 거지? 잘하면 할 수 있을 것 같기도 했다. 호흡은 곤란했고 심장이 터져 죽기 직전이었으니까 말이다. 영혼이 이러다가 진짜로 육체를 이탈해 버리면 어쩌지 걱정이었다. 그것은 곧 죽음.

사, 사람 살려…… 살려 줘…….

"코끝에 점이 있네."

마르멜의 엄지손가락이 그녀의 콧방울을 닿을 듯 말 듯 둥글게 덧그렸다. 동시에 겨우겨우 붙들고 있었던 소니도르의 인내심이 뚝 하고 끊겼다.

으……, 아악! 악! 아아아악!!

살려 주세요. 그녀는 눈물을 삼키며 겨우 몸을 움직여 그의 손을 떼어 냈다. 마음 같아선 벌써 뿌리치고 도망가고도 남았는데 차마 몸에 힘도 없는 환자를 상대로 그럴 수는 없었다.

"메, 메, 멜. 제발, 제발 좀."

소니도르는 자신의 코를 움켜쥐고 고개와 함께 상체까지 뒤로 쭉 뺀 뒤 최대한 그에게서 멀리 떨어진 채로 말했다. 보지 마요! 보지 말라고! 이 쓸데없이 잘생긴 사람! 하고 외치고 싶은 것을 마음을 진정시키고 가라앉혀서 제법 이성적인 말을 뱉었다.

"절 좋아해서 뭐하시려고요?"

"흐음, 글쎄. 그건 나중에 내가 널 좋아하게 되면 물어봐."

"……그땐 이미 늦은 것 아니에요?"

소니도르가 아연한 목소리로 묻자 마르멜이 귀엽다는 듯 웃음을 터트리며 말했다.

"쏭은 뭔가를 하려고 누굴 좋아해? 그냥 내가 행복해지고 싶어서 그래."

그것참 이기적이면서도 동시에 애잔한 이유 때문이었다.

그녀가 어떻게 반응을 해야 할지 갈팡질팡하는 사이에 마르멜이 더욱 은밀한 목소리로 속삭였다.

"그거 알아? 교황은 사랑을 베풀 줄 알아야 비로소 신의 곁에 갈 자격이 주어진다시더군. 내가 지옥에 떨어지기 전에 그대가 구원해 주는 게 어때?"

장난기 가득한 마르멜의 얼굴이 다시 가까워지자 소니도르가 기겁하며 외쳤다.

"이거 어때요? 제 얼굴을 영상구로 찍어 내는 겁니다. 그리고 그걸 보세요."

"싫어."

"대체 왜!"

"그것도 보고 이것도 볼 거야."

정치인의 기본, 다다익선!

소니도르는 자신이 실수한 것을 깨닫고 크윽, 하고 낮게 신음을 흘렸다.

그녀의 제안을 거절하지 않고 냉큼 받아들인 마르멜은 어서 다시 오라는 시선을 보냈다. 게다가 이제는 눈도 떠 보라는 절대 무리인 제안까지 했다.

시, 싫어. 겨우 살아남았더니 이런 곳에서 이렇게 어이없이 죽을 순 없었다. 대체 왜 마르멜은 자신의 심장에 해로운 얼굴에 대한 자각이 없는 걸까. 대체 왜.

저 정도면 잘생겼다는 말은 물론 아름답다는 소리까지 아주 지겹게도 들었을 텐데 말이다.

소니도르는 더욱 고개를 뒤로 젖히며 말했다.

"멜이 심각하게 잘생겨서 부담스러워요."

"심각하게……? 칭찬인가?"

평소라면 칭찬이었겠지만 지금 이 순간만큼은 절절한 애원이었다. 제발 떨어져 주세요.

"멜도 생각해 보세요. 대륙 최고의 미녀가 멜의 코앞에 붙어서 얼굴을 빤히 응시하는데 멀쩡하겠어요? 기절하지 않는 게 다행이라고요."

"그 말은 내가 대륙 최고의 미남이라는 건가?"

"어…… 잘생기긴 했는데…… 미남보다는 미인 쪽에 더 가깝지 않을까요?"

"……미인?"

그렇다고 여성스럽게 생긴 건 아니었지만, 참 애매했다. 보통 미남 하면 이목구비 뚜렷하고 남자답게 시원시원하게 생긴 것을 떠올리니까 말이다.

마르멜도 이목구비 뚜렷하고 잘생기긴 했지만, 머리와 눈색 때문인지 신비롭고 몽환적인 이미지가 강했다. 또 어떨 땐 요요한 눈동자 때문에 퇴폐적이면서 동시에 색기 넘치기까지하고. 뭐라고 딱 짚어서 얘기하기 힘든 팔색조 같은 매력을 동시에 가지고 있으니 역시 미인 정도가 적당할 것 같았다.

하지만 마르멜은 소니도르의 말을 듣고 인상을 구겼다. 미남이 아닌 미인이라는 말이 불쾌한 모양이었다. 그녀는 자신이 혹시 말실수라도 한 걸까 싶어서 재빨리 수습하려 입술을 달싹였다.

멜은 세상에서 제일 잘생겼어요. 세젤잘. 하지만 그가 입을 여는 게 더 빨랐다.

"네 조수는 어떻게 생겼지?"

"조수요? 갑자기 그건 왜……."

소니도르가 의아한 목소리로 되물었지만, 마르멜은 말없이 대답만 종용했다. 아까 얼굴 봤으면서 어떻게 생겼는지는 왜 물으시지. 본인이 심각하게 잘생겨서 미에 대한 기준이 남다르신가? 그래서 객관적인 지표가 필요한 걸까? 그녀는 고개를 기울이며 생각에 잠겼다가 이내 떨떠름한 목소리로 답했다.

"테리는 음…… 귀엽죠. 그냥 그 나이 때 소년 같은…… 그런데 그걸 왜 물어보세요?"

"나랑 비교했을 때 누가 더 잘생겼지?"

"멜이 비교도 안 되게 잘생겼죠."

테리에겐 미안하지만, 사실은 사실이었다.

"내 주치의는 어떻게 생겼지?"

"인정하긴 싫지만 못생기진 않은 편이죠? 쌍꺼풀이 짙어서 느끼해 보이지만."

"나랑 비교하면?"

"……그야 멜이죠."

대체 이 대화에 무슨 의미가 있는 걸까. 그렇게 잘생겼다는 소리가 듣고 싶었던 걸까. 소니도르는 그가 묻는 대로 착실하게 대답하면서 표정이 점점 이상하게 변했다.

본인이 누구랑 비교한들 독보적으로 잘난 얼굴이라는 걸 모를 리가 없을 텐데 말이다. 역시 미의 기준이 남들과 달라서 본인이 그렇게 잘생겨 보이지 않는 걸까? 그렇다면 몇 번이고 말해 줄 수 있었다.

멜은 세상에서 제일 잘생겼어요. 세젤잘.

"크리스티안 경은?"

"잘생기긴 했는데 살벌하게 잘생겼어요. 눈빛 때문에 잘생겨서 심장이 뛰는 건지 무서워서 심장이 뛰는 건지 가끔 헷갈릴 정도로."

"심장이 뛰어?"

"아니 비유가 그렇다는 거죠."

"방금 심장이 뛴다 그랬잖아."

"뛰긴 뛰지만…… 복합적인 이유가 있어서 아닐까요."

무엇보다 크리스티안은 소니도르에게 먹을 것을 가져다주는 사람이었다. 거의 한 달에 가까운 기간 동안 산만 한 덩치와 무시무시하게 잘생긴 얼굴을 하고서 달콤한 디저트를 가져다줬다.

맛있는 것을 보고 심장이 뛰었을 수도 있고, 아니면 단순히 위압감에 겁을 먹어서 심장이 뛰었을 수도 있었다. 이건 절대 좋아하는 감정이 아니었다. 전에 청혼하다가 차인 적은 있었지만 그건 단순히 먹을 것 때문이었고.

소니도르는 잠시 생각에 잠겨 있다가 고개를 기울이며 말했다.

“심장이 뛰는 건 멜이 더한데요.”

“……왜?”

“지금 절 그렇게 쳐다보잖아요.”

“미인 쪽이 네 취향인가?”

남자 취향을 물어보는 거라면 딱히 별생각 없었다. 잘생긴 사람을 보고 심장이 뛰는 건 거의 본능일 뿐 연애 감정은 아니라고 생각했다.

한창 신부 신랑 놀이에 관심이 많았던 어린 시절에는, 언젠가 결혼을 하게 된다면 당연히 지오와 하겠다고 동네방네 떠들고 다니면서 당당하게 외치긴 했지만.

그거야 아주 어릴 때 얘기고 지금은 별로 남자 자체에 관심이 없는 편이었다. 뭐 막연히 언젠가 결혼이야 하겠지 생각하고 있긴 하지만.

어찌 되었든 간에 미인을 마다할 자는 없었다. 저 얼굴은 취향 타는 얼굴이 아니었다. 그저 누구에게나 한없이 치명적인 얼굴이었다. 소니도르는 눈을 이리저리 굴리다가 결국 고개를 끄덕였다. 특별한 감정이 아니라고 믿고 싶지만 그를 지나치게 의식하게 되는 것도 사실이었다.

“누가 더 잘생겼어.”

“멜요.”

그렇게 마르멜은 지하 통로에 있던 어떤 남자들보다 가장 잘생겼다는 평을 듣고 나서야 심기 불편해 보이던 얼굴을 폈다.

소니도르는 처음에는 어이없어하다가 생각하면 할수록 그

가 귀엽게 느껴져서 저도 모르게 실실 미소를 지었다. 거울아, 거울아 누가 제일 예쁘니 하던 동화 속 왕비가 생각나서 웃음을 참을 수가 없었다. 그렇게 잘생겼다는 말이 듣고 싶으셨나.

하지만 동시에 마르멜의 질문에서 무언가 위화감을 느꼈기 때문에 소니도르는 내심 찝찝한 기분이 들 수밖에 없었다. 누가 더 잘생겼느냐는 질문은 그렇다 치고 생긴 건 대체 왜 물어보는 걸까.

설마 꿈속에서 봤던 땅 위의 존재처럼 실제로 머리가 안 보이거나 하는 건 아니시겠지. 하지만 그런 것치고는 내 얼굴은 아주 제대로 보고 있는 것 같았는데.

'머리가 있어서 다행이야.'

소니도르는 그가 깨어나자마자 한 말을 떠올리고는 잠시 고민에 잠겼다. 그리고 직접 물어보는 대신에 그를 떠보듯이 넌지시 말을 던졌다.

"그럼 제 얼굴은 어떤데요?"

"세상에서 제일 예뻐."

역시 미의 기준이 남다르신가 보다. 그녀는 고개를 끄덕이며 결론을 짓다가 잠깐 멈칫하고 얼굴을 팍 구겼다. 언제는 특이하게 생겼다면서! 특이하게 생긴 얼굴이 세상에서 제일 예쁘게 보인다는 건가. 진짜 이상한 취향…….

"그건 됐고 일단 이리 와."

"제 얼굴 보는 것도 좋지만 깨어난 지 얼마 안 되셨으니까 푹 쉬세요. 안정을 취하셔야죠."

"계속 잠만 잤는데 무슨 안정이야."

"아니 깨어나자마자 할 일이 제 얼굴 보는 것밖에 없어요?"

분명 이런 쓸데없는 일 말고도 할 일이 많을 텐데 말이다. 사흘이나 시간을 얻었으면 뭔가를 하셔야죠! 소니도르는 그 말을 하려다가 자신이 앞서 한 안정을 취하라는 말과 모순된다는 걸 깨닫고 그냥 입을 다물었다.

마르멜은 그런 그녀가 귀여워서 저도 모르게 피식 웃음이 새어 나왔다. 그냥 온갖 핑계를 가져다 붙일 정도로 어지간히 자신을 빤히 쳐다보는 게 싫은 모양이었다.

자꾸 저러니까 놀리고 싶어지잖아. 게다가 보지 말라는 이유도 지나치게 잘생겨서라니. 일부러 저러는 건가. 그는 듣기 좋은 소리만 골라서 하는 그녀를 가만히 응시하다가 말했다.

"뭐 앞으로도 계속 볼 테니까."

후회해도 소용없어. 문득 그 말이 소니도르의 머릿속을 스쳐 지나갔다. 그녀는 눈가를 파르르 떨며 그와 시선을 맞추다가 그동안 간과하고 있던 한 가지 사실을 떠올렸다. 전부터 알고 있던 건데 대체 왜 그동안 이것을 잊고 있었는지 모르겠다.

그녀는 기분이 순식간에 가라앉는 것을 느끼면서 말했다.

"그러고 보니 멜 약혼녀분은요?"

마르멜은 이제야 약혼녀의 존재를 떠올리고는 잠시 침묵했다. 그러고 보니 그런 여자가 있었지 하는 얼굴이었다.

소니도르는 그의 얼굴에 스쳐 지나가는 노골적인 감정을 읽어 내고 잠시 질책 어린 시선을 던졌다가 재빨리 수습했다. 황태자를 상대로 엄청 무례한 시선을 던지고 말았다고 후회할 때쯤 그가 물었다.

"왜 나를 그런 눈으로 보는 건지 모르겠군."

왠지 그에게서 살짝 초조해하는 기색을 읽어 낼 수 있었다.

"아니, 약혼녀도 있는데 외간 여자한테 세상에서 제일 예쁘다는 둥 좋아할 거라는 둥……. 제가 그 말을 듣고 아무 말도 안 하긴 했지만, 방금 그 표정은 정말 아닌 것 같은데요. 약혼녀에 대한 예의도 아니라고 생각하고……."

이제 와 생각해 보니 어쩐지 자신을 가지고 노는 것 같기도 했다. 동물 대하듯이 하는 것도 그렇고 괜히 찔러보듯이 떠보듯이 말하는 것도 그렇고 영 석연치 않았다. 어떨 때는 어린애처럼 순진해 보이기도 하지만 어떨 때는 여자 대하는 것에 정말 능숙해 보여서 묘하게 의심스러웠다. 진짜 바람둥이는 아무것도 모르는 것처럼 어리숙한 척을 한다던데.

물론 그의 과거를 봤을 때 바람둥이일 확률은 정말 희박해 보였지만 말이다. 자각 없이 저러는 거라면 더더욱 문제였다.

약혼녀도 있으면서. 생각해 보니 어이가 없었다. 첩으로라도 들이실 생각이신가. 누군가의 첩이 될 생각은 추호도 없는데다가, 장인 출신의 첩이란 건 듣도 보도 못했다. 아니, 생각해 보니 마르멜이라면 첩이 아니라 자신을 새로운 황궁 소속 애완동물로 만들고도 남을 사람이었다. 오히려 후자의 가능성이 더 높아 보이는 건 절대 착각이 아닐 터였다.

대체 어디서부터 잘못된 거지.

"일단 약혼녀부터 만나고 오세요. 전에 듣기로는 분명……앤더슨 영애였던가."

"……."

"이미 짐작하셨겠지만, 폐하와 여기 있는 사람들과 몇몇을 제외하곤 전하께서 잠든 사실을 아무도 몰라요. 영애께서도 모르고 계실 테니까 평소처럼 대해 주시면 될 거예요. 그동안 연기 장인이 전하의 모습을 연기하고 있었거든요."

그의 마음이 진심이라면 이러는 게 약혼녀에 대한 예의도 아닌 것 같고, 또 살 떨리게 무서운 황제가 그녀를 예의 주시하게 될 것이다. 무엇보다 소니도르는 이런 복잡한 치정 싸움에 얽히는 건 질색이었다.

무엇보다 가장 알 수 없는 건 그녀 자신의 마음이었다. 지금 이 들뜨는 것처럼 설레는 감정과 두근두근 뛰어 대는 심장이 나중에 어떻게 변질할지 상상만 해도 두려워졌다. 그건 그녀에게 있어서 별로 행복한 미래가 아니었다.

차라리 소니도르가 평민이라도 되었으면 모를까. 마르멜이 무슨 일을 계획하고 있는 간에 그게 장인에 대한 사람들의 인식을 크게 바꿀 수 있을지도 장담할 수 없었다.

그녀는 주저하며 입을 열었다.

"이제야 묻는 것도 좀 그렇긴 하지만 더 늦기 전에 여쭤 볼게요. 좋아하고 싶다는 거, 제가 생각하는 그런 이성적인 의미 맞아요? 아니면 가벼운 호감이라거나, 친우로서 서로 느끼는 깊은 유대 말씀하시는 거예요?"

직설적인 화법에 마르멜이 잠시 놀란 얼굴을 했다가, 고민하듯 고개를 기울였다. 미미하게 찌푸려진 미간을 보니 이 질문이 그에게는 굉장히 어려운 문제인 모양이었다.

마치 왜 그렇게 복잡하게 생각하느냐고 말하기라도 할 것 같은 표정이었다. 애초에 타인에게 호감을 품은 게 오래간만일 테니 그럴 만도 했다.

"전하의 말씀대로라면 아직 절 진심으로 좋아하는 건 아니라는 뜻이죠? 그럼 여기서 그만두시는 게 맞는 것 같아요."

"멜이라 부르라고 했잖아."

"괜찮을 때까지 곁에 있어 드리기로 한 약속은 지킬 거예요, 멜."

그동안 황태자의 내면 깊숙한 곳까지 들여다볼 수 있어서 스스로 뭔가 대단한 사람이라도 되는 줄 알았나 보다. 그래 봤자 자신은 장인이었다.

소니도르는 자신이 너무 앞서간다는 사실을 알고 있었지만, 지금이라도 멈추지 않으면 돌이킬 수 없을 거라는 강한 예감을 느꼈다.

어떻게든 그를 매몰차게 밀어내려고 하려던 그때였다. 마르멜이 쭉 손바닥을 뻗어 무언가 가리는 듯한 행동을 취했다.

당황한 소니도르가 멍하니 두 눈을 깜빡였다. 눈앞에 내밀어진 마르멜의 손바닥에 가려서 그의 얼굴이 보이지 않았다. 그는 그 상태로 손을 고정하고 반대 손을 들어 그녀의 손목을 잡아챘다.

"모든 사람이 딱 이렇게 보여."

"네?"

"머리가 검게 물든 인간이 날 송두리째 파먹으려고 호시탐탐 노리는 것 같아."

어때. 넌 좋아할 수 있겠어? 그가 물었다. 동시에 마르멜은 눈앞을 가리고 있던 손을 치워 버리고 그녀를 자신 쪽으로 더욱 바짝 당겼다. 숨결이 느껴질 정도로 가까운 거리였다.

소니도르는 꿈속에서 보았던 땅 위의 존재들을 떠올리고 두 눈을 부릅뜬 채로 굳어져 있었다. 너무 놀라 잠시 할 말을 잃었던 그녀는 이내 걱정스러운 눈빛으로 붉은 눈동자를 마주했다. 그가 받은 상처의 깊이를 알 수 없을 만치 무덤덤한 시선이었다.

"설마 사람들의 얼굴이 보이지 않는 거예요?"

"너만 보여."

"대체 왜……."

"그래서 네가 필요해."

"……."

"이런 내가 이기적이야?"

마르멜이 그렇게 되물으며 그녀의 손가락 끝에 입을 맞췄다. 그는 도저히 시선을 뗄 수 없는 요요한 눈빛으로 그녀를 옭아매다가, 곧 노래를 흥얼거리는 것처럼 나긋한 말투로 말을 이었다.

"네 말대로 내가 괜찮아질 때까지 계속 내 곁에 남아 줘. 그곳이 내가 바라던 꿈의 낙원이든, 아니면 끝이 보이지 않는 나락이든. 어디로든 흘러가지 않겠어."

그가 말을 마치고 입꼬리를 끌어 올리는 것과 동시에 테리와 하기스가 방 안에 들이닥쳤다.

"쉿, 비밀이야."

왠지 코 꿰이는 소리를 들은 것 같은데 말이다. 같이 나락으로 떨어지자는 소리를 들은 것 같은데 말이다!

사람의 얼굴이 보이지 않는 병이라는 건 소니도르도 들어본 적이 없었다. 고칠 수 있는 건지도 의문이었다. 그런 절망적인 상황에서 유일하게 얼굴이 보이는 사람이 있다면 그게 누구라도 어떻게든 붙잡으려고 할 것이다.

곁에 두고 싶겠지. 그가 이기적인 건 사실이었지만, 그녀는 마르멜의 심정이 이해가 가서 더욱 머릿속이 복잡해지고 말았다.

소니도르가 그 말의 정확한 의미가 뭐냐고 되물으려는 찰나에 테리가 끼어들었다. 그는 대체 무슨 오해를 한 건지 왁왁 소리를 질렀고, 마르멜은 이미 그들이 다가오는 걸 알고 있었는지 뒤로 물러서며 어깨를 으쓱였을 뿐이었다.

"대체! 약혼녀도 계신 분이!"

그것도 두 눈이 튀어나올 정도로 엄청난 미인인 약혼녀였다. 화려한 금발과 벽안, 미의 기준을 그대로 형상화한 것 같은 외모는 테리가 지금껏 본 그 어느 여자보다 아름다웠다. 만약 그가 화가였다면 그녀를 뮤즈로 삼고 당장 화폭에 담고 싶어 했을 것이다.

그런데 왜 하필 소니도르에게 들이대는 건지 전혀 이해할 수가 없었다. 그가 원한다면 제국에 내로라하는 여인들을 곁에 둘 수 있는 신분이면서 말이다.

지금 테리의 눈에는 그가 괜히 순진한 여자를 꾀어내 어떻게 해 보려는 걸로 밖에 비치지 않았다.

대체 꿈속에서 무슨 일이 있었길래 이런단 말인가.

"대체 이해할 수가 없군요. 무례에 대한 벌은 차후에 달게 받을 테니 꼭 대답해 주셨으면 좋겠습니다. 혹시 소니도르 님께 마음이라도 있으신 겁니까?"

"나는 그대에게 벌을 내리지 않아."

마음의 여유를 되찾은 마르멜은 다정한 미소를 지으며 답했다. 그 나이 때 소년처럼 평범하게 귀엽게 생긴 얼굴이라고 했으니 많이 어린 모양인데.

저런 꼬맹이를 상대로 자신이 절대 질 리가 없다는 자신감에서 나오는 여유였다. 게다가 마르멜 본인은 저 얼굴과 비교도 안 되게 잘생겼다.

그는 자신이 성인식을 치른 지 얼마 되지 않은 데다가 소니도르보다 어리다는 사실은 가볍게 넘겨 버리고 그저 인자하게 웃었다. 테리는 저도 모르게 주춤할 수밖에 없었다. 대체 저 성인군자의 웃음은 뭐란 말인가. 아름답다 못해 성스러웠다.

잠시 우물쭈물하던 테리는 이내 다시 다짐을 다지고 소니도르를 억지로 당겨 제 뒤에 숨겼다. 그녀는 아직도 혼란스러웠기 때문에 그가 이끄는 대로 끌려갔다가 불안한 시선으로 마르멜과 테리를 번갈아 응시했다.

"소니도르 님이 전하와 같은 침대 위에 있어야 할 이유를 모르겠습니다."

"부족민의 저주 때문이다."

"저주? 그게 소니도르 님과 무슨 연관이 있단 말입니까."

"아직 정확한 이유는 알 수 없지만, 아무래도 꿈 장인이 곁에 있어야 내가 제정신을 차릴 수 있는 것 같아. 아마 그녀에게

5백 년 전 저주를 내렸던 부족민의 피가 짙게 흐르고 있는 것 아닐까. 근거 없는 추측일 뿐이지만."

아니 대체 언제부터. 소니도르는 천사의 얼굴로 태연자약하게 거짓말을 하는 마르멜을 가늘게 뜬 눈으로 보았다. 물론 꿈속에서 부족민의 저주로 하자고 서로 입을 맞췄고, 저 정도 거짓말은 쳐 줘야 그녀가 살아남을 확률이 높아지긴 했지만 말이다. 하필이면 사람들의 머리가 보이지 않는다는 충격적인 증세를 듣고 난 다음이라 더더욱 잠잠히 있을 수밖에 없었다.

5백 년 전, 그것도 부족 전체가 피에 물들었던 시대의 조상이라니 확인할 길이 있을 리가 없었다. 테리가 정말이냐는 눈으로 등 뒤에 서 있던 소니도르를 돌아보았고, 그녀는 한숨을 삼키며 말없이 고개를 끄덕였다.

"어쩌면 꿈 장인이 저주를 완전히 고쳐 줄 수 있을지도 모르겠다는 그런 얘기를 나누고 있었다. 그렇게 된다면 폐하께서도 그대들을 함부로 하지 못할 테지."

뒤에서 후광이 비치는 것 같았다. 전에 테리가 마르멜의 모습을 하고 어설프게 그를 흉내 냈을 때와는 차원이 달랐다. 대체 뭐지 이 정화되는 기분. 신성 제국의 교황을 직접 눈앞에서 목도하는 기분이 이런 건가 싶어 테리는 아연한 기분이 들었다. 설마 황태자가 신성력이라도 사용할 줄 아는 건 아닐 테고.

"그대는 나를 위해 짧지 않은 시간 동안 내 곁을 지켜 주지 않았는가. 내 그대들의 공로는 절대 잊지 않겠네. 고마워."

아니 딱히 전하를 위해서 한 건 아니고 그냥 소니도르 님과 함께 폐하께 협박을 당했을 뿐이었는데요. 뭐라고 반박할 새도 없이 마르멜이 환하게 미소 지었다. 저 티 없는 순수함에 테리는 자신의 머리까지 순백으로 새하얗게 물드는 것 같은 기분이 들었다.

그가 막 깨어났을 때와는 태도가 딴판이었다. 오히려 눈빛이 형형하니 살기를 흩뿌리는 것처럼 느꼈는데 지금은 또 마냥 성자 같고. 테리가 따질 말을 잃고 버벅거리는 사이에 마르멜이 말했다.

"저주를 풀 수 있다는 사실에 들떠 아무런 설명 없이 내쫓았으니 조수인 그대가 불안하게 느끼는 것 충분히 이해하네. 내 생각이 짧았군."

"아, 아니……."

"더 물어볼 게 있나?"

"……아닙니다."

왠지 대화하면 대화할수록 하기스와는 다른 의미로 기가 다 빨리는 기분이었다. 그래서 마음이 있다는 거야, 없다는 거야. 부족민의 저주 때문에 곁에 있어야 하는 거랑 침대 위에서 같이 키스할 것처럼 붙어 있는 거랑 무슨 연관이 있는데.

질문에 대한 대답은 결국 아무것도 제대로 듣지 못한 것 같았다. 게다가 저 '난 아무것도 몰라요.' 하는 맑은 눈빛은 대체.

왠지 따지고 드는 자신이 나쁜 사람이 된 것만 같았다. 테리는 급속도로 피로해지는 기분에 이마를 짚었고 소니도르는 아무 말 없이 그의 어깨를 토닥여 주었다. 그러게 사람을 봐 가면서 덤빌 사람에게 덤볐어야지.

그때 여태껏 잠자코 듣고 있던 하기스가 나서서 허리를 숙이며 말했다.

"전 나름 제 살길을 찾고 있었는데 이미 전하께서 다 생각이 있으셨던 거군요. 소인은 전하의 온정에 감복했습니다."

"당연한 말을 하는군. 한낱 미물도 은혜를 갚는다 하거늘 나를 위해 힘써 준 그대들을 매정하게 내칠 수 있을 리가 없지 않은가."

"역시 전하십니다. 하해와 같은 은혜 절대 잊지 않고 곁에서 평생 충성을 바치겠습니다."

얼씨구. 소니도르는 서로 내숭으로 죽이 잘 맞는 두 사람을 응시하다가 고개를 절레절레 흔들었다.

'것보다 두 사람은 대체 여기까진 어떻게 들어온 거야.'

크리스티안이 그들을 그냥 풀어 두고 갔을 리가 없었다. 지하에 있는 내내 계속 곁에서 감시하거나 아니면 어딘가 가둬 두거나 했으니까 말이다. 지금 크리스티안이 보이지 않는다는 건 하기스와 테리를 가뒀지만, 그들이 자력으로 빠져나왔다는 뜻이었다.

그녀가 대체 어떻게 된 거냐고 소곤거리는 목소리로 테리에게 묻는 사이에 마르멜은 의원과의 대화를 이어 갔다.

"곧 크리스티안 경이 돌아오겠군."

"한동안은 괜찮지 않을까 싶습니다."

혹시 폐하께서 라이젤 가드 이외에도 이곳에 다른 무언가를 심으셨을지도 모르지. 그들은 서로 잔잔한 미소를 지으며 주거니 받거니 하다가 무언으로 탐지 마법을 발동시켰다.

거의 본능적인 행동이었는데 '탐지 마법'에는 '탐지 마법'이

탐지될 수밖에 없었다. 그들은 서로의 마법이 충돌하자 잠시 당황한 기색을 보였지만 그것도 잠시 더욱 짙어진 미소로 화답할 뿐이었다.

그동안 숨겨 왔던 패가 같은 사람을 만나는 건 분명 신기한 일이기도 했지만, 썩 유쾌한 기분은 아니었다.

"과연 그대가 믿는 구석 없이 이곳까지 온 건 아니었군."

"물론입니다."

"그럼 나의 시간을 방해한 연유를 묻도록 할까. 내 최선을 다하기는 하겠으나 부족민과 아무런 연고도 없는 그대의 목숨까지 건지려면 그 '살길'이라는 걸 들어야겠어."

마르멜은 의원의 얼굴에 덧씌워진 검은 덩어리를 응시하다가, 눈이 있을 만한 위치에 시선을 맞추며 온화하게 웃었다. 하기스는 그것을 놓치지 않았다. 황태자의 주치의를 하면서 전부터 꾸준히 느꼈던 거지만 마르멜의 시선은 늘 미묘하게 엇나가 있었다. 주의 깊게 살피지 않는 이상 모를 정도로 아주 작은 차이였지만 말이다.

의원은 잠시 생각에 잠겼다가 이내 귀찮은 일에 관여하기 싫다는 결론을 내리고 그 사실을 머릿속에서 지워 냈다.

괜히 오지랖 부리지 말고 본인이 피해받지 않을 거라는 확신이 있는 범위 내에서 목숨만 건지면 될 일이었다.

"후회하지 않으실 겁니다."

하기스는 굉장히 자신만만하게 말했다.

껍데기

크리스티안이 황제에게 마르멜이 깨어났다는 소식을 전하고 돌아온 지도 벌써 이틀이 지났다. 황태자가 깨어난 것을 알면 당장 지하 통로까지 직접 찾아올 줄 알았는데, 그는 예상외로 마르멜의 제안을 흔쾌히 받아들였다.

그가 몸을 추스르고 생각을 정리할 사흘 동안 아무런 간섭도 하지 않겠다고 말이다. 대체 황제가 무슨 꿍꿍이인지 알 수 있을 리가 없었지만 소니도르는 그게 왠지 어떻게 나올지 두고 보겠다는 행동처럼 보였다. 먹이가 무슨 재롱을 부리든 어차피 제 입속으로 들어올 것을 알고 있는 포식자처럼 말이다. 하여튼 기분 나쁜 사람이었다.

이틀 동안 그녀는 그동안 몰아치는 일로 고통받던 나날들을 보상받는 시간을 가졌다. 물론 치유는 모두 음식과 디저트를 통해서였다. 그녀는 능력을 연달아 계속 사용하는 건 정말 미친 짓이었다고 울먹거리며 음식을 입안으로 꾸역꾸역 밀어 넣었다.

크리스티안이 가져온 음식 중에서 거의 절반이 그녀의 입을 통해 사라졌다. 그동안 제대로 먹지 못했기 때문에 영양분을 섭취하기 위해 일단 위장에 밀어 넣고 보자는 것 같았다.

오늘도 소니도르는 상다리 부러지도록 차려진 음식을 보고 행복한 미소를 가득 지었다. 그동안 지하에 지내면서 너무 단 것만 먹어 댔더니 이제 슬슬 단것이 질려 가던 참이었다.

이제는 짭짤한 감자 칩이다. 단것과 짠 것, 그리고 짠 것과 단것의 상관관계는 가히 환상적이라고 할 수 있었다. 그녀가 식사도 하지 않은 채 간식 쪽으로 손을 뻗자 테리가 그녀의 손을 찰싹하고 내리쳤다. 소니도르는 자신의 손을 감싸 쥐며 삐죽 입술을 내밀었다.

"일하시는 동안에는 스트레스받으시니까 그냥 놔뒀지만 이제 균형 있게 좀 드세요. 아니 거의 한 달 내내 지하에서 움직이지도 않고 디저트만 먹었다는 게 말이 됩니까?"

그가 잔소리하다 말고 눈을 가늘게 뜨며 물었다.

"솔직히 말해 봐요. 지금 뱃살 나왔죠?"

소니도르는 신경도 쓰지 않았던 자신의 배를 감싸 안으며 다급하게 고개를 저었다. 지금 필사적으로 고개를 저으면서도 뭔가 배에 물컹하게 잡혀서 기겁하는 중이었다. 잠깐 그러고 보니 요즘 숨 쉬는 것도 전보다 괴로워지고 더부룩해지고 무거워진 기분인데 설마 살이 찐 건…….

……아냐, 이건 그냥 운동 부족이야! 다시 햇빛을 받으면서 열심히 활동하면 사라질 살이라고! 그녀는 설마 테리가 맛있는 것도 못 먹게 할까 봐 필사적으로 부정하며 소리쳤다.

"나 정도면 양호해!"

"양호? 어디가 양호한지 전하께서는 아시겠습니까?"

갑자기 화살이 마르멜에게로 돌아왔다. 그는 몸을 자유자재로 움직일 수 있게 된 이후로 하루도 빠짐없이 가볍게 근육을 늘리며 몸을 푸는 운동을 하고는 했다.

마르멜은 바닥에 엎드려 팔을 굽히다 말고 일어나 잠시 시선을 소니도르의 배로 고정했다. 나름 필사적으로 가리려고 하고 있는 모양인데 꽉 끼는 정장을 입고 있어서 볼록한 게 다 보였다.

그는 이마에 흐르는 땀을 닦으며 말했다.

"고양이가 꾹꾹이 할 정도?"

"……."

"……."

"왜. 귀엽잖아."

마르멜이 빙긋 웃으며 대답하자 테리는 어이없다는 목소리로 그녀의 귓가에 속삭였다.

"좋으시겠네요. 뱃살도 귀엽다고 해 줄 남자가 생겨서."

"……시끄러워."

소니도르는 왠지 더 수치스러워졌기 때문에 양손에 얼굴을 파묻으며 잠시 붉어진 얼굴을 숨겼다.

하긴 동물이 아무리 살이 쪄서 돼지로 종을 달리한다고 하더라도 귀여운 게 어디 가는 건 아니겠지. 돼지도 가만 보면 귀여웠다. 지금 마르멜은 그런 논리로 얘기하고 있는 게 분명했다.

이유는 모르겠으나 식욕이 아주 바닥까지 떨어졌다. 그녀는 살아남으면 내가 무슨 일이 있어도 살을 빼고야 말겠다고 속으로 중얼거렸다.

그때 마르멜이 팔을 쭉 당기며 몸을 풀다 말고 갑자기 생각났다는 듯 말했다.

"그러고 보니 이틀 내내 잠들지 못했다. 뜬눈으로 지새웠어."

"네? 그게 정말인가요?"

소니도르는 뱃살을 사수하는 것도 잊고 놀란 얼굴로 그를 올려다보았다. 대수롭지 않게 가볍게 얘기하는 것치고 내용은 전혀 그렇지 못했다. 깨어난 이후로 단 한 순간도 잠들지 못했다니.

그녀는 왜 그걸 이제야 말하느냐고 질책하는 시선을 보내다 말고 하기스를 돌아보았다. 원래부터 주치의였으니 그러면 왜 마르멜이 잠들지 못했는지 알고 있을 것 같았기 때문이었다.

흥미진진한 얼굴로 그들을 지켜보던 의원은 아직 마르멜이 저 말을 꺼낸 의도를 파악하지 못하고 눈치 없이 입을 열었다가,

"원래 불면증……."

"이것도 부족민의 저주의 영향인 것 같다."

"……은 없으셨지."

재빨리 말을 바꾸었다.

소니도르는 방금 대화가 굉장히 부자연스럽지 않았나 의아함을 느꼈으나 대수롭지 않은 일이니 그냥 넘어갔다. 그것보다

마르멜이 걱정이었다. 가뜩이나 사람 얼굴이 보이지 않는다고 해서 불안하게 하더니 말이다.

부족민의 저주 같은 건 애초부터 없었다는 걸 알고 있었기에 더욱 걱정스러울 수밖에 없었다. 전부 그의 정신 상태에 기인한 문제였기 때문이었다.

없던 불면증이 생기셨나? 그냥 단순히 그동안 너무 많이 자서 잠이 안 오는 것뿐일 가능성이 높았지만 말이다. 소니도르는 제발 그런 이유 때문이었으면 좋겠다고 생각했다.

"내일이 폐하께 알현하기를 청한 날인데 사흘이나 잠을 못 잔 몰골로 갈 순 없지 않은가."

"당연히 그렇죠. 어쩌지……."

게다가 사람 머리도 안 보이시잖아요. 그것만으로도 일상생활이 가능한 건지 불안한데 그것도 모자라 피로까지 겹치면 어떤 돌발 상황이 벌어질지 상상만 해도 두려웠다. 물가에 내놓은 아이 꼴이었다.

그런데 애초에 머리가 안 보이시면 대체 어떻게 사람을 구분하시는 거지? 그동안 다른 이들과 대화할 때도 전혀 위화감을 느끼지 못했는데 말이다.

물어볼 게 산더미였으나 그들을 지키고 서 있는 크리스티안과 테리, 하기스 때문에 제대로 된 질문도 꺼내지 못했다. 단둘이 남게 되어야 그때의 대화를 이어 갈 수 있을 텐데, 거기까지 생각이 미쳤을 즈음에 마르멜의 목소리가 들렸다.

"황금빛으로 이루어진 꿈들."

갑자기 그가 자신의 본명을 부르자 소니도르가 어깨를 움찔 떨었다.

"그대가 날 깨웠으니 책임지고 재워야 하지 않겠나."

"물론 제가 불면증을 고친 전례가 있긴 하지만…… 그게 지금이랑 다른 경우인 것 같아서 고칠 수 있을지 장담하지 못할 것 같은데요. 게다가 하루 만에 고쳐지는 게 아니라서요."

"그럼 고쳐질 때까지 곁에 있어야지."

"잠깐."

지금 날 밤마다 침실로 부르겠다는 뜻인가. 소니도르는 그 말의 뜻을 알아차리고 당황했으나 이내 침착하게 생각했다.

그러고 보니 전에는 오히려 소니도르 쪽에서 제안했다. 날 살려 주면 밤마다 꿈속에 동물의 모습으로 들어오겠다고 말이다. 그때는 정말 아무 생각 없이 한 말이었는데 마르멜에게 고백 비슷한 걸 듣고 나서 생각해 보니 남들이 보기에 굉장히 이상한 광경이었다. 황태자의 침소에 들락날락하는 여자라니.

뭐 치료 목적이라면 뒤에서 수군거릴지언정 아무도 뭐라 하진 못하겠지만 말이다.

거참. 폐하께서 이런 걸 용인해 주실 리가 없잖아? 아무리 부족민의 저주라고 박박 우긴다고 해도 말이지. 그것 외에도 하기스가 가져온 패가 있긴 했지만 통할지 의문이었다. 황제의 이미지가 워낙 피도 눈물도 없는 냉혈한이었기 때문이다. 정말 앞으로 어떻게 되려는지 전혀 알 수가 없다. 아무리 한 치 앞도 보이지 않는 게 인생이라지만.

소니도르가 테리를 돌아보니 그는 이제 일일이 화내는 것도 지쳤다는 얼굴로 고개를 절레절레 흔들었다.

"어차피 저나 기사님이나 변태 의원이나 곁에서 지켜볼 거니까 상관없긴 하죠."

인생. 될 대로 되라지.

그렇게 밤이 찾아왔다.

계속 지하 통로에 있는 바람에 밤이나 낮이나 느껴지기에 그게 그거였다. 소니도르는 혹시 마르멜이 계속 지하에서 잠들어 있었기 때문에 생체 리듬이 무너진 것 아닐까 추측해 보았다. 낮 동안에 태양 빛을 쬐면 다시 잠들 수 있게 되지 않을까.

하지만 하기스는 소니도르에 물음에 고개를 저을 뿐이었다.

"진짜 부족민의 저주밖에 없어. 너만이 고칠 수 있을 것 같아."

아니 그럴 리가 없는데. 애초에 부족민의 저주는 없는 거라고요. 소니도르는 반박하고 싶었으나 그게 사실이 아니라고 말하면 마르멜이 거짓말을 한 게 되기 때문에 침묵할 수밖에 없었다. 그녀가 결국 포기하고 침대 위로 올라가자 의원은 히죽하고 의뭉스러운 웃음을 지어 보일 뿐이었다.

소니도르는 다 씻고 옷도 편하게 갈아입은 뒤 잘 준비를 모두 마친 채 누워 있는 마르멜을 내려다보았다. 그는 여전히 동화책에 등장하는 얼음 궁전의 공주, 아니 황태자님처럼 누워 있었다. 전과 다른 점이라면 눈을 뜨고 있다는 것밖에 없었다. 하지만 정신적인 타격은 확연히 달랐다.

보석 같은 붉은 눈동자가 그녀가 침대 위에 올라와 곁으로 다가오는 것을 하나도 놓치지 않고 빤히 응시하고 있었기 때문이었다.

대체 왜 이렇게 긴장이 되는 걸까. 마치 신혼 첫날밤의 새신랑이 된 기분이었다.

'뭔가 이상한데.'

그녀는 고개를 휙휙 흔들어 털어 버리고 어색한 분위기를 없애기 위해 그에게 말을 걸었다.

"자 이제 주무세요."

마르멜은 눈을 말똥말똥 뜨며 되물었다.

"어떻게?"

"아무리 잠이 안 와도 보통 선잠이라도 들잖아요. 그때 제가 훅 하고 들어가는 거죠."

전에 불면증을 치료했던 비쥬티에 백작 부인의 예를 들면 그녀는 밤마다 악몽에 시달리고 있었다. 그래서 그녀가 잠들어 있을 때 그녀의 꿈속으로 들어가 그녀의 잠을 방해했던 악몽을 없애고, 대신 행복한 기억을 심어 주었다.

그런 경우라면 꿈을 연결하는 능력으로 치료할 수 있었는데 마르멜의 경우는 잘 모르겠다. 애초에 원인도 잘 모르겠고.

갑자기 생긴 경우라면 역시 너무 잠들어 있어서 잠이 안 오는 것뿐인 것 같은데.

"잠이 안 와."

역시 자장가밖에 답이 없나.

소니도르는 그의 머리맡에 무릎걸음으로 다가가 앉은 뒤에 크음 하고 작게 헛기침을 했다. 그리고 노래를 부르려다 말고 자신이 기억하고 있는 자장가가 없다는 걸 기억해 냈다. 대충

음의 가락은 기억나는 것도 있는데 가사가 생각나지 않았다. 그나마 기억하고 있는 노래마저도 굉장히 희미하고. 그녀는 기억을 더듬으며 겨우 입을 열어 노래를 불렀다.

"자장자장. 자장자장. 자장자장. 자장자장."

"그만."

자장자장의 무한 반복이었다. 마르멜은 오히려 그녀의 노랫소리를 듣고 악몽을 꿀 것 같은 기분에 사로잡혀야만 했다. 게다가 음의 가락과 음조도 그가 기억하고 있는 자장가가 아니었다.

이건 뭘까. 저주의 서곡? 파멸의 노래? 원래 이렇게 어두운 단조 곡이 아니었던 것 같은데.

원래 애달프거나 한없이 퇴폐하고 음울한 노래를 즐겨 듣는 마르멜이었지만 이건 아니었다. 그는 대체 노래를 부를 때 그대의 성대에 무슨 일이 생기는 것인지 진지하게 묻고 싶어졌다. 원래 목소리는 오히려 새가 지저귀는 것 같이 낭랑한 편인데.

한마디로 음치였다.

"잠들지 않은 채로 강제로 꿈속에 들어오는 방법은 없나?"

"그럼 제가 괜히 꿈 장인이겠나요. 선잠이라도 드셔야 해요."

"노력해 봐."

"제가요? 아니 노력은 멜이 하셔야죠."

뭐 이런 막무가내가. 누군가를 재워 보는 건 테리가 어릴 때를 제외하곤 한 번도 없었던 소니도르는 뒷머리를 긁적일 수밖에 없었다. 그마저도 테리가 그녀의 자장가 소리를 듣고 나서는 학을 떼고 싫어하는 바람에 그때가 처음이자 마지막이었다.

그녀는 어떻게 해야 할지 몰라 잠시 우왕좌왕하다가 마르멜의 머리를 자신의 무릎 위에 눕혔다. 그리고 정말 어린아이를 어르는 것처럼 그의 가슴께를 규칙적으로 토닥여 주었다.

그리고 잠을 자려는 시도조차 하지 않는 마르멜의 눈 위를 자신의 손으로 덮어 버렸다.

"자려면 눈을 감으셔야죠."

그녀가 타이르듯 말하자 그의 긴 속눈썹이 손바닥 안에서 날갯짓하듯 팔랑이는 게 느껴졌다.

마르멜은 자신의 눈을 가리고 있는 작고 보드라운 손을 떼어 내면서 말했다.

"잠이 안 오는데."

"자장자장……."

"자장가는 됐어. 배 만져 봐도 돼?"

"미쳤어요? ……아니, 실언이었습니다."

사람이 너무 어이가 없으면 저도 모르게 본심이 튀어나오는 법이었다. 아니 자기가 무슨 고양이도 아니고 갑자기 뱃살은 왜 만진다고 한단 말인가. 그런 걸 만진다고 안 오던 잠이 올 리도 없었다.

소니도르는 자신의 배를 가만히 내려다보다가 고개를 마구 저었다. 싫어. 절대 싫어. 수치스러워서 죽고 말 거다.

"말랑말랑할 것 같은데."

그냥 말랑말랑한 베개나 만지시죠! 그녀는 황태자를 때리고 싶다는 생각을 최대한 꾹꾹 밀어 넣고 마르멜의 품에 베개를 멋대로 안겨 주었다. 그는 얼떨결에 베개를 끌어안고 불만스럽게 인상을 구겼다. 소니도르는 그의 미간을 손가락으로 꾹꾹 눌러 펴 주면서 물었다.

"인형이라도 가져다 드려요?"

"그냥 네가 이리 와. 어차피 내 꿈속에 들어오려면 안아야 한다고 하지 않았나."

"주무시면 안을게요."

"지금 나보고 베개나 안고 자라고?"

"자장자장, 자장자장."

"……."

그녀는 꿋꿋이 노래를 부르며 그의 가슴께를 토닥여 주었다. 마르멜은 잠이 오지 않는다고 한참이나 눈을 말똥거리며 뜨고 있었다.

"그냥 좀 주무세요. 애도 아니고."

시간이 흐를수록 오히려 칭얼거리는 쪽은 졸려 죽겠는데 다른 사람이나 재우고 있어야 하는 소니도르 쪽이었다.

그녀는 고개를 꾸벅꾸벅 숙이며 잠시 졸다가 화들짝 놀라 깨어나 노래 부르기를 반복했다. 정신 사나웠지만 계속 반복적인 자장가에 세뇌되기라도 한 건지 살짝 노곤해지기 시작했다.

토닥토닥. 자장자장.

물에 잠겨 드는 듯 몽롱했다.

마르멜은 눈을 감아야 잠이 온다는 그녀의 말을 따라 서서히 눈을 감았다. 눈을 감아도 잠이 오지 않기는 마찬가지였지만 말이다.

금방이라도 잠들 것 같으면서도 잠이 오지 않았다. 눈만 감는다고 잠이 왔으면 진작에 불면증을 고치고도 남았겠지. 꿈장인인 소니도르가 곁에 있으면 잠들 수 있지 않을까 기대했는데 말이다.

그는 의미 없이 흘려보낸 시간을 아까워하며 눈을 떴다. 지하에 있다 보니 대체 얼마나 시간이 흐른 건지 짐작하긴 힘들었지만, 주변을 둘러보니 알 만했다.

테리는 의자에 앉아 고개를 젖힌 채 커어, 하고 코를 골고 있었고 하기스는 테이블 위에 고개를 박은 채 잠들어 있었다. 크리스티안도 마찬가지로 벽에 서서 기댄 채로 미동조차 없이 잠들어 있었고. 얼굴은 보이지 않았지만, 규칙적인 숨소리를 들어 보니 하나같이 전부 곯아떨어져 있었다.

여긴 오지에 떨어트려 놔도 누울 공간만 있으면 잠들 만치 예민하지 못한 인간들밖에 없는 것 같았다.

'불편해 보이는데 다들 잘만 자는군.'

불면증은 마르멜의 고질병이었다. 그래서 오히려 본인이 거의 한 달 가까이 잠들어 있었다는 사실을 믿을 수가 없었다. 의원에게 수면제를 부탁할 걸 그랬나.

차라리 누가 망치로 뒤통수를 쳐 주면 기절하듯 편히 잘 수 있을 것 같은데. 그건 이미 잠이 아닌 것 같지만.

그는 눈동자를 굴리며 주변을 살피다가 자신에게 무릎을 내어 준 채로 침대 헤드에 기댄 채 잠든 소니도르를 발견했다. 다리가 저릴 텐데 그 와중에도 새근거리는 숨소리를 내며 잘만 자고 있었다.

마르멜은 자리에서 일어나 불쌍할 정도로 찌그러져서 잠든 소니도르를 안아 들었다. 그리고 침대에 편히 눕혀 준 뒤에 목 끝까지 이불을 덮어 주었다.

마르멜은 꿈에 들어와 준다면서 먼저 잠들어 있는 그녀의 곁에 걸터앉았다. 그리고 잠들어 있는 그녀를 신기하다는 듯 빤히 내려다보다가 질끈 묶여 있는 머리를 풀어 주었다.

흐음. 그는 확연하게 눈에 띄는 주홍색 머리카락을 말없이 만지작거리다가 볼을 쿡쿡 찔러 보았다. 소니도르는 고개를 이 리저리 틀며 잠결에 투정을 부렸다.

"으으…… 지오, 하지 마아……."

"지오?"

마르멜은 그게 누군지 알 수 없었으나 왠지 본능적인 불쾌함을 느꼈다. 누가 들어도 남자 이름이라는 점에서 말이다. 지금 누구 앞에서 다른 남자의 이름을 부른단 말인가. 대체 늘 꼬랑지처럼 붙어 다니는 조수부터 해서 알고 있는 남자만 해도 몇인 거지?

그는 괜한 심술을 부리며 소니도르의 말랑한 볼을 꼬집었다. 잡아서 쭉쭉 늘리자 그녀의 잠투정은 더더욱 심해졌다. 으응, 으으응!

"지오……."

너 이 자식 죽는다. 소니도르는 살벌한 말을 웅얼거리며 다시 잠들었다. 이 정도까지 했는데 깨어나지 않는 게 더 신기했다.

마르멜은 그녀를 몇 번 더 건드려 보다가 왠지 자신이 굉장히 한심해져서 관두었다. 이런 것에 일일이 신경 쓰는 건 어린애나 하는 짓이었다. 그 지오라는 사람이 알고 보면 남자 형제일 수도 있지 않은가. 아니면 친척이거나.

"……."

젠장, 신경 쓰여.

이제 다른 사람 따위는 생각나지 않을 정도로 계속 멜이라는 이름을 세뇌해 주고 싶었다. 먼저 잠들어 버린 것도 괘씸한데 잠꼬대로 헛소리까지 하니 속에서 계속 유쾌하지 않은 감정이 치솟았다.

다음부턴 절대 먼저 잠들지 못하도록 옆에서 괴롭혀야 하나. 막상 괴롭히려고 해도 손대는 것도 아까워서 볼만 꼬집어 댈 뿐이었지만.

마르멜은 결국 소니도르의 입술이 붕어가 될 때까지 볼을 꾹꾹 누르는 것으로 만족하고 물러섰다. 그는 탁상 위에 올려져 있는 시계를 확인하고 퀭한 눈가를 비볐다. 새벽이 밝아올 때까지 결국 한숨도 자지 못했다.

다시 살아 있는 지옥의 시작인가. 그는 잠들어 있는 소니도르의 머리를 몇 번 쓱쓱 쓰다듬다가 자리에서 일어났다. 그리고 그녀에게서 몇 발자국 떨어지자마자 지끈거리는 두통과 함께 지끈 하고 울리는 황제의 목소리를 들었다.

—누군가를 믿는다는 게 얼마나 어리석은 행동인지 알겠느냐. 네 나약한 마음 한구석도 내비쳐서는 안 된다.

그 말을 뇌리에 새기고 지키며 한평생을 살아왔는데, 한구석도 비치지 않은 마음은 결국 모두의 얼굴을 지워 버렸다.

저 사람을 믿으면 결국 날 배반하겠지. 그리고 배반하기도 전에 아버지에 의해 처형장으로 끌려갈 것이다.

처형장 위의 새까만 복면. 뎅겅, 하고 잘려 나가는 머리. 잘려 나간 머리가 바닥을 피로 물들이며 데굴, 데굴, 데구르르.

그렇게 살아남으면 행복한 걸까. 성공한 건가요, 아버지. 모두를 짓밟고 정상에 서면 무엇이 보이나요. 지금 아버지의 주위에는 무엇이 보이십니까. 지금 제 눈에는 무채색으로 죽어 버린 세상이 보입니다.

아버지와 제 목에는 대체 무슨 의미가 있는 겁니까. 마르멜은 시큰거리는 자신의 목을 잠시 손바닥으로 문지르며 차갑게 굳은 표정을 지었다.

차라리 아무것도 몰랐다면 다시 제 숨통을 죄며 살아갔을 텐데, 오래전에 잊어버린 줄 알았던 감정은 차라리 꿈결보다 달콤해서…….

다시 광기가 그의 귓가에 속삭였다.

만약 그녀를 살리지 못한다면 넌 결국 네 아버지를 죽이게 될걸. 자, 제국 최고의 겁쟁이인 네가 주어진 처음이자 마지막 기회야. 차라리 날 외면하고 네 목을 조이며 속에서부터 천천히 썩어 가고 말겠다고 했지만 지금 광대처럼 춤을 추는 네 꼴을 봐. 무대는 결국 세워졌고 파멸의 종장이 열렸구나.

마르멜은 처음으로 광기의 속삭임에 동의했다.

그래, 만약 그녀를 지키지 못한다면 그것도 나쁘지 않다고 생각해.

모두를 죽이고……, 그리고…… 그리고 마지막으로는 아마 스스로 심장을 찌르게 되겠지.

자살이라. 마르멜은 고운 숨소리를 내며 잠든 그녀를 돌아 보며 피식 웃었다. 곁에 있어 준다고 했잖아. 흘러가는 대로 흘러가다가 결국 끝에 다다르는 순간 남는 건 죽음밖에 없으니 이런들 저런들 상관없었다.

그는 잠시 걸음을 멈추고 소니도르 쪽으로 다가가 고개를 숙였다. 그리고 그녀의 새하얀 이마에 경건하게 입을 맞췄다.

⚜

소니도르는 누가 업어 가도 모를 정도로 잠들어 있다가 해 가 중천에 뜰 시간쯤에 번쩍 눈을 떴다. 이미 모두가 깨어난 뒤 였다. 심지어 몇몇은 사라져 있었다.

아니 전하께서 어디 가셨지. 그리고 난 왜 여기에 누워 있는 거지. 그녀는 눈을 깜빡이며 멍한 머리를 이리저리 굴리다가 오늘이 바로 마르멜이 황제를 알현하기로 한 날이라는 걸 깨달 았다.

그러고 보니 그뿐만 아니라 크리스티안도 사라져 있었다.

그녀는 사라진 돌문을 확인한 뒤에 하기스와 테리를 향해 물었다.

"또 갇혔어요?"

"크리스티안 경이 지하 감옥에 가두지 않은 걸 다행이라고 생각하라던데. 처분을 기다리래."

그러자 하기스가 늘어지게 하품을 하며 답했다. 그는 아침부터 뭘 먹을 입맛이 들지 않는 건지 샐러드를 포크로 뒤적거리고 있었다. 먹을 거면 팍팍 먹든가. 음식 가지고 깨작깨작 뭐하는 짓이야.

소니도르가 분노의 힘으로 잠기운을 떨쳐 냈을 즈음 잠자코 건포도 빵을 씹어 먹던 테리가 답했다.

"마지막 만찬이라는 거죠."

"아가, 밥맛 떨어지게."

"애초부터 안 먹고 있었잖습니까. 긴장했어요?"

"화려하게 죽는 방법에 대해 고민 중이야. 어떻게 해야 미친 짓을 하고 죽을 수 있을까."

그 말을 들은 테리가 정색하며 답했다.

"당신은 이미 충분히 많은 미친 짓을 했어요. 이제 좀 자제하시죠. 역사에 길이 남고 싶어요?"

"아직 내 모든 걸 반의반의 반도 안 보여 줬는데."

"보여 줄 생각도 하지 마."

"아가 말이 짧다?"

"착각입니다."

그들이 말을 주거니 받거니 하는 것을 들으면서 소니도르가 이미 차갑게 식어 버린 옆자리를 더듬었다.

대체 언제 나가신 거지. 그러고 보니 어제 재워 준다고 해 놓고 혼자 먼저 잠들어 버린 것 같은데 괜찮으신 건가. 쪽잠이라도 좀 주무셨나. 어쩌면 이번에 보는 게 마지막일지도 모르는데 가시기 전에 좀 깨워서 인사라도 하고 가시지.

그녀는 괜히 뒷머리를 만지작거리다가 묶어 뒀던 머리가 풀려 있는 것을 발견했다. 이건 또 언제 풀어졌담.

소니도르는 끙끙거리며 머리를 하나로 질끈 묶었다. 그러고 나서 침대 위에서 내려오기 위해 무심코 시선을 바닥으로 옮겼는데 그곳에 누워 있는 사람을 발견했다.

미동조차 없이 엎드려 있어서 처음에는 시체인 줄 알았다. 그녀는 어깨를 움찔 떤 뒤에 그것을 삿대질하며 물었다.

"까, 깜짝이야. 누구예요?"

"연기 장인. 우리랑 같은 처지니까 이쪽으로 합류했어."

그야 그렇겠지. 마르멜과 바꿔치기를 해야 하니까 말이다. 그것보다 궁금한 건 대체 왜 저러고 누워 있느냐는 것이다.

소니도르가 연기 장인 곁으로 살금살금 조심스럽게 다가갔다. 그리고 엎드려 있는 그녀를 뒤집은 뒤에 몸을 쿡쿡 찔러 보았다. 다행히도 살아 있는지 규칙적으로 고른 숨을 쉬고 있었다.

연기 장인은 얼굴만 두고 봤을 때 여자인지 남자인지 헷갈리는 중성적인 외모였다. 선은 가늘었지만, 키도 큰 편이었고 머리카락도 뒷목이 드러날 정도로 단정하게 잘려 있었다. 옷도 남자들이 입을 법한 셔츠에 정장 바지를 입고 있었기 때문에 굴곡진 몸매만 아니었으면 남자인 줄 알았을 것이다.

뭔가, 멋있었다. 굽실거리는 머리 귀찮았는데 나도 짧게 잘라 볼까. 그녀는 동경 어린 시선을 던지며 연기 장인을 빤히 내려다보다가 그녀의 오똑한 코를 가볍게 톡톡 만져 보았다.

하기스는 소니도르가 아무리 건드려도 얌전하게 잠만 자는 연기 장인을 황당하다는 얼굴로 응시했다.

"내가 다가갈 때는 그렇게 살벌하게 눈을 번뜩이더니……."

그냥 침대 위로 옮겨 주려고 했을 뿐인데 혐오스럽다는 듯 그의 손길을 피했다. 마치 징그러운 벌레 보듯 말이다. 아무리 하기스라도 그건 상처였다.

"바닥 차가울 텐데."

"방전됐다고 오자마자 바닥에 쓰러지던데."

"저런. 내내 능력을 쓰셔서 그랬나 보네."

같은 장인으로서 그 고통을 알고 있는 소니도르가 그녀를 안쓰럽다는 듯 응시했다. 그것도 잠시 같은 방에 갇혀 있던 하기스와 테리를 질책하듯 돌아보았다.

"그런데 여자를 이런 찬 바닥에 그대로 자게 두면 어떻게 해요?"

"나는 나름대로 최선을 다했어."

하기스가 어깨를 으쓱이며 답했다. 대체 무슨 소리인 건지. 설마 무거워서 들지 못했다는 건가? 아무리 연기 장인이 키가 크다고 해도 그렇지 등에 지고 질질 끌고 가면 소니도르라 해도 침대까지 옮길 수 있을 것 같은데 말이다.

그녀는 눈을 가늘게 뜨다가 테리를 돌아보았다. 그러자 그가 고개를 좌우로 흔들며 답했다.

"난 저 여자 무서워."

질색하는 목소리였다. 그러고 보니 전에 테리에게 연기 장인에 대해서 들은 것 같은데 잘 기억이 나지 않았다. 분명 테리가 잠시 황태자 연기를 했던 시절에 만나서 뭐라고 했다고 한 것 같은데. 뭐라고 했더라.

소니도르가 곰곰이 생각하는 사이에 꾹 감겼던 그녀의 눈이 서서히 뜨였다. 밤하늘 같은 짙은 남색 눈동자와 마주치는 것과 동시에 그녀가 했던 말이 떠올랐다.

—고마우면 몸으로 갚든가?

잠깐, 내 기억이 제대로 된 게 맞나. 소니도르가 혼란스러워하는 사이에 연기 장인이 그녀를 보고 귀엽다는 듯 웃더니 허리를 꼭 끌어안고 다시 잠들었다.

⚜

마르멜은 오래간만에 마주한 자신의 아버지를 뜯어보았다. 다행히 그의 광기가 최고조에 달했을 때처럼 황제가 목 없는 드래곤으로 보이는 일은 없었다. 여전히 얼굴은 검은 칠을 한 듯 보이지 않았지만 적어도 인간의 형상이었다.

그나마 전보다 나아졌다는 뜻인가. 그는 시선을 내린 채로 보이지 않는 황제의 얼굴 대신 그의 움직임과 몸의 미묘한 변화를 주시했다.

여전히 당당한 풍채와 꼿꼿하게 세워진 등, 그리고 절도 있고 기품이 서린 몸동작이었다. 손에 잡힌 굳은살도 여전하고 잉크가 지워질 새 없이 정사에 몰두하는 것도 여전했다.

남을 믿지 못해 본인이 직접 움직여서 일 처리를 해야 하는 성미도 여전한 듯했고. 손에 파인 주름이 좀 더 깊어졌나. 전에 없던 목주름이 생겨 있었다.

황제, 카딘은 늙어 가고 있었다.

마르멜은 황제의 침실 한편에 마련된 개인 응접실에서 그의 맞은편에 앉아 차를 마시고 있었다. 굳이 탐지 마법을 쓰지 않아도 라이젤 가드가 주변에 기척을 숨기고 자신을 주시하고 있다는 걸 알 수 있었다.

나이가 들수록 판단력이 흐려지고 의심이 많아진다고 하던데, 언젠가 아버지의 손으로 직접 죽임을 당할 수도 있겠구나.

마르멜은 생각했다.

언제 그 손으로 직접 절 죽이시렵니까. 언제 제가 견디다 못해 아버지를 죽이고 말까요.

"풉!"

마르멜은 무의식중에 찻잔을 입에 가져갔다가 그대로 차를 뿜어냈다. 대체 모든 향의 차를 한데 섞은 것 같은 이 오묘한 맛은 뭐란 말인가. 떫고 달고 쓰고 향이 독하고 시었다.

자신이 잠든 사이에 미각에 치명적인 문제라도 생기신 건

가. 아니면 맛보지 못한 새로운 독이라도 섞으셨나. 그는 콜록콜록 기침을 터트리며 얼굴이 일그러지려는 걸 꾹 참았다.

카딘은 그 문제의 차를 잘도 홀짝거리면서 이렇게 말했다.

"깨어나도 몸이 약한 건 여전한가 보군."

"……."

마르멜은 말없이 찻잔을 내려놓았다.

"그래 어디 말해 봐라. 짐을 사흘이나 기다리게 한 값은 할 거라 믿지."

"폐하의 말씀대로 제 몸은 여전히 약합니다. 부족민의 저주가 여전히 풀리지 않은 것이지요."

사실 그는 독을 주기적으로 섭취했던 어릴 때를 제외하곤 단 한순간도 몸이 약했던 적이 없었다. 어디까지나 자신의 광기를 숨기기 위한 핑계였을 뿐이었지. 이번에는 소니도르를 지켜 내기 위한 수단이었다.

"그 증거는?"

"꿈 장인이 곁에 있으면 증세가 완화됩니다. 과거 '파멸의 끝을 알리는 시작은 그 피로써 풀 수밖에 없다.'라는 신탁처럼 저주를 내린 주술사의 피가 짙게 흐르는 장인이 필요할지도 모릅니다."

마르멜은 자신이 이런 말을 한다고 한들 황제가 들은 척도 하지 않을 거라는 걸 알고 있었다. 어디까지나 추측성의 말일 뿐 제대로 된 증거도 없고 말이다.

게다가 무신론자에 가까운 카딘은 신탁을 들먹이는 걸 굉장히 싫어했다. 신탁을 듣고 따랐다가 일이 제대로 풀린 역사가 단 한 번도 없었기 때문이었다. 그는 신탁을 늘 이것저것 간섭하며 신경 거슬리게 하는 신성 제국의 저주 정도로 취급하고 있었다.

"답이 성의 없군. 그렇다면 이건 어떠냐. 네가 그녀의 피를 취하는 건."

"다시 피의 역사를 반복하실 셈이십니까."

마르멜은 카딘의 도발을 덤덤한 시선으로 마주했다. 어차피 소니도르를 죽여 피를 취해 봤자 아무런 소용이 없다는 걸 알고 있을 텐데 저런 말을 하는 저의는 하나밖에 없었다. 황태자가 꿈 장인에게 개인적인 감정을 품고 곁에 두려고 하는 건 아닌지 떠보려는 것이다.

마르멜은 생각했다.

'저렇게 물어보시는 걸 보니 이미 어느 정도 다 다 짐작하고 계시는가 보군.'

이미 몇 수나 내다보고 있는 황제를 상대로 거래를 제안하는 건 굉장히 진이 빠지는 일이었다.

"그래, 태자가 잠에 빠진 게 부족민의 저주 때문이란 말이지. 그럼 이건 어떤가. 수많은 부족민을 죽여도 고대 황족의 저주가 풀리지 않았던 이유는 '저주를 내린 주술사의 피가 짙게 흐르는 이'를 죽이지 않아서라면? 꿈 장인을 죽여 끝날 저주라면 어쩔 텐가."

"그녀를 죽여 버리는 순간 다른 기회는 시도조차 하지 못하고 그대로 끝나 버리겠지요."

카딘은 화를 꾹 눌러 참는 것처럼 보이는 마르멜을 물끄러미 바라보다가 낮게 웃음을 터트렸다. 그리고 웃음기 어린 목소리로 물었다.

"짐이 그녀를 취한다 하면 어찌할 테냐."

마르멜의 붉은 눈동자가 순간 살기로 번뜩였다. 그 활활 타오르는 눈빛을 마주한 카딘은 여유로운 태도로 차를 홀짝인 뒤 얼굴에 웃음기를 완전히 지워 냈다. 그리고 냉기가 뚝뚝 떨어질 것 같은 차가운 목소리로 작게 혀를 차며 말했다. 한심해하는 기색이 역력했다.

"감정을 숨기는 데 아직도 이리 미숙해서야."

"……."

"짐이 괜한 짓을 했어. 꿈 장인이 혀를 놀릴 때부터 알아봤어야 하는 건데. 천한 몸뚱이로 네게는 무슨 달콤한 말을 흘리더냐. 널 구원해 주겠다고? 영원히 너만을 바라보고 곁에 있어 주겠다고?"

"폐하."

"가장 믿지 못할 생물이 여자다. 차라리 짐승을 믿고 말지."

마르멜은 격해진 감정을 내리누르기 위해 코끝으로 깊게 숨을 내쉬었다. 동시에 관자놀이를 못으로 쾅쾅 박아 대는 것 같은 편두통이 밀려왔다. 참을 수 없는 고통에 그는 눈가를 찌푸리며 잠시 고개를 숙였다.

무채색의 세상이 까맣게 번졌다가 하얗게 번지기를 반복했다. 동시에 그의 눈가에 길게 늘어트린 어머니의 새하얀 머리카락이 잠시 스쳐 지나갔다가 사라졌다. 가끔 잊어버렸던 과거의 기억이 떠오르려고 할 때 이루 말할 수 없는 두통이 밀려왔다.

'미치겠군.'

얼마나 떨어져 있었다고 벌써 소니도르가 보고 싶었다. 마르멜은 사고로 신체 일부가 잘린 사람처럼 환각통을 느꼈다. 영혼 일부가 찢어진 것 같았다. 그녀는 이미 그의 세상을 찬란하게 물들여 준 구원이었다. 아니, 그녀가 있어야 세상이 빛났다. 그녀가 빛났기에 세상이 같이 빛나 보였을 뿐이었다.

마르멜은 가슴께를 토닥여 주었던 손길을 기억해 내고는 가까스로 진정할 수 있었다.

그는 이마에 송골송골 맺힌 식은땀을 닦아내며 고개를 들었다. 뭔가 입가에서 뚝뚝 떨어지길래 설마 침인가 하고 손등으로 닦았더니 피였다. 고통을 분산시키려고 혀를 씹었나.

마르멜은 낭패 어린 표정을 했다. 황제의 얼굴은 볼 수 없었지만, 자신을 빤히 응시하고 있는 시선만큼은 확실하게 느껴졌다. 이렇게 약한 모습을 이렇게 적나라하게 보여 준 건 처음이라 평정을 유지하기 힘들었다.

"아프다는 건 거짓이 아닌 모양이군."

카딘은 품속에서 손수건을 꺼내 건네주었다.

"……감사합니다."

마르멜은 잠시 머뭇거리다가 굉장히 떨떠름한 얼굴로 그것을 받아들였다. 입가를 닦고 보니 생각보다 피가 흥건했다. 입 안이 걸레짝이 될 때까지 씹었는데도 아무런 고통이 느껴지지 않을 정도로 두통이 극심했던 모양이었다. 그는 잠시 비린 맛에 인상을 쓰다가 곧 덤덤한 표정으로 돌아왔다.

"그게 꿈 장인이 곁에 있으면 증상이 완화된단 말이냐?"

"예."

"허 참."

카딘은 어이없다는 듯 웃음을 터트리다가 곧 소파 등받이에 몸을 깊숙이 기대며 다리를 꼬았다. 이제야 본격적으로 들어 볼 생각이 생긴 모양이었다.

"좀 더 짐의 흥미를 끌 만한 얘기를 꺼내 보지 그러느냐."

황제는 믿기지도 않는 부족민의 저주 얘기는 집어치우라고 말하면서 마르멜이 숨기고 있는 패를 꺼내 놓으라 강요했다.

애초에 부족민의 저주에 관한 패는 버리는 패였기 때문에, 마르멜은 미리 준비해 두었던 패를 꺼냈다. 그가 예전부터 수많은 고서를 뒤적이며 수도 없이 조사했던 내용이기도 했고, 하기스가 그 결정적인 단서를 가져옴으로써 비로소 완벽해진 패를 말이다.

"대마법사이자 현자 돌리오스를 기억하십니까."

"그 미치광이 말인가."

"미쳤으나 대단한 천재이자 예언가였죠. 그가 살아생전 했던 모든 예언이 들어맞았다는 건 폐하께서도 아실 겁니다."

"짐이 즉위하자마자 잠적해서 머리카락 끝조차 보지 못한 비싼 몸이란 건 알고 있다만."

아마 목숨의 위협을 느끼지 않았을까. 제국의 미래도 예언하는 사람이 자신에게 닥친 위험의 냄새를 맡지 못할 리가 없었다.

차기 황제의 상태가 온전치 못하다는 걸 알고 눈치 빠르게 몸을 사렸을 확률이 가장 높았다. 마르멜은 그 얘기는 일단 굳이 꺼내지 않은 채 생략하기로 하고 뒷이야기를 마저 이었다.

"제 주치의가 바로 돌리오스의 제자였습니다. 그가 마지막으로 남긴 연구의 기록이 사라지기 전에 전부 자신의 머릿속에 기억해 두었다고 하더군요."

"호오. 그 미치광이의 제자라. 살기 위해 헛소리를 하는 건 아닌가."

"……일단 의심은 뒤로하시고 제 말을 들어 주십시오."

마르멜은 찬찬히 하기스에게 들었던 얘기를 풀어냈다. 지금 제국을, 아니 대륙 전체를 통틀어서 백성들이 숨 쉬듯이 사용하는 마나가 무한한 자원이 아니라는 것을 말이다.

마나. 마법을 사용하는 데 근원이 되는 힘.

물이나 공기도 무한한 자원은 아니었지만, 마나는 다른 자원과는 개념이 확연히 달랐다. 그것은 순환하는 것이 아니었다. 인간의 몸에 축적한 뒤 일단 마법으로 발현되면 에너지로 변환된 뒤 소비되어 없어지는 것이었다. 그러므로 다른 자원에 비해 줄어드는 속도가 기하급수적이었다.

이것까지는 모두가 알고 있는 사실이었다. 지금 대륙 전체에 마법이 만연해 있지만 언젠가 마나가 바닥을 보이는 날이 올 것이라는 걸 말이다.

최고의 경지에 도달한 대마법사이자 현자 돌리오스가 마지막으로 남겼던 기록에 따르면 마나의 15년 전 수치가 25년 전과 비교했을 때 4분의 1 가까이 줄어들었다고 한다. 그럼 그 이후로 15년이나 더 흐른 지금은 어떨까.

현재는 15년 전과는 비교도 할 수 없을 정도로 마법이 백성들의 일상에 밀접하게 연관되어 있었다. 불을 켜고 물을 끓이고 씻는 것조차 사람들은 마법을 사용했다. 마나가 사라지는 속도는 점점 더 가속화될 것이고 그렇다면 곧 혼란이 찾아올 것이다.

그것은 돌리오스가 공식적으로 발표했던 사안이 아니었다. 그저 연구 기록으로 남겨 두었을 뿐이었는데, 그가 죽는 순간 모든 기록이 사라졌다고 하더라도 하기스가 내놓은 다른 증거품도 존재했다.

"그가 수도 없이 많은 마법석을 보관한 장소가 있다고 하더군요. 마치 세계에 마나가 사라질 때를 대비해서 남겨 두기라도 한 듯 말이죠."

"증명할 길이 있나?"

"의원이 일러 준 장소로 사람을 보내면 금방 밝혀질 진실입니다."

"마법석을 발견한다고 해도 그 연구의 진실 여부는 파악하기는 힘들지."

10년 사이에 4분의 1이라니. 생각하지도 못한 수치였다. 대체 얼마나 높은 경지에 올라야 인간의 몸으로 대륙 전반에 퍼져 있는 마나의 양을 측정할 수 있단 말인가.

너무 터무니없는 소리라 믿기 힘들었지만, 마나가 한정적이라는 건 모두가 알고 있는 사실이었기에 섣불리 넘길 수 없는 사안이었다. 마르멜은 그런 카딘의 염려에 쐐기를 박았다.

"적어도 마나가 사라질 것을 대비해 수많은 마법석을 준비해 둘 정도로 위험할 지경에 이르렀다는 것은 증명되겠지요."

물론 지금 당장 마나가 사라지지는 않을 것이다. 하지만 마나는 무색무취였다. 경지에 올라야만 겨우 흐름을 느낄 수 있을 정도로 섬세한 것이었다. 마법은 공기 중에 떠다니는 마나를 강제적으로 붙잡아다가 몸에 축적한 뒤 사용하는 개념이었다.

그래서 마법사들도 마법의 화력이 평소보다 강하면 '아 이곳은 마나가 풍부하구나.' 하고 느끼는 정도에 그칠 뿐이었다. 현재는 아무리 마법을 펑펑 써 대도 전혀 사라지는 것을 체감할 수 없겠지만, 적어도 수백 년이 흐르면 완전히 바닥을 보일 것이다.

바닥을 보이는 순간 그것은 악몽의 시작이었다. 그제야 사람들은 두려움에 잠길 것이다. 마법사들은 마법을 쓰지 못할 것이고, 소드 마스터들은 평범한 기사로 나앉을 것이며, 백성들은 아주 기본적인 일들도 마법 없이는 할 수 없어 손발을 잃을 것이다. 제국에는 곧 혼란이 찾아올 것이고, 무력을 잃고 순식간에 세력이 약해질 것이다.

그렇다면 마법이 사라지는 그 순간 누구보다 강해지는 건 누구일까.

"장인들은 마나 없이도 이능을 발현할 수 있습니다."

"……."

"또 개개인의 장사 수완이 뛰어나죠. 그들에게 거둬들이는 세금을 보시면 아시겠지만, 일반 백성들과는 비교도 할 수 없을 정도로 많은 부를 축적하고 있습니다."

"그래서 지금 그들을 수용하자는 건가?"

"당장은 어렵겠지요. 하지만 그들을 수용하지 않으면 제국의 미래는 참담하지 않겠습니까."

카딘은 말없이 소파에 더욱 깊숙이 기대앉았다. 별로 기대도 하지 않았는데 마르멜이 꽤 그럴듯한 패를 들고 왔다는 것에 살짝 놀라는 중이었다. 그 주치의라는 자도 영 숨기는 게 많아 보이더니 터무니없는 것을 속에 품고 있었군.

게다가 돌리오스의 연구 자료를 '전부' 머릿속으로 기억하고 있다는 말로 자신의 목숨과 거래할 여지를 남겨 두고 있었다.

허풍일 가능성이 높았다. 고문해서 모든 걸 털어놓게 하는 방법도 있겠지. 황제가 잠시 하기스의 처분을 고민하는 사이에 마르멜이 말을 이었다.

"저도 예전부터 이 사실을 염려하고 있었지만 증명할 방법이 없어 아무런 행동도 취하지 못했습니다. 하지만 제 주치의 덕분에 드디어 그 기회가 생겼더군요."

부족민의 처우 개선은 마르멜이 황태자가 된 이후부터 꾸준히 주장한 것이었다. 훗날 그가 황제에 올랐을 때를 대비해 미리 토대를 마련해 두기 위해서였다. 그는 장인들에게 제국 시민권을 주고 제국민으로서 받아들일 계획을 세우고 있었다. 그러기 위해서 마나가 한정된 자원이며 이제 곧 그 끝이 다가오고 있다는 증거를 차곡차곡 모아 왔다.

하지만 소니도르를 살리기 위해선 어쩔 수 없이 이 패를 공론화할 수밖에 없었다.

"제국이 통일하기 전, 그러니까 공용어를 사용하기 전 시대의 고대어로 적힌 연구 자료를 우연히 손에 넣었습니다. 학자 아셰브가 집필한 것이니 그 타당성은 이미 증명된 것입니다. 남쪽 섬의 땅이 데센시아 부족민의 몸에 반응한다더군요. 마치 공명하듯 말입니다."

"그게 어쨌다는 거지?"

"그곳은 예로부터 마나 섬이라고 불리던 곳이었습니다. 땅의 반응이 어떤 효과를 불러일으킬지 실험해 볼 가치가 있지 않겠습니까."

어쩌면 세상 모든 마나가 사라진다고 해도 남쪽 섬만은 계속 마나를 만들어 낼 수 있을지도 모른다. 그렇다면 적어도 마법석을 꾸준히 생산해 낼 수 있고, 마나가 필요 없는 부족민과 거래하여 유통하면 좋은 상부상조가 될 수 있다. 하지만 이건 부족민에게 땅을 돌려준다는 전제하에 일어날 일이었다.

"하, 이젠 남쪽 섬까지 그들에게 제공하라고?"

"물론 지금 당장은 아닙니다. 하지만 폐하께서는 멀리 내다볼 수 있는 분이 아니십니까."

"짐은 여전히 그들을 힘으로 지배해야 한다고 믿는다. 절대적인 우위를 차지해야 감히 넘볼 생각도 하지 않겠지."

"아무리 짓밟아도 모난 곳은 생기기 마련입니다. 만약 마나가 고갈된 뒤에 데센시아 부족민이 반란을 일으킨다면, 그 후를 장담하실 수 있으시겠습니까."

"무력으로 처참히 짓밟히겠지. 아무리 개개인의 능력이 뛰어나다고 한들 그들은 제국 밖으로 나갈 수조차 없는 소수민족일 뿐이다."

카딘은 본인의 뜻을 꺾을 생각이 전혀 없어 보였다. 마르멜은 급격히 피로가 몰려오는 것을 느끼며 자신의 앞머리를 쓸어 올렸다. 역시 너무 앞서 나갔나.

그는 이것이 굉장히 힘든 싸움이 될 것임을 직감하고 잠시 눈을 꾹 감았다가 떴다. 이래서 황제가 되면 추진하려고 지금까지 아껴 뒀던 건데. 마르멜은 더는 카딘을 설득하는 것을 관두고 여전히 검은 것으로 뒤덮인 얼굴을 직시하며 말했다.

"하지만 그들을 살려 둘 사유로는 충분하겠죠."

"확실히 그렇군."

황제는 손가락으로 소파 손잡이를 툭툭 두들기다가 입을 열었다.

"네 그 부족민의 저주인지 나약함인지가 사라질 때까지 목숨은 연장해 주지."

생각보다 흔쾌히 받아들여졌다. 마르멜은 일단 최악은 피했다는 생각에 크게 숨을 내쉬었다.

황제는 허공에 손짓해 라이젤 가드를 불러낸 뒤에 종이와 펜, 그리고 금인을 가져오라고 일렀다. 금인이란 곧 아르케 제국 황제의 인장이었다. 카딘은 지금 이 자리에서 소니도르에게 전달할 계약서를 작성할 모양이었다. 계약서라고 해 봤자 소니도르에게는 전혀 선택권을 주지 않겠지만 말이다.

"이번에는 제대로 된 금인을 사용해야겠군."

"……."

그럼 전에는 제대로 된 금인이 아니었다는 뜻인가. 마르멜은 황제가 소니도르에게 무엇을 두고 협박했는지는 알고 있었지만, 어떤 조건을 내걸고 계약했는지까지는 몰랐다. 하지만 애초부터 계약 같은 건 지킬 생각도 없었다는 듯 인장으로 장난을 쳤다는 사실을 직접 듣게 되자 머리가 다 지끈거리기 시작했다.

적어도 이번에는 제대로 된 금인을 사용한다는 것을 다행으로 여겨야 하는 건가.

카딘은 종이에 정갈한 글씨체로 조항을 빠르게 적어 내려가면서 흘러가듯 말했다.

"하긴 일부 그들의 능력은 여전히 위험하지. 인재를 등용하는 것도 나쁘지 않겠어."

조금 전 절대 뜻을 굽히지 않았던 그와의 대화로 미루어 봤을 때 곁에 두고 견제하겠다는 소리로밖에 들리지 않았다. 하지만 이게 어쩌면 장인들에게 또 다른 기회가 될지도 몰랐다. 그들이 어떻게 하느냐에 따라 달라지겠지만. 마르멜은 잠시 차갑게 가라앉은 눈빛으로 카딘을 응시하다가, 문득 생각난 김에 입을 열었다.

"저도 조항을 추가할 수 있습니까?"

✢

소니도르는 움직이지도 못하고 망부석처럼 앉아 있어야만

했다. 연기 장인이 여전히 그녀의 허리를 껴안은 채 잠들어서 깨어날 생각을 하지 않았기 때문이었다. 손을 억지로 떼어 내려고 해도 얼마나 힘이 강한지 요지부동이었다.

설마 이대로 석상이 되는 건 아니겠지. 오늘 안에는 깨어나겠지? 소니도르는 불안한 시선을 그녀에게 던지다가 뻐근한 어깨와 목을 이리저리 돌리며 풀었다.

"의원님이 이분 좀 떼어 내게 도와줘요."

"뺨 맞기 싫으니까 관둘게."

"그럼 테리……."

"싫어요."

"……."

대체 연기 장인은 자신이 잠든 사이에 무슨 깽판을 친 걸까. 소니도르는 궁금했지만 별로 알고 싶지 않은 복잡 미묘한 기분에 사로잡혀야 했다.

시간이 오후를 넘어섰을 때쯤에 크리스티안이 돌아왔다. 소니도르는 그가 돌아올 때까지 허리에 연기 장인을 매달고 있어야 했다. 여전히 떨어질 생각을 하지 않기 때문에 그녀는 이미 반쯤 포기하고 바닥에 앉아 열심히 딸기 케이크를 먹는 중이었다.

연기 장인이고 뭐고 일단 중요한 건 디저트였다. 그녀는 마지막 만찬일지도 모른다는 생각에 배가 터지도록 위장에 꾸역꾸역 쑤셔 박았다. 살을 빼기로 다짐한 지 겨우 하루가 지났을 뿐이었는데 말이다.

죽지 않으면 살 빼지 뭐. 어차피 죽을 거면 살 빼서 뭐해. 그녀는 나름 타당한 변명거리를 가지고 있었다.

크리스티안은 그런 소니도르를 질린 듯이 바라볼 뿐이었다.

"못 먹고 죽은 귀신이라도 붙은 것 같군."

"만약 죽으면 그런 귀신이 될 예정입니다. 그리고 기사님한테 찰싹 달라붙을 거예요."

"……지금 날 협박하는 건가."

글쎄요. 그녀는 어깨를 으쓱이며 의뭉스럽게 웃었다. 지금은 농담일 뿐이었지만 만약 진짜 귀신이 된다면 당연히 크리스티안이 아니라 황제에게 먼저 가서 붙어 버릴 거다.

그런데 애초에 원한 서린 귀신이라는 게 있으면 황제 쪽은 최고로 인기가 많을 것 같은데. 등 뒤에 자리가 나지 않을 정도로 바글바글 넘쳐 날 듯했다.

이럴 수가. 죽고 나서도 복수할 기회가 주어지지 않는다니 서글프기 그지없었다.

그럼 역시 기사님밖에 없나. 크리스티안은 황제의 명령을 따랐을 뿐이지만 너무 충성스러워서 왠지 얄미우니까 말이다.

잠시 시무룩해졌던 소니도르는 들러붙을 사람이 생겼다는 사실에 기뻐 해맑게 웃으며 섬뜩한 소리를 했다.

"원혼이 되면 찾아갈게요!"

"필요 없다. 애초에 원혼이 될 일도 없어. 태자 전하께서 널 찾으신다."

저 말은 곧 죽을 필요도 없고 밖으로 나갈 수 있게 해 준다는 말이었다.

"다른 사람들은요?"

"모두 죽이는 건 일단 보류한다 하셨다."

아무래도 소니도르는 목숨을 건진 모양이었다. 와, 진짜? 죽지 않아도 돼? 그녀는 아직 그 사실이 와 닿지 않아서 잠시 포크를 입에 문 채로 굳어졌다.

사실 반신반의하고 있었다. 믿지 못해서는 아니었다. 워낙 황제가 신념과 아집이 강하고, 언동 또한 과격하다 보니 마르멜이 그를 상대로 협상해 낼 수 있을까 걱정했기 때문이다. 하지만 그럼에도 불구하고 성공한 듯했다.

'거봐요. 지켜 내실 수 있잖아요.'

과거에 휘둘릴 수밖에 없었던 건 그가 아직 어리고 약했기 때문이었다. 훗날 그가 자란 뒤에 용기를 낼 수 없었던 건 뼛속 깊이 세뇌된 공포와 광증도 있었겠지만, 기회가 없었기 때문이 아니었을까.

소니도르는 얼떨떨한 얼굴을 하다가 자신이 살아남았다는 사실을 서서히 받아들였다.

'살았다……'

마르멜도 깨어났으니 부족민 대학살이 일어날 일도 없었다.

행복한 결말인가?

그런데 석연치 않은 기분이 드는 건 왜일까.

그녀는 포크로 조각낸 딸기 케이크를 입에 넣었다. 이제는 죽기 전에 다 먹고 볼 생각이라는 변명이 더는 통하지 않은 것이 됐음에도 불구하고, 그녀는 그 사실을 철저히 외면하기 시작했다.

딸기 케이크를 앞에 두고 먹어 주지 않는 건 예의가 아닙니다. 진리의 딸기 케이크.

"자세한 내용은 각자 계약서를 확인해 줬으면 좋겠군."

크리스티안은 품 안에 들고 있던 서류를 그들에게 각각 나누어 주었다. 그리고 잠든 상태로 도무지 떨어질 생각을 하지 않던 연기 장인을 소니도르 대신에 떼어 준 뒤에 멱살을 붙잡고 탈탈 털어서 깨우고 있었다. 여자한테 너무 과격한 것 같은데.

소니도르는 저래도 깨어나지 않는 연기 장인을 질린 듯이 보다가 자신의 조수를 돌아보았다. 서류를 읽던 테리는 상기된 얼굴로 입을 틀어막으며 감동에 젖은 표정을 짓고 있었다. 잘하면 울겠다.

"와, 진짜 이거 꿈 아니죠?"

쟤가 저러는 건 라이젤 가드랑 연관 있을 때밖에 없는데. 아무래도 황제가 테리와 약조했던 건 지켜 주려는 모양이었다. 라이젤 가드에게 직접 수련을 받는 것 말이다.

아무리 황제 최측근이라고 한들 황제가 담배를 내밀면 자신의 손을 재떨이로 써 달라 내밀어야 하는 기사 작위가 대체 뭐가 좋다고. 그냥 무조건 강하면 동경하는 건가.

'하여튼 사내아이들이란.'

그녀는 고개를 절레절레 흔들며 제 몫으로 돌아온 돌돌 말린 양피지를 펴 보았다.

전에 황제를 처음 만났을 때 받았던 계약서와 필체가 같은 걸 보니 이번에도 직접 작성한 모양이었다. 그녀는 케이크를 우물우물 씹으며 계약서 내용을 쭉 읽어 내려갔다.

소니도르는 부족민의 저주를 해결하면 백억 부크를 지급한다는 조항을 차게 식은 눈빛으로 응시했다. 그놈의 백억 부크. 나중에 과로사로 죽인 뒤에 조의금으로 준다는 거 아니야? 조의금이라도 주면 다행이지.

애초부터 황제에게 신뢰가 없었기 때문에 이제 별 기대도 없었다. 부족민에게 제국 밖으로 이주할 권리를 준다는 조항도 어디론가 쏙 빠져 있고 말이다.

'어?'

자세히 보니 그런 엇비슷한 조항이 있었다. 소니도르는 눈으로 쓱 훑어 지나칠 뻔했던 조항을 다시 자세히 살펴보았다. 대충 요약하자면, 장인들이 이주할 권리를 주는 것은 일단 유보하는 대신 유능한 인재를 등용해 작위를 부여할 것이라고 적혀 있었다.

황제가 작성한 조항치고는 장인들에게 꽤 파격적인 조건이라 소니도르는 의아함을 느꼈다. 작위를 부여한다니. 그럼 장인에게 '성'을 가질 수 있는 권리도 주고 영지도 하사한다는 것 아닌가.

설마, 그럴 리가 없었다. 그냥 이름뿐인 작위겠지. 하지만 그렇다고 해도 눈을 의심할 만한 획기적인 제안이었다.

소니도르는 설마 황제가 자신에게 작위를 내려서 곁에 묶어버릴 생각은 아닌 건지 두려워지기 시작했다. 어딘가에 소속되지 않은 자유로운 영혼으로 사는 것이 신조였는데. 애초에 황태자를 만난 시점에서 그건 물 건너간 것 같았지만.

"다 읽었으면 서명해라."

크리스티안이 연기 장인을 깨우는 것을 포기하고 그들에게 잉크와 펜을 건네주면서 말했다.

잠깐만.

"애초에 선택권이 없는 건 알고 있었지만, 이거 계약서가 아니라 명령서 아닌가요."

"서명하면 계약서가 되지."

뭐 이런 횡포가. 소니도르는 썩어 들어가는 표정을 숨기지 않으며 다시 계약서로 시선을 돌렸다. 지금까지 읽은 조항 중에 특별히 문제가 되는 건 없었다. 황제라면 신체 포기 각서를 건네준다고 해도 전혀 이상할 게 없었으니까 말이다.

하지만 그녀는 계약서를 뒷장으로 넘긴 뒤 잠시 할 말을 잃었다.

황태자의 저주가 나을 때까지 황궁 밖을 나갈 수 없으며, 조금이라도 건강에 이상을 보일 때에는 이유 불문하고 곁에서 떨어지지 않아야 하고, 밤마다 침소를 찾아 이능을 발현하여 꿈 장인의 의무를 다해야 한다…… 잠깐, 이거 뭐야.

한마디로 마르멜의 곁에서 그가 잠들 때까지 한시도 떨어져서는 안 된다는 말이었다. 황제 폐하께서 이런 조항을? 그럴 리가 없었다.

소니도르가 계약서를 든 손을 덜덜 떨며 혼란스러워하는 사이에 기사가 말했다.

"그리고 의원은 얘기가 끝나면 날 따라와라. 폐하께서 부르신다."

와. 황제가 딱 지목해서 부르다니. 아무리 변태였어도 그간 든 정이라도 있었던 것일까. 소니도르는 이제 그를 보는 것도 마지막이라는 생각에 일단 계약서를 내려놓고 하기스의 손을 꼭 붙잡았다. 천상 변태에 하는 말도 저질이고 농담도 저질이 었지만 그래도 나쁜 사람은 아니었고 가끔 죽이 잘 맞을 때도 있었으니까.

"명복을 빕니다."

"아직 빌지 말아 줄래? 오빠 안 죽었어. 지금 네 앞에서 살아 숨 쉬고 있단다."

"좋은 곳 가실 거예요."

"아가, 너무한다…… 농담이지?"

"농담 같아요?"

"……."

하기스는 심장에 비수가 꽂힌 것 같다고 훌쩍거리기 시작했 다. 붙잡은 손을 은근한 손길로 살살 쓰다듬길래 그녀는 그의 손을 매정하게 뿌리쳤다. 그라면 황제를 앞두고도 잘만 혀를 놀릴 것 같으니까 그렇게 큰 걱정은 하지 않아도 될 것 같았다. 게다가 무려 돌리오스의 유일한 제자인데 아무리 황제라도 섣 불리 죽이지는 못하겠지.

어찌 되었든 여전히 그들에게 선택권 따위는 없었다. 그저 명령을 받들 뿐이지. 소니도르는 테리의 계약서에 혹시 이상한 조항은 없나 본 뒤에 이상이 없다는 걸 확인하고 자신의 계약 서에도 서명했다. 그 순간 바닥에 시체처럼 엎어져 있던 연기 장인이 벌떡 일어났다.

"추워."

그리고는 주변을 휙휙 돌아보더니 침대에 기어들어 가 이불을 덮고 누웠다. 영 정신을 차리지 못하는 게 쉬지도 않고 일한 후유증이 큰 모양이었다. 크리스티안은 일단 연기 장인의 계약은 뒤로 보류하기로 하고 그들에게 각각 용도를 알 수 없는 목걸이를 나누어 주었다.

매우 값비싸 보였다. 목걸이에는 새끼손톱만 한 수정이 달려 있었는데 마법이 새겨져 있는 것인지 붉은빛이 끊임없이 일렁이고 있었다. 이게 뭐냐는 시선으로 기사를 올려다보자 그가 말했다.

"이 목걸이를 한시도 몸에서 떼 놓지 않는 게 조건이다."

"이게 뭔데요?"

"너희의 위치를 탐색하는 마법이 걸려 있어서 황궁 밖으로 나가면 폭발한다. 금기어에 반응하기 때문에 비밀을 누설하려고 해도 폭발하지. 소유자의 몸에서 떼어 놓으려고 하면 폭발해."

"……."

"폐하께서 조금 따끔할 거라고 하시더군."

모두가 침묵하는 사이에 하기스가 헛웃음을 터트리더니 목걸이를 목에 걸고서 농담을 던졌다.

"이거라면 화려하게 죽을 수 있겠네."

폭발해서 죽는 것이? 소니도르는 마음에도 없는 소리를 하는 의원을 가늘게 뜬 눈으로 응시하다가 한숨을 내쉬며 목걸이를 목에 걸었다. 하긴 황제가 저런 종잇조각에 안심하고 그들을 풀어 둘 리가 없겠지. 크리스티안의 말대로라면 허튼짓만 하지 않으면 폭발할 일이 없다는 뜻이었다.

그런데 순간 의문이 그녀의 머리를 스쳤다.

"잠깐만요. 이게 몇 시간 만에 만들어지는 거예요?"

그러자 하기스도 모순을 눈치챈 모양이었다. 그는 본인도 어이가 없는지 허허 웃으며 답했다.

"적어도 몇 주는 걸리지."

"……."

위치 추적 마법을 새겨 넣은 아티팩트를 미리 준비해 뒀다는 건 애초부터 죽일 생각이 없었을 가능성이 높았다. 이게 한두 푼 하는 것도 아니고 말이다.

하기스는 말없이 탐색 마법을 시전했다. 목걸이에 크리스티안이 말한 마법 외에 특별히 다른 마법이 숨겨져 있지는 않았다.

무슨 마법이 걸려 있는지 순순히 알려 주는 걸로 봤을 때 이것은 그저 허튼짓하지 말라는 협박용에 지나지 않았다. 소니도르가 마르멜을 깨우지 못했어도, 마르멜이 나서서 황제를 설득하지 않았어도, 하기스가 숨겨 두었던 제 패를 내밀지 않았어도 결말은 원래부터 정해져 있던 것 아닐까.

'대체…….'

황제의 속은 깊이를 알 수 없는 우물 같았다. 소니도르와 하기스는 서로 묘한 표정을 짓다가 시선을 교환하고는 크리스티안을 따라 몸을 일으켰다. 왠지 즐거워 보이는 테리도 그 뒤를 쫓았다. 연기 장인은 그들이 떠날 때까지 계속 잠들어 있었기 때문에 별수 없이 지하 통로에 갇히고 말았다.

　홀로 남은 그녀가 깨어난 건 그로부터 이틀이나 더 지난 후였다.

폭풍전야

드디어 지하 통로 밖으로 나왔다!

굴속을 빠져나와 태양 빛을 정면으로 마주한 미어캣의 기분이 이런 걸까. 소니도르는 감격 어린 얼굴로 푸른 하늘을 올려다보다가 깊게 숨을 들이쉬었다. 청량한 숲의 공기가 폐 속 깊이 스며드는 것 같았다.

나무 내음! 하늘과 땅의 정기! 그녀는 방방 뛰며 숲을 헤집고 다니다가 이곳은 황실 사냥터라 위험하다는 이유로 크리스티안에게 뒷덜미를 붙잡혔다.

그들은 마차를 타고 황궁으로 향했다. 이제 정식으로 입궁할 구실이 생겼기 때문에 본궁 입구에서 신원 확인 절차를 거쳐야만 했다. 소니도르는 밖으로 나왔다는 해방감과 더불어 새로운 것을 접하는 기대감으로 눈을 빛냈다.

마르멜의 꿈에서 봤던 그대로 황궁은 넓고 화려하기만 했다. 다른 점이라면 역시 사용인들의 목이 전부 멀쩡하게 붙어 있다는 것 정도일까.

신원을 확인한 후 그들은 각각 흩어졌다. 테리는 미리 대기하고 있던 다른 라이젤 가드를 따라 연무장으로 향했다. 하기스는 황제를 알현하기 위해 크리스티안을 따라 응접실로, 그리고 소니도르는 또다시 마차를 타고 황태자 궁으로 향했다.

그녀는 궁에 도착하면 당연히 마르멜부터 만날 줄 알았다. 그런데 궁 입구에서부터 시녀들에게 붙들려서 어디론가 질질 끌려가야만 했다. 엥. 소니도르는 주변을 두리번거리다가 자신의 앞뒤로 붙어서 연행하듯 끌고 가는 그녀들에게 어리바리한 목소리로 물었다.

"지금 전하께 가는 건가요?"

그러자 그녀의 왼편에 있던 시녀가 무슨 소리를 하느냐는 듯 답했다.

"태자 전하를 알현하기 전에 몸단장부터 하셔야죠."

"네? 제가요? 왜요?"

"그럼 이런 몰골을 하시고 가실 셈이십니까."

소니도르는 굳이 따지자면 의원 같은 개념이었다. 부족민의 저주를 치료해 주겠다는 명목으로 마르멜의 곁에 붙어 있는 처지였으니 말이다.

그런데 환자를 만나는 의원에게 몸단장이 왜 필요하단 말인가. 확실히 지하 통로에 갇힌 바람에 황궁에서 마주한 그 누구보다 꾀죄죄한 몰골이긴 했지만. 하긴 환자를 만나는 의원이면 적어도 청결할 필요는 있겠지.

하지만 이렇게 많은 시녀가 달라붙을 필요까지는 없었다.

"그냥 씻을 물만 주면 되는데요. 무슨 몸단장까지야."

그러자 그녀의 말에 시녀가 단호한 목소리로 답했다.

"전하께서 직접 명하신 일입니다."

마르멜이 직접 몸단장을 명했다는 것을 듣고 나니 소니도르는 굉장히 심란한 기분이 되고 말았다. 그렇게 심했나? 짧은 시간이었지만 그와 지하에서 생활하면서 옷차림 같은 걸 지적받은 적은 단 한 번도 없었는데 말이다.

아무래도 상관없다는 듯이 굴었으면서 내심 신경 쓰고 계셨던 걸까. 황궁에서 지내려면 전부 화려하게 입어야 하나.

'하긴 전하의 체면도 생각해야겠지.'

이제 언제 어디서나 그가 필요할 때 달려가야 하는 입장에서 말이다. 주변 사람의 시선도 신경 써야겠지.

소니도르는 벌써 지치는 것 같아 뒷목을 문지르며 하품을 내뱉었다. 그녀의 건들거리는 태도에 잠시 시녀가 말없이 시선을 보냈지만, 불만이 있을지언정 경멸은 없었다.

그건 꽤 의외였다. 그간 장인으로서 제국에서 생활하면서 수도 없이 많은 차별을 받아 왔기 때문이었다. 그래도 평민들은 우호적인 편이었지만, 황궁에서 일하는 사람은 하나도 빠짐없이 재수 없게 굴 줄 알았는데.

역시 제대로 교육받은 황궁 시녀는 다른 모양이었다. 제국민으로 자랐다면 본능적인 건 어쩔 수 없을 텐데, 게다가 황궁 시녀라면 분명 귀족 출신이 대다수일 테고 말이다. 시선에 드러나지 않을 정도로 사적인 감정은 완전히 지워 낸 것이다.

그녀가 느끼기에는 분명 크리스티안도 저랬다. 소니도르는 그들이 정말 대단하다고 느끼면서 아마 본인은 절대 저렇게 못할 거라고 질린 표정을 지었다. 피곤한 삶이었다.

하지만 시녀를 따라 옷가지들로 가득한 방에 들어서자 그녀의 얼굴은 더욱 하얗게 질렸다.

"최대한 편한 옷으로 부탁합니다."

황태자 궁인데 대체 언제 이런 드레스들을 공수해 왔는지 모르겠다. 그 짧은 사이에! 시녀들은 소니도르의 말을 들은 체도 하지 않고 방 안쪽에 마련된 욕실로 데려가서 갑자기 옷을 벗기기 시작했다. 꺅, 수치스러워! 하필 요즘 들어 뱃살도 나왔는데 말이다. 아무리 부끄러워하든 말든 시녀들은 욕조에 담긴 물에 향유를 붓고 그녀를 집어넣었다. 그리고 박박 씻기기 시작했다. 생전 처음 받은 목욕 시중이었다.

"이 목걸이는 잠시 빼 둘까요?"

"아 그냥 놔두세요. 빼면 터지거든요."

"네?"

뭐지, 편하기는 한데. 이 기분을 뭐라고 표현해야 좋을지 모르겠다. 자발적이 아니라 강제적으로 시중을 받아서 그런 건지 몰라도 어쩐지 주인이 털을 씻겨 주는 기분이었다. 사랑받는 애완견이 된 것 같다. 멍멍. 원래 귀족들은 매번 씻을 때마다 이런 기분을 맛보고 있었던 건가. 차라리 내가 씻고 말지.

"머리가 많이 엉켰네요. 잘라 내야 할 것 같은데…… 일단 최대한 풀어 볼게요."

그 정도야? 평소랑 똑같은 것 같은데.

"피부는 타고나셨는데 관리가 전혀 안 되어 있네요. 전혀. 이건 거의 태어난 이후로 단 한 번도 손을 대지도 않은 정도인데요."

　피부도 관리해야 하는 거였어? 그래도 세수는 열심히 했는데.

　"……그동안 뭘 드셨어요?"

　수많은 디저트? 소니도르는 말없이 양팔로 자신의 배를 가렸다. 역시 수치스러워!

　시녀들의 시선을 받는 것도 이렇게 진이 빠지는 일이었다. 역시 귀족은 아무나 하는 게 아니구나. 다들 낯짝이 두꺼운 이유가 다 있었어. 소니도르는 퀭해진 눈으로 욕실을 빠져나왔다.

　다행히 그동안 열심히 기른—사실 자르기 귀찮아서 놔둔—머리카락을 자르는 일은 없었다. 대신 머리에 무슨 짓을 한 모양이었다. 물기를 전부 말리자 산지사방으로 굽실거리던 머리카락에서 윤기가 흐르고 자연스럽게 펴져 있었다.

　마법인가?

　소니도르는 믿을 수가 없어서 거울 너머 자신의 차분해진 머리카락을 응시했다. 넌 누구냐. 피부도 전과 비교할 수 없을 정도로 매끈해져 있었다. 아니 목욕 한 번 했다고 인상이 이렇게 달라질 수 있어? 다른 사람인데? 그녀는 거울을 처음으로 마주 보는 고양이처럼 털을 쭈뼛 세웠다. 그때 시녀가 뭔가를 상체에 두르더니 사정없이 조이기 시작했다.

　"커억!"

　생전 처음 해 보는 코르셋이었다. 시녀들도 그걸 알고 최대한 조임이 덜한 것을 사용했지만, 소니도르 입장에서는 방금 먹은 케이크가 올라올 것 같은 것도 모자라 내장까지 튀어나올 것 같았다.

끈을 조이는 단계가 올라갈수록 폐부를 압박하는 힘 때문에 말을 할 수가 없었다. 아니 숨조차 쉴 수 없었다. 이게 바로 죽음의 고통인 건가.

시녀인 줄 알았더니 코르셋 살인마였다니!

"대체, 허억! 코르셋이 왜…… 왜 필요!"

어디 파티라도 나가느냐는 그녀의 질문에 시녀가 답했다. 꿈 장인님이 배에 군살이 많아서 어쩔 수가 없었으며 코르셋은 레이디의 필수품이라고. 아니 레이디는 좀 군살 있으면 안 됩니까!

그냥 레이디를 안 하고 말겠다. 차라리 그냥 연기 장인처럼 머리를 짧게 자르고 남장이라도 하는 게 낫겠다. 하지만 이미 코르셋 살인마들은 그녀 앞에 드레스 이것저것을 내밀고 있었다.

"밝은색이 어울릴 것 같으니 이 크림색 드레스는 어떠세요?"

"아냐, 연한 핑크빛이 더 잘 받으실 것 같은데. 비스크나 피치퍼프 쪽이 좋겠어."

"휘트도 괜찮아. 너무 붉은빛이 도는 것보다 오히려 밀빛 쪽이 나을지도 몰라."

"밀빛 하니까 말인데 아예 연한 노란빛으로 가는 게 어때? 이 레몬 시폰 드레스가 달마이어 살롱에서 나온 신작……."

"다 고만고만하니까 아무거나 주시죠."

제발. 소니도르가 죽어 가는 목소리로 말했으나 코르셋 살인마들은 여전히 쓸데없는 것으로 열띤 토론을 벌이고 있었다. 아니, 연한 핑크나 연한 노랑이나.

호흡곤란으로 눈앞이 핑핑 도는데 설마 저거 다 입어 보라고 시키기라도 한다면 창밖으로 뛰어내릴 테다. 하지만 다행히도 시간을 오래 지체할 수 없었는지 그녀들은 달마이어 살롱 신작이라는 레몬 시폰 드레스를 입혔다.

소니도르는 머릿속에 딱 두 가지 생각밖에 없었다.

죽겠다. 그리고 레몬 시폰 케이크 먹고 싶다.

이따 멜한테 부탁해야지. 설마 이런 생고생을 했는데 먹는 것에 인색하게 굴지는 않을 것이다. 그녀는 머리에 봄에 피는 생화로 꽃 장식을 달고 가볍게 화장까지 받고 나서야 겨우 코르셋 살인마들로부터 풀려날 수 있었다.

어느새 해가 져 가는 중이었다. 소니도르는 창밖 너머로 어둑어둑해진 하늘을 응시하며 한숨을 몰아쉬었다가 또 숨 쉬는 게 힘들어져서 괴로워해야만 했다. 그때 코르셋 살인마가 머릿속에 케이크밖에 없는 그녀의 생각을 읽기라도 한 것처럼 말했다.

"숨 크게 쉬지 마시고요. 익숙해질 때까지 물 외의 음식물 섭취는 안 됩니다."

뭐라고!

"되도록 감정적으로 격해지는 것도 자제하셔야 합니다. 기절하실 수 있으세요."

아니 그게 마음대로 됩니까. 목에 칼을 들이대고 '움직이지 마세요, 베이실 수 있으세요.' 하는 거랑 뭐가 다른지 모르겠다. 몸매 좀 교정하려고 목숨을 담보로 둔다니 그냥 놀고먹는 줄로만 알았던 귀족 영애의 삶은 생각보다 더 긴장감 넘치는 일이었구나. 매일매일 생명의 위협을 느껴야만 하는 극한 신분이었다.

소니도르는 코르셋 살인마가 알려 주는 호흡법을 따라 하며 황태자 침소로 향했다.

마르멜은 아직 몸을 다 회복하지 못했다는 핑계로 침소 옆방 서재에서 책을 읽는 중이었다. 그때 소니도르가 왔다고 목 없는 시종이 알리자 책을 덮고 자리에서 일어나 그녀를 맞으러 갔다.

하지만 마르멜은 그녀를 보자마자 얼굴을 구길 수밖에 없었다.

"쏭."

그가 깨어난 이후로 무채색의 세계에서 유일하게 색을 가지고 있는 건 소니도르 뿐이었다. 그녀는 마치 주변에 생명의 숨결을 불어넣는 것처럼 보였다.

그녀가 몸에 걸치는 것, 손에 쥐는 것, 발을 디디는 곳이 그녀가 지나갈 때마다 잠시 다채롭게 반짝였다가 그녀가 사라지면 다시 색을 잃었다. 유일하게 아름답고 유일하게 찬란한 사람이었다.

그런 그녀였는데…… 너무 심하게 예뻐졌잖아.

자연스럽게 웨이브 진 머리카락이 허리까지 찰랑거렸고, 가뜩이나 새하얀 피부는 더욱 투명하게 빛이 났다. 눈가에 뭘 뿌리기라도 했는지 빛을 받을 때마다 눈물을 머금은 듯 촉촉해 보였고 연녹색 눈동자는 봄날에 피어난 새순 같았다. 상기된 것처럼 홍조가 도는 볼과 머리에 장식된 분홍 계열 생화의 조합은 치명적이었다. 마치 봄이 찾아오면 꽃과 함께 피어나는 요정 같았다.

"머리가 찰랑거려."

"심지어 곱슬기도 거의 사라졌죠."

"허리가 잘록해졌잖아."

"코르셋 살인마의 마법입니다."

마르멜은 꼬박꼬박 대답하는 소니도르를 보고 눈썹을 꿈틀거렸다. 앞으로 공식적인 자리에 설 일이 종종 있을 테니까 익숙해지라는 의미로 치장을 부탁했을 뿐이었다.

그 과정에서 예뻐질 거라는 기대를 안 했다면 당연히 거짓말이겠지만 이건 정도가 심했다. 완전히 다른 사람이 되어서 돌아왔잖아.

게다가 대체 저 사랑스러운 연노랑색 드레스는 또 뭐란 말인가. 지나치게 잘 어울려서 누군가에게 보이기 두려울 정도였다.

가뜩이나 세상에서 제일 예뻐 보여서 곤란했는데.

그는 잠시 침음을 내다가 뒤에서 얌전히 대기하고 있는 시녀를 향해 말했다.

"머리는 건들지 말아 줬으면 하는군."

"예? 그 개털…… 아니 자연의 상태로 두라는 말씀이십니까?"

"코르셋도 빼 줘. 괴로워 보이잖아."

"코르셋을 빼면 드레스를 입으실 수가 없습니다."

"시녀복은?"

"저희 시녀들도 일단 코르셋을 합니다. 지금 꿈 장인님께서 하신 것보다는 조임이 덜하겠지만."

"그럼 내 옷을 입혀."

"……."

시녀는 이럴 거면 대체 왜 치장을 부탁한 거냐는 시선은 거두고 재빨리 고개를 숙였다. 그리고 옆방으로 가서 기껏 열심히 입힌 드레스를 벗기고 코르셋까지 벗겨야만 했다. 소니도르는 누군가에게 목을 졸렸다가 가까스로 벗어난 사람처럼 잠시 괴로워하다가 곧 해방감에 어깨를 들썩였다. 고작 몇 시간 하고 있었을 뿐이었는데 생과 죽음을 오고 가는 기분이었다.

"와, 이걸 입고 일을 하세요? 대단하시다 진짜. 존경스러워요."

"……당연한 일입니다."

소니도르가 진심을 가득 담아 엄지를 치켜들며 말하자 시녀가 떨떠름한 목소리로 답했다. 굉장히 이상한 사람을 다 본다는 얼굴이었지만, 숨통이 트여 기분이 좋은 소니도르는 아무래도 좋았다.

"옷에 파묻혀 있는 것 같군."

잠시 후 다시 나타난 소니도르를 본 마르멜의 감상이었다. 옷에 어울리는 신발이 없다는 이유로 키 높이 구두도 빼앗겨 버린 그녀는 지금 마르멜의 가슴팍에나 간신히 닿을 정도의 키였다.

이 정도로 신장 차이가 나는 남자의 옷을 입었으니 당연히 옷에 파묻혀 있을 수밖에. 소니도르는 그가 자신의 체구가 작다는 걸 간접적으로 지적하자 씩씩거리며 외쳤다.

"그냥 제 체구에 맞는 시종 옷을 입으라고 하면 될 것을!"

"누가 입었을지도 모르는 남자 옷을 네게 입히라고?"

"거기까지 신경 쓰시는 겁니까……."

"애초에 네 체구에 맞는 시종 옷은 없어."

마르멜이 읽던 책을 탁 덮으며 말했다. 확인해 본 것도 아니면서 절대 그럴 일이 없다고 단정하는 게 더 열받았다.

키가 작은 시종이 있을 수도 있지! 그는 멀찍이 떨어져 있는 소니도르에게 천천히 다가오다가 그녀 목에 걸려 있는 목걸이를 발견하고 순식간에 가까워졌다.

어디로 보나 마법이 걸려 있는 아티팩트였기 때문이다.

"이상한 목걸이를 하고 있군."

"아, 이건 폐하께 받은 건데요."

"위치 추적 마법인가. 도청 기능은 없군."

"성 밖을 나가도 폭발하고 몸에서 떼어 내도 폭발한대요."

"역시 그런가."

마르멜은 목걸이 끝에 달린 수정을 잡고 이리저리 돌려 보며 심각한 얼굴로 미간을 좁혔다. 이건 착용자에게 서서히 맞춰지도록 설계된 아티팩트였다. 이런 건 많은 시간과 노력을 들여야 할 정도로 복잡한 마법이라 마탑에서 특별 제작했을 가능성이 컸다.

"섣불리 무효화하려다간 폭발하겠어. 대마법사를 불러야 간신히 해제할 수 있을 정도야."

"괜찮아요. 허튼짓만 안 하면 폭발 안 한다고 하셨으니까."

그가 잠시 그녀의 눈을 빤히 들여다보며 말했다.

"괜찮다고? 넌 가만 보면 지나치게 긍정적이야."

"사서 걱정할 필요 있나요."

마르멜은 말없이 소니도르를 내려다보다가 푹 한숨을 내쉬었다. 하긴 전부터 그녀는 목숨이 눈앞에 왔다 갔다 해도 '죽어도 상관없지만, 이왕이면 살았으면 좋겠네.' 정도의 태도를 보였다.

목에 폭약과 다름없는 것을 달고 다녀도 그녀에게는 대수롭지 않은 일인 모양이었다. 사실 소니도르에게 있어서 터지는 목걸이나 방금 무심코 했다가 죽다 살아난 코르셋이나 그게 그거였다.

"것보다 대체 그 계약서 조항은 뭡니까."

황태자의 저주가 나을 때까지 황궁 밖을 나갈 수 없으며, 조금이라도 건강에 이상을 보일 때에는 이유 불문하고 곁에서 떨어지지 않아야 하고, 밤마다 침소를 찾아 이능을 발현하여 꿈장인의 의무를 다해야 한다.

그녀가 조항을 토씨 하나 틀리지 않고 줄줄 읊자 마르멜이 뭐가 문제냐는 듯 고개를 기울였다.

자신의 비밀을 알고 있는 건 이 세상에 단 한 사람밖에 없었다.

"전에 말했잖아. 머리가 보이지 않는다고."

"그랬죠."

"네가 옆에서 말해 줘. 그 사람이 어떤 얼굴을 하고 있는지, 어떤 표정을 하고 있는지."

행동으로 읽는 것도 한계가 있거든. 그는 그렇게 말하면서 옷 밖으로 겨우 손가락 끝만 내밀고 있는 소니도르의 손을 붙잡았다. 그리고 그녀를 이끌고 침대 앞으로 데려가서 그것을 턱짓으로 가리키며 말했다.

"그리고 잠도 안 와. 네가 전에 재워 줬을 때 한숨도 못 잤어."

소니도르는 한 손으로 그의 손을 붙잡고 다른 한 손으로 바닥에 질질 끌리는 바지를 열심히 걷어 올리며 말했다.

"그건 차라리 숙면에 도움을 주는 전문가를 부르시는 편이……."

"그런 걸로 고칠 수 있는 거면 진작에 고쳤지."

"진작에? 불면증은 이번에 새로 생기신 것 아니었어요?"

"……뭘 해도 소용없을 거란 뜻이었어."

마르멜은 은근슬쩍 대답을 회피하며 끙끙대는 그녀를 침대 위에 앉혔다. 그리고 그 앞에 무릎을 꿇어 바지 끝을 반듯하게 걷어 주었다. 어쩐지 황태자의 시중을 받는 모양새가 되어 버린 바람에 소니도르는 당황할 수밖에 없었다.

발을 쭉 빼면서 본인이 한다고 말했지만, 그는 요지부동이었다. 마르멜은 그녀가 입은 네이비 색상의 정장 바짓단을 만지작거리며 그저 신기하다는 듯 웃을 뿐이었다.

"이 옷이 이런 색이었군."

111

"네?"

"무채색 세상에서 이상하게 네게 닿는 모든 것이 제 빛깔을 찾아 가거든."

이건 금시초문이었다. 사람 머리에 모자라 색까지 안 보인 다는 건……, 설마 처음 마르멜의 꿈속에서 봤던 광경이 사실 은 원래 그가 보던 세계라는 뜻인가.

소니도르는 음울한 여자의 노랫소리가 귓가에 늘어지고, 강 에 수많은 머리가 잠겨 있었던 흑백의 세상을 떠올리고는 할 말을 잃었다. 잠깐의 악몽이라면 모를까, 눈을 뜬 순간부터 눈 을 감는 순간까지의 현실이 그렇다면 누구라도 미쳐 버리고 말 거다.

부족민의 저주라고 둘러댄 그의 정신병이 낫기까지 소니도 르는 마르멜에게 절대적으로 필요한 존재인 것이다. 세상에서 가장 절실한, 간절한, 유일한 존재. 만약 마르멜이 마음의 안정 을 되찾는 것을 무엇보다 가치 있게 여긴다면, 그의 가치관에 따라서는 목숨보다 소중한 존재일 수도 있는 것이다.

소니도르는 어쩐지 낯이 붉어졌다. 좋아한다는 게 정말 이 성적인 의미와는 다른 거였구나. 아픈 황태자를 두고 그가 날 어쩌면 여자로서 좋아할지도 모른다는 불경한 생각을 한 건 오 히려 자신이었다.

그에게 괜히 미안하고 민망하기 짝이 없었다. 아주 착각의 늪을 허우적거리고 있었네.

그녀는 자신을 올려다보는 요요한 붉은 눈동자를 응시하며 입술을 달싹였다.

"그래서 제가 곁에 있었으면 좋겠어요?"

"응. 한시도 곁에서 떨어지지 않았으면 좋겠어."

"언제까지?"

"내가 정상으로 돌아올 때까지."

그럼 내 도움으로 병이 깨끗하게 나은 그다음에는? 그다음은 어떻게 하실 건데요?

소니도르는 그것이 가장 궁금했으나 차마 돌아올 답이 두려워서 물어볼 수 없었다.

마르멜은 지금 사방이 모래뿐인 사막에 홀로 덩그러니 놓여 있는 상태였다. 살갗을 벗길 정도로 작열하는 태양, 그리고 목이 타오르는 듯한 갈증.

지금 당장 자신이 없으면 죽을 것 같은 간절함이 사라지고, 모든 것이 원래대로 돌아온 다음에도 그는 저런 말을 해 줄까. 그가 보기에 가장 찬란했던 자신이 이 황궁에서 가장 초라한 존재로 돌아오면 그래도 널 좋아하고 싶다고 속삭여 줄 수 있을까.

그럴 리가.

"쏭?"

그가 무슨 일이냐고 묻는 듯한 눈빛을 보내왔다. 그녀는 마르멜의 시선을 피해 잠시 고개를 돌렸다가 이내 현실을 떠올렸다.

'어떻게 하긴. 폐하께 단물 다 빨리고 죽임을 당하거나 운이 좋으면 돈을 챙겨서 원래의 자리로 돌아가는 거지.'

이게 정해진 길이었다. 소니도르는 전에 주제넘게 황태자의 약혼자를 운운했던 자신의 경솔함을 탓하며 깊게 숨을 들이쉬었다. 그리고 내쉬었다. 방금 걱정을 사서 할 필요가 있느냐고 말했던 게 어디 사는 누구였더라. 못 오를 나무는 언감생심 꿈도 꾸지 말라는 게 인생의 지침 아니었던가. 달콤한 말에 속아 자신이 특별할 거란 기대조차 하면 안 된다.

그녀는 우울한 생각을 재빨리 털어 내 버린 뒤에 다시 씩씩하게 돌아와 침대에서 벌떡 일어났다.

마르멜은 기운이 없어 보이다가 순식간에 활기를 되찾은 소니도르 때문에 그녀의 볼 쪽으로 뻗었던 손을 어색하게 거두어들였다. 감정 전환을 따라갈 수가 없었다.

"오늘도 자장가를 불러 드릴까요?"

"……그건 사양하마. 수면 유도제를 먹을 생각이니 그 틈에 네가 꿈속으로 들어와 줘."

"네! 맡겨 주세요!"

그녀는 씩씩하게 말하며 약을 마시는 마르멜의 곁에 서서 그를 말똥말똥 응시했다. 그는 약을 능숙하게 목 뒤로 넘긴 다음에 침대 위로 올라가 나른하게 기대앉았다. 그리고 침대 밖에 서서 자신을 그저 바라보고 있는 소니도르를 향해 제 양팔을 벌리면서 말했다.

"뭐해? 이리 와 안기지 않고."

당연히 안겨야 한다는 듯이 말하고 있었다. 소니도르는 마르멜의 말에 저도 모르게 반사적으로 그의 품 안으로 쪼르르 기어들어 갈 뻔하다가 재빨리 이성을 되찾았다. 핫. 그리고 본인이 무슨 짓을 하려고 했는지 깨닫고는 황당함에 굳어져 있다가 고개를 마구 저었다.

그러고 보니 전에 현실에서 껴안고 있었던 것을 변명하기 급급해서 마르멜에게 제대로 된 설명을 하지 않은 것 같았다. 그녀는 예전에 황제에게 그랬듯, 자신의 손바닥을 내밀어 보여 주면서 말했다.

"음, 전에는 멜이 자꾸 의식을 안쪽으로 끌고 들어가서 그런 거였고요. 원래는 신체적 접촉으로 손만 맞잡아도 충분해요."

"손부터 시작해서 껴안는 건가?"

"……아뇨. 안는 건 의식이 깊은 곳에 있을 때만요."

이미 한번 깨어났기 때문에 다시 잠들어도 의식이 그렇게까지 깊은 곳으로 잠기지는 않을 것이다. 소니도르는 주변을 휙 휙 둘러보다가 탁자 옆에 놓여 있는 의자를 끌어다가 마르멜이 누워 있는 침대 옆에 놓았다. 그리고 왠지 불만스러워 그의 손을 꼭 붙잡고 확고하게 말했다. 이제 와서 말해 봤자 이미 늦은 것 같았지만, 지금이라도 선을 그어 둘 필요가 있었다.

"전 손만 잡겠습니다, 고객님."

의식이 깊숙한 곳에 있으면 어쩔 수 없이 안을 수밖에 없겠지만 말이다. 하지만 그건 일단 마르멜이 잠이 들어야 확인할 수 있었다.

그는 '고객님?' 하고 질색하며 되물었지만 소니도르는 그 말에 답하지 않은 채 그저 입을 일자로 꾹 다물었다. 그녀의 의지는 확고했다. 더는 휘둘리고 싶지 않았다. 언제든 그가 자신에게 눈을 돌려도 상처받지 않게, 최대한 사적인 감정을 버리고 의뢰인과 꿈 장인의 관계로서 거리를 둘 생각이었다.

자라. 코오 자라!

마르멜은 제발 좀 자라는 눈빛을 한 몸에 받고서 괜히 눈썹을 축 내리고 애절한 표정을 지어 보였다. 그리고 마치 유혹하듯 손을 뻗어 소니도르의 윤기 흐르는 머리카락의 끝을 만지작거렸다. 손길은 농염해지고 바리톤의 목소리가 훨씬 낮고 은밀해졌다.

"거기서 그러고 있으면 불편하지 않아?"

"원래 이게 일상이었어요. 설마 제가 의뢰인 모두를 껴안고 잠들었겠습니까."

"그건 그렇군. 그럼 지금까지 누굴 안았지?"

"아시면 어쩌시려고요."

"글쎄."

그놈의 글쎄. 소니도르는 의미심장한 말은 그만하고 일단 잠이나 주무시라고 그를 타박했다. 마르멜은 결국 그녀의 고집에 한발 물러서서 눈을 감았다.

수면 유도제를 먹어도 여전히 잠드는 게 힘들었다. 몸을 짓누르는 감각은 잠기운이라기보단 차라리 가위에 눌렸다고 하는 편이 더 옳을 것이다. 모든 감각이 둔탁해지고 움직이기 힘들어지며 축축 처지는데 정신만 한계까지 바짝 깨어 있는 기분이었다.

그는 몇 번 잠자리를 뒤척이다가 몇 시간이 흐른 뒤에서야 겨우 잠이 들었다. 누가 옆에서 큰 소리로 떠들기만 해도 바로 번쩍 눈을 뜰 정도로 아주 얕은 잠이었다.

시간이 얼마 없었다.

소니도르는 그 앞에서 꾸벅꾸벅 졸고 있다가 겨우 정신을 차리고 마르멜의 손을 슬며시 붙잡았다. 그리고 눈을 감고 재빨리 그의 의식을 찾아 헤매기 시작했다. 왠지 어딘지 익숙해 보이는 시꺼먼 의식이 근처에서 구름처럼 퍼져 있는 게 보였다.

'저건 여전히 까마네.'

하긴 이미 까맣게 변한 게 하얗게 돌아올 리는 없지만, 왠지 씁쓸한 기분이 드는 건 어쩔 수가 없었다.

소니도르는 내심 안쓰럽다는 감정을 품으며 그의 의식과 자신의 의식을 묶었다. 손쉽게 찾은 걸로 봐서 다행히 그를 껴안아도 되는 일은 없는 모양이었다.

마르멜이 깨어나고 나서 처음으로 들어가는 그의 꿈이었다. 대체 어떻게 변해 있을까. 어쩌면 이번에는 자각몽이 아니라서 본인이 꿈속이라는 것을 모를 수도 있었다.

그렇다면 그의 좀 더 깊은 내면을 엿볼 수는 있겠지만, 꿈속의 마르멜은 아무것도 모르고 있기 때문에 굉장히 길고 성가신 작업이 될 게 뻔했다. 소니도르는 생각했다. 제발 이번에도 꿈속이라는 걸 자각하고 계시기를.

어쩌면 동물이 아니라 인간의 모습을 하고 있지 않을까. 그럴 가능성은 없어 보이지만.

⸫

그녀는 머리에 김이 올라올 듯이 내리쬐는 여름날의 태양을 올려다보았다. 눈을 뜨기 힘들 정도로 강렬했지만, 하늘은 아주 예쁘게 반짝이는 코발트빛이었다. 둥둥 떠다니는 새하얀 구름이 하늘과 대비되어 굉장히 청량해 보였다. 그리고 바로 머리 위에는 겹겹이 쌓인 나무의 잎들이 싱그러운 향내를 풍기며 그늘을 만들어 주고 있었다.

그런데 어째 가지들이 너무 가까이 있었다.

내가 지금 나무에 매달려 있는 건가. 소니도르는 하늘을 올려다보는 것을 관두고 고개를 뒤로 젖혀 바닥을 응시했다. 땅에서부터 상당히 멀리 떨어져 있는 것 같았다. 당연히 사람이 나무에 이러고 매달려 있지는 않겠지. 그렇다는 건 역시 동물이라는 뜻이었다.

'……난 실망하지 않았어.'

실망하지 않았다고. 절대 동물로 변하지 않고 내 모습 그대로 들어오지 않을까 하는 기대는 하지 않았어! 소니도르는 아무도 묻지 않은 말을 혼자서 속으로 변명하며 나무에 대롱대롱 매달려 있는 자신의 팔을 올려다보았다. 긴 손톱과 갈색 털이 보였다.

뭐지, 나는 원숭이인 건가. 마치 털 난 키위를 길게 늘인 것 같은 모양새였다. 코알라의 팔이 저럴 것 같지는 않고 역시 원숭이 종류일 것 같은데.

그런데 어째 몸을 움직이기가 힘들었다. 이유는 모르겠지만 아마 태어나서 단 한 번도 이런 식으로 나무에 매달린 적이 없어서 그런 것 아닐까. 그녀는 일단 조금이라도 앞으로 움직여

보기로 했다.

엉……금…….

체감상 적어도 몇 분은 지난 것 같았다. 겨우 한 뼘 정도 움직였을 뿐인데? 이게 뭐람!

그때 저 멀리서 마르멜이 다가오는 것이 보였다. 소니도르는 활짝 웃으면서 나무에 매달려 있는 한쪽 팔을 떼어 내 그를 향해 뻗었다. 얼마나 느릿하던지 손을 뻗었을 때쯤엔 이미 그가 지척에 다가온 다음이었다. 이래서야 그를 부르려고 했던 의미가 없어졌다. 갑자기 마르멜의 꿈속 시간이 빨라진 것인지 아니면 자신이 느려진 것인지 아직 파악이 잘 안 됐다.

"멜 저 좀 안아 주실래요? 몸이 안 움직여요."

나무늘보가 말했다. 이미 마르멜이 그녀를 발견하고 멋대로 나무에서 떼어 내 품에 안은 다음에 한 말이었다. 그녀는 느릿하게 그의 목에 팔을 두른 다음에 눈을 깜빡였다.

마르멜은 다행히 이번에도 꿈속이라는 걸 자각하고 있는 듯했다. 그의 서늘한 체온이 느껴졌다. 소니도르는 한참을 그러고 있다가 한 박자 늦게 입을 열었다.

"……제가 지금 뭐죠."

왠지 자신이 나무늘보일 거라는 촉이 강하게 왔지만, 그녀는 애써 그것을 부정하고 굉장히 아연한 눈빛을 하고서 물었다.

"귀여운 동물."

전하께서 무슨 동물인들 안 귀엽겠습니까. 호랑이도 귀엽다고 하시는 판에. 그렇게 말하려고 했는데 왠지 생각만으로도 말하기 귀찮아져서 관뒀다.

이제는 몸을 움직이려고 노력하는 것조차 굉장히 의미 없는 행동으로 느껴지기 시작했다. 마르멜은 그녀를 번쩍 들어 올려 동글동글 키위같이 생긴 얼굴을 살피고 있었다.

으응, 귀찮아! 소니도르는 그냥 나무에 매달려서 나뭇잎이나 뜯어 먹고 싶어졌다.

눈을 뽁뽁 하고 깜빡이던 나무늘보가 혀를 내밀었다. 에베베.

"지금 나한테 메롱 하는 건가?"

마르멜이 그녀를 귀여워서 씹어 버리고 싶다는 얼굴로 물었다. 그녀를 붙잡고 있는 그의 손가락 끝이 움찔움찔하고 떨렸다. 뭐 이런 깜찍한 생물이 다 있지.

그동안 제국 동물 사전에서나 봤지 실제로 본 건 처음이었는데 직접 보니 나무늘보의 귀여움은 세상에 더 알려질 필요가 있었다. 그가 차마 그녀를 씹어 버리지는 못하고, 반짝거리는 눈으로 나무늘보를 어화둥둥 하며 위로 번쩍 들어 올렸다가 내리기를 반복했다.

소니도르의 얼굴에 점점 성가심이 어렸다. 정신 사나워. 그리고 너무 빨라. 무서워. 배고파.

배고프다고 생각하니 의식의 흐름으로 꿈속에 들어오기 전에 무슨 일이 있어도 먹겠다고 다짐했던 디저트가 떠올랐다. 그녀는 웅얼거리는 목소리로 말했다. 주의 깊게 들어야 알아들을 수 있을 정도로 느릿하고 뭉개진 발음이었다.

"레몬 시폰 케이크……."

"응?"

"현실로 돌아오면 주세요."

"지금 당장 주마."

마르멜이 손가락을 까딱이자 대체 어디서 나타났는지 모를 땅 위의 존재가 달려왔다. 황태자 궁의 시녀 복을 입고 있었는데 당연하게도 목 위의 머리가 없었다. 저번 황궁 복도에서 죽음의 추격전을 벌였던 일이 잔상처럼 머리를 스쳐 지나갔다.

소니도르는 세상만사가 다 귀찮아진 와중에도 헛숨을 들이키며 마르멜에게 안아 달라고 팔다리를 버둥거렸다. 그리고 그가 안아 주자마자 목을 더욱 바짝 달라붙어 자신의 얼굴을 목덜미에 파묻었다.

"괜찮아. 네가 금기를 어기지만 않으면 널 해칠 일이 없거든."

여기는 나의 낙원이니까. 마르멜은 시녀에게 케이크를 가져오라 명령하면서 흘러가듯 말했다. 이곳이 낙원이라면 꿈의 주인인 그는 '깨어난다'는 말을 해도 아무런 해도 끼치지 않을 거라고 말이다. 제발 깨어나지 말아 달라고 더 잘해 줄 뿐이지. 문제는 소니도르였다. 그녀가 금기를 어기는 순간 저번에 내면 깊숙한 곳에서 마주쳤을 때처럼 죽일 기세로 쫓아올 것이다.

하필 나무늘보였다. 나……, 도망간……다……! 하다가 붙들릴 게 뻔했다.

좋아, 금기의 '금'도 입에 담지 않겠다. 소니도르는 속으로 굳게 다짐하며 케이크를 기다렸다. 아무리 무서운 시녀라고 해도 무려 레몬 시폰 케이크를 가져다주는 소중한 사람이었다.

크림은 레몬 생크림에 설탕에 절인 레몬으로 케이크 위를 장식해 주었으면 더욱 좋겠다.

그녀는 몇십 분 정도 곰곰이 생각하다가 물었다.

"……제가 여기 뭐 하러 온 거였죠."

"내 불면증을 고치러?"

"아 맞다. 그랬지."

나무늘보는 천천히 그의 목덜미에 두른 팔을 떼어 냈다. 그러자 마르멜이 한쪽 팔로 밑에서 받쳐 주면서 다른 한 손으로는 느릿느릿 움직이는 그녀의 머리를 쓰다듬었다. 그녀가 성가시다면서 반항의 기색을 비쳤지만, 그마저도 느렸고 조만간 귀찮아졌는지 그가 하는 대로 그냥 내버려 두었다.

소니도르는 그로부터 또 한참의 시간이 흐른 뒤에야 입을 열었다.

"……이곳은 낙원이라 멜이 잠들지 못하는 이유를 전혀 모르겠네요."

"그런가."

애초에 이건 꿈 장인의 영역 밖의 문제였다. 꿈 능력으로 사용해 불면증을 없애려면 잠들지 못하는 요인이 꿈속에 있어야 고칠 수 있다. 딱히 악몽을 꾸는 게 아니라면 그녀로서는 어떻게 손 쓸 방도가 없었다. 차라리 숙면을 취할 수 있게 도와줄 수 있는 의원이나 전문가를 부르시라니까.

소니도르는 나무늘보가 된 영향인 건지 점점 생각하는 게 귀찮아지기 시작했다. 그래서 곧 고민하던 것을 관두고 아무 말이나 막 던지기 시작했다.

"심리적인 요인이라면 이건 어떠세요. 잠들기 전마다 내가 빨리 잠들어야 꿈속에서 동물을 더 빨리, 오래 볼 수 있다 하고 되뇌는 거죠."

"설득력 있군."

그게 왜 설득력이 있는 건데. 소니도르는 못 말리겠다는 표정을 지으며 고개를 저었다. 잠들지 못하는 이유가 혹시 외로워서라면 나중에 펫 숍에 들려서 살갑게 달려드는 강아지 한 마리 사 드릴까 했었는데. 저 말을 듣고 생각해 보니 강아지 얼굴 보느라고 오히려 더 잠들지 못할 것 같았다. 그것뿐만 아니라 온종일 강아지만 쳐다보느라 일상생활 자체가 무너질지도.

강아지와 함께 저녁 만찬, 강아지와 함께 목욕, 강아지와 함께 집무, 강아지와 함께 회의, 강아지와 함께 무도회……. 과장이 아니라 진짜로 그럴 것 같아서 두려워졌다. 음, 전하께서 동물을 따로 키우지 않으신 건 다 이유가 있어서였군. 소니도르는 이제야 진정한 이유를 깨닫고 깊게 수긍했다.

잠깐만.

"그런데 동물은 머리가 보여요?"

마르멜은 나무늘보의 털을 쓰다듬으면서 고개를 끄덕였다.

"보이니까 너도 처음부터 머리가 있었던 거겠지."

"대체 왜 멜의 꿈에는 동물이 없을까요? 이렇게 좋아하시는데."

"나도 모르겠군."

마르멜은 잠시 무언가를 곰곰이 생각하듯 눈을 내리떴다. 소니도르는 땅 위의 존재가 목 없는 사람밖에 없는 이유가 사

실은 그가 사람과의 깊은 유대를 쌓고 싶어서가 아닐까 생각했
다. 하지만 얼마 지나지 않아서 그가 내놓은 답은 그녀의 추측
과는 전혀 다른 내용이었다.

"아마 이곳이나 현실이나 다름없이 나의 죄악감의 공간이
아닐까."

죄악감?

소니도르는 세상만사 다 귀찮았던 기분이 날아가는 것을 느
끼며 눈을 동그랗게 떴다.

그런 생각을 하고 계셨던 건가? 무엇에 대한 죄악감이란 말
인가. 설마 아무도 지키지 못했다는 것에서 오는 죄악감이라면
마르멜은 그런 감정을 느낄 필요가 전혀 없었다. 그의 기억이
조작된 것인지 아니면 사실인지 모르겠지만, 기억의 잔재로 봤
을 때 그의 어린 시절은 주변인들과의 관계가 애초부터 잘못되
어 있었다. 처음부터 틀어질 수밖에 없는 유대였다. 주변에 그
를 이용하려는 사람 혹은 가문밖에 없었던 데다가 황제는 아무
도 믿지 말라는 말로 그를 몰아세우기만 했으니까.

마르멜도 그것을 모르고 있을 리가 없었다.

'아, 잠깐. 모르고 계시나?'

소니도르는 내면 가장 깊숙한 곳에서 봤던 황후와 그의 숙
부였던 라이젤 가드의 대화를 떠올렸다. 누가 들어도 반역을
모의하던 대화였다. 앞뒤 사정을 잘 모르는 소니도르도 단박에
알아챌 수 있을 정도였으니까. 그녀는 그것을 통해 모든 진상
을 추측할 수 있었는데, 생각해 보니 마르멜은 그 기억을 지워
버렸다. 수많은 수호령이 은하수처럼 쏟아져 내렸던 더 강렬한

아름다운 기억으로 덮어씌운 것이다.

으으음, 어떡하지. 이걸 말해 드려야 하나. 하지만 본인이 지우기를 원했던 기억이었으니 그만한 이유가 있을 것이다. 굳이 나서서 지우고 싶었던 기억을 되새겨 줄 필요는 없었다. 그녀는 마르멜의 옷자락을 꼭 쥐며 생각에 잠겼다. 그건 자신의 어머니와 숙부가 반역을 저질렀다는 사실보다는 차라리 아무도 지키지 못했다는 거짓 쪽이 덜 괴롭다는 뜻일 것이다.

그게 멜이 원하는 거라면. 소니도르는 일단 침묵하는 쪽을 택했다.

현실에서도 꿈에서도 그를 둘러싸고 있는 모든 것이 죄악감의 공간이라면…….

"멜은 세상 모든 아름다운 것들이 필요 없는 게 아니라 보기 두려운 거였어요?"

"……그건 아닌 것 같지만. 그냥 그런 것들을 누릴 자격이 내겐 없다는 거야."

"그런 자격을 누가 주는데요."

가장 비천한 곳에서 태어난 자라고 해도 행복을 누릴 권리가 있어요. 그녀는 그렇게 대답하고서는 잠시 입을 꾹 다물었다. 나 방금 신성 제국의 독실한 신도들이나 할 법한 말을 하지 않았나. 뭐 이런 말은 굳이 꺼내지 않아도 마르멜은 이미 알고 있을 것이다. 무려 부족민들의 처우 개선을 주장하시고 제국민들 사이에서 성군이 될 재목이라 칭송받는 태자 전하가 아니신가.

소니도르는 좀 더 현실적으로 도움이 될 만한 조언을 해 주기로 했다.

"유심히 살펴보면 세상에 괜찮은 사람 참 많아요. 당신의 곁을 둘러싸고 있는 게 무엇이든 아랑곳하지 않고 내면의 상처까지 품어 줄 사람. 그 사람들이 알려 줄 거예요. 멜은 충분히 자격이 있다고요."

그는 자신의 품 안에 있는 나무늘보를 빤히 내려다보았다.

"같이 찾아봐 드릴 수 있어요. 제가 사람 보는 눈이 좀 있거든요."

"딱히 필요 없어."

거절당했다. 아니 그렇게까지 단호하게 말씀하실 필요는 없으시잖아요. 소니도르가 입술을 삐죽 내밀며 시무룩해지자 마르멜이 나무늘보의 배를 간질이며 작게 웃음을 터트렸다. 푸른 하늘 위에 유유히 떠다니는 구름처럼 깨끗하고 청량한 웃음소리였다.

그때 목 없는 시녀가 치맛자락을 펄럭이며 굉장히 빠른 속도로 달려왔다. 그녀의 왼손에는 쟁반이 들려 있었는데 그 위에는 케이크 조각과 차가 담긴 것처럼 보이는 포트, 그리고 찻잔이 두 개 놓여 있었다. 머리도 없으면서 쏟지 않고 잘도 저렇게 펄쩍펄쩍 달려오는구나 싶었다. 머리가 없어서 그렇지 얇은 뼈대와 체구로 보니 왠지 어린 소녀 같았다.

그 순간 소니도르는 왠지 저 머리 없는 시녀가 귀여워 보이기 시작했다. 절대 먹을 것을 들고 있어서가 아니었다.

소녀는 쟁반을 바닥에 잠시 내려놓고 팔뚝에 끼고 있던 바구니를 열어 돗자리를 바닥에 펼쳤다. 새하얀 바탕에 붉은 체크무늬가 촘촘하게 박힌 예쁜 천이었다. 굉장히 여성스러웠고 소녀 같았다. 녹음이 우거진 여름날의 숲 속, 돗자리와 피크닉 바구니, 그리고 아기자기한 포트에 담긴 차와 케이크. 순식간에 어디 소풍 나온 것 같은 분위기가 되었다. 소니도르는 돗자리 위에 예쁘게 음식을 착착 세팅하는 목 없는 시녀를 보다가 마르멜의 귓가에 속삭였다.

"그러니까 현실에서도 저렇게 머리가 없는 것처럼 보이신다는 거죠?"

"비슷하지만 좀 달라. 얼굴이 전체가 까맣게 침식되어 보이거든. 하지만 뭐 머리가 없는 거나 다름없지."

"으음, 그러면요……."

소니도르는 말꼬리를 늘이면서 고개를 기울였다. 그 작은 행동에도 매우 긴 시간이 소요되어야만 했다. 그녀는 한참을 그러고 있다가 막 떠나려고 하는 시녀를 보고서 그에게 말했다.

"잠깐 가지 말고 멜 맞은편에 앉아 보라고 해 보세요."

마르멜은 잠시 의아하다는 기색을 비쳤으나 그녀가 시키는 대로 했다. 이곳은 마르멜의 낙원이었기 때문에 머리 없는 시녀는 그의 말을 따라 얌전하게 맞은편에 무릎을 꿇고 앉았다. 소니도르는 거북이가 부럽지 않은 아주 느릿한 움직임으로 마르멜의 품에서 벗어나 케이크가 담긴 접시를 지나쳐 시녀의 옷자락을 붙잡고 엉금엉금 기어올랐다. 그리고 마침내 그녀의 어깨 위에 마치 목마를 타듯 자리를 차지하고 앉아서 굉장히 피곤하다는 듯 이마에 맺힌 땀을 닦는 시늉을 했다. 이미 그녀가 움직이기 시작한 지 몇십 분이 지난 뒤였다.

"설마 저 무는 것 아니겠죠."

"물 입도 없잖아."

"그건 그러네요."

나무늘보는 느릿하게 고개를 끄덕였다. 그녀는 잠시 그러고 멍하니 있다가 이내 자신의 눈을 손바닥으로 가렸다가 떼어 내며 말했다. 까꿍. 마르멜은 영문도 모르고 그녀의 재롱에 심장을 움켜쥐어야만 했다.

"이 시녀의 머리가 나무늘보라고 생각해 보세요."

"뭐?"

"얼굴이 보이지 않는 사람마다 동물의 머리가 있다고 생각하시는 거죠. 거기서부터 시작하는 건 어떨까요."

"그건 좀 위험한 발상인데."

엥. 왜요? 하고 되물으려던 소니도르는 곧 그 의미를 깨달았다. 모든 사람이 귀엽고 사랑스러운 동물의 머리를 하고 있다면 아마도 마르멜은……. 그녀는 생각을 더는 이어 가지 못했다. 분명 지나가는 고양이 얼굴의 시종을 붙잡고 '하, 귀여워. 사랑스러워.' 하고 말하거나 토끼 얼굴을 한 귀족 영애를 붙잡고 '깨물어 봐도 되나?' 하고 말하고 말 거다. 남녀불문 뜬금없이 다가와 추파를 던지는 희대의 카사노바가 되고 말 거야!

"무슨 생각을 하는지 표정에 다 드러나는군. 네가 생각하는 그런 게 아니다."

"그럼 뭔데요?"

"그래 봤자 의미가 없다는 뜻이야. 어차피 머리가 없든 동물 머리든 원래의 얼굴을 알아볼 수 없고 표정을 읽을 수 없는 건 마찬가지이지 않나."

"동물도 각각 다르게 생겼다고 말씀하셨던 분이. 표정 정도는 읽으실 수 있으시잖아요."

"흐음."

마르멜은 탐탁지 않다는 표정으로 팔짱을 낀 채 고개를 삐딱하게 기울였다. 그리고 시녀의 어깨 위에 올라가 있는 소니도르와 시녀를 번갈아 보면서 다시 고개를 반대쪽으로 기울였다. 굉장히 진중한 표정이었다. 그는 그녀의 말에 따라 목 없는 시녀에게 나름대로 동물을 대입해 보는 중이었다. 아까 달리는 속도를 봤을 때 나무늘보와의 연관성은 전혀 없어 보였다.

"톰슨가젤이 더 어울릴 것 같군."

"그래요? 그럼 이 시녀는 이제부터 톰슨가젤이에요. 너도 같이 먹을래?"

시녀가 고개를 끄덕였다. 목이 없어서 몸의 움직임으로 추측해 볼 수밖에 없었지만. 냉큼 답하는 것 보니 역시 달콤한 것을 좋아하는 어린 소녀인 모양이었다. 너도 같이 끼고 싶었구나! 디저트를 좋아하는 사람치고 나쁜 사람은 없지. 소니도르는 땅 위의 존재에 대한 공포감이 더욱 사그라지는 것 같은 기분에 활짝 웃으면서 말했다.

"먹어야 하는데 입이 없잖아요. 얼른 머리를 만들어 주세요."

"어떻게 하라는 거지. 생기라고 하면 생기나?"

그녀가 재촉하자 마르멜이 어이없다는 목소리로 답했다.

"뭐든 마음대로 할 수 있는 낙원이잖아요. 멜의 꿈속이고 요!"

"……넌 일단 거기서 내려와."

그는 멋대로 목마를 타고 있는 소니도르를 번쩍 들어다가 제 허벅지 위에 앉혀 놓았다. 나무늘보는 갑자기 노곤해져서 늘어지게 하품을 하다가 곧 꾸물꾸물 기어가 마르멜의 가슴팍에 착하고 달라붙었다.

그는 반사적으로 그녀의 엉덩이를 받치며 등을 토닥여 주었다. 그런데 꿈 장인은 타인의 의식 세계에서 잠들 수도 있는 건가? 빤히 내려다보니 나른하게 늘어져 있을 뿐 두 눈은 느릿하게 감았다가 번쩍 뜨기를 반복했다.

눈을 깜박일 때마다 효과음을 넣어 줘야 할 것 같다. 뾱, 하고. 뾱.

마르멜은 티스푼으로 레몬 시폰 케이크를 조각낸 뒤 그녀의 입에 넣어 주었다. 소니도르는 사양하지 않고 입을 벌려 그것을 우물우물 씹어 먹다가 왠지 시선을 느끼고 고개를 들었다. 머리도 없는 시녀에게서 강렬한 시선이 느껴졌다. 나무늘보는 다시 그에게 재촉하듯 속삭였다.

"먹고 싶어 하잖아요."

"나 참."

그는 전혀 감을 못 잡겠다는 얼굴을 하다가 손바닥으로 시녀의 머리가 있어야 하는 부분을 가려 보았다. 그리고 서서히 손바닥을 위쪽으로 밀어 올리자 황갈색 주둥이가 보였다. 주둥이를 따라 검은색 줄무늬가 세 가닥으로 나뉘어 양 뺨, 그리고 이마까지 이어졌다. 정수리부터 시작된 뿔은 수컷에 비하면 짧았지만 제법 멋스러웠다. 톰슨가젤이 검은색 눈을 깜빡였다.

"와."

소니도르는 저도 모르게 감탄사를 흘렸다. 여전히 사람 머리는 아니었지만 적어도 휑 비어 있던 위치에 뭔가 생겼다. 비록 가젤의 머리라고 해도 장족의 발전 아닌가. 그녀는 두근거리는 심정을 숨기지 않은 채 물었다.

"어때요. 표정 읽을 수 있겠어요?"

"케이크를 매우 먹고 싶어 하는군."

"그건 저라도 알겠네요."

시선이 케이크에 박혀서 떨어지지 않잖아요. 마르멜은 시녀가 가져온 피크닉 바구니를 뒤적이더니 구운 지 얼마 되지 않아 따끈한 버터플라이 비스킷을 꺼냈다. 그리고 잠시 팔을 풀더니 있는 힘껏 허공을 향해 던지는 것 아닌가. 톰슨가젤 시녀는 그것을 눈으로 좇더니 이내 벌떡 일어나 빛의 속도로 달려가기 시작했다.

쫓아내 버렸잖아!

"아니, 뭐 하는 짓이에요!"

소니도르는 왠지 만족스러워 보이는 마르멜의 양 볼을 손바닥으로 꾹꾹 누르면서 말했다.

에비, 지지! 아가 그런 거 먹는 거 아니야!

까마득히 먼 곳까지 달려간 시녀가 땅에 떨어진 비스킷을 주워 먹자 소니도르는 아연한 얼굴을 했다. 마르멜의 입가에 의미를 알 수 없는 미소가 피어올랐다. 희열에 찬 것 같기도 하고 대체로 섬뜩한 웃음이었다. 그늘진 눈가에서 붉은 눈동자가 형형하게 빛났다. 아니 대체 왜 그렇게 웃는 건데요.

톰슨가젤 시녀는 감탄사가 나올 정도로 빠른 속도로 그들의 앞으로 달려왔다.

"다음엔 입으로 받아먹어 보라고 해 볼까."

"안 돼요."

"그럼 납작 엎드려 봐. 그럼 줄지도."

"안 된다니까요!"

완전히 개 취급하고 있잖아! 소니도르는 정말로 바닥에 넙죽 절을 하려고 하는 시녀를 제지하며 마르멜의 볼을 더욱 강하게 꾹꾹 눌렀다. 이래서야 아무런 의미도 없었다. 기껏 시녀의 머리를 만들었는데 말을 걸거나 표정을 읽어 보려고 노력하는 게 아니라 개처럼 부리고 있다니. 아무리 톰슨가젤의 머리를 하고 있다고 해도 그렇지 사람인데 먹을 걸로 조련하려고 하면 어떡합니까!

"시녀 머리 같은 건 아무래도 좋잖아."

마르멜은 금방 시시하다는 표정으로 돌아와 비스킷을 건성으로 던졌다. 그러자 시녀가 제자리에서 펄쩍 뛰어오르더니 주둥이를 벌려 공중에서 비스킷을 탁하고 낚아챘다. 저게 개야 가젤이야. 잘만 하면 진짜 먹을 걸로 길들일 수 있을 것도 같은데, 소니도르는 왠지 남 일 같지 않아서 슬퍼졌다.

"귀엽지 않으신가요. 동물 좋아하시잖아요."

그는 그 말을 듣고 설탕 가루와 과자 부스러기를 바닥에 다 흘리며 비스킷을 우적우적 씹어 먹는 톰슨가젤을 돌아보았다.

귀여워? 저게 네발 달린 동물이었다면 잠시 시선을 빼앗았을
지도 모르겠지만 결국 머리만 동물인 괴생물체 아닌가. 신화나
전설에서 저런 생물이 가끔 등장하는 걸 보긴 했지만.

"저건 좀 아닌 것 같아."

"까다로우신 분……."

"내가 까다로운 거야? 넌 무슨 모습을 하든 귀여운데."

마르멜은 여전히 제 볼을 누르고 있는 나무늘보의 팔을 떼
어 내며 말했다. 소니도르는 저도 모르게 얼굴을 붉힐 뻔하다
가 화들짝 정신을 차리고 입술을 꾹 깨물었다. '무슨 모습을 하
든'이 아니라 '무슨 모습의 동물로 꿈속에 들어오든'이겠지. 그
녀는 속으로 몇 번이나 같은 말을 중얼거려야만 했다. 절대 휘
둘리지 않을 거야. 절대 휘둘리지 않을 거야.

이미 이런 생각을 하는 것부터 휘둘리고 있다는 증거였다.

"꿈을 통해서 조금씩 고쳐 나가다 보면 언젠가 현실에서도
사람들 얼굴이 보일 수도 있잖아요. 제 머리와 제 색이 보이는
것처럼요."

"흐음."

마르멜은 아무런 대꾸도 하지 않았다. 대신 소니도르의 입
안에 다시 케이크를 조각내 넣어 주면서 눈가를 곱게 접어 웃
을 뿐이었다. 그녀는 레몬 향이 입안에 가득 퍼지는 부드러운
시폰 케이크를 아주 느린 동작으로 천천히 우물우물 씹었다.
달고 상큼해서 굳이 씹지 않아도 입안에서 사르르 녹는 기분이
었지만 왜 이렇게 퍽퍽하게 느껴지는지 모르겠다. 답답해서 그
런가.

부족민의 저주를 고칠 때까지 곁에 있으라고 계약서에 명시한 건 마르멜이었다. 그런데 그는 어쩐지 병을 고칠 의욕이 조금도 없어 보였다. 이래서야 계속 시간만 지체될 뿐이었다. 나중에 황제가 기다리다가 지쳐서 그냥 다 죽여 버려, 하면 어쩌려고 이런단 말인가.

나무늘보가 된 건 소니도르였는데, 오히려 마르멜이 태평하게 이런 말이나 뱉었다.

"언젠가는 고쳐지겠지. 네가 곁에 있으니까."

부드럽게 미소 짓는 얼굴이 행복해 보였다.

이번에는 하늘이 무너지는 게 아니라 땅이 꺼지기 시작했다. 수면자가 깨어난다는 징조였다. 마르멜이 얕은 수면을 취하고 있던 탓에 소니도르가 깨어나기도 전에 그가 먼저 꿈속의 세계를 무너트렸다. 풀밭이 서서히 조각나기 시작하더니 이내 무저갱처럼 저 끝이 안 보일 정도로 깊고 새까만 구덩이를 만들었다. 그것은 아주 순식간에 면적을 넓혀 그들이 있는 곳까지 다가왔다. 그리고 순식간에 세상을 새까맣게 삼켰다.

❖

마르멜은 구덩이 속으로 끝없이 떨어지는 것 같은 불유쾌한 감각을 느끼며 얼마 가지 못해 눈을 떴다. 그는 아직 잠기운에 취한 흐리멍덩한 눈빛으로 몇 번 눈을 깜빡이다가 손안에 있는 따뜻한 온기를 느끼고 고개를 옆으로 돌렸다. 그러자 자신의 손을 꼭 잡은 채로 불편하게 엎드려 있는 소니도르가 보였다. 그가 상체를 일으키려고 할 즈음 그녀는 고개를 번쩍 들어 올렸다. 수면자가 잠에서 깨어났기 때문에 꿈의 세계가 사라진 탓이었다.

마르멜 덕분에 팔자에도 없는 떨어지는 꿈을 꿨다.

"키가 크려나."

"아직도 포기를 못 했나?"

소니도르가 조그맣게 중얼거리는 소리에 마르멜이 트집을 잡았다. 그녀는 말없이 눈썹을 꿈틀거리다가 이내 뒷목을 붙잡으며 끙끙거렸다.

"아이고, 목이야."

인간은 적응의 동물이었다. 예전에는 이렇게 엎드려서 능력을 사용하는 게 일상이었는데, 요 며칠간 편하게 꿈속에 들락날락했다는 이유로 금세 이 자세가 또 불편해진 모양이었다.

마르멜은 근육통을 호소하는 그녀를 보고 작게 쯧 하고 혀를 찼다.

"그러니까 옆에 누우라고 했잖아."

"그건 좀 아니죠. 아무리 생각해도."

"……."

안으면 굉장히 따뜻할 것 같은데. 포만감 비슷한, 마음이 꽉 차는 기분이 들 것 같았다. 그녀를 꿈속에서 만났을 때처럼 말이다. 마르멜은 어린애처럼 토라진 얼굴을 하다가 이내 고개를 돌려 창밖을 응시했다.

어쩐지 사위가 밝다 싶더니 해가 떠오르려고 하고 있었다. 약 기운을 빌리긴 했지만 깨어난 이후로 이렇게 푹 잔 것도 오랜만인 것 같은데. 머리가 두통 없이 말끔하게 개인 것 같은 기분이었다.

오랜만에 창문을 열고 싶었다. 봄바람이 들어올까.

마르멜은 침대 근처에 매달린 줄을 흘깃 올려다보았다. 시녀를 불러 창문을 열어 달라고 하면 그만이지만 둘만의 시간을 방해받고 싶지 않았다. 그는 몸을 일으켜 뒷목을 붙잡은 소니도르에게 손짓했다.

"이리 와. 회복 마법 걸어 줄게."

"그런 것도 할 줄 아세요?"

"기초 수준의 마법이라면 조금. 의원에는 못 미치겠지만."

그는 그녀에게 손을 뻗어 뒷목에 뭉친 근육을 손가락으로 꾹꾹 눌러 주었다. 안마는 처음 해 보는 것처럼 서툴렀지만 동시에 조심스러웠다. 소니도르는 그의 손이 맨살에 닿을 때마다 털이 쭈뼛 서는 것 같은 묘한 감각에 순식간에 수마가 달아나고 말았다.

별로 끈적끈적한 것도 아니고 그저 안마하는 것뿐인 담백한 손길인데 왜 발가락이 저절로 오므라드는 거지. 목 안이 간질간질했다.

그녀가 결국 견디다 못해 이제 됐다고 말하려고 할 때쯤 마르멜이 마법 주문을 영창했다. 근육이 풀린 듯 시원한 감각이 드는 것과 동시에 그의 손이 떨어져 나갔다.

"크, 크흠."

소니도르는 혹시나 말하면 목소리 끝이 갈라져 나올까 봐 몇 번이나 헛기침했다.

"감기 기운 있는 것 같아? 그러니까 옆에 누우라니까."

"그만 좀 권유하세요. 전 손만 잡을 거라니까요."

무엇보다 감기도 아닙니다. 그녀가 정색하며 답하자 잠시 의아한 표정을 짓던 마르멜이 이내 혼을 빼 놓을 것 같이 빛나는 미소로 화답했다.

"새삼."

소니도르는 잠시 멍하니 굳어졌다. 저 웃음의 의미가 읽히는 이유가 뭘까. 왠지 네가 아무리 거부해도 언젠가 내 옆에서 잠들게 될 거야 하고 말하는 것만 같았다.

저게 대체 어디서 오는 자신감인지 알 것 같아서 더 억울했다. 본인이 눈부시도록 잘생긴 거 알면 좀 자제해 주시라고요! 치명적인 매력을 가지고 있는 사람은 위험했지만, 본인이 치명적이라는 걸 알고 있는 사람은 더 위험했다.

그는 할 말이 많아 보이는 그녀를 두고서 몸을 일으켜 창가로 다가갔다. 새하얀 벚꽃 잎이 맺힌 꽃가지가 창가까지 닿아 있었다. 마르멜은 아무리 예뻐 봤자 검은 가지와 하얀 꽃으로밖에 안 보이는 벚꽃을 무감각하게 응시하며 창문을 열어젖혔다. 그러자 아직은 서늘한 봄바람이 그의 머리카락을 가볍게 스치고 지나갔다. 새벽빛에 반짝이는 머리카락이 마치 눈꽃처럼 부서졌다.

이른 아침을 알리는 새소리가 귓가를 두드렸다.

짹짹―

길 잃은 새 한 마리가 지저귀며 날아들어 와 황태자 침소를 한 바퀴 빙 돌다가 마르멜의 어깨 위에 앉았다. 그는 어깨 위에 앉은 새를 가만히 내려다보더니 손가락을 뻗어 제 손가락으로 옮겨 앉게 하고는 쪽 입을 맞추고 다시 하늘로 날려 보냈다.

소니도르는 그 광경을 처음부터 끝까지 지켜보고는 입을 다물지 못했다.

내가 방금 뭘 본 거지…….

아직도 꿈속인 건가.

그녀는 눈을 열심히 비빈 뒤에 다시 창가를 응시했다. 창틀에 양팔을 기댄 채로 눈을 감고 살랑이는 바람을 느끼고 있는 마르멜이 보였다. 무슨 정령이나 요정도 아니고, 이토록 자연 친화적인 황태자는 길고 긴 제국 역사를 다 뒤져도 마르멜 하나밖에 없을 것이다.

꿈속에서는 그녀 자신이 동물이었기 때문에 별생각 없었는데 제삼자의 시선으로 지켜보니 이건 뭐. 동물을 보고 심장을 움켜쥐는 그를 보고 심장을 움켜쥘 판이었다.

소니도르는 지금 당장 손에 영상구를 쥐고 그 장면을 찍고 싶은 강한 충동을 느끼며 한 폭의 그림 같은 광경을 감상했다. 만약 밤에 황태자의 침소로 찾아오면 아침마다 저런 모습을 볼 수 있는 걸까. 그건 좀 많이 혹하는데.

입가에 희미한 미소를 그리며 창가에 나른하게 기대 있던 마르멜이 그녀를 돌아보았다.

"쏭. 이리 와."

"크흠, 큼!"

소니도르는 이번에도 격하게 헛기침을 뱉어야만 했다.

"역시 감기인가."

"아니라니까요."

"그러고 보니 내가 자는 동안 한숨도 자지 못했겠구나. 재워 줄까?"

"전혀 안 졸려요! 게다가 저는 눕기만 하면 바로 잡니다!"

소니도르는 자리에서 벌떡 일어나 필사적으로 거부했다. 마르멜은 잠시 그런 그녀를 응시하더니 그럼 어쩔 수 없지 하고 어깨를 으쓱일 뿐이었다. 소니도르는 어색하게 시선을 이리저리 돌리다가 조금씩 마르멜의 곁으로 다가갔다. 가만히 차창 밖을 내다보는 그를 보니 왠지 같이 뭐가 있는지 보고 싶은 충동이 들었기 때문이었다.

그런데 바로 지척까지 다가온 그 순간 마르멜의 얼굴이 와락 구겨졌다. 그가 갑자기 험악한 기색을 내비치자 소니도르는 저도 모르게 움찔 떨었지만, 그의 시선은 그녀가 아닌 창밖에 닿아 있었다. 굉장히 익숙한 가문의 문장이 양각된 마차가 황태자 궁 앞에 당도하는 것을 발견했기 때문이었다. 앤더슨 공작 가문이었다.

설마 공작 본인이나 황제의 보좌관인 장남이 연락도 없이 불쑥 찾아올 리는 없고.

"이사벨라……."

마르멜은 마음 깊은 곳에서 우러나오는 깊은 한숨을 뱉으며 성가시다는 표정을 했다.

신원 확인을 마친 마차가 멈춰 서더니 얼마 지나지 않아 한 여인이 에스코트를 받으며 마차에서 내리는 것이 보였다. 소니도르는 저도 모르게 감탄사를 뱉었다. 멀리 있어 잘 보이지 않았지만, 실루엣만으로도 알 것 같았다.

저 우윳빛 같은 피부에 가녀린 허리, 꿀이 흐르는 것 같은 허니 블론드에 요즘 유행한다는 화려한 로코코풍 시폰 드레스까지. 그녀가 가까이 다가올수록 아름다운 외모는 더욱더 극명해졌다. 온갖 수식어를 가져다 붙여도 모자람이 없을 것 같은 제국 최고의 미녀가 바로 저기 있었다.

그런데 오만상을 쓰고 있던 마르멜의 표정이 묘해졌다. 그는 자신이 지금 제대로 보고 있는 게 맞나 하고 눈가를 가늘게 좁히더니, 이내 제국 최고의 미녀를 보고 이렇게 말했다.

"그녀가 살쾡이일 줄은 몰랐는데."

방금 뭐라고?

"……살쾡이요?"

이사벨라 앤더슨이라면 서류에서도 확인했듯, 황태자의 약혼녀이자 앤더슨 공작 가문의 고명딸이었다. 소니도르는 왜 그녀를 보고 살쾡이를 운운하는지 의아한 얼굴을 하다가 곧 그 의미를 깨닫고 굳어졌다. 지금 제 약혼녀가 살쾡이로 보인다는 건 아니겠지. 설마 하는 목소리로 되묻자 마르멜이 손가락으로 제 머리를 툭툭 건드리며 고개를 끄덕였다. 긍정이었다.

꿈속에서 가볍게 꺼냈던 제안이 생각보다 큰 효과를 불러온 모양이었다. 이런 즉각적인 반응은 당연히 기대도 안 했는데 말이다. 사실 소니도르는 그의 병이 고쳐질지도 반신반의하고 있었다. 그녀는 살랑이는 걸음으로 들어오는 금발의 미녀와 마르멜을 번갈아 쳐다보다가 작은 목소리로 혼잣말하듯 중얼거렸다.

"축하……해요?"

이제 약혼녀의 머리를 볼 수 있게 되었으니 축하할 일이었다. 비록 살쾡이의 머리지만 그래도 아무것도 없는 것보단 나으니까. 하지만 축하의 말이 의문형으로 끝나는 건 어쩔 수 없는 문제였다.

행동 하나하나에 귀족적인 자태가 밴, 우아함의 결정체로 보이는 영애가 왜 하필이면 살쾡이의 머리로 보인단 말인가. 치켜 올라간 눈꼬리 때문인지 따지고 보면 인상이 고양잇과에 가까운 것 같긴 하지만.

저렇게 아름다운데. 제국 최고의 미녀가 바로 지척에 있는데 말이다. 소니도르는 저런 약혼녀를 두고서도 자신의 얼굴을 보고 세상에서 제일 예쁘다고 하는 마르멜을 측은하게 응시했다. 하필 유일하게 머리가 보이는 게 자신이라서 그의 심미안을 대폭 낮추고 말았다. 얼른 거울을 보고 회복하세요.

마르멜은 자신의 아름다운 약혼녀를 내려다보며 이렇게 말했다.

"잠도 없나 보군. 이런 새벽부터 직접 궁까지 발걸음을 한 걸 보면."

돌덩이를 쳐다보는 눈빛이었다. 그리고 창틀에 기대 턱을 괸 채로 눈동자를 굴려 소니도르를 흘깃 응시하며 입꼬리를 끌어 올렸다.

"좀 더 기뻐하지 않는 건가? 네 말대로 됐는데."

"와, 와아!"

소니도르는 그 말을 듣고 잠시 멈칫했다가 이내 박수를 짝짝 쳐 대며 어색하게 웃음을 지어 보였다.

그런데 지금 그게 문제입니까. 당신의 약혼자가 황태자 궁을 찾았는데! 새벽 공기를 마시기 위해 아침 댓바람부터 마차를 타고 달려온 건 아닐 테고, 당연히 마르멜을 만나러 왔을 것 아닌가. 게다가 시간도 시간인 것 보면 무언가 급하게 할 말이라도 있는 모양인데.

마주치면 곤란했다. 쓸데없이 연적 취급이라도 당한다면 아주 귀찮아질 것이다.

"저 어디 다른 데 있을까요? 빈방에 얌전히 쥐 죽은 듯이 있을게요!"

"네가 왜 그래야 하는 거지?"

"왜냐니. 약혼녀분께서 오시잖아요? 저와 마주치면 곤란한 것 아닌가요."

그러자 그가 창가에서 몸을 떼어 내며 말했다.

"알고 온 것 아닐까 싶은데. 모른다고 해도 어차피 알게 될 거고."

"그래도 침소에 같이 있었다는 건 확실히 이상하잖아요?!"

"내 병을 고치기 위해서였는데 뭐가 문제인지."

말이 통하지 않는다. 소니도르는 속이 꽉 막힌 듯한 기분에 입술을 달싹였다. 그녀가 답답하다는 얼굴을 하자 마르멜이 쓸쓸하게 웃으면서 고개를 절레절레 흔들었다. 그리고 새장 속의 새를 놓아주는 것처럼 어디든 날아가라고 손짓했다.

사실 마음 같아서는 항상 곁에 두고 싶었지만, 곤란하게 만들고 싶진 않았다. 게다가 이사벨라가 그녀에게 무슨 수작을 부릴지도 모르는 일이니 아직은 위험하기도 했고.

소니도르는 그의 허락이 떨어지자마자 손님방에 자신을 감금했다. 그리고 시녀의 도움을 받아 씻고 푹신한 침대에 기어들어 가 잠들었다. 참으로 태평스럽기 그지없는 행동이었지만 그간 쌓인 피로를 생각하면 당연한 일이었다.

마르멜은 1층 홀 바로 옆에 마련된 크고 화려한 응접실에서 이사벨라와 대면했다. 그는 유하고 선량한 얼굴을 만들어 보이며 자신의 하나뿐인 약혼녀를 마주했다. 그녀에 대해 한결같이 느끼는 감상이 있다면 여전히 간드러진 목소리가 거슬리는 여자라는 것이었다. 예전부터 제 괴팍한 성질을 죽이고 제법 고상한 척 굴고는 했는데 여우 짓을 하기에는 마르멜 쪽이 더 내숭의 역사가 깊었다. 내숭은 내숭으로 받아칠 뿐이었다. 늘 그래 왔듯이 말이다.

내게 접근하는 여자들은 하나같이 저 모양이란 말이지. 마르멜은 마음에도 없는 인사치레를 하며 생각했다. 어쩌면 자신은 꽤 만만한 이미지일지도 몰랐다. 온실 속에서 곱게 자라났기에 언제든지 제 손에 쥐고 꺾을 수 있는 탐스러운 화초처럼 보일지도. 그 꽃이 독초인지도 모르고 말이다. 딱하기도 하지. 이 온실이 과연 어디인 줄 알고 함부로 그 연약한 발을 디디려고 한단 말인가.

마르멜은 진심으로 안타깝다는 생각에 붉은 입꼬리를 끌어

올렸다. 그리고 살쾡이 머리의 여자를 마주 보며 지루함을 달래듯 차를 홀짝였다.

"전하, 병이 많이 나으셨다는 말을 듣고 너무나 기쁜 나머지 한달음에 달려오고 말았습니다. 혹 제가 예의를 모르고 눈치 없이 불쑥 찾아와 불쾌하셨나요?"

"그럴 리가 있겠어. 그대가 직접 찾아 줬는데."

그는 싱긋 웃으며 예의 교습서에나 실려 있을 법한 모범적인 답안을 내놓았다. 그러자 이사벨라는 진심으로 안심했다는 듯 가슴을 쓸어내리며 눈가에 눈물을 글썽였다.

마르멜은 살쾡이의 연한 회색 눈동자에 눈물이 일렁이는 것을 잠시 신기하다는 듯 빤히 바라봤다. 그래도 머리가 생겨서 그런지 시선을 마주 볼 수 있다는 점에서는 유리한 것 같았다. 사람의 눈은 생각보다 많은 진실을 알려 주니까 말이다.

애초부터 사람의 눈이 아니었지만.

이사벨라가 아무리 화려하고 아름다운 미모를 뽐내며 눈가를 흐드러지게 접으며 웃어 봤자, 마르멜의 눈에는 살쾡이가 이를 드러내며 눈을 번뜩이고 있는 것으로밖에 보이지 않았다.

지루해 죽겠다는 심정을 꾹 눌러 삼키고 있던 그가 점점 그녀의 얼굴에 관심을 보이기 시작했다. 예를 들면 얼굴의 전반을 이루고 있는 털의 무늬라던가. 씰룩이는 흰색 수염 같은 것 말이다. 상대는 머리 따로 몸 따로 노는 괴생물체였지만 그나마 동물에는 관심이 많은 마르멜이었다.

"그대의 눈이 한층 더 깊어졌군."

"어머. 부끄러운 말을 잘도 하십니다."

얼마나 깊어졌는지 흰자위가 없어 눈동자가 아주 튀어나올 지경이었다. 그녀는 자신의 바다같이 푸른 눈동자를 감추며 부끄럽다는 듯 몸을 틀었다. 마르멜의 눈에는 흑백의 살쾡이가 눈을 가리며 도리도리 쫌쫌 하는 걸로 밖에 보이지 않았지만 말이다.

보면 볼수록 신기했다. 이제는 모든 사람이 다 저렇게 보이는 걸까.

"정말 다행입니다. 제가 생각이 짧았던 건 아닌가 하고 오는 내내 얼마나 조마조마하던지. 그런데 어찌 병세가 많이 완화되셨다는 분께서 더 수척해 보이십니까."

"그래 보여?"

그야 그녀가 가장 최근에 마주한 건 마르멜이 아니라 마르멜의 모습을 한 연기 장인이었을 테니 당연한 일이었다.

그는 잠시 놀란 듯 눈을 동그랗게 뜨다가 눈가를 손가락으로 쓸며 아련한 표정을 지어 보였다. 마치 애써 괜찮은 척했던 것을 들킨 환자처럼 말이다. 꾀병을 부린 게 하루 이틀이 아닌지라 원한다면 금방이라도 시한부를 선고받은 청년같이 연약한 얼굴을 해 보일 수 있었다.

"큰 고비는 넘겼지만 최근 잔병치레에 시달리고 있어서 그런 걸지도."

"황실 의원으로도 고칠 수 없는 병이 있단 말입니까."

"도통 낫지를 않아서 말이야. 이사벨라 그대도 소문을 듣고 찾아온 게 아니었나."

"정말 그 소문이 사실이었나요? 저도 오라버니께 전해 듣고 믿을 수가 없었던지라……."

처음부터 그 말을 듣고 찾아온 거면서 웃기는 소리였다. 처음부터 그것을 노리고 폐하와 합의 끝에 의도적으로 소문을 퍼트리긴 했지만 말이다.

마르멜은 속으로 조소하며 눈가를 곱게 접었다. 그리고 자신의 앞머리를 쓸어 올리며 수심이 깊어 보이는 눈빛으로 푹한숨을 뱉으며 말했다. 그의 눈썹이 슬픔에 잠긴 듯 축 처져 있었다.

"사실이지. 나는 부족민의 저주에 걸렸고 지금 일시적으로 증세가 완화되었긴 했지만, 장인의 도움 없이는 일상생활도 힘들 지경에 이르렀어."

"그래서 그 말도 안 되는 지시가 내려졌단 말입니까? 능력이 뛰어난 장인들을 황궁에 정식으로 등용한다는……."

이사벨라는 저도 모르게 장인에 대한 본능적인 혐오를 드러냈다가 곧 주절주절 변명하기 시작했다.

"물론 핍박받는 그들이 지금이라도 기회를 얻게 된 건 천만다행인 일이지만 이건 많은 이들에게 너무 갑작스러운 통고가 아닙니까. 게다가……."

마르멜은 그녀의 말을 실수인 척 중간에 끊어 내며 미리 상의해서 준비해 뒀던 말을 뱉었다.

"장인의 능력이 내게 도움이 되었다는 건 이미 증명된 바니, 폐하께서 이 일을 빨리 진행하시는 건 어쩔 수 없다고 생각되는군. 부족민의 저주가 더 깊어지기 전에 말이다."

그의 말을 듣고 입술을 꾹 깨물고 있던 이사벨라가 이제야 이곳에 찾아온 본론을 뱉었다. 제 딴에는 가녀린 척 덜덜 떨리는 목소리로 말하고 있었지만, 그녀의 얼굴이 동물로 보이는 마르멜의 시선으로는 전혀 그 가식이 비치지 않았다. 오히려 살벌하게 눈을 번뜩이며 이를 드러내는 살쾡이만 있을 뿐이었다.

"그렇다면 전하께서 침소로 불렀다던 여인도, 장인인 건가요?"

노루와 새끼 멧돼지도 잡아먹는다는 살쾡이였다. 사냥에 나설 셈인가.

마르멜은 아주 날카로운 가시를 품은 그녀의 본성을 알고 있었다. 그것도 한번 먹이를 물면 속을 헤집어 갈가리 찢을 때까지 절대 놓아주지 않는 갈고리 같은 가시였다.

이사벨라는 본디 허영심이 많아 사교계에서 본인보다 눈에 띄는 영애가 나타나면 자신의 존재는 지운 채로 뒷공작을 부려 그 영애를 철저하게 사교계에서 매장하게 시키고는 했다.

동물의 왕국이 따로 없지. 마르멜은 그것을 알면서도 본인이 간섭할 일이 아니라 여기고 그저 방관하고는 했다. 하지만 이번에도 멋대로 군다면 정말 가만히 있지 않을 거야. 그는 마치 그녀에게 경고하듯 붉은 눈동자를 위험하게 빛내며 고개를 비스듬히 기울였다.

"그대의 말이 맞아."

하지만 이사벨라는 그의 경고도 알아듣지 못할 정도로 머릿속이 초조함과 분노로 새하얗게 질린 상태였다.

"그런가요. 그래서…… 대체 어떤 능력을 사용하길래 전하의 침소로…….”

“꿈 장인. 흔치 않은 능력이지.”

꿈 장인이 어떤 장인인지는 몰라도 잘도 자신의 능력을 이용해 황태자를 꼬셨구나 싶었다. 네가 어디서 굴러먹던 년인지는 몰라도 황후가 되는 건 나여야만 해. 이사벨라는 눈꺼풀을 파르르 떨며 잠시 시선을 밑으로 떨어트렸다.

테이블에 가려 보이지 않는 그녀의 손이 손마디가 도드라지도록 드레스 자락을 꽉 쥐고 있었다. 그녀는 몇 년 동안 공을 들여 겨우 이 자리를 꿰찼는데, 웬 천한 장인이 자신보다 먼저 황태자의 침소에 들었다는 걸 도저히 믿을 수 없었다. 이 사실을 아버지께서 아신다면 분명…….

—쓸모없는 것.

익숙한 환청을 들은 그녀는 어깨를 움찔 떨었다. 입술을 꾹 깨어 물며 숙였던 고개를 천천히 들어 올렸다. 아름다운 푸른색 눈동자가 표독스럽게 일그러졌다.

“그녀의 능력을 저도 빌릴 수 있을까요?”

“아니.”

“…….”

조금도 망설임 없이 뱉어진 대답에 이사벨라는 잠시 할 말을 잃었다. 물론 지금 당장 꿈 장인을 빌려주겠다는 확답을 들을 거라고는 기대조차 하지 않았다. 황태자의 병환을 완전히 고쳐 낸 게 아니라고 하니 말이다.

하지만 마음에 들지 않아도 그런 시늉이라도 보여야 하는 것 아닌가. 병이 다 나으면 그 후에 빌려주겠다는 말이라도 했어야 했다. 특히 이사벨라가 알고 있던 마르멜이라면 더더욱 그랬다. 예전부터 그녀의 부탁이라면 웬만해선 그저 웃으며 뭐든지 전부 들어주고는 했었으니까.

그녀는 더욱 창백하게 질린 얼굴로 애처롭게 입술을 파르르 떨었다.

"유감이지만 이미 그녀 없이는 살아갈 수 없는 몸이 되어 버려서."

"그, 그게 무슨……."

"한시도 떨어질 수가 없거든."

마르멜은 갓 피어난 새순같이 여리게 웃으며 말했다. 굉장히 의미심장한 말이었지만 투명하고 순진무구해 보이는 얼굴 때문인지 그 의중을 파악하기 힘들었다. 떠보려는 것인지, 그녀가 곁에 있어야만 저주가 발현하지 않는다는 순수한 의미로 말하는 것인지, 아니면 정말 장인에게 홀딱 반해서 한 말인지 말이다.

"정말 유감이군."

정답은 셋 다 아닌, 마지막 경고였다.

평소의 그녀였다면 심기가 불편해 보이는 마르멜의 상태를 은연중에 눈치채고 재빨리 물러났을 것이다. 하지만 시기가 좋지 않았다. 이사벨라가 이성도 놓아 버린 채 성급하게 굴었던 건 다 이유가 있었다. 그의 병세 때문에 미뤄졌을 뿐이지, 두 사람은 4년 전 약혼식을 올린 순간부터 이미 성인이 되면 혼인하기로 정식으로 약조했던 사이였다.

이사벨라는 갑자기 황태자의 병환이 깊어졌다고 했을 때도 성질을 꾹 눌러 참고 그저 인내하며 기다렸다. 애초에 마르멜은 여자에 별 관심이 없는 사람이었다. 오히려 반대로, 그의 천상에서 내려온 것 같은 외모와 지위 때문에 주변에서 끊임없이 파리 떼가 꼬이고 또 꼬일 뿐이었다.

그건 이사벨라 선에서 알아서 쳐 내고는 했기 때문에 전혀 걱정이 없었다. 그녀는 그 어떤 계집이 작정하고 덤벼든다고 해도 약혼녀 자리를 굳건히 지키고, 황후의 자리에 오를 수 있을 거라고 자만했다.

그 자신감은 물론 본인의 외모와 가문에서 오는 것도 있었다. 하지만 무엇보다 그녀를 방심하게 만들었던 이유 중에 하나는 마르멜이 누구에게도 특별히 애정을 보인 적이 없었다는 것이다.

모든 사람에게 친절하게 웃으며 평등하게 대했다. 자신의 약혼녀에게나 시중을 드는 시녀에게나 똑같이 다정했다. 마치 인류애를 실천하는 성인聖人 같은 모습이었다.

그 한결같은 태도가 이사벨라를 때때로 이유 모를 불안에 휩쓸리게 했지만, 안심시켜 주기도 했다. 모두를 똑같이 대한다는 것은 특별한 감정이 느껴지지 않는다는 뜻이었고, 연정을 품은 여인도 없다는 뜻이었다.

가끔 지나가던 길고양이에게 평소의 모습과 다른 과한 애정을 비추고는 했지만 말이다. 그거야 동물이었으니까 논외로 칠 수 있었다.

어찌 되었든 이사벨라는 이대로 혼인을 치를 일만 남았다며 자신을 다독이고 또 다독였다.

그런데 별일 아닐 거라 여겼던 마르멜의 병환이 하필이면 부족민의 저주고, 정체를 전혀 파악할 수 없는 장인 여자가 곁에 붙어 있어야만 낫는 병이라는 게 말이 되는가. 게다가 꿈 장인을 언급하는 마르멜의 목소리는 평소보다 더욱 다정하고 달콤하게 들려왔다는 게 그녀를 더욱 초조하게 만들었다.

'설마 그 천한 장인에게 연정이라도 품고 계신 겁니까.'

황태자비가 될 일도 머지않았는데 다 된 밥에 재 뿌리는 것도 정도가 있었다.

"그녀를 제게 빌려주실 수 없는 이유라도 있습니까?"

"그대는 꿈 장인의 능력이 어떤 건 줄 알고 빌려 달라는 거지?"

너무 섣불리 입을 놀렸던 모양이었다. 이사벨라도 이제야 아차 싶었던지 잠시 입을 꾹 다물고 침묵했다. 하지만 고민은 짧았다. 재빨리 머리를 굴린 그녀는 주저하는 척 속눈썹을 파르르 떨며 입가에 손을 가져다 대고 말했다.

"꿈 장인이니…… 역시 꿈과 관련된 능력 아니겠습니까."

"흐음."

"제가 최근 악몽을 꾸고 있어 혹 그녀의 능력의 도움을 받을 수 있지 않을까 싶어 여쭤 보았을 뿐입니다."

"꿈 장인이 그 분야도 관여하고 있긴 하지."

마르멜은 그린 듯한 미소로 답하며 생각했다. 쏭이 워낙 능력이 뛰어나서 그런지 대충 찍어 던진 말도 들어맞는군. 불면증도 치료하고, 트라우마도 치료하고, 기억도 되찾아 주고, 악몽도 없애 주고 못 하는 게 없는 것도 문제였다.

그러고 보니 너무 할 줄 아는 게 많으니 오히려 불안했다. 고급 인력이니 앞으로 여기저기서 필요로 하게 될지도 모르는데.

역시 계약서에 더 그녀를 확실히 곁에 묶어 둘 만한 조항을 추가하는 편이 낫지 않을까.

점점 생각이 옆길로 새고 있었다. 그는 심각한 얼굴로 잠시 다른 생각에 빠져 있었다.

"하지만 전하께서 한시도 곁에서 떼어 낼 수 없을 정도로 그녀가 필요하다 말씀하시니 제가 더는 청할 수는 없는 노릇이겠지요. 고집을 부리고 싶진 않습니다."

마르멜은 말끝이 덜덜 떨려 오는 애처로운 목소리에 고개를 들어 살쾡이와 시선을 맞췄다. 연기하는 건지 아닌지는 목소리와 얼굴이 따로 노니 단박에 알 수 있었다.

이건 오히려 머리가 사람 머리일 때보다 더 편한 것 같은데. 그는 그렇게 생각하며 잠시 그녀를 빤히 쳐다보다가 소파 등받이에 등을 깊숙이 기대어 앉았다.

"내 병이 다 낫게 되면 그때 그대의 가문에서 정식으로 의뢰를 맡기면 되겠군."

소니도르를 그대에게 보내느니 차라리 평생 부족민의 저주를 안고 살아가는 게 낫겠지만 말이다. 마르멜은 뒷말을 삼키며 빙긋 웃으며 답했다. 이제 살쾡이의 재롱은 충분히 구경한 것 같은데 슬슬 본론으로 들어가도 될까.

"이사벨라."

"네?"

"그러고 보니 우리가 약혼한 지도 벌써 4년이 지났지."

"어머, 벌써 그렇게 세월이……."

"그대는 정말 내게 한 톨만큼의 감정이라도 있긴 해?"

전혀 생각지도 못한 말에 이사벨라가 잠시 굳어져서 아무런 대답을 하지 못했다. 그녀에게는 갑작스럽다 못해 어이가 없는 질문이겠지만, 마르멜은 예전부터 언젠가 직접 물어보고 싶다고 종종 생각하고는 했다.

애초에 정략결혼에서 애정을 기대하는 것도 웃기는 일이었다. 마르멜은 피식 웃으며 나른한 표정으로 고개를 기울였다. 만약 그녀가 정말로 자신을 좋아했더라면, 끊임없이 마음을 요구하며 살갑게 굴었을 때 진심이 조금이라도 담겨 있었더라면. 그나마 측은하게 여기는 마음이라도 들었을지도 모른다. 하지만 이사벨라는 마르멜을 철저히 도구로 보고 있었다. 모든 이들에게 인정받기 위한, 자신을 높여 주기 위한 화려하고 값비싼 장신구 정도로 취급하고 있었다.

그래서 아무런 죄책감도 없었다.

"어찌 그런 말씀을 하십니까. 당연히 전 전하께 입으로 다 담기도 힘든 연심을 품고 있습니다."

"쉽게도 말하는군. 그대와 난 닮은 점이 참 많아."

어쩌면 차라리 잘된 일일지도 모른다. 적어도 모두가 보답받지 못할 사랑 때문에 상처받을 일은 없을 테니까. 마르멜은 지금으로서는 너무 이를지도 모르는 말을 꺼내려고 했다.

지금 그가 할 수 있는 최소한의 배려였다. 뒤로 미루며 질질 끌다가 황후가 될 수 있다는 괜한 기대와 걱정으로 속을 썩이게 하고 싶지는 않으니까. 그녀의 헛수고로 소니도르가 얼떨결에 휘말리면 어쩐란 말인가.

　"이사벨라."

　그는 다시 그녀의 이름을 불렀다. 애정은 없었으나 마음까지 품에 감싸 안아 주는 것처럼 굉장히 다정한 음색이었다. 마치 그녀를 진심으로 걱정하고 있는 것처럼 들렸기 때문에 이사벨라는 잠시 목이 콱 막힌 것처럼 아무 말도 꺼낼 수가 없었다. 그녀의 입술이 몇 번이나 달싹이다가 결국 일자로 꾹 다물었다.

　"애쓰지 않아도 돼."

　"무, 무슨. 갑자기 무슨 말씀이십니까."

　"그대가 예전부터 굉장히 억압받는 것처럼 보였거든."

　마르멜은 마음에도 없는 겉치레를 줄줄 읊어 대는 것에는 자신이 있었지만, 진심에서 우러나오는 위로나 배려에는 영 소질이 없었다. 예전에는 본인의 정신을 추스르는 것 하나에도 급급했기에 한 번도 해 본 적이 없었던 탓이었다.

　그만큼 주변을 둘러볼 수 있을 정도의 여유가 생겼다는 걸까. 사실 이사벨라가 앞으로 어떤 인생을 살아가든 그와는 전혀 상관없는 문제였지만, 혹여 소니도르에게 해코지를 할까 봐 최대한 좋은 말로 타이르려고 했다.

　'아직'은 아버지처럼 거친 방법은 쓰고 싶지 않으니까.

　"기대에 부응하려 해 봐야 자신을 스스로 갉아먹을 뿐이야.

견디다 못해 미쳐 버리는 건 그대지, 앤더슨 공작이 아니거든. 그대는 그 누구도 아닌 그대 자신이니 누구의 인생도 대신 살 아줄 수 없어."

"……."

"버림받을까 두려울 테지. 하지만 그대는 애초부터 누군가 의 소유물이 아니야."

"……저는 전하께서 무슨 말씀을 하시는지 전혀 모르겠습니 다."

말은 그렇게 했지만, 이사벨라는 마르멜이 왜 저런 말을 꺼 내는 건지 직감적으로 알아차리고 말았다. 설마, 설마. 그녀는 머리가 아찔하여 비명이라도 튀어나올까 천천히 손을 들어 올 려 자신의 입을 틀어막았다.

설마 아니겠지. 늘 악몽에서 꾸곤 했던 말이 그의 입에서 튀 어나올 리가 없었다. 그 소리만은 그의 입에서 나오지 않게 하 려고 그동안 얼마나 필사적으로 애정을 갈구하고 사랑받기 위 해 노력해 왔는데 대체 왜.

이사벨라는 겁에 하얗게 질리고 말았다. 눈앞이 새까맣게 변하는 것 같았다. 하지만 다정함을 가장하는 마르멜의 말에는 거침이 없었다.

"나는 그대에게 마음을 줄 수 없어."

"저, 전하."

황후가 되지 못하면 아버지께서 날 다시는 쳐다보려고 하지 도 않으실 거다.

"파혼을 당한다면 그대에게 큰 흠이 될 거라는 걸 알아. 하지만 좀 더 먼 곳을 봐 줬으면 좋겠군. 그대는 평생을 사랑하지 못하고, 사랑받지 못할 사람이랑 함께할 수 있겠어?"

"⋯⋯."

"⋯⋯나라면 외로워서 말라 죽을 테지."

마르멜이 말끝을 늘이며 눈을 나른하게 내리떴다. 그리고 의미심장하게 웃었다.

아마 본인이라면 말라 죽기 전에 광기에 잠식당해 모두의 피로 온몸을 적실 것 같았지만 그런 얘기를 굳이 여기서 꺼낼 필요는 없었다.

그는 사람들이 입을 모아 제국의 꽃이라 칭송이 자자한 살쾡이를 내려다보았다. 그의 눈엔 머리가 없다가 이제 겨우 살쾡이 머리가 생겼을 뿐이지만, 한 명도 빠짐없이 아름답다고 말하니 아름다운 거겠지 싶어 입을 열었다.

"그대처럼 아름다운 사람이라면 누구든 금세 사랑에 빠질 거다. 미안한 일이지만 그게 내가 될 수 없을 뿐이야."

"⋯⋯."

잠시 말하는 법이라도 잊어버린 모양이었다. 이사벨라는 한참을 고개를 숙인 채 말이 없다가 낮게 중얼거리는 목소리로 입술을 달싹였다. 여전히 가녀린 목소리였지만 아까와는 확연하게 다른 어투였다.

"어차피 이미 다 예상했던 일입니다."

그녀가 다시 고개를 들었을 땐 이미 표독스러움은 흔적도 없이 사라져 있었다. 그저 희미한 웃음을 입가에 띠며 말했을 뿐이었다.

“저는 그래도 상관없습니다. 저를 사랑해 주시지 않는다고 해도 그래도 절 내치지만 않으신다면…… 상관없습니다.”

까맣게 죽은 눈빛이 마치 폭풍 전의 고요를 보는 것만 같았다.

파란의 시작

"무슨 수를 써서라도 찾아내라고, 지금 당장!"

정보 길드가 이렇게까지 쓸모없다고 느낀 건 처음이었다. 벌써 의뢰를 맡긴 지 한 달 가까이 흘렀는데 어느 날 갑자기 증발하듯 사라진 그녀를 흔적조차 찾을 수가 없었다. 흔적조차.

행방이 묘연한 정도가 아니라, 이 넓은 제국 땅에서 그녀를 봤다는 사람이 단 한 명조차 없었다. 꿈 장인 사무소는 강도에게 털리거나 야반도주라도 한 것처럼 물건들이 하나도 없이 텅텅 빈 채였다. 청년은 화를 한계까지 꾹 눌러 참는 표정으로 제 칠흑 같은 머리를 헤집었다.

"내가……."

그는 두 주먹에 손톱이 박히도록 쥐다가 고개를 젖히며 크게 숨을 들이쉬었다. 잠시 후 청년은 긴 한숨 같은 말을 뱉어내며 낮게 읊조렸다.

"……찾아내라고 말했잖아."

당장 덤벼들어 상대방의 목을 조를 것처럼 살벌하기도 했고 동시에 금방이라도 울음을 터트릴 것처럼 간절해 보이기도 했다.

검은 머리 청년 맞은편에 앉아 있던 후드를 쓴 여인은 등골이 오싹해지는 것을 느끼며 흠칫 뒤로 물러났다. 하지만 그것도 잠시 이마에 맺힌 식은땀을 닦으며 의자를 바짝 끌어당겨 앉아 어색하게 달래는 목소리를 해 보였다.

"지오, 제발 진정 좀 해."

"제국 최고의 정보 길드라 자부하더니 여자 하나를 못 찾아?"

지오르지오는 흐트러진 앞머리 사이로 제비꽃 같은 보라색 눈동자를 번뜩였다. 싸늘하게 굳은 얼굴은 수려했지만, 냉기가 뚝뚝 흐를 것처럼 차갑고 사나워 보였다. 짙게 가라앉은 눈빛은 온몸이 덜덜 떨리도록 섬뜩했다.

괜히 정보 길드에서 일하는 지인이라는 이유로 그를 응대하고 있는 길드원만 죽어나고 있을 뿐이었다. 내가 왜 저런 빌어먹을 놈이랑 알게 돼서. 여인은 속으로 신세 한탄을 하다가 재빨리 변명하듯 덧붙였다.

"이래 봬도 지금 제국 전체를 헤집고 있어. 우리 길드의 손이 닿지 않는 곳은 없다고."

"그럼 입만 나불대지 말고 결과를 내놔 봐."

"소거법으로 점점 범위를 좁히는 중인데 아무래도 수도 내에 있을 가능성이 많아. 수도 쪽에 있는 거라면 우리도 움직임이 더욱 조심스러워질 수밖에 없다고. 웬만한 귀족 가문도 다 수소문해 봤는데."

초조함에 자리를 박차고 멱살이라도 붙잡을 것 같았던 그가 어느새 진정했는지 덤덤한 표정으로 돌아왔다. 하여튼 저놈의 냄비 근성. 다혈질의 화신 같은 새끼. 여인이 그를 속으로 욕하는 사이, 그가 입술을 달싹여 아주 낮은 목소리로 말했다.

"협박이라도 받지 않는 한 어디 멀리 갈 애가 아니야. 좀 더 깊숙하고 은밀하게 찾아. 약점 같은 게 잡혀 있을지도 모르니까."

협박? 깊숙? 은밀?

여인은 저 말을 진지하게 하고 있는 지오르지오를 보고 속으로 헛웃음을 터트렸다.

사실 사라진 소니도르에 대한 마지막 소식은 그다지 멀지 않은 곳에서 찾아낼 수 있었다. 오히려 아주 가까운 곳에서였다. 그녀가 늘 즐겨 먹고는 하는 몇몇 음식점 가게에서 그녀의 마지막 모습을 보았다는 증언을 들었다. 매 순간 옆에 후드를 뒤집어쓴 거대한 남자가 곁에 있었다고 말이다.

게다가 음식점 주인들은 하나같이 그녀의 얼굴이 협박을 받는 사람의 표정이 아니었다고 입을 모아 말했다. 언제나처럼 밝고 명랑하고 즐거워 보였다고.

후드 남자의 얼굴을 유일하게 목격한 맥란 주점의 주인장 맥란은 이렇게 증언했다.

─소니도르? 한 달 전쯤에 웬 잘생긴 청년이랑 조수랑 우리 가게에 닭찜을 먹으러 왔었지. 그러고 보니 그때 이후로 한 번도 본 적이 없네. 잠시 어디 장기 의뢰라도 간 거 아니야?

장기 의뢰라면 어떻게든 흔적이 남았겠지. 하지만 이렇게 흔적을 찾는데 애먹인다는 건 의도적으로 지웠다는 뜻인데. 검문 통과 기록까지 지워 낼 정도라면 아주 지체 높으신 분에게 의뢰를 받았거나 납치라도 당했거나 둘 중 하나였다.

하지만 절대 협박을 받은 표정이 아니었다는 증언을 들었을 때 후자는 아닐 가능성이 컸다. 한두 살 먹은 애도 아닌데 유인 납치를 당했을 리는 없고. 오히려 소니도르는 그런 쪽으로 눈치가 빨라서 아주 조금이라도 위험한 낌새를 느꼈으면 알아서 도망쳤을 것이다.

남는 가능성은 장기 의뢰 한 가지뿐이었지만…… 그렇다면 어째서 어릴 때부터 함께 크다시피 한 절친한 친구에게 단 한 마디 말도 남기지 않고 떠났을까? 지오르지오 성격에 분명 이런 식으로 그녀를 찾는다고 날뛸 것을 알면서도 말이다.

여인은 잠시 침묵하다가 결국 답답함을 견뎌 내지 못하고 입을 열었다. 그에게 욕먹을 각오로 한 말이었다.

"사랑의 도피 아니야?"

사랑의 도피? 지오르지오는 그렇게 되물으며 눈썹을 까닥였다가 하도 어이가 없었는지 피식거리는 웃음소리를 뱉었다. 소니가 사랑의 도피라. 차라리 어느 지방 특산물과 사랑에 빠져서 그걸 먹기 위해 여행을 떠났다고 하면 믿을지도 몰랐다.

그 나이 먹도록 단 한 번도 남자에게 관심을 보인 적이 없는 것은 물론이고, 대놓고 치근거려도 꿰다 놓은 보릿자루처럼 멀뚱멀뚱 서 있던 여자인데 말이다. 그는 바람 빠지는 웃음이 뒤섞인 목소리로 말했다.

"디저트와 사랑의 도피?"

"농담하지 말고. 너도 맥란 아줌마 말 들었으니 알 것 아니야. 생판 처음 보는 남자랑 같이 밥까지 먹으러 왔었다잖아! 그놈이 순진한 애 홀랑 꾀어서 데려간 것 아냐?"

"그런 거면 다행이지."

"……다행이라고?"

그 여자 좋아해서 이렇게까지 찾는 거 아니었어? 여인이 의아한 얼굴을 하며 묻자 지오르지오가 조금도 망설이지 않고 답했다.

"목숨만 무사하면 됐어."

그녀는 놀란 표정을 지었다. 오로지 직진밖에 모르는 외골수, 폭주 기관차 같은 그가 저런 말을 꺼낼 줄은 몰랐기 때문이었다.

뭐야, 꽤 순정적인 말도 할 줄 알잖아. 소름 끼치게. 가둬서라도 옆에 둔다는 말을 했다면 모를까, 누구와 사랑의 도피를 했어도 목숨만 무사하면 된다니.

저 말을 그가 할 줄은 몰랐기에 그녀는 얼굴을 종잇장처럼 구기며 닭살이 돋아 오른팔과 턱 등을 연신 긁어댔다.

"내 인내심은 길지 않아. 어디 있는지라도 알아 와."

"솔직히 이제 남은 건 암흑가랑 황궁 정도밖에 없는 것 같은데."

"암흑가? 황궁?"

둘 다 몸서리칠 정도로 혐오하는 부류였기 때문에 그의 표정이 절로 험악해졌다.

암흑가라면 '그림자'들의 소굴이었는데, 그들은 눈을 감고 귓구멍을 틀어막은 채로 세상에 대한 증오만 불태우는 미친놈들이었다. 게다가 황궁은 말할 것도 없지. 황제부터 시녀까지 그가 증오해 마지않는 황족과 제국 귀족들로 바글바글하지 않겠는가.

무섭게 굳어진 얼굴을 마주 보며 여인은 애써 어색하게 웃음을 지었다.

'하하, 저거 또 정색하는 거 봐라. 살 떨리게.'

그녀는 이미 지오르지오와 암흑가에 얽힌 이야기를 전해 들어 상세히 알고 있었다. 혁명군을 창설하던 초기에 암흑가의 실세 '그림자'에게 동맹을 제안했다가 문전박대를 당했었다지. 그들이 대놓고 부족민을 조롱하고 모욕하는 통에 미쳐 날뛰는 걸 혁명군의 책사 페르난데가 겨우 뜯어말렸다고 한다.

그녀는 굳이 그때 일을 떠올리게 해서 긁어 부스럼을 만들고 싶지 않았다. 그래서 그가 지금보다 더 험악한 기운을 풍기기 전에 재빨리 말했다.

"지오, 네가 생각해도 그 두 곳은 아닌 것 같지? 좀 봐 줘라."

"돈은 얼마든지 줄 수 있어."

"아무리 정보 길드라도 건드릴 수 없는 곳이 있거든. 우리 길드의 운명이 달린 문제라니까."

지오르지오는 말없이 손가락을 허공에 대고 그었다. 그와 동시에 물이 튀었다. 수면은 마치 날카롭게 벼려진 칼날과 같이 예리했다. 한차례 바람이 불더니 여인이 쓴 후드가 벗겨지면서 바로 뒤에 있던 화분의 꽃이 뎅겅 잘려 바닥을 뒹굴었다.

줄기와 꽃망울이 완벽하게 분리된 것이다. 마치 피가 튄 것처럼 화분 주위로 물이 흥건했다.

"히익!"

뒤를 돌아본 길드원은 헛숨을 삼키며 괜히 자신의 목이 멀쩡히 붙어 있는지 더듬었다.

"나도 네 운명을 뒤바꿀 존재가 되고 싶은데."

그는 살인 예고를 마치 사랑 고백하듯 말한 뒤 손가락을 까딱였다.

"사랑의 도피든 뭐든 상관없어. 아까 말했다시피 살아 있기만 해 주면 돼."

"정말 어디에 있는지, 살아 있는지만 알아봐 주면 된다고?"

"가서 끌고 오면 그만이니까."

그녀는 그 말을 듣고 그럼 그렇지 하는 표정을 지었다.

⚜

이사벨라를 상대하면 바로 소니도르를 볼 수 있을 줄 알았더니. 당연히 잠든 시간 동안 밀려 있었던 집무와 공부가 쉴 새 없이 그에게 몰아쳤다.

마르멜은 집무실 책상에서 일어나자마자 아카데미 명예 교수직에 있는 촉새 머리 학자들과 온종일 현재 제국을 둘러싼 정세에 대한 토론을 벌여야만 했다.

'꽉 막힌 늙은이들 같으니.'

주변에는 왜 온통 말이 통하지 않은 상대밖에 없는지 모르겠다. 아버지도, 약혼녀도, 심지어 스승마저도.

마르멜은 일정에 이리저리 치이다가 문득 소니도르가 꿈속에서 했던 말을 떠올렸다.

—유심히 살펴보면 세상에 괜찮은 사람 참 많아요.

대체 어디에 있다는 건지 모르겠다. 그저 사방이 온통 동물 머리일 뿐이었다.

소니도르를 불러올 틈도 없었다. 불러온다고 해도 뭘 어찌할 정신머리도 없었다. 마르멜은 하루의 일정을 마치고 겨우 본궁에서 풀려나 황태자 궁으로 돌아오는 마차를 탔다.

이래서 잠시도 떨어지지 말라고 했던 건데. 다음부터는 절대 떨어지지 않게 손이라도 꼭 붙잡고 있어야지 안 되겠다. 사람이 되니 이런 점은 좋군. 굳이 목줄을 채우지 않아도 되니. 마르멜은 창밖 너머 흑백의 풍경들이 순식간에 스쳐 지나가는 것을 응시하며 생각했다.

온종일 정신없이 움직이다 보니 스트레스에 머리가 터질 지경이었는데, 그녀가 머물고 있다는 손님방에 들어서자 저도 모르게 피식 웃음이 튀어나오고 말았다.

그냥 바라만 봤을 뿐인데 피로가 싹 다 풀리는 것 같은 기분이 드는 건 왜인지. 괜찮은 사람이고 나발이고 다 됐으니 너만 있으면 된다. 그것만으로도 정말 충분한 것 같으니까.

"대체 언제까지 잘 셈이야."

마르멜은 침대에 걸터앉아 잠들어 있는 그녀를 가만히 내려다보다가, 그녀의 산호색 입술을 응시하며 잠시 손가락 끝을 움찔 떨었다. 자는 사이에 또 언제 일어나서 케이크를 흡입한 것인지 그녀의 입가에 흰 생크림이 묻어 있었다.

"······."

아주 잠깐의 갈등이 있었다. 마르멜은 무방비하게 잠든 소니도르를 내려다보며 손을 가만히 두지 못하고 이리저리 배회하다가 결국 푹 한숨을 내쉬며 자신의 눈가를 덮었다.

짐승도 아닌데 자는 사람을 두고 무슨 이상한 생각을 한단 말인가. 그는 붉어진 귓등을 문지르며 슬쩍 인상을 쓰다가 언제 머뭇거렸느냐는 듯 망설임 없이 손을 뻗어 입가에 묻은 생크림을 닦아주었다. 그리고 괜한 심술이 나 그녀의 통통한 볼을 쿡 찔렀다.

"흐응!"

동시에 소니도르가 악몽이라도 꾸는 것처럼 끙끙대는 소리를 내기 시작했다. 마르멜은 의아함을 담고 그녀를 빤히 응시하다가 다시 같은 곳을 쿡 하고 찔렀다. 그러자 그녀는 아프다고 칭얼대기 시작하더니 자신의 볼을 감싸 쥐고 그가 있는 반대쪽으로 침대를 반 바퀴 데굴 하고 굴렀다. 그 모습을 가만히 지켜보던 마르멜이 설마 하고 한쪽 눈썹을 추켜세웠다.

그는 그녀의 양 볼을 꾹 누르며 입을 억지로 벌리게 했다. 자는 중에 난데없이 봉변을 당한 소니도르가 눈꺼풀을 파르르 떨면서 들어 올렸다. 뭐지. 억지로 잠에서 깨어난 탓에 머리가 다

지끈거렸다. 그녀는 살포시 인상을 찌푸리며 멍하니 눈을 깜빡였다.

생크림 케이크를 먹고 있었던 것까지는 기억나는데 그 이후가 암전이었다. 언제 잠들었는지 기억이 나지 않지만 아무래도 먹다가 잠든 모양이었다. 그런데 정신을 차려 보니 양 볼에서 엄청난 압박이 느껴졌다.

뭐, 뭐야. 신종 암살? 자는 사이에 독약을 먹이려고 하는 건가! 그녀가 눈을 깜빡이며 초점을 맞추자 마르멜이 심각한 얼굴로 자신을 코앞에서 들여다보고 있었다.

소니도르는 너무 놀라서 헛숨을 들이키며 그의 손을 뿌리쳤다. 그리고 상체를 벌떡 일으켜 세운 뒤 어깨를 잔뜩 움츠리며 뒤로 슬금슬금 물러났다. 방금 설마 입안을 들여다보려고 한 건가? 대체 왜? 그녀는 자신의 입을 양손으로 틀어막으며 당황스러운 얼굴을 했다.

"뭐, 뭐, 뭡니까?!"

강압적인 모습에 놀라 저도 모르게 말을 더듬고 말았다.

"쏭."

"네, 네?"

"입 벌려 봐."

"잘못했어요!"

"뭐를?"

"뭔지 모르겠지만 잘못했어요! 아니, 왜 점점 가까이 오십니까!"

소니도르는 뒤로, 계속 뒤로 엉덩이를 질질 끌며 물러났고 마르멜은 그녀가 물러서는 만큼 다가가며 이리 오라는 듯 손가락을 까딱거렸다. 그녀는 끝까지 물러났다가 결국 침대 헤드에 등이 맞닿아 버리고는 희게 질린 얼굴을 하며 재빨리 침대 밖으로 빠져나가려고 했다.

하지만 마르멜이 더 빨랐다. 그는 그녀가 움직이지 못하도록 양옆에 벽을 짚어 팔 안에 가두고는 입매를 기괴하게 비틀었다. 소니도르는 영문도 모르면서 겁에 질려 입을 틀어막은 채로 고개를 도리도리 흔들었다.

"싫어요!"

"안 잡아먹을 테니까 가만히 좀 있어 봐."

"흐앙! 흐아앙!"

"……."

마르멜은 입으로 우는 소리를 내는 그녀를 빤히 내려다보다가 한숨을 내쉬며 물었다.

"내가 잠들어 있는 동안 뭘 먹었지?"

소니도르는 눈을 깜빡이며 생각에 잠겨 있다가 기억을 더듬으며 그동안 먹었던 것을 하나하나 읊기 시작했다. 열에 하나는 디저트 종류였으며 심지어 그마저도 크림과 버터가 잔뜩 들어간 케이크거나, 설탕이 잔뜩 버무려진 과자였다.

그녀는 잠시 반성했다. 원래도 식습관이 좋지 않았지만, 황궁 디저트 맛이 워낙 뛰어난 바람에 엄청나게 먹어 대고 말았다. 하지만 그건 황제가 쉴 틈도 안 주고 부려 먹은 탓도 있었다. 능력을 한 번 사용하는데 얼마나 많은 에너지와 칼로리가 소비되는데 당연히 그렇게 내리 일만 하면 빨리 허기지지 않겠는가.

마르멜은 말없이 펑퍼짐한 옷에 가려 잘 보이지 않는 그녀의 볼록한 뱃살을 내려다보았다. 저건 귀여우니까 논외로 치더라도 아픈 것 싫어한다고 매일 징징대면서 충치는 괜찮은 건가.

"양치는?"

"그, 그곳에서는 클린 마법이 걸려 있었잖아요?"

"평생 클린 마법에 걸려 있는 방에서 살 게 아니라면 양치는 필요하지."

"평생 클린 마법에 걸려 있는 방에 살 수는 없나요."

"……."

"휴대용 클린 마법이 시급합니다."

잠시 할 말을 잃은 그가 입을 꾹 다물고 있다가 자신의 입을 가리고 있는 소니도르의 손을 억지로 떼어 냈다. 늘 마법사들이 하는 말이지만 마법은 만능이 아니었다.

클린 마법은 일시적으로 깨끗해 보이게 하는 마법이기 때문에 근본적인 해결은 되지 않았다. 평생 클린 마법이 걸린 방에 천문학적인 돈을 들이며 갇혀 지낸다면 모르겠지만 아니라면 직접 씻지 않는 한 언젠가는 한계가 오기 마련이었다. 게다가 휴대용이라니, 그런 게 가능할 리가.

"씻긴 씻었어?"

"당연하죠! 케이크 먹기 전에 양치도 했어요!"

먹은 다음에는 안 했다는 얘기였다. 하긴 양치 같은 걸 했으면 입가에 크림을 묻히고 있을 리가 없었겠지.

"……한 번 안 닦는 것 정도는 괜찮지 않을까요."

마르멜은 흐음, 하고 잠시 그녀의 통통한 젖살을 들여다보더니 손목을 덥석 붙잡고 침대 밖으로 끌어냈다. 그리고 욕실로 질질 끌고 가기 시작하자 그녀가 어떻게든 안 가 보겠다고 발에 힘을 주고 버텨 보았다. 물론 소용은 전혀 없었기에 발에 힘을 주고 버틴 채로 질질 끌려가야만 했다.

"쏭."

또 왜요. 소니도르는 울상을 지으며 대꾸했다.

"이가 썩으면 갈아 내야 해. 그때 가선 마법이고 뭐고 다 소용없어."

"그건 저도 알아요. 하지만 전 충치가 잘 안 생기는 편……."

"심하면 뽑든가."

"……."

"몹시 아프겠지."

잘 자는 사람 갑자기 깨워서 불만이 넘쳤지만, 그 말을 들은 뒤 그녀는 얌전히 제 발로 걷기 시작했다. 마르멜은 순순히 따라오는 그녀를 보고 빙긋 웃더니 잘했다는 듯이 머리를 토닥토닥 쓰다듬었다.

소니도르는 치아 관리까지 신경 써 줄 정도로 사랑받는 애완견이 된 기분에 착잡한 얼굴로 욕실에 들어섰다. 그리고 마르멜에게 양질의 말 털로 제작된 무지개색 칫솔 세트를 건네받고 더욱 복잡한 심경이 되고 말았다.

"내일은 의원을 불러야겠군."

그는 그중 하나를 멋대로 집어가서 치약을 쭉 짜더니 그녀의 입가에 가져다 대며 말했다.

"아 해 봐."

"양치 정도는 혼자서 할 수 있어요. 애도 아니고."

"해 주고 싶었는데."

"뭘 별걸 다!"

소니도르는 얼굴을 확 붉히면서 그의 손에서 칫솔을 거의 강탈하다시피 뺏어 갔다. 마르멜은 애초부터 억지로 할 생각은 없었는지 순순히 물러난 뒤에 근처 욕조에 걸터앉았다. 아무리 양치라지만 곧 씻을 예정인데 나갈 생각도 없었던 모양이다. 그녀는 눈을 가늘게 뜨며 그를 흘겨보다가 곧 한숨을 내쉬며 양치질을 시작했다.

"한 달 뒤에 연회가 있어."

마르멜은 난데없이 소니도르를 깨웠던 것처럼 난데없는 말을 꺼냈다. 그녀는 칫솔을 입에 문 채 자신이 느낀 심정을 그대로 입에 담으며 말했다.

"덩말로 난데없군녀."

"곧 마제른의 봄이 다가오니까. 매년 있는 의례적인 행사지."

제국이 하나로 통일되기 전 마제른은 건국 신화에 기록된 신으로 '창조의 신' 혹은 '재능의 신'이라고도 불렸다. 여러 분야에서 뛰어난 잠재력을 가진 인재들을 사랑하는 신으로, 그의 축복을 받으면 본래 가지고 있던 재능을 가장 아름답게 꽃피울 수 있다고 해서 제국민들은 그가 내린 은총을 '마제른의 봄'이라고 칭했다. 그것의 이름을 딴 축제가 봄에서 여름으로 넘어

가는 시기에 매년 열리고는 하는데 주로 예술인들을 위한 축제였다.

전국 각지에서 몰려든 예술가들은 축제에 참여해 자신의 재능을 뽐내며 이름을 알리고, 이름만 들어도 알 법한 아주 저명한 이는 황궁으로 직접 초대받기까지 했다. 물론 예술가가 아니더라도 특출한 재능을 보이는 이라면 누구든지 존중받는 날이었다. 그래서 장인들도 이날만큼은 차별받지 않고 축제를 즐길 수 있었다. 당연히 황궁에는 단 한 번도, 그 누구도 초대받은 적이 없지만 말이다.

"연회에 장인들을 초대할 거야."

"풉!"

소니도르는 양치 거품을 뿜어내며 격하게 기침을 하기 시작했다. 벽 쪽을 응시하고 있었기에 망정이지 하마터면 황태자의 면전에 대고 엄청난 짓을 저지를 뻔했다. 그녀는 추태를 보였다는 생각에 얼른 입을 물로 헹구며 울상을 지었다.

그런 말은 다 씻고 나서 해도 될 텐데 대체 양치하는 사람을 앞에 두고 대화를 시도하는 이유는 또 뭐란 말인가. 어차피 대답도 제대로 못 할 텐데. 그녀는 기침이 어느 정도 멎고 난 뒤에야 서서히 고개를 들었다.

"연회라니, 대체 왜죠?"

그녀는 염려 가득한 얼굴로 물었다. 전례에 없는 일이었다. 연회에 초대한다는 소리를 듣기만 했는데도 벌써 골치가 쑤셔 오는 것만 같았다.

분명 원칙주의에서 벗어나지 못하는 귀족들은 연회에 참석한 자신을 못 잡아먹어서 안달을 낼 것이다. 천한 장인이라 지탄받는 건 익숙했지만, 그렇다고 해서 서커스 원숭이 취급받을 게 뻔한 자리에 억지로 나서서 욕을 들어 먹고 싶지는 않았다.

하지만 마르멜은 안심하라는 듯 팔을 뻗어 그녀를 제 쪽으로 당기며 말했다.

"그대들을 세상에 알리기 위해서."

"그대들?"

"능력이 뛰어난 많은 장인을 연회에 초빙할 거야. 폐하께서 이미 승낙하신 일이니까."

"……폐하께서 정말 승낙하셨다고요?"

"너도 이미 계약서에서 봤지 않았나."

그녀는 잠시 머리를 굴려 기억을 더듬었다. 장인에 대한 이야기라고는 유능한 인재를 등용해 작위를 수여할 거라는 조항밖에 없었던 것 같은데, 설마 그 얘기가 이 얘기였단 말인가.

소니도르는 꿈 장인인 자신과 연기 장인 이외에도 또 다른 장인들을 황궁에 불러들일 거라고는 상상도 못 했기 때문에 한동안 충격에 굳어졌다.

"하지만 반발이 심할 텐데요."

"아무리 부정해도 어쩔 수 없는 일이지. 황실에는 권위주의에 찌든 원로들만 있는 것 같지만 이렇게 오랜 세월이 흘러도 제국이 여전히 세력을 굳건히 유지하는 이유가 있지 않겠나. 흐름을 약빠르게 읽을 줄 알아. 파악이 끝나면 태세 전환도 자유자재더군."

폐하를 직접 설득하는 일보다는 쉬울 테지. 마르멜이 피식 웃으며 말을 이었다.

"하지만……."

불안하기 그지없었다. 그동안 수없이 억압당했던 장인에게 기회의 균등을 주고 황실로 초대한다는 건 얼핏 새 시대가 열리는 것처럼 들리기도 하겠지만, 동시에 파멸의 시작을 예언하는 종소리처럼 들렸다. 수백 년간 쌓인 원한은 고작 그런 일로 순식간에 씻겨 나갈 만한 것이 아니니까 말이다.

소니도르는 순간 자신의 오랜 친구 지오르지오를 떠올렸다. 그는 장인 중에서 그녀와 가장 친밀한 사이기도 했지만 동시에 데센시아 부족민 혁명군의 수장이었다.

혁명군은 창설된 지 얼마 되지 않아 뜻을 같이하는 청년들 수십 명 정도로만 구성된 단체였지만, 무서울 정도로 세력을 키워 가고 있다고 들었다.

예로부터 제국은 반란군이 생기는 족족 씨를 말려 버릴 정도로 처참하게 짓밟았으니, 아마 현재 남아 있는 무력 세력 중에서 가장 규모가 크지 않을까 생각했다. 그러니 언젠가 황실에 그 꼬리가 밟히고 말겠지.

그녀는 마르멜의 전례에 없던 계획을 듣고 불쑥 걱정부터 들 수밖에 없었다.

'지오가 이 소식을 듣고 가만히 있을 리가 없지.'

궁에 잠입할 기회일 테니 말이다. 직접 움직이지만 않기를 바랄 뿐이었다. 하지만 소니도르는 지오르지오가 기회가 찾아오면 무조건 행동하고 보는 성격이라는 걸 누구보다 잘 알고 있었다.

청렴결백하지만 동시에 불같고 굉장히 호전적이기도 하고. 언젠가 저러다가 죽겠지 싶어 근처에 살 때는 곁에서 지켜보는 내내 불안했는데.

아, 지오. 너 때문에 내가 미친다. 진짜. 라는 말을 입에 달고 살고는 했었다.

'지금은 어떻게 지내려나. 사고 안 치고 잘 있겠지.'

소니도르는 그 순간 그에게 아무런 말도 없이 멋대로 황궁까지 왔다는 걸 떠올렸다. 말해 봤자 못 가게 막을 걸 알고 일부러 말 안 하고 몰래 온 건데 어쩌다 보니 지금까지 아무런 연락도 못 했다.

당연히 죽겠지 싶어 말하지 못한 것도 있었다. 그리고 지금은 살아남았다는 안도 때문에 그를 까마득히 잊고 있었다. 설마 지금쯤 주변을 헤집으며 미쳐 날뛰고 있는 건 아닌지 문득 불안감이 엄습했다.

의도치 않게 걱정을 끼치고 말았다. 어떻게든 연락할 방법이 없을까. 편지라도 보낼 수 있다면 잘 살아 있다고 안부라도 전하고 싶었다. 황궁에 있다고 하면 찾아올 게 뻔하니까.

거기까지 생각했을 때였다. 마르멜은 또 다른 칫솔을 들어 그 위에 치약을 짜고는 다시 소니도르의 입가에 대며 말했다.

"아 해 봐."

"또 왜요!"

"건성으로 닦았잖아."

"……그걸 다 보고 계셨어요? 이러려고 여기 계신 거예요?"

대체 얼마나 할 일이 없는 겁니까. 소니도르가 그를 타박하듯이 말하자 마르멜은 샐쭉하게 웃으며 말하느라 벌어진 그녀의 입에 칫솔 머리를 넣어 버렸다.

"쉬이, 착하지."

그리고 당황해서 버둥거리는 그녀에게 어린아이 어르는 듯한 소리를 내며 달랬다. 그의 손이 그녀의 턱을 꾹 붙잡고 놓아주질 않았다. 부드러운 손길이었지만 도무지 벗어날 수가 없었다.

"이 뽑고 싶지 않으면 잘 닦아야지."

그는 상냥한 말투로 살벌하기 짝이 없는 말을 뱉었다. 시녀들이 머리 감겨 주고 씻겨 주고 옷 입혀 줄 때는 그러려니 했는데, 이를 닦아 주는 건 정말 개가 된 기분을 지워 낼 수가 없었다.

아니 이게 대체 뭐람. 소니도르는 입을 벌린 채로 무려 제국의 황태자가 해 주는 양치를 받았다. 황송하기 짝이 없었지만, 그것보다 먼저 민망해서 죽을 지경이었다.

마르멜은 정말 이를 꼼꼼하게도 닦아 주었다. 그녀는 멀뚱멀뚱하게 입만 벌리고 서 있어야 했다. 시간이 흐를수록 나아지기는커녕 얼굴이 터질 것처럼 붉게 달아올랐다. 아냐, 이건 정말 아닌 것 같아. 수치스러워서 코앞에 있는 저 아름다운 얼굴에 주먹을 날리고 싶은 충동마저 일었다.

그때 붓처럼 부드러운 칫솔 털이 그녀의 입천장을 스윽 훑고 지나갔다. 소니도르는 저도 모르게 다급하게 그의 팔을 움켜쥘 수밖에 없었다. 마르멜은 고개를 기울이며 아이처럼 순수한 붉은 눈망울을 빛내며 물었다.

"왜?"

"……."

거긴 이가 아닌데.

양치질하는 바람에 제대로 된 대답조차 뱉을 수 없는 그녀는 눈물을 삼키며 고개를 미미하게 저을 뿐이었다. 소니도르는 제발 이 시간이 지나기만을 바라고 또 바랐다.

⚜

테리는 검을 정식으로 배우지는 않았지만, 으레 그 나이 때 소년들이 그렇듯 기사에 대한 막연한 동경을 품고 있었다. 특히 라이젤 가드를 향한 존경심은 상상을 초월할 정도였다.

어릴 때는 소니도르에게 잔소리를 들어 가면서까지 기사 모형 장난감이라든가 장식용 검을 사들여 방 한편에 장식해 두고는 했다. 그리고 조금 머리가 크고 나서는 아예 라이젤 가드가 나의 우상이라며 그들의 예찬론을 동네방네 떠들고 다니기까지 했다.

이쯤 되면 테리가 혹시 기사에 관련된, 사람의 감수성을 자극할 만치 심금을 울리는 추억을 가지고 있지 않을까 기대할지도 모른다. 하지만 그가 라이젤 가드를 광적으로 좋아하는 이유는 딱히 없었다. 굳이 이유를 대자면 멋있어 보인다는 것 정도?

테리가 좀 더 유난스러운 면이 있긴 하지만 원래 아르케 제국의 소년들은 기사나 전쟁 얘기가 나오기만 하면 미친 것처럼 열광하고는 했다. 물론 도색잡지나 음담패설도 말이다.

하지만 그건 그거고.

지하 통로에서 빠져나온 지 보름째 되는 날, 그는 지금 이상과 현실의 차이를 온몸으로 경험하는 중이었다. 애초에 어중간한 마음이었다. 기사단 입단 시험을 치를 정도로 실력이 뛰어난 것도 아니고, 늦은 나이에 견습 기사로 들어갈 정도의 뜨거운 열정도 없었다. 물론 돈과 지원도 지금껏 없었고 말이다. 나중에 기사가 되겠다는 각오를 다지고 죽자 살자 달려든 것도 아니었다. 그냥 라이젤 가드가 미친 듯이 좋았으며 그들에게 무한한 존경심을 품고 있었을 뿐이었다.

테리는 땀을 비 오듯이 흘리며 생각했다. 라이젤 가드를 가까이서 보는 거라면 차라리 기사님의 시종이 되어 수발드는 편이 더 낫겠어. 그리고 꿈 장인의 조수가 얼마나 편한 팔자였는지 새삼 깨닫기까지 했다.

"허리. 또 중심이 뒤로 쏠려 있군. 이대로라면 검을 휘두르기도 전에 바닥에 나자빠질 거다."

테리는 크리스티안의 말대로 정말로 바닥에 나자빠졌다. 기사가 허리를 쳐서 중심을 무너트렸기 때문이었다.

테리는 바닥을 데굴데굴 구르다가 오뚝이처럼 오뚝 일어났지만, 다시 중심이 무너졌다는 이유로 바닥을 굴렀다.

무려 그 라이젤 가드에게 직접 일대일로 수련을 받는다고 마냥 기뻐했더니 이 혹독한 훈련은 대체 뭐란 말인가. 연무장

바닥을 하도 굴러 대서 이제 흙바닥이 굉장히 친숙하게 느껴질 지경에 이르렀다. 내가 흙인지 흙이 나인지.

크리스티안은 또 엉거주춤하게 서 있는 테리를 보고 미간을 구겼다. 그는 또래 소년들보다 기운도 세고 운동 신경도 뛰어난 편이었지만 그뿐이었다.

이렇게 기본기가 없어서야.

일반인을 상대로 너무한다는 자각도 있었지만, 폐하께 직접 명령까지 받은 이상 뼈에 새기도록 알려 줘야 하지 않겠는가. 어디 가서 제 한 몸 지킬 수 있을 정도로는 말이다.

"적어도 검을 제대로 쥘 수 있을 정도는 되어야 하지 않겠나."

테리는 존경하는 기사님에게 한심하다는 시선을 받고 싶지 않다는 오기 하나로 버티는 중이었다. 남자가 칼을 들었으면 무라도 썰어야지! 물론 아직 검술 훈련은커녕 날붙이 비슷한 건 전혀 쥐어 보지도 못했지만 말이다!

적어도 목검이라도 들 수 있었으면 좋겠지만, 다시 바닥을 구를 뿐이었다.

데굴데굴. 으아아아!

하도 바닥을 굴러서 이젠 어지러워 중심을 잡기 힘들 지경에 이르렀을 때쯤 연무장 입구에서 굉장히 익숙한 얼굴이 쏙 튀어나왔다. 바닥에 엎드린 채 몸을 일으키려고 하던 테리도, 인기척을 느끼고 입구 쪽으로 시선을 돌린 크리스티안도 순식간에 얼굴이 와락 구겨졌다.

저 징글맞은 녹색 단발머리. 하기스는 근처에 있는 기사에게 크리스티안과 테리가 있는 곳을 묻더니 그들을 찾아내고는 혼자 신이 나서 팔을 흔들어 댔다. 한동안 지하 감옥에 갇혀 있었다고 들었는데 저 꽃밭 같은 웃음은 또 뭐란 말인가.

'고문당하다가 죽은 게 아니었어?'

물론 그러길 바란 건 아니지만. 테리는 속으로 되지도 않을 변명을 해 보며 다가오는 하기스를 피해 크리스티안의 등 뒤로 숨었다. 똥은 원래 더러워서 피한다고들 한다. 그러자 그 장면을 본 의원은 터져 나오려는 웃음을 꾹 눌러 참으며 짐짓 상처받은 듯한 목소리를 냈다.

"진짜 너무한 것 아냐? 죽다 살아난 사람을 보고 벌레 보듯 피하다니."

"……."

테리는 방금 건 자신이 너무했나 싶어 잠시 죄책감 어린 표정을 지었다. 원래 변태한테는 피도 눈물도 없으며 관심조차 주고 싶지 않았지만, 사지에서 살아서 돌아온 사람 아닌가. 그는 뚱한 얼굴로 크리스티안 방패 뒤에서 나와 건들거리는 태도로 말했다.

"어떻게 살아 있어요?"

소년은 의원을 위아래로 살폈다. 고문당한 흔적은 물론이고 고생한 흔적도 없었다.

"죽기 바랐다는 말로 들린다?"

"여전히 귀는 좋으시네요."

"귀엽게 굴기는."

하기스가 멋대로 테리의 볼을 꾹 꼬집으면서 말했다. 그리고 열받은 소년이 손을 뿌리치기 전에 재빨리 물러나서 심기 불편한 얼굴로 우두커니 서 있는 크리스티안을 돌아보았다.

기사는 잠시 굳은 얼굴로 하기스를 보더니 씩씩거리며 날뛰는 테리를 제지하고 연무장을 돌고 오라고 명령했다. 잠시 크리스티안과 하기스를 번갈아 보며 의아한 얼굴을 하던 소년은 이내 어깨를 으쓱이며 달리기 시작했다.

둘이 따로 대화를 나눌 생각인 건지 어쩐 건지 몰라도 변태와 떨어질 수 있었으니 아무래도 좋았다.

테리가 멀어지자 하기스가 빙글거리는 얼굴로 입을 열었다.

"경께서 염려하신 일은 없을 겁니다."

"……뭐라고 입을 놀린 거지?"

"전 전부 사실밖에 얘기 안 했습니다만. 폐하께서 아르케 제국만을 우선으로 생각하는 제 진정한 충언을 들으시고 제게 내려진 가혹한 명을 거둬 주신 것이지요."

"……."

들을 가치도 없는 헛소리였다. 크리스티안이 이실직고하라는 듯 검 손잡이에 손을 가져가자 하기스가 뒤로 잽싸게 물러서며 히죽 웃었다.

"뭐, 거짓말은 안 했습니다. 설마 폐하 앞에서 제가 감히 없던 말을 지어내겠습니까."

"말장난을 했다는 건가?"

"에이. 말장난은 아니죠. 진실과 함께……, 제가 지금까지 보고 들으며 확신했던 추측 몇 개 조금 섞었죠?"

보통은 그걸 말장난이라고 한다. 이를테면 천일야화였다.

물론 황제를 상대로 천 일이나 세 치 혀를 놀리다간 기가 다 빨려서 그 전에 죽어 버리고 말았겠지만.

하기스는 천 일은 아니고 거의 일주일이 넘도록 감옥에서 자신의 목숨을 담보로 황제와 입씨름을 해야만 했다. 결과는 의원의 승리였다. 황제가 목숨을 제하는 건 보류하라고만 했으니 아직 승리라 보긴 힘들었지만 말이다.

크리스티안이 눈을 가늘게 뜨고 응시하자 의원이 실실거리는 목소리로 쓸데없는 사족을 붙였다.

"별 탈은 없을 겁니다. 저는 모두가 행복한 결말을 맺을 수 있기만을 바란다고요."

황제가 손가락만 까딱이면 당장 질질 끌려나가서 목이 뎅겅 잘려나갈 파리 목숨이 잘도 말한다. 고작 의원일 뿐인 그가 저런 말을 꺼낸다는 것 자체가 굉장히 우스운 일이었지만, 크리스티안은 그를 비웃지 않고 그저 빤히 내려다볼 뿐이었다.

"경도 그걸 바라시기 때문에 제게 따로 부탁하신 것 아닙니까."

하기스는 처음 지하 통로를 나왔을 때, 크리스티안이 자신에게 따로 했던 말을 떠올리며 음흉하게 웃었다.

분명 나는 말재간이 없어 그저 침묵하며 지켜봐 왔을 뿐이었지만, 너라면 황제 폐하와 태자 전하의 사이를 되돌릴 수 있지 않겠느냐고 말했었지.

기사는 그 징그러운 웃음을 보고 잠시 짜증 섞인 눈빛을 하다가 이내 외면하듯 시선을 돌렸다.

"시끄럽군."

"이야, 경께서 절 그렇게 생각해 주실 줄은 몰랐습니다. 부끄러워하시긴."

"넌 태자 전하께 돌아가기나 해. 안 그래도 찾으시더군."

"말 돌리신다."

하기스는 낄낄 웃다가 잠시 멈칫하더니 크리스티안을 위아래로 훑어보았다. 의원이었기 때문에 타인의 아주 미세한 신체적 변화에도 금세 알아차릴 수 있었다. 일종의 직업병이었다.

그는 마지막으로 봤을 때보다 왠지 더 듬직해진, 막말로 살찐 것 같은 크리스티안을 보고 의아한 얼굴로 입을 달싹였다.

"그런데 어째 전보다 더 풍채가 좋아지신 것 같습니다?"

쉴 새 없이 몸을 움직여야 하는 라이젤 가드가 살찔 일이 어디 있단 말인가. 하기스는 곰곰이 생각하다가 지하 방에서 양볼을 다람쥐처럼 잔뜩 부풀린 채 끊임없이 디저트를 입에 밀어 넣던 소니도르를 떠올렸다.

그러고 보니 그녀가 종종 기사에게 먹을 것을 권하던 걸 본 기억이 있었다. 그리고 꾸벅꾸벅 졸다가 문득 눈을 떴을 때 접시 위에 있는 진저 쿠키를 남몰래 입으로 가져가던 크리스티안경도 본 적 있었다.

하기스가 두 눈을 반짝였다. 그의 얼굴에 지금까지와는 비교도 할 수 없을 정도의 장난기가 어렸다.

"이야, 대체 얼마나 드셨으면 그렇게 움직이고도 겉으로 드러날 정도입니까."

의원은 기사를 놀려 대며 웃다가 그의 옆구리를 팔꿈치로 쿡 찌르면서 말했다.

"설마 또 진저 쿠키를 납치하셨습니까? 어쩐지 전에도 그 가녀린 쿠키를 인정사정없이 다리부터 씹어 드시더니. 잔인하신 분."

"……."

"쿠키가 제게 숨넘어가는 목소리로 외치더군요. 죽여…… 줘."

"……."

사람은 물러설 때를 알아야 하는 법이다. 차마 눈뜨고는 못 볼 광경이었다며 흑흑 우는 시늉을 하던 하기스는 크리스티안이 묵묵부답인 채 반응이 없자 결국 그의 가슴께를 가리키며 말했다.

"하지만 확실히 가슴 근육은 더 예뻐지셨네요. 봉긋해지신 것 보니 조만간 속옷이라도 하나 장만하셔야 하는 거 아니……, 왁!"

크리스티안이 검을 뽑아 드는 것과 동시에 하기스가 뒤도 돌아보지 않고 달려 나가기 시작했다. 그리고 그 뒤를 기사가 흉흉한 기색으로 느긋하게 쫓았다. 사람이 정말 머리끝까지 화가 나면 오히려 차분해진다더니, 지금 그가 딱 그 짝이었다. 심지어 입가에는 희미한 미소마저 걸려 있었다. 죽음의 미소였다.

테리는 숨을 헐떡이며 연무장을 달리다가 말고 멀리서 그 광경을 보고는 고개를 절레절레 흔들었다. 저거 잡히면 죽겠는데.

오늘은 정말로 의원의 명복을 빌어 줘야만 할 것 같았다.

소니도르는 입술이 댓 발은 튀어나와 황태자 집무실에서 풀 떼기나 씹어 먹는 중이었다. 얼마 전 마르멜이 불러온 황실 의원이 충치가 생기기 직전이라는 진단을 내렸기 때문이었다.

그는 그동안 치아를 어지간히도 혹사했으니, 한동안 단 음식은 자제하라고 했다. 아니, 황실에서 먹을 수 있는 수많은 디저트가 이곳에서의 유일한 낙이었는데 그걸 금지하다니. 소니도르는 있을 수 없는 일이라고 반발했지만 마르멜은 의원의 처방을 착실히 따르는 중이었다.

그녀는 꼬르륵하고 요동치는 위장을 부여잡으며 울상을 지었다.

"전하, 저 배고파요."

"지금 먹고 있잖아."

"양배추는 간에 기별도 안 온다고요."

"조금만 기다려. 이것만 끝나면 같이 먹자."

소니도르는 그의 말을 듣고 벽걸이 시계를 응시했다. 벌써 오전을 훌쩍 넘겨 버린 시각이었다. 요 며칠간 마르멜의 곁에 찰싹 붙어서 그의 일정을 따라 졸졸 쫓아다닌 결과 알아낸 사실은 그가 조금도 쉬지 않고 일을 한다는 거였다.

늘 점심시간을 훌쩍 넘긴 시각까지 서류를 처리하다가 오후 3시쯤 그날의 일을 마치고 같이 정원에 가서 점심을 먹는 게 일상이 되었다. 회의가 있는 날은 그마저도 불가능했지만 말이다.

"밥 먹고 하셔도 괜찮잖아요. 그러다 몸 상해요."

"미루면 끝이 없으니까. 최대한 빨리 끝내 두려고 하는 게 습관이 들어서."

늘 곁에 있으라고 하길래 일하는 시간에도 같이 끌어안고 자자고 하는 건 아닌지 불안했는데, 마르멜은 일하는 시간에는 소니도르에게 눈길조차 주지 않았다. 그저 서류에 시선을 고정한 채 말을 걸어오면 꼬박꼬박 대답만 할 뿐이었다. 그마저도 때때로 성의 없었다.

물론 정사가 얼마나 중요한 일인지 모르는 건 아니었지만, 그가 불러 놓고서 이렇게 철저하게 방치되니 심심해 돌아 버릴 지경이었다.

처음 며칠은 책이나 읽으면서 노닥거렸다. 하지만 그녀는 원래 책을 즐겨 읽는 사람이 아니었다. 적어도 달콤한 디저트라도 준다면 몇 시간이든 기다려 줄 수 있는데.

소니도르는 양배추를 남김없이 다 먹어 버리자 할 일이 없어져서 소파에서 벌떡 일어났다. 그리고 심통이 난 얼굴로 열심히 일하고 있는 마르멜을 돌아보았다.

밥! 밥을 달라! 밥이 아니면 죽음을!

소니도르는 집무실 책상을 얼쩡거리며 그의 주위를 빙빙 돌았다. 평소에는 관심도 주지 않다가 주인이 무언가 열중하고 있을 때 괜히 옆에 다가와 애교를 부리는 고양이 같았다. 말없이 서류를 읽어 내려가던 마르멜은 결국 신경에 거슬렸는지 눈썹을 까딱이며 그녀를 올려다보았다.

"할 말 있나?"

일이 바쁜 건 알겠지만 나를 동물로서 아끼는 거라면 적어도 먹을 건 제때 주시죠! 양배추 때문에 괜히 입맛만 버리고 배만 더 고파진 그녀는 결국 무리수를 두었다. 바닥에 쭈그려 앉아 집무실 책상 위에 양손과 턱을 얹은 뒤 눈을 반짝이며 말했다.

"쏭이 배고파요오."

"……."

마르멜은 아무런 대꾸 없이 다시 서류로 고개를 박았다. 잠시 하던 것을 멈추고 그녀를 응시하기는커녕 오히려 서류를 넘기는 손이 빨라졌다. 팔랑팔랑. 정적으로 가득 찬 집무실에 종이 넘기는 소리만 간헐적으로 들려왔다.

몹쓸 애교는 결국 실패로 끝난 모양이었다.

소니도르는 전혀 반응이 없는 그를 보고 볼을 부풀리다가 결국 그대로 바닥에 벌러덩 누워 버렸다. 마르멜이 그녀를 제외하고는 전부 안으로 들어오지 못하도록 조치를 해 뒀기에 할 수 있는 행동이었다.

새삼 명령을 내릴 필요도 없이, 원래부터 보좌관도 따로 두지 않을 정도로 혼자 일하는 걸 좋아하는 모양이었지만 말이다.

이것도 황제 폐하의 영향인 걸까. 그녀는 바닥에 누워 집무실 천장을 응시하며 생각했다.

소니도르의 시선이 시계에 닿았다. 적어도 1시간은 지나야 일을 마치시겠네. 그럼 차라리 배고픔을 잊도록 한숨 자 두는 편이 나으려나.

그렇게 생각했을 즘에 갑자기 마르멜이 사용하던 깃펜을 병에 꽂아 넣고 자리에서 일어났다.

"엥. 벌써 끝내셨어요?"

그가 갑자기 다가오자 소니도르는 여전히 누워 있는 채로 멍하니 눈을 깜빡였다. 그는 얼굴은 느긋해 보였지만 행동은 다급한, 몸과 표정이 따로 노는 모순을 적나라하게 보여 주고 있었다.

마르멜은 찬 바닥에 누워 있는 그녀를 내려다보다가 등과 무릎 뒤에 멋대로 손을 집어넣더니 그대로 번쩍 들어 올렸다.

깜짝 놀란 소니도르가 반사적으로 그의 목에 팔을 두르다가 자신의 행동에 더 화들짝 놀라 그를 밀쳐 내려고 안간힘을 썼다. 아무리 버둥거려도 그는 놓아주지 않았지만 말이다.

"잠깐, 가까워요!"

동시에 허기가 극에 달한 그녀의 배에서 천둥 같은 소리가 들려왔다. 마르멜은 눈을 둥글게 접으며 입꼬리를 끌어 올리더니 앙증맞은 콧대에 기습적으로 입을 맞추었다. 마치 꿈속에서 보았던 수많은 동물 소니도르에게 했던 것처럼 말이다. 그는 그녀를 순순히 놓아주며 말했다.

"가자."

코에 뭔가 물컹한 게 닿았다! 그리고 동시에 발이 땅에 닿았다. 소니도르는 잠시 비틀거리며 중심을 잡다가 자신의 코를 다급하게 감싸 쥐며 휙 뒤를 돌아보았다. 마르멜은 아무 일도 없었다는 듯 시치미를 뚝 떼며 시녀를 불러 정원으로 식사를 가져다줄 것을 명하고 있었다.

어째 날이 갈수록 점점 더 뻔뻔해지는 것 같은데…….

소니도르는 눈가를 가늘게 좁히며 그의 뒤통수를 흘기다가 결국 뒤를 졸졸 쫓아갔다.

그녀는 사실 황태자 궁 정원이 타나토스 꽃으로 만발해 있었다고 해도 그럼 그렇지 하고 고개를 절레절레 흔들었을 것이다. 하지만 그곳은 여느 궁의 정원과 다름없이 봄에 피어나는 향기롭고 아름다운 꽃으로 가득했다.

마르멜이 애초에 꽃 자체에 관심이 없었고, 자신의 궁 정원에 무슨 꽃이 피어나는 것까지 신경 쓰고 싶어 하지 않았기 때문에 정원에 한해서는 모든 권한을 정원사에게 맡겨 버린 탓이었다. 그리고 그건 분명 탁월한 선택이었다.

소니도르는 그중에서도 장미 정원을 가장 좋아했다. 그곳에는 저명한 원예사들이 개량한 각양각색의 모던 로즈가 서로 조화를 이루며 은은하게 피어 있었는데 그녀는 요즘 장미 정원의 한가운데서 마르멜과 함께 점심을 챙겨 먹고는 했다.

평소에 그다지 꺼낼 일 없었던, 심지어 있었는지도 몰랐던 소녀 감성마저 불러일으킬 정도로 아름다운 곳이었다.

마르멜은 여전히 결국 다 같은 풀 종류의 하나일 뿐인데 아무렴 어떠냐는 태도를 보이고 있었지만 말이다. 꿈속에서 복사꽃을 화려하게 피워 낸 사람이 잘도 말한다 싶었다. 하여튼 도통 속내를 알 수가 없다니까.

"오 연어다."

연어 스테이크!

소니도르는 시녀가 저 멀리서 보일 때부터 지척에 다가올 때까지 부담스러울 정도로 열렬한 시선을 보냈다. 그리고 테이블 위에 음식과 식기를 세팅해 주자마자 곧바로 나이프와 포크를 들어 올렸다.

지금 당장 스테이크를 통째로 찍어서 입에 밀어 넣을 기세였다. 가시를 바른 생선이긴 하지만 저러다 체하면 어쩌려고. 마르멜은 그런 그녀를 표정 없이 응시하다가 단호함이 느껴지는 말투로 말했다.

"기다려."

그리고 그녀의 손에서 멋대로 나이프와 포크를 가져가 버렸다.

먹을 것도 늦게 주는 걸로 모자라 심지어 눈앞에서 뺏어 갔어……? 소니도르는 입을 살짝 벌린 채로 멍하니 굳어졌다가 이내 입술을 파르르 떨었다. 이리저리 흔들리던 두 눈에는 결국 물기가 어리기 시작했다.

목숨을 담보로 둔 갖은 협박에도 어쩔 수 없다며 허허롭게 웃으며 넘겼으면서 먹을 것 하나에 눈물을 글썽인 것이다. 마르멜은 그녀의 얼굴을 마주 보고 잠시 흠칫했다가 그녀의 접시 위에 놓인 연어를 잘게 잘라 주었다.

"아무리 배가 고파도 급하게 먹으면 안 돼."

체하니까. 마르멜은 차분한 목소리로 말을 이었다. 얼굴과 말투는 부드럽고 평온하기 그지없었지만, 접시와 식기가 거칠게 부딪치는 소리는 요란했다. 소니도르는 그런 건 눈에 들어오지도 않을 정도로 지금 정신이 반쯤 나가 있는 상태였다. 시선이 연어에 고정된 채로 떨어질 생각을 하지 않았다.

"이제 먹어."

그리고 그의 허락이 떨어지자마자 연어 조각을 양 볼에 가득 넣고 우물우물 씹기 시작했다. 저러면 연어를 자른 의미가 있는 건가. 얼마나 배가 고팠는지 쉴 새 없이 흡입하는 그녀를 보고 마르멜이 무언가 꾹 눌러 참는 듯한 얼굴을 해 보였다.

마음 같아서는 무릎에 앉히고 하나하나 입에 넣어 주고 싶은 심정이었다. 그러면 저렇게 무조건 입에 밀어 넣고 보는 버릇도 고쳐지겠지. 하지만 보는 눈들도 있는데 대놓고 과한 애정 표현을 보일 수는 없는 노릇이었다. 이미 누가 보더라도 충분히 편애하고 있는 모양새였지만 말이다.

'그냥 다 물릴까.'

그가 거기까지 생각했을 때쯤이었다. 차를 따르는 몇몇 시녀를 제외하고는 주변에 아무도 없어야 정상인데, 멀지 않은 곳에서 사람의 기척이 느껴졌다. 마르멜은 신경을 곤두세우며 귀를 기울였다. 주변이 전부 흑백으로 보이는 탓에 늘 눈보다 먼저 귀가 반응하고는 했다.

정원 바닥에 깔린 풀이 스치는 소리가 들려왔다. 누구지? 지금 황태자 궁을 찾을 이는 없었다. 연락도 없이 불쑥 찾아오는 건 그의 약혼녀인 이사벨라 정도밖에 없는 데다가 이곳으로 다가오는 발걸음 소리는 여인의 것이라고는 보기 힘든 묵직한 걸음이었다.

얼마 지나지 않아 발소리의 주인이 서서히 다가왔다. 여유가 가득한 느긋한 걸음으로 다가오는 사내는 화려한 정복을 입고 있었다. 초대한 적 없는 손님이었다. 마르멜은 눈가를 좁히며 멀리 있어 잘 보이지 않는 사내를 더욱 유심히 응시했다. 그의 뒤를 그림자처럼 따르고 있는 건 기사단 제복을 차려입은 라이젤 가드였다.

정면에서 다가오는 황제를 보며 마르멜은 들릴 듯 말 듯 한 작은 목소리로 중얼거렸다.

"……늑대?"

늑대라니? 소니도르는 흘러가듯 뱉어진 그의 말을 듣고 입 안에 있던 연어를 꿀꺽 삼킨 뒤에 고개를 들었다. 황제가 호위 기사를 대동하고 이곳으로 향하고 있었다.

히익. 그녀는 반사적으로 헛숨을 삼킨 뒤에 기름진 입가를 냅킨으로 벅벅 닦았다. 살기를 내뿜는 것도 아니고 그냥 이쪽 을 향해 걸어오는 것뿐인데도 위압감이 장난이 아니었다.

소니도르는 경직되었던 몸이 풀리자마자 곧바로 마르멜의 귓가에 속삭였다.

"폐하께서 이곳에는 왜…… 호, 혹시."

드디어 절 즉결 처분할 마음이 들어서? 주제도 모르고 황태 자 뒤꽁무니나 졸졸 쫓아다닌다고? 그녀가 덜덜 떨리는 목소 리로 묻자 마르멜이 안심하라는 듯 그녀의 이마를 손가락으로 톡 건드리며 고개를 저었다.

지금 와서 변덕을 부리기 위해 찾아오는 건 절대 아닐 것이 다. 소니도르를 죽여 봤자 아무런 득도 없었고 오히려 큰 손실 이 된다는 걸 그도 알고 있을 텐데 왜 그런 얼간이 같은 짓을 하겠는가.

그냥 상황이 어떻게 돌아가는지 눈으로 직접 확인하고 본인 손바닥 위에 두고 싶어서 그러시는 거겠지. 딱히 놀라운 일도 아니라고 마르멜은 생각했다.

문제는 황제가 왜 이곳에 찾아왔느냐가 아니라 왜 하필 늑대 머리로 보이느냐는 것이었다. 동물의 습성을 대략 파악하고 있었기 때문에 그는 늑대가 얼마나 가족애와 동료애가 뛰어난지 알고 있었다. 때로는 목숨을 걸고 지켜 줄 정도로 헌신적인…….

"……."

뭐 꼭 머리가 동물의 특성에 맞춰서 변할 거라는 보장은 없었다. 어차피 전부 마르멜의 환각일 뿐이었으니까. 자신의 무의식이 아버지에게 바라는 모습을 투영해서 보는 거일 수도 있었다.

그는 그렇게 생각하며 식기를 내려놓고 자리에서 일어났다. 소니도르도 마찬가지로 자리에서 벌떡 일어나며 제 정장 치마를 탁탁 털었다. 황궁에 머물게 된 후에도 고집스럽게 입고 있는 옷이었다.

"식사 중이었나."

마르멜은 짧게 고개를 숙이며 긍정의 대답을 뱉었다. 다시 정면을 응시하자 황제의 뒤로 개 머리를 한 라이젤 가드 몇 명이 묵묵히 서 있는 게 보였다. 정말 충성스러워 보였다. 이제는 저들을 종으로 구분할 수 있는 건가. 마르멜은 가장 귀엽게 생긴 리트리버 기사에게 시선을 고정한 채 소니도르의 손목을 당겨 제 등 뒤로 숨겼다.

카딘은 그런 마르멜을 보고 가소롭다는 듯 피식 웃고 말았다.

"이상하군. 짐은 태자가 이때쯤 식사를 한다고 들었는데 거의 끝마쳐 가는 걸로 보인다만."

"……평소라면 그렇습니다. 오늘은 조금 이른 시간에 시작했군요."

허기에 미쳐 가던 소니도르가 애교를 부려서 이루어 낸 쾌거였다. 그런 사소한 사정까지 얘기할 생각은 없었지만 말이다. 대체 언제 일거수일투족까지 뒷조사한 건지 모르겠지만 익숙한 일이었다. 황궁 어느 곳이라도 황제의 눈과 귀는 달려 있었다.

마르멜이 여전히 그녀를 감춘 채로 딱딱하기 그지없는 어투로 답하자 카딘은 잠시 고민하는 기색을 내비쳤다. 흐음, 하고 가볍게 턱을 손가락으로 쓸던 그는 이내 라이젤 가드를 불러 앉을 의자를 하나 더 가져오라 명했다.

그는 다시 마르멜을 돌아보며 말했다.

"그럼 차라도 같이 하지."

"……."

"짐은 신경 쓰지 말고 마저들 들어라."

매우 신경 쓰였다. 지금 음식을 먹으면 분명 체하고 말 거라는 생각에 식욕이 바닥까지 뚝 떨어졌다.

대체 여기까지 어쩐 일로 발걸음 하신 걸까. 소니도르는 의아함에 고개를 기울였다. 그가 방금 한 말로 미루어 짐작해 봤을 때, 같이 점심이나 하자고 시간까지 맞춰서 찾아온 걸로 보이는데 말이다. 그럼 지금 그도 아직 식사하지 않았다는 뜻이 되는데.

아들이랑 식사나 한번 같이하자고 지금까지 점심도 먹지 않은 채 기다렸다가 황태자 궁까지 직접 찾아왔다고? 설마 그 황

195

제가……?

소니도르는 마르멜 등 너머로 빼꼼 고개를 내밀었다가 카딘과 눈이 마주치자 저도 모르게 다시 등 뒤에 숨어 버리고 말았다.

황제를 앞에 두고 무례하기 짝이 없는 행동이었지만 그녀를 뒤로 감춘 건 그 누구도 아닌 황태자였다. 소니도르는 붙잡힌 손목을 내려다보며 이러지도 저러지도 못한 채 안절부절못하다가 결국 마르멜의 등에 얼굴을 묻어 버리고 말았다.

"제게 따로 하실 말씀이라도 있으십니까."

카딘은 마르멜 뒤에 언뜻 비치는 소니도르의 머리 꼬랑지를 보며 말했다.

"네 덩치로 가리니 꿈 장인이 완전히 사라졌군."

그 정도는 아니거든요!

"마저 들지 않는 건가? 식욕이 별로 없는 모양인가 보지."

"……."

덕분에요. 소니도르는 목 끝까지 차오른 말들을 가까스로 꿀꺽 삼켰다.

상황이 어쩜 이렇게 손바닥 뒤집듯 변할 수 있는지 모르겠다. 소니도르는 차라리 황제에게 냉큼 자리를 양보하고 튀어 버릴까 하고 생각하다가 자신을 보호하듯 막아선 새하얀 뒤통수를 올려다보곤 양 주먹을 꾹 쥐었다.

양심이 있지, 곁에 있어 주겠다고 질리도록 얘기해 놓고 먼저 도망갈 수는 없는 노릇이었다. 마르멜이 먼저 도망갔다면 같이 따라서 도망쳤겠지만, 대견하게도 황제에게 당당히 맞서 자신을 보호해 주지 않았는가.

꿈속에서 봤던 어린 마르멜을 떠올렸기 때문일까, 소니도르는 괜히 손가락으로 코밑을 쓱쓱 문지르고는 뿌듯한 표정을 지었다.

그런 환경에서도 정말 잘 크셨군요, 전하. 좀 미치시긴 했지만 크게 엇나가거나 삐뚤어지지도 않으셨고, 권력을 휘두르며 무력을 행사하지도 않았으니 이 정도면 매우 훌륭한 수준이었다.

얼마 지나지 않아 라이젤 가드가 의자를 가져왔다. 카딘은 테이블 한자리를 당연하다는 듯 멋대로 자리 잡고 앉은 뒤 그들에게 앉으라며 자리를 권했다.

소니도르는 마르멜을 따라 쭈뼛거리며 의자에 궁둥이 붙이고 앉아 치워지는 남은 음식들을 아련한 눈빛으로 좇았다. 음식 남기면 벌 받는데.

잠시간 아주 무거운 침묵이 이어졌다.

침묵에 짓눌릴 것 같다. 소니도르는 가시방석에 앉은 것처럼 몸을 잔뜩 긴장시켰다. 이 자리가 불편해 죽겠다. 그녀는 차라리 기절해 버리는 게 나을 정도로 끔찍한 분위기를 타개하고자 어색하게 웃음을 뱉었다.

"하하, 하……, 하하……."

작은 웃음소리는 바람과 함께 휭 그들 주위를 맴돌고 잔상처럼 사라졌다.

두 분 다 뭐라고 한마디라도 좀 하시죠! 차라리 개와 고양이가 이보다 더 살갑겠다!

하지만 이 뭐라 형용할 수 없는 긴장감이 흐르는 분위기를 힘들어하는 건 소니도르 혼자뿐인 듯했다. 마르멜과 카딘은 시종일관 여유로운 태도를 보이며 매우 익숙하다는 얼굴로 침묵을 지키고 있었다. 적어도 그녀가 보기에는 말이다.

이걸 탐색전이라고 하는 건가. 마치 맹수 두 마리가 서로를 마주 보고 몸을 잔뜩 긴장시키고서 빙빙 도는 것 같았다.

'내가 알고 있는 인간의 탐색전이란 이런 게 아니었는데.'

소니도르는 두 사람의 눈치를 살피며 숨을 죽이고 있다가, 얼마 지나지 않아 차와 과자가 나오자 얌전해졌다. 불안감은 순식간에 씻은 듯이 사라졌다.

자몽 타르트!

이게 대체 얼마 만에 보는 디저트인지 모르겠다. 그동안 충치가 생기면 안 된다고 전부 마르멜의 선에서 단 음식은 차단했기 때문에 구경조차 못 하고 있었다.

소니도르가 함박웃음을 지으며 손을 뻗는 순간, 마르멜이 재빨리 그녀의 접시를 가져갔다. 그리고 다시 시녀에게 넘겨 버렸다. 물 흐르듯 자연스럽게 이루어진 동작이었다.

절망한 그녀가 세상 무너지는 표정을 지으며 지금 상황도 잊어버리고 테이블에 이마를 박았다. 카딘은 그런 두 사람을 흥미롭게 관찰하고 있었다.

그는 주변의 시녀, 기사들을 전부 물린 뒤에 입을 열었다.

"흐음, 그래 몸은 완전히 다 나았고?"

"……예."

마르멜은 그의 질문에 떨떠름하게 답했다. 자신이 깨어난 직후에 저런 말을 했어도 의심스러웠겠지만, 이미 한참의 시간이 흘렀는데 이제 와 안부를 묻는 저의를 알 수가 없었다.

그의 의중을 파악하기 위해 가만히 살펴보았지만, 늑대는 제 형형한 눈빛을 숨긴 채로 아무런 표정 없이 마르멜을 마주볼 뿐이었다. 제 감정을 숨김없이 드러내던 살쾡이와 전혀 달랐다.

카딘은 황태자의 대답을 듣고 '그럼 당연히 그래야지.' 하는 표정으로 의자에 더욱 깊숙이 몸을 기댔다.

"골골대 봤자 네게 좋을 일 하나 없을 거다. 네 약점을 보란 듯이 드러내는 게 뭐 그리 자랑이라고. 소문을 퍼트렸으니 이제 제국민 모두가 알겠구나. 태자가 부족민의 저주에 걸렸으며, 그 병을 고칠 수 있는 건 장인뿐이라는 걸 말이다."

"……."

"두 번은 없다. 더는 실망스럽게 굴지 마라."

"알고 있습니다."

"애초에 부족민의 저주라는 것부터가 헛소리인 것 같다만, 적어도 네 옆에 시종일관 붙어 다니는 여자가 네 약점이라는 건 사실이겠지."

"……."

"소중할수록 감출 줄 알아야 하는 법이라 그리 일렀거늘. 그렇게 당하고도 적이 항상 외부로부터 올 것으로 생각하는 게냐. 꼭 그녀를 곁에 둬야겠다면 차라리 아무도 보지도 못하는 곳에 가둬 두는 편이 나을 거다."

소니도르는 빼앗겨버린 디저트도 잊어버릴 정도로 만드는

카딘의 언행에 잠시 입을 벌렸다. 지금 설마 저거 나한테 하는 말인가. 아니, 자신에게 하는 말이 틀림없다고 그녀는 확신했다.

황태자의 가둬 놓고 키우고 싶다는 발언이 어디서 나온 것인지 늘 궁금했는데 설마 그게 황제에게서 배운 것일 줄은 몰랐다. 누구도 믿지 말라 가르칠 때부터 알아봤어야 하는 건데.

'제발 가뜩이나 위태로운 사람 이상한 말로 자극하지 말아 줬으면 좋겠습니다만.'

그녀는 덜덜 떨리는 시선으로 숨죽이며 두 사람을 지켜보았다. 무슨 말을 들어도 유들유들한 말로 넘길 줄 알았던 마르멜이 그 순간 갑자기 표정을 굳히며 황제의 말을 끊었다. 그리고 단호한 목소리로 입술을 달싹였다.

"죽는다 해도 폐하와 같은 길을 걷지 않을 겁니다. 그러니 심려치 마시길."

"건방진 놈. 어릴 땐 귀여운 맛이라도 있었지 언제 이렇게 징그럽게 큰 거냐."

귀여워한 적이라도 있었나. 소니도르는 저도 모르게 속으로 중얼거렸다. 황제는 쯧 하고 혀를 차더니 갑자기 그녀의 마음을 읽기라도 한 것처럼 갑자기 얼굴을 빤히 응시했다.

괜히 제 발 저린 소니도르가 어깨를 움찔 떨었다. 그리고 왜인지 알 수는 없으나 카딘은 그녀를 뚫어지도록 쳐다보면서 마르멜에게 말을 걸었다.

"꿈 장인이 옆에 있는 것만으로 정말 효력이 있던가."

"예."

"단단히도 빠진 모양이군."

"……신체적으로도, 정신적으로도 그녀가 필요할 뿐입니다."

"아주 네 약점이라 동네방네 소문내고 다니지그래."

카딘은 차를 홀짝이며 말하다가 이내 피식 하고 입가에 미소를 머금었다.

"정신이라…… 그러고 보니 의원이 내게 재밌는 소리를 하더군."

실력 하나 믿고 고용했더니, 입을 놀리는 것도 수준급이었다며 그가 중얼거렸다. 카딘의 말을 들은 소니도르가 퍼뜩 고개를 들었다. 지금껏 지하 감옥에 갇혔다는 소문만 들었지, 생사를 알 수 없었던 하기스의 얘기임이 틀림없었다.

당연히 죽지는 않을 거라 믿고 있었기에 큰 걱정은 하지 않으려고 노력했지만, 그간 쌓인 정은 무시할 수 없었다. 혹시 고문 같은 거라도 당해서 어디 크게 다친 건 아닌지 걱정되어 저절로 귀가 쫑긋하고 세워지는 기분이었다.

그런데 대체 무슨 말을 했길래 황제가 그의 입놀림을 칭찬할 정도란 말인가.

하지만 카딘은 그 말을 끝으로 더는 하기스를 언급하지 않았다. 그리고 차를 절반 정도 남긴 채로 '밍밍하군.' 한마디를 던진 뒤 찻잔을 내려놓았다.

"오늘의 대화도 나름 즐거웠다. 앞으로 종종 찾아오지."

방금 대화 어디에 즐거움이 있었는지는 모르겠지만, 황제는 만족스러워 보였다.

대체 뭐 하러 오신 거지. 와서 한 말이라고는 소니도르를 약점이랍시고 항상 곁에 두느니 차라리 아무도 보지 못하게 가둬 놓으라는 것밖에 없었다.

황제라면 뚜렷한 용건이 있는 게 아니고서야 절대 쓸데없는 일로 움직이지 않을 것 같았는데. 그녀는 의아한 얼굴을 하고서 마르멜 쪽을 돌아보았다. 그의 표정을 보아하니, 그 또한 그녀와 같은 생각을 하는 모양이었다.

그때 카딘이 말했다.

"연회가 끝나면 그대도 따로 부르겠다. 듣고 싶은 말이 많군."

"저, 저 말입니까?"

황제가 있는 내내 긴장하고 있던 소니도르는 말을 심하게 더듬거리면서 답했다.

"하룻밤 정도 빌린다고 부족민의 저주가 다시 심해지진 않을 거라 믿겠다."

"……하룻밤요?"

그리고 그는 품속에서 회중시계를 꺼내 시간을 확인하더니 갑작스럽게 자리에서 몸을 일으켰다.

"그럼 연회에서 보지."

그는 그 한마디를 남기고서 대기하고 있던 호위 기사를 불러 등장만큼이나 빠르게 사라졌다.

잠깐, 그게 무슨 말씀입니까, 폐하! 적어도 설명은 하고 가주시죠!

소니도르는 허공을 향해 손을 뻗은 채로 허망한 얼굴을 했다.

✣

　—지오에게.

　네가 지금껏 날 애타게 찾고 있을 것 같아 편지 보내. 음, 일단 네게 백번쯤 사과를 해야 할 것 같아. 글로는 이 미안한 마음을 표현할 길이 없다는 게 안타까울 따름이야. 걱정 많이 했지? 미안해, 하지만 나도 불가항력이었어. 지금까지 따로 연락할 수 없는 이유도 있었어. 자세한 사정은 말할 수 없지만, 말할 수 없는 내 사정도 헤아려 줬으면 해.

　……알겠지, 지오? 부디 헤아려 줬으면 해. 정중하게, 또 간절히 부탁한다. 나는 잘 지내고 있고 다친 곳 없이 멀쩡해. 일을 다 끝마치면 돌아갈 거야. 장담해. 그러니까 제발 날 찾지 말아 줘. 혹시나 해서 적어 두는 건데, 내가 어디에 있는지 알았다고 해서 절대 이곳으로 오려고 하지 마. 절대. 생각조차 하지 마. 다시 말하지만 일을 마치면 돌아갈 거니까. 괜히 엇갈리거나 네게 큰일이라도 생길까 봐 걱정된다고. 한번 걱정하기 시작하니까 끝이 없단 말이야! 내가 나중에 가면 사정 다 설명해 주고 네게 무릎 꿇고 빌게. 하지만 지금은 아냐. 내가 꼭 끝마쳐야 할 의뢰가 있거든.

　네게 늘 고마워. 사랑한다, 친구야.

　P.S. 너 진짜 나 찾아오면 혼난다. 파발꾼 역추적해도 소용없어. 내가 손써 뒀거든.

　네 걱정에 머리가 다 빠질 지경인 소니도르가.

"이미 찾았어, 바보."

편지를 전부 다 읽은 지오르지오는 그것을 고이 접어 제 품 속에 집어넣은 뒤 몸을 일으켰다.

어름

소니도르는 기본적으로 자신의 외모를 치장하는 데 무심한 편이었다. 하지만 그렇다고 해서 연회 날까지 늘 입던 옷을 입고 참석할 생각은 아니었다.

가뜩이나 장인이라 무시당할 텐데 드레스조차 입고 가지 않는다면 얼마나 뒤에서 수군거릴지 안 봐도 뻔했다. 역시 부족민들은 기본예절도 모른다고 말이다.

애초에 드레스가 아니면 연회에 출입 자체가 불가능하겠지만. 이왕 갈 거라면 겉모습을 중시하는 귀족들의 안목에 맞춰, 절대 꿀리지 않을 정도로 당당한 모습을 할 필요가 있지 않겠는가.

그게 지금 소니도르가 팔자에도 없던 코르셋을 장착하고 그 위에 최신 유행하는 드레스를 입고 있는 이유였다. 그동안 본의 아니게 디저트를 전혀 손도 대지 않았기 때문인지, 막 지하통로를 나왔을 때보다는 위장과 폐부를 마구잡이로 조이는 감각은 덜했다. 지금껏 먹어 온 디저트의 양이 엄청났던지라 그걸 먹지 않는 것만으로도 살이 꽤 빠진 모양이었다.

하지만 전보다 호흡이 편해졌다는 게 결코 괜찮다는 뜻은 아니었다. 여전히 살해 위협을 느낄 정도로 괴로웠다.

그녀는 코르셋 때문에 제대로 앉지도 못하고 선 채로 고목나무에 붙은 매미처럼 기둥에 매달려 있었다. 그리고 기둥을 꼭 껴안은 채로 가끔 투정부리듯 찡찡거리기 시작했다.

"힘들어……."

어릴 때부터 코르셋 착용에 익숙해져 있었다면 모를까, 이미 자유분방하게 퍼져 있는 살들은 갑갑하다는 이유로 온몸으로 코르셋을 거부하고 있었다.

마르멜은 그런 소니도르를 지켜보고 있었다. 아까부터 이리저리 종종거리고 돌아다니더니 결국 기둥을 끌어안고 뭐라 계속 중얼거리는 것을 말이다.

참으로 안타까운 광경인 것과는 별개로, 치장한 모습이 눈을 뗄 수 없을 정도로 아름다운 것 또한 사실이었다. 그러니까 그의 지극히 주관적인 시점에서 말이다.

마르멜은 저걸 또 누구에게 보여 주겠느냐고 탐탁지 않은 시선을 보내다가 괜히 뿌듯한 표정을 짓고 있는 시녀에게 낮게 속삭이며 말했다.

"좀 덜 예쁘게 할 수 없는 건가?"

"전보다 예뻐지지 않으면 치장의 의미가 없지 않겠습니까."

"이미 충분하니 최소한만 해."

"지금은 화장도 거의 하지 않으신 상태이십니다."

시녀는 치장의 최소조차 되지 않는다는 뜻으로 말했다. 코르셋과 드레스만 입었다고 끝나는 게 아니라 적어도 화장, 머리 단장, 장신구는 필수였다. 그게 얼마나 화려하게 꾸미고 화장을 짙게 덧바를 것인지 수수하게 단장하고 화장을 옅게 할 것인지로 나뉠 뿐이었다.

시녀는 그의 뜻이 정 그렇다면 머릿결과 피부, 눈썹 정리와 약간의 색조 화장으로 타협을 볼 생각이었다. 그런데 그녀가 입을 열기도 전에 마르멜의 말이 날아들었다.

"그럼 연회에서도 화장은 안 하는 게 좋겠군."

"······."

"······안 돼?"

"절대요."

시녀 주제에 단호했다. 하지만 아무리 황태자 앞이라도 절대 물러설 수 없는 여자들의 무언가가 있는 모양이었다. 물론 여기서 그가 더 강경하게 나오면 물러설 수밖에 없겠지만.

마르멜은 정색하는 고양이 머리의 시녀를 보고는 마음에 들지 않는다는 듯 눈살을 찌푸리다가 이내 나가 보라는 듯 손짓을 했다. 그녀는 언제 반항했느냐는 듯 허리를 깍듯하게 숙이며 물러났다.

"흐음."

마르멜은 기둥과 하나 된 소니도르를 멀리서 응시하다가 한쪽 눈을 감고 손바닥을 뻗었다. 그리고 잠시 주먹을 쥐어 그녀를 꾹 제 손에 가둬 보았다. 무의식중에 한 의미 없는 행동이었다.

왜 이렇게 불안하지? 황태자인 마르멜이 버티고 있는 이상

감히 그녀를 넘볼 사람은 적어도 이 황궁에 없었다. 그가 지금까지 여유롭게 굴 수 있었던 이유도 다 그것 때문이었다.

이성에게는 전혀 관심도 없어 보이는 그녀가 놀라지 않도록, 일단 익숙해질 때까지 곁에 계속 붙여 둘 생각이었다. 그리고 애초에 복잡하기 짝이 없는 본인의 마음도 잘 파악하기 힘든 것도 있었고.

하지만 아무렴 어떨까 싶었다. 세상에서 유일한 존재라는 것만으로도 충분하지 않나.

섣불리 손을 뻗고 싶지 않았다. 무슨 일이 있어도 소중하게 대해 주고 싶었다. 가끔 무방비하게 잠든 모습을 보면 저도 모르게 손을 뻗게 되긴 하지만 결국 볼만 쿡쿡 찌르거나 머리카락을 만지작거린 뒤 물러나는 것처럼.

—소중할수록 감출 줄 알아야 하는 법이라 그리 일렀거늘. 그렇게 당하고도 적이 항상 외부로부터 올 것으로 생각하는 게냐. 꼭 그녀를 곁에 둬야겠다면 차라리 아무도 보지도 못하는 곳에 가둬 두는 편이 나을 거다.

'아. 아버지의 말 때문이었군.'

마르멜은 피식 웃으며 허공에서 소니도르를 움켜쥐었던 손을 내렸다. 역시 새장 속의 새를 키우는 취미는 없었다. 생각이 깊어질수록 그랬다. 저 자리에 있기에 그토록 아름답고 반짝여 보이는 거라는 걸 알고 있었다.

소니도르가 지금은 곁에서 별 불만 없이 남아 있어 주긴 하지만, 만약 그녀가 진심으로 자신의 곁을 떠나기를 원한다면 놓아줄 수 있도록 노력해야겠지. 말라 죽어 가며 자신을 원망하는 그녀를 보느니 말이다.

물론 가끔 타인과 스스럼없이 어울리는 그녀를 보면 아무도 보지 못하는 곳에 가두고 싶은 충동이 들고는 하지만. 그런 충동을 억누르기 위해 모두가 보게 되더라도 차라리 늘 곁에 있으라고 한 것 아닌가.

하지만 마르멜은 제법 신사인 척 고민하던 것을 멈추고 좀 더 객관적으로 자신을 바라봤다.

역시 내 곁을 떠난다고 말한다면, 이성적인 판단이고 뭐고 결국 견디지 못해 완전히 돌아 버릴 것 같긴 해. 새의 날개와 다리를 꺾어 버리기 전에 그녀가 떠나고 싶다는 생각조차 하지 않았으면 좋겠는데.

마르멜은 잠시 심각한 얼굴로 책상을 톡톡 두들기다가 소니도르를 불렀다. 역시 그녀를 길들일 방법은 하나밖에 생각나지 않았다.

"쏭."

"네."

"힘들어 보이는군."

"멜도 이걸 해 보셔야 제 심정을 이해하실 텐데."

"네 심정을 겪어 보지 못해 미안하지만, 초콜릿은 줄 수 있어."

"충치 생긴다면서요?"

"어쩌다 한 번쯤은 괜찮다고 주치의가 그러더군."

"의원님이요?"

숨쉬기도 힘들다면서 기둥을 붙들고 있던 소니도르가 그의 앞까지 쪼르르하고 달려왔다. 그녀는 숨이 넘어갈 것처럼 헐떡이면서 마르멜에게 손을 내밀었다.

그와 동시에 소니도르는 깨닫고 말았다. 요즘 영 힘이 없고 팔다리가 덜덜 떨렸던 이유는 전부 당이 부족했던 탓인 게 분명했다. 그녀는 조그맣고 고급스러워 보이는 통에 담긴 초콜릿을 한입에 쏙 넣으며 행복한 미소를 지었다. 캐러멜 맛이었다.

"의원님이 무슨 다른 말 안 했어요? 폐하께 쓸데없는 소리를 한 것 같던데."

"물어보기는 했다만……."

마르멜은 하기스가 했던 말을 떠올리며 미간을 슬쩍 구겼다. 심기가 불편하다기보단 도무지 상황을 이해할 수 없다는 표정이었다.

"내게 좀 더 상냥하고 부드럽게 대해 달라 했다더군."

"……폐하께요?"

"응."

소니도르는 한동안 말이 없었다.

"의원님은 대체 어떻게 살아남으신…… 아니 그것보다 대체 어디에 상냥함과 부드러움이……."

"전보다는 확실히 친절해지시긴 했지. 미묘한 차이지만."

그게요? 소니도르는 전에 장미 정원에서 마주쳤던 황제를 떠올리며 눈썹을 가늘게 떨었다. 어떻게 봐도 그냥 다짜고짜 찾아와서 시비를 걸고 자신의 잣대를 들이대며 훈계한 걸로밖에 안 보였는데.

물론 황제 폐하이시니 그분에 대해서 함부로 말하지는 못하겠지만, 적어도 그녀가 느끼기에는 그랬다. 소니도르는 원래 아버지란 그런 건가 생각하면서 뒷목을 문질렀다.

왠지 아닌 것 같은데.

깊이 생각할수록 혼란스러울 뿐이라 그녀는 고개를 휙휙 저으며 말했다.

"아무튼, 다들 무사해서 다행이네요."

마르멜의 일정을 쫓아 따라다니느라 지하 통로를 빠져나온 이후로 다들 한 번도 보지 못했지만 말이다.

테리는 연무장에서 수련한답시고 코빼기도 비치지 않았다. 섭섭하기 짝이 없었지만 살아남은 것도 모자라 늘 소망하던 것을 이뤘으니 축하할 일이었다.

또 하기스도 알아서 잘 살아남은 모양이고. 연기 장인도 살아남았겠지? 장인이니까 연회에서 볼 수 있으려나.

소니도르는 소문조차 들을 수 없는 크리스티안은 지금쯤 잘 지내고 있을까 생각하면서 다른 초콜릿 하나를 입안에 집어넣었다. 이건 아몬드 맛이었다.

"멜도 전에 비하면 많이 나으셨고."

"……전혀."

"네?"

"전혀 안 나았어."

마르멜은 당당하게 팔짱을 끼며 답했다.

"많이 나으신 것 같은데요? 동물 머리긴 하지만 머리도 보이시고."

"그것밖에 안 보이잖아."

"그것만 해도 크나큰 발전이신데요."

혹시 이거 내 실력을 도발하는 발언으로 받아들여도 되는 걸까. 왠지 울컥한 소니도르가 그와 자신 사이를 가로막고 있는 집무실 책상을 내리치며 답했다. 코르셋 때문에 소심하게 행동할 수밖에 없는 게 안타까울 따름이었다. 그녀는 책상을 짚은 채로 허리를 숙여 마르멜 쪽으로 더욱 얼굴을 바짝 들이대며 속삭였다.

"하, 이렇게 나오신다 이거죠? 그럼 오늘 밤은 제가 제대로 실력 발휘 한번 해 드리겠습니다. 새로운 세상을 보여 드릴 테니까요!"

"⋯⋯."

여유롭게 웃고 있던 마르멜이 점점 표정을 굳히더니 결국 그녀의 시선을 회피했다. 무슨 뜻으로 하는 말인지는 알겠는데 오해의 소지가 다분했다.

그는 괜히 자신의 눈가를 손바닥으로 덮어 문지르다가 고개를 들었다. 그리고 눈가가 붉어진 채로 가까이 다가온 그녀의 이마를 툭 건드리면서 말했다.

"그렇게 힘내서 열심히 할 필요 없다는 뜻이야."

"어째서죠."

"너 진짜 바보구나."

마르멜은 다 파진 드레스를 입고서 허리를 숙이고 있는 소니도르에게서 애써 눈길을 돌렸다. 저런 옷을 생전 처음 입는 것일 테니 자신이 이해해 줘야만 했다. 그는 나중에 시녀에게 단단히 교육하라 일러야겠다고 결심하며 결국 그녀의 품에 자신이 처리한 서류를 안겨 주고 말았다. 소중하게 다뤄 주고 싶다니까 왜 자꾸 자극하는지 모르겠다.

괜히 자신의 능력을 도발당한 것도 모자라 바보 소리나 들은 소니도르가 억울한 표정으로 눈을 깜빡였다.

"이게 뭐예요?"

"이번에 황궁에 초대된 장인들 명단."

"이걸 왜 제게?"

"물어볼 말이 있어서."

"뭔데요?"

소니도르는 그렇게 되물으며 서류에 적힌 이름들을 살펴보았다. 전부 생소한 이름들이었다. 제국에 얼마나 많은 장인이 있는데 같은 부족민 출신이라고 그 사람들을 전부 알고 있을 리가.

그녀는 그럼 그렇지 하고 서류를 다음 장으로 넘기다가 익숙한 이름을 무심코 지나칠 뻔했다.

'허억!'

소니도르는 기겁하는 표정으로 다시 종이를 전장으로 되돌려 방금 본 이름을 철자 하나하나 되짚었다. 이건 분명…….

마르멜은 아까 소니도르가 그랬던 것처럼 책상을 짚고 일어났다. 그리고 허리를 숙여 그녀의 턱을 붙잡아 당기며 물었다.

"지오가 누구지?"

당황한 그녀는 눈동자를 이리저리 굴리다가 이내 시선을 내려 다시 서류에 적힌 이름을 확인했다. 지오르지오. 잘못 본 게 아니었다. 마르멜은 분명히 그에 관해서 묻고 있었다.

아니, 대체 어떻게 알고? 소니도르는 장담컨대 자신의 소꿉친구에 대한 얘기를 단 한 번도 황태자 앞에서 꺼낸 적이 없었다. 그런데 말하지 않았다면 대체 그를 어떻게 알고 있느냔 말이다.

딱히 별 사이인 것도 아닌데 추궁하듯 물으니 괜히 그의 눈치를 살펴야만 했다. 아니 대체 왜 추궁 같은 걸 당해야 하는 거지? 우린 아무 사이도 아닌 데다가 정작 본인은 약혼녀가 있으면서!

끙. 잠시 침음을 삼킨 소니도르가 주저하며 입을 열었다.

"친구예요."

"친구?"

마르멜이 탐탁지 않은 얼굴로 눈썹을 까딱이며 되물었다.

"네. 그것보다 대체 왜 지오의 이름이 여기 적혀 있는 건지 이해가 잘 가지 않는데요."

"본인이 신청했고 실력을 인정받았으니 거기 있겠지."

"이 자식이 정말…… 내가 절대 오지 말라고 그렇게 말했는데."

소니도르는 개미만 한 목소리로 중얼거렸다. 하지만 곰곰이 생각해 보니 여기에 이름이 적혀 있다면 편지가 도착하기도 전에 이미 초대가 결정 났을 확률이 높았다. 아마 편지는 지금쯤에야 도착했을 것이다.

'이런, 한발 늦었나.'

지오르지오가 과연 그녀의 편지를 읽고 황궁으로 오지 않기로 마음을 고쳐먹었을까. 소니도르는 잠시 고민해 보았으나 정답은 '절대 아니오'였다.

역시 처음 지하 통로에 도착했을 때부터 크리스티안에게 부탁해서 편지를 보냈어야 했다. 그때는 워낙 경황이 없어서.

'내가 어디 있는지 찾았으면 이미 답은 나왔지.'

무슨 일이 있어도 연회로 찾아올 것이다. 그럼 그를 좋은 말로 달래서 보내는 수밖에 방법이 없었다. 아니면 조금 힘들겠지만, 연회 기간 안에 마르멜의 병을 고쳐서 이번에 지오르지오가 찾아오는 김에 같이 고향으로 돌아가는 방법도 있었다.

돌아간다니. 사무소로 돌아가는 건 아무리 빨라도 몇 달 뒤의 이야기가 될 줄 알았는데. 하지만 마르멜의 상태가 호전된다면 그녀는 더 이상 이곳에 남아 있을 이유가 없었다. 괜히 더 정이 들거나 터무니없는 감정을 품기 전에 미련을 버리고 최대한 빨리 황궁을 벗어나는 편이…….

"무슨 생각하는 거지?"

소니도르는 갑작스럽게 끼어든 마르멜의 목소리에 놀라 어깨를 움찔 떨었다. 마치 생각을 읽기라도 한 것 같은 말투였다.

괜히 제 발 저린 그녀는 여전히 자신의 턱을 붙들고 있는 그의 손을 떼어 내려고 끙끙거렸다. 그러자 마르멜은 순수히 그녀를 놓고 책상을 빙 돌아 옆으로 다가왔다. 심지어 코앞이었다.

소니도르는 그의 가슴께에 겨우 닿는 자신의 키에 처음으로 감사하며 고개를 푹 숙였다.

"그, 지오는 어떻게 알고 계세요?"

그러자 마르멜이 질문을 질문으로 답하며 물었다.

"보통 그냥 친구를 잠꼬대로 부르나?"

"……제가 잠꼬대를 했어요?"

금시초문이었다. 대체 뭐라고 잠꼬대를 했길래 저렇게 살벌한 목소리를 하는지 모르겠다. 그녀가 혼란스러운 기색으로 답하자 마르멜은 어쩐지 점점 더 기분이 나빠지기 시작했다.

왜 시선을 맞추지 못할 정도로 동요하는 거지? 그녀의 말대로 그냥 친구라면 그렇게까지 당황할 필요는 없었다.

"아주 애타게 지오, 지오 하고 부르더군."

정확히는 '지오, 너 이 자식 죽는다.'하고 살벌하게 웅얼거린 거였지만 마르멜은 괜히 심술궂게 말했다. 친구든 뭐든, 무슨 말을 했든 간에 결국 잠결에 이름을 부를 정도로 친밀한 사이라는 거였으니까. 하지만 소니도르는 갈수록 황당해질 뿐이었다.

"제가요?"

애타게 불렀다고? 왜지.

그녀는 제 뒷머리를 벅벅 긁었다. 지오를 지금까지 잊어버리고 있다가 이제야 떠올린 것에 대해 어느 정도 죄책감을 가지고 있어서 그게 꿈에 나온 걸까.

하지만 하도 마르멜의 곁에 있어서 그런지 최근 그 이외의 사람이 꿈에서 나온 기억이 없었다. 동물이라면 많이 나왔다. 정확히 말하자면 귀엽고 작은 동물을 어화둥둥 끌어안으면서 자신은 업신여기는 마르멜이 꿈에서 자주 나왔다.

그런데 왜 갑자기 지오가.

마르멜 앞에서 마르멜의 이름을 부르지 않아서 다행이라고 생각해야 할까. 소니도르는 잠시 고민하다가 충동적으로 입을 열었다.

"아주 어릴 때 지오랑 어머니랑 셋이서 같이 지냈거든요. 가족 같은 친구예요."

어렸을 때의 이야기까지 꺼내게 될 줄이야. 왜 마르멜에게 이런 것까지 변명하듯 말하는지는 그녀 자신도 알지 못했다.

"가족이라……."

마르멜은 그녀의 머리카락을 만지작거리며 대답했다. 시녀의 손길로 한결 차분해져 있었다.

그가 상체를 숙이자 가까워진 숨결이 귓가에 닿았다. 소니도르는 몸을 뻣뻣하게 경직시키며 마구 고개를 끄덕였다.

가족이지. 아주 어릴 적 소꿉장난이었지만 결혼을 약속한 적이 있었고, 늙을 때까지 마음에 드는 사람이 없으면 너와 결혼할까 하고 서로 농을 던지기도 하는 그런 가족.

하지만 굳이 여기서 지오와 신랑 신부 놀이를 하고 놀았다는 말까지 꺼낼 필요는 없어 보였다. 마르멜의 심기가 굉장히 불편해 보였으니까.

실제로 그의 심기는 굉장히 불편했다. 친구라고 하는데 따지면 괜히 이상한 사람이 될 것 같고, 그렇다고 가만히 있기에는 쓸데없는 일에 신경 써야 하는 게 마음에 들지 않았다.

계속 불안해하느니 차라리 성에 찰 때까지 단도직입적으로 물어 확답을 듣고 싶었지만. 역시 힘들 것 같으니 두 눈으로 직접 확인해 보는 수밖에.

"네가 그렇다면 그런 거겠지."

그는 순순히 물러섰다. 그제야 소니도르는 안심하고 긴장을 풀었다. 하지만 그와 동시에 갑자기 머리가 핑글 돌았다.

이게 무슨 상황인지 파악하기도 전에 눈앞이 깜깜해지더니 호흡이 가빠지고 식은땀까지 흐르기 시작했다. 다리가 덜덜 떨려 왔다. 어, 어라……?

—되도록 감정적으로 격해지는 것도 자제하셔야 합니다. 기절하실 수 있으세요.

소니도르는 예전에 시녀에게 직접 들은 말을 떠올리고 기함했다. 이런 미친 코르셋!

다리에 힘이 풀려 비틀거리자 마르멜이 반사적으로 그녀를 허리를 낚아채 끌어안았다.

"쏭?"

"자, 잠깐만요…… 웃. 저 기절할 것 같……."

잔뜩 당황한 그의 목소리가 귓가에 이명 소리와 함께 울렸다. 소니도르는 가쁘게 숨을 몰아쉬며 진정하려고 노력했다. 후하후하.

다행히 몇 초 정도 기절하는가 싶더니 얼마 지나지 않아 곧 정신을 차렸다. 비록 찰나의 순간이었지만 능력을 사용하지도 않았는데 기절한 건 생전 처음이었다. 소니도르는 동시에 깨달았다.

맙소사. 영애들이 작은 충격에도 픽픽 쓰러지는 건 연약해서가 아니라 다 코르셋 때문이었어!

마르멜은 축 늘어졌다가 이내 정신을 차린 소니도르를 보고 놀라 반사적으로 시녀를 불렀다. 그리고 얼른 근처의 침대에 눕힌 다음에 그녀를 걱정스레 응시했다. 그는 식은땀에 엉킨 주홍색 앞머리를 옆으로 쓸어 주며 물었다.

"많이 아픈 건가. 아까까지 멀쩡했잖아. 나 때문이야?"

아뇨. 물론 전하께서 매우 치명적이시고 절 당황하게 하셨지만, 제가 그렇게까지 심약하진 않거든요? 소니도르는 속으로 대답하며 느릿하게 입술을 열었다.

"순전히 코르셋 때문이죠."

연회에서도 종종 코르셋 때문에 기절하는 영애들이 있었다. 물론 그녀들이 기절하든 깨어나지 않든 전혀 알 바가 아니었지만, 소니도르가 쓰러지자 마르멜은 상황의 심각성을 깨닫고 말았다. 괴로워하더니 그게 기절할 정도로 고통스러운 고문 기구일 줄은 몰랐다.

"다시는 입지 마."

"그럼 연회는요?"

"그냥 웬만하면 연회에 나오지 않는 게 어때."

그가 진지한 표정으로 그렇게 말하자 소니도르는 황당해졌다. 아니 내가 거절할 때는 괜찮을 거라고 먼저 연회에 나오라고 했으면서, 코르셋 때문에 잠시 기절한 거 가지고 갑자기 연회를 나오지 말라니. 무슨 변덕이 이렇게 죽 끓듯 하단 말인가.

마르멜은 그녀의 표정을 잠시 빤히 응시하다가 이내 *씨익*

웃으며 식은땀을 닦아 주었다.

"반쯤 농담이지만, 어느 정도는 진심이야. 정 힘들다면 나오지 않아도 괜찮아."

그녀는 황당하단 표정을 지우고 마르멜을 따라 씨익 웃었다.

"뭐, 처음에는 귀찮아서 싫었는데 여기까지 왔으면 무라도 썰어야죠."

소니도르가 워낙 욕심이 없어 그녀에게는 뭐든 강요하게 되는 게 미안했다. 탐욕스럽고 바라는 게 명확했다면 당장 원하는 걸 사다가 바쳤을 텐데 말이다. 황태자라는 직위를 이런 생색낼 때 아니면 언제 써먹어 보겠는가.

하지만 소니도르의 유일한 낙은 먹는 것뿐이었고, 그마저도 원하는 게 굉장히 소박했다. 차라리 바라는 게 많았다면 그것을 핑계로 친구인지 뭔지도 절대 만나지 못하게 할 텐데.

"지금 아니면 언제 황궁 무도회에 초대받아 가 보겠어요?"

"네가 원한다면 언제든."

"에이. 제가 뭐 여기 평생 있을 것도 아니고."

"······흐음."

아니면 정말 아버지의 말씀대로 아무도 보지 못하도록 철장속의 새로······.

아.

거기까지 생각이 미친 마르멜은 요즘 들어 왜 이렇게 불안한 기분이 들고, 생각이 극단적으로 치닫는 것인지 알 것 같았다. 소니도르가 '순전히 가족 같은 친구'라고 주장하는 누군지도 모르는 장인 때문이었다.

지오르지오. 황궁에 꼬리를 붙인 장본인이 그 장인일 확률이 매우 높았다. 혹시 몰라 뒤를 밟게 시켰더니 황궁 시녀 중 하나가 제국 최고의 정보 길드라고도 불리는 '콴티타스'와 연관되어 있었다. 아무래도 돈이 궁해 사주를 받은 듯했다.

길드와 시녀의 처분은 곧바로 라이젤 가드 권한으로 넘어갔기 때문에 생사는 알 수 없었지만 많은 정보는 빼 올 수 있었다.

예를 들면 파랑波浪 장인은 꿈 장인이 사라지자마자 제국 전체를 뒤져 그녀의 행방을 찾았다거나 하는 것들이었다.

마르멜은 어차피 처음부터 부족민의 저주에 관한 소문을 퍼트릴 생각이었다. 조급하게 굴 필요 없이 조금만 참고 기다렸다면 이쪽에서 먼저 그쪽 존재를 알아챌 일도 없었을 텐데 말이다.

뭐, 멍청하게 단서를 흘려 줘서 고맙다고 감사할 일이었지만.

과연 파랑 장인이 소니도르의 생사를 확인한답시고 황궁 연회까지 참석하려고 했을까. 생사는 정보 길드에 의뢰까지 맡겼으니 이미 충분히 확인했을 것이다. 그렇다면 그가 이곳까지 찾아와서 무슨 행동을 할지는 충분히 짐작이 가고도 남았다.

그녀가 무사하며 이곳에 반강제로 묶여 있다는 걸 알게 되면 분명 구해 내려고 들겠지.

마치 공주를 구하는 왕자라도 되는 양 말이다. 그럼 난 용을 시켜 공주를 납치해 억지로 탑에 가둔 못된 마녀가 되는 건가.

잠시 고개를 기울인 마르멜은 그것도 나쁘지 않다고 생각했다.

이기적이라 해도 살기 위해서는 어쩔 수가 없었다. 마녀는 저주가 풀릴 때까지 공주가 곁에 있지 않으면 정말 말라 죽고 말 테니까. 만약 과거로 돌아가 모든 사람의 머리가 새까맣게 물든 무채색의 세상에 던져지기라도 한다면, 진짜 미쳐서 모든 것을 제 손으로 망가트릴지도 몰랐다. 소니도르가 어느 날 갑자기 없어져도 마찬가지였다. 가끔 그녀에게 미안한 생각이 들기는 해도 후회하지는 않았다.

살기 위해서, 내가 살고 싶었으니까.

'넌 나의 구원이잖아.'

공주도 사실은 저주에 걸린 마녀를 동정하고 있다는 걸 알고 있었다. 그렇지 않고서야 아무리 억지로 끌려온 황궁이라지만 저렇게까지 태연자약하게 굴 수 없을 테니까.

차라리 다행이라고 생각했다. 그래, 차라리 동정이라도 해 줘. 그게 아무런 감정도 느끼지 않은 채 인형처럼 갇혀 있는 것보다는 나으니까. 하지만 마녀는 공주가 사실 왕자가 자신을 구해 주러 오기만을 기다리고 있는 건 아닐까 불안해지기 시작했다.

마르멜은 누워 있는 소니도르의 볼을 가볍게 어루만지며 물었다.

"돌아가고 싶어? 네 고향으로."

"이제야 물어보시는 거예요?"

소니도르는 그를 장난스럽게 흘겨보다가 이내 피식 웃으며 답했다.

"가끔은 작별 인사도 못 하고 온 사람들이 그립긴 하죠."

"……."

"하지만 약속했잖아요. 괜찮아질 때까지 곁에 있어 드리겠다고."

"……그래. 괜찮아질 때까지 곁에 있어."

지금은 전혀 괜찮지 않으니까.

작게 안도의 한숨을 내쉰 마르멜은 시녀들이 도착하자 천천히 몸을 일으키며 말했다.

"연회에서도 어딜 가든 계속 항상 붙어 있겠다. 혹시라도 오늘처럼 쓰러지면 큰일이잖아."

"그럴 일은 없어요……, 하고 말하고 싶지만, 오늘 제 꼴을 보니 확실히 그럴 수도 있겠네요. 코르셋은 진짜 암살 무기 중 하나에 포함시켜야 한다니까요."

그녀가 혹시라도 자신이 쓰러지면 부탁한다며 한참을 투덜거렸다. 마르멜은 시녀들에게 그녀의 코르셋을 벗겨 주라고 명한 뒤에 눈치껏 자리를 피해 주었다. 혹시 다음에 또 쓰러지기라도 한다면 그때는 드레스 자체를 금지할 생각이었다.

저러다가 골병드느니 차라리 그녀에게 어울리는 예쁜 여성용 정장을 특별 제작해서 맞춰 주는 것도 나쁘지 않겠지.

마르멜은 자신을 향해 꾸벅 고개를 숙이는 호위 기사에게 인자한 미소로 화답하며 복도를 걸었다.

친구라.

상대방도 과연 그렇게 생각할지는 의문이지만. 그건 역시 직접 만나 보면 알겠지.

✣

　　요즘 황궁을 드나드는 인사들치고 소니도르를 모르는 이는 없었다.

　　황태자의 교육을 담당하는 이들은 물론이고, 원로들, 장관들, 귀족들, 기사들, 집정관, 시녀장까지 부족민의 저주 때문이라는 이유로 마르멜 옆에 꼭 붙어 다니는 그녀를 적어도 한 번쯤 본 적이 있었다.

　　그것은 꽤 기이한 일이었다. 꼭두각시에 불과했던 황태자가 황제의 의지를 꺾고 제 곁에 사람을 둔 건 그들이 알기로 처음 있는 일이었다.

　　아무리 병 때문이라지만. 부족민의 저주가 그렇게 대단한 것인가?

　　부족민의 저주. 그것이 요즘 백성들 사이에서 떠도는 주요 화제였다. 귀족들이라고 해서 예외는 없었다.

　　그들은 그것이 허무맹랑한 거짓일 거라 반신반의하면서도 동시에 부족민의 저주를 유일하게 낫게 해 줄 수 있다는 소니도르에 대해 궁금증을 품었다. 어느 정도였느냐면, 연회에서 마주치는 거의 모든 귀족이 그녀를 흘끔거리며 수군거리고 있었다.

　　"대체 어떤 여자길래."

　　"어쩌면 황태자 전하께 저주를 내리고, 자신만이 해결해 줄 수 있다고 사기 치는 마녀일지도 모릅니다. 상식적으로 저주는 보통 시전한 자만이 고칠 수 있잖아요."

"소문으로는 5백 년 전 저주를 내린 그 주술사의 더러운 피를 이어받았기 때문이랍니다. 그래서 유일하게 고칠 수 있는 거고요."

"하지만 저 장인이 저주를 내리지 않은 거라고 어떻게 장담하죠?"

당연히 난 주술사가 아니니까 저주를 못 내리지. 소니도르는 뚱한 얼굴로 생각했다.

계속 곁에 있으라는 마르멜의 말은 현실이 되었다. 도저히 저런 하이에나 같은 귀족들 틈바구니에서 버텨 낼 재간이 없었다.

진절머리 나는 코르셋까지 하고 신경 써서 차려입고 왔는데 저들은 틈만 보이면 물어뜯을 생각밖에 없는 것 같았다.

'또 기절할라.'

소니도르는 자신이 지오처럼 모욕을 받거나 굴욕을 당하면 크게 흥분하는 성격이 아닌 게 천만다행이라고 생각했다.

'저들은 돌이다. 말하는 돌이야. 말하는 돌에 일일이 신경 쓸 필요는 없지.'

그녀는 기절 방지책으로 끊임없이 자기 최면을 걸며 마르멜의 뒤를 따라 걸었다.

마르멜은 그랜드 홀 안쪽으로 향하면서 이따금 소니도르를 돌아보았다. 절대 떨어지지 말라고 신신당부해 두긴 했지만 무슨 돌발 상황이 벌어질지 어떻게 안단 말인가. 불안한 마음이 들어 생각 같아서는 에스코트를 명목으로 팔짱을 끼게 하고 싶었다.

하지만 아직 앤더슨 공녀와 파혼하기도 전이었다. 그쪽은 파혼할 의지가 전혀 없었고. 이런 상황에서 이상한 추문에 휩쓸리지 않으려면 적어도 이런 대외적인 장소에서는 어쩔 수 없었다.

음?

마르멜은 계속 그녀를 흘끔거리다가 의아함에 눈가를 가늘게 좁혔다. 연회는 처음이라고 하지 않았나? 소니도르는 귀족들이 자신의 험담을 할 때마다 뚱한 얼굴을 하거나 어깨를 작게 움찔 떨면서도 태연했다.

적어도 호기심 가득한 눈빛으로 사방을 둘러볼 줄 알았는데 그런 것도 아니었다. 마치 언젠가 와 본 것처럼 심드렁한 표정이었다. 마르멜은 결국 궁금증을 참지 못하고 서서히 걸음을 늦춰 그녀와 거리를 좁히며 작은 목소리로 속삭였다.

"언제 이곳 와 본 적 있나?"

"아뇨. 그럴 리가요. 제가 언제 연회에 또 참석해 봤겠어요?"

"그런 것치곤 굉장히 의연하군. 허둥거릴 줄 알았는데."

"음, 사실은요……."

소니도르는 습관적으로 뒷머리를 긁적이려다가, 절대 머리는 건드리지 말라는 시녀의 말을 떠올리고 다시 얌전히 손을 내렸다. 그리고 아무도 듣지 못하도록 마르멜 뒤에 바짝 붙어서 속닥거렸다.

"꿈속에서 여러 번 봤거든요. 귀족분들 의뢰도 많이 받아 봤으니까요. 간접 체험이라고 할까."

의뢰를 받았다는 말은 손을 잡아 봤다는 뜻이었다. 어쩌면 더한 신체 접촉도. 마르멜이 갑작스럽게 걸음을 뚝 하고 멈췄다.

소니도르는 그대로 그의 등에 얼굴을 박고 코를 감싸 쥘 수밖에 없었다. 그는 울상을 짓는 그녀를 돌아보며 싱긋 웃는 얼굴로 속삭였다.

"……정확히는 누구지?"

"예? 그, 그건 왜요?"

그녀는 슬슬 뒷걸음질을 치며 속으로 중얼거렸다. 표정 무서워.

"지난 일이니까 없는 일인 셈 치고 넘기려고 했다만, 직접 말을 꺼낸다면 물어볼 수밖에 없잖아. 그렇지?"

마르멜이 다정한 목소리로 덧붙였다. 아니, 전하께서 먼저 물어봤었잖아요. 소니도르는 그냥 묻는 말에 대답만 했을 뿐인데 굉장히 억울했다.

"혹시 해니벌 백작 가문 영식을 아시나요?"

"알고는 있지."

비록 아는 건 체격과 목소리, 서류상에서 본 얼굴과 정보뿐이지만 말이다. 대화를 나눈 것도 고작 형식적인 몇 마디가 다였다. 해니벌 백작 가문의 유일한 후계자이니 아마 가문을 물려받겠지. 그때쯤이면 더 자주 만나게 될지도 모르겠다만.

마르멜이 시큰둥하게 답하자 소니도르가 말을 이었다.

"사실 그 영식의 의뢰를 받고 그의 꿈속에서 해니벌 영애를 연기한 적 있어요."

"해니벌 영애라면……."

마르멜은 서류에서 봤던 기록을 떠올리며 슬쩍 미간을 좁혔다. 그 영애라면 분명 약한 몸으로 태어나 성인이 되기 전에 죽었다고 들었다.

"약한 몸 때문에 태어나서 한 번도 영지 밖을 나가 본 적이 없었대요. 그녀의 꿈은 성인이 되는 날 사교계에서 화려하게 데뷔하는 거였죠. 해니벌 영식은 어린 시절 세상을 떠난 누이의 꿈을 이뤄 주고 싶었던 거예요. 늘 마음속 어딘가에 죄책감을 품고 있었죠."

그는 잠시 소니도르를 내려다본 채 말이 없었다. 도저히 생각을 읽을 수 없는 유리알 같은 눈동자로 그녀를 빤히 응시하더니 천천히 입술을 달싹였다.

"그런 건 결국 자기만족일 뿐이잖아."

"자기만족이면 뭐 어때요?"

"그의 누이는 성인이 되기도 전에 죽었어. 그게 현실이지."

그가 현실 얘기를 꺼낼 줄은 몰랐기에 소니도르는 잠시 입술을 꾹 깨물었다. 그리고 안타깝다는 표정을 짓지 않기 위해 노력했다.

자기만족일 뿐이라고 생각했던 건가. 그래서 그렇게 자신을 깎아 가면서도 기억을 본인에게 유리한 방향으로 변형시키진 않은 거였나.

그녀는 마르멜의 가장 깊은 내면에서 봤던 기억을 떠올렸다. 역시 그건 조작된 기억 같은 게 아니었다. 거짓된 기억을 자기만족이라고 생각하는 마르멜이 자신의 어머니와 숙부를 반역자라는 오명을 씌워 가면서까지 기억을 조작할 리가 없었다.

소니도르는 그에게 가까이 다가가면서 더욱 목소리를 낮췄다.

"전하께서는 기억을 지우셨죠."

"……."

"살아가기 위해 어쩔 수 없는 것도 있어요. 그렇다면 살아남은 사람은 계속 이 세계에 없는 사람을 그리워하며 괴로움에 파묻혀 살아가야 하나요? 어쩌면 그게 배신이라고 여겨질지도 모르겠지만, 죽어 간 이들 그 누구도 그런 건 바라지 않을 거예요."

"바라지 않을 거라고?"

"소중했던 이들을 잊으라는 게 아니에요. 그냥 행복한 추억 몇 개를 더한다고 해서 소중함의 무게가 달라지진 않는다는 거예요. 의뢰인이 바라는 가장 행복한 꿈을 꾸게 해 주는 것. 그게 바로 제가 하는 일이죠."

소니도르가 활짝 웃으며 자신만만하게 답했다. 그녀는 늘 자신의 하는 일에 자부심이 대단했기에 얼굴에는 숨길 수 없는 자신감이 가득했다. 짓궂은 소년의 웃음 같기도 했다.

여전히 주변에서는 아무것도 모르는 귀족들이 자신을 흉보기에 여념이 없는데 전혀 아랑곳하지 않는 눈치였다.

내심 걱정했는데 사실은 전혀 걱정할 필요가 없었을지도 몰랐다. 어느 때보다 가장 아름답게 꾸민 소니도르는 수많은 사람 속에서도 당당하고 찬란하게 빛나 보였다.

마르멜은 무의식중에 그녀를 향해 손을 뻗으려다 말고 이내 주변의 시선을 의식했다. 많은 이들이 아닌 척 하면서도 둘만의 이야기를 주고받는 그들에게 관심을 집중하고 있었다.

"어쩐지 알 것 같군."

자기만족이라…… 그래 그녀를 자신의 곁에 묶어 두는 것도 어쩌면 자기만족일지도 몰랐다. 끔찍한 기억밖에 없는 현실에 행복한 추억 몇 가지를 더하기 위해 꿈 장인 소니도르를 불러들인 건 마르멜도 마찬가지 아닌가.

해니벌 영식이나 자신이나, 비록 한여름 밤의 꿈일지 몰라도 이 순간을 어떻게든 멈추고 싶어서 안간힘을 쓰고 있었다.

손가락 사이로 빠져나가기만 하는 모래를 가까스로 움켜쥔 꼴이었다.

그는 약간 넋이 나간 눈빛으로 그녀를 빤히 응시하다가 말고 별안간 정신이 들었다.

'위험하군.'

방금 건 많이 위험했다. 마르멜은 제 입가를 매만지며 휙 등을 돌려 걷기 시작했다. 그리고 최대한 아무렇지 않은 척 태연하게 타인이 들어도 별로 지장 없는 화제를 꺼냈다.

"……그렇다는 건 치장도 경험이 있다는 것 아닌가. 영애를 연기한 것치곤 너무 괴로워하던데."

"영식의 꿈속이잖아요. 영식께서 여인의 괴로움을 어떻게 아시겠습니까. 힘들어하니까 그냥 적당히 답답하겠다 싶겠죠."

"네 감각도 영식의 의식이 관여하는 건가."

"어느 정도는요. 제 의식이 관여하는 부분도 있죠. 그런데 코르셋의 고통은 저도 여태껏 몰랐던지라 결국 의뢰인도 저도 모르는 혼돈의 사태가⋯⋯."

"태자 전하! 이게 얼마 만에 뵙는 건지 모르겠습니다. 그간 강녕하셨습니까."

대수롭지 않은 잡담을 주거니 받거니 하고 있을 때 갑자기 공작새가 끼어들었다.

감히 황태자의 대화를 중간에 끊다니. 마르멜은 심기 불편한 심정을 드러내며 '너 때문에 전혀 강녕하지 못하다.'라고 말하고 싶은 것을 꾹 눌러 참았다.

그리고 얼굴 근육을 최대한 풀어 천사 같은 미소를 지으며 적당히 그의 말을 맞춰 주었다.

소니도르와 함께했던 여유로운 한때는 끝난 듯했다.

마르멜은 혼자 신이 나서 떠들다가 간 공작새의 뒤통수를 응시하며 물었다.

"그래서 대체 저 공작새는 누구야."

"스테소 백작요."

"어쩐지 계속 수염을 만지작거리더군."

그는 그 뒤로도 계속 다른 귀족들을 상대해야만 했다. 다들 하나같이 동물 머리였는데 공작새도 있었고 쥐, 오소리, 토끼 등 하나같이 제각각이었다.

동물 머리의 인상이 강렬했던 탓일까. 머리에 시선이 빼앗겨 체격이나 목소리 등으로 겨우 구분 지어 놓은 기준이 깨져서 곤란했다. 누군지 알아 놓고 난 다음부터는 동물 종으로 구분하면 되니까 편하기는 했지만, 아직까지는 영 익숙하지 않은 광경이었다. 특히나 종이 잡탕으로 뒤섞인 동물 농장이라면 더더욱.

이왕 동물 머리라면 다들 동물의 말로 짖어 줬으면 좋겠는데. 마르멜은 제 앞에 있는 토끼 머리를 내려다보며 생각했다. 토끼는 뭐라고 울지. 그는 마냥 선량하게 웃으며 멍하니 생각했다. 씰룩거리는 흰색 수염을 가만히 관찰하고 있노라면 시간이 빨리 흘렀다.

소니도르는 마르멜이 자신에게서 한눈을 파는 사이에 아주 천천히 뒷걸음질을 쳤다. 그리고 휙휙 고개를 돌려 주변을 살피며 지오르지오를 찾는 중이었다. 지오를 찾아간다는 말을 하면 마르멜이 분명 매우 무서운 얼굴로 뜯어말릴 것 같았기 때문이었다.

'대체 어디에 있는 거니, 지오! 이 고집불통 말썽꾸러기!'

그가 흥분해서 소동을 피우기 전에 먼저 찾아가서 둘만 조용히 대화를 나눴으면 좋겠는데.

그녀는 매의 눈으로 주변을 살피다가 잠시 멈칫했다. 소꿉친구는커녕 전혀 관련 없는 엉뚱한 사람만 찾아 버리고 말았다.

'연기 장인?'

익숙한 남색 뒤통수였다. 그땐 단박에 여자라는 걸 알아봤지만, 검은 연미복을 깔끔하게 차려입은 그녀를 보니 오늘은 누가 봐도 남자 같았다.

과연 연기 장인이라더니 성별마저 연기하는 건가. 소니도르가 잠시 그들을 빤히 응시하고 있을 때였다.

연기 장인이 한 영애의 손등에 입을 맞춘 뒤에 흘러내린 머리카락을 귀 뒤로 넘겨 주었다. 그리고 영애의 귀에서 아주 자연스럽게 귀걸이를 빼 가고 있었다.

……음? 잠깐, 방금 뭔가 봐서는 안 되는 걸 본 것 같은…….

소니도르는 지오르지오를 찾는 것을 관두고 재빨리 마르멜의 등 뒤에 붙었다. 방금 연기 장인과 시선이 마주친 것 같기도 했다. 아냐, 아니겠지. 골치 아픈 일에 관여되는 건 질색이었다. 난 연기 장인의 도벽이 의심되는 장면 같은 건 절대 보지 않았어!

그때 우물쭈물하던 토끼가 물러나고 검은 표범 한 마리가 아주 당당하게 마르멜을 향해 다가오고 있었다. 머리가 너무 강렬해서 체격이나 움직임 같은 건 눈에 들어오지도 않았다.

대체 저건 뭐지. 처음 보는 동물 머리였다. 마르멜은 고개를 갸우뚱 기울였다가 본능적인 불쾌함을 느끼고 잠시 미간을 찌푸렸다. 위아래로 훑어보니 키도 체구도 연령대도 자신과 비슷해 보였다.

"웬 흑표범이 나한테 다가오고 있어."

그는 온화한 미소를 가장하며 혼잣말하듯 중얼거렸다. 바로 등 뒤에 붙어 있던 소니도르만 알아들을 만큼 작은 목소리였다.

"표, 표범이요?"

"응."

그는 등 뒤로 손을 뻗어 그녀의 손목을 꽉 잡았다. 대체 뒤통수에 눈이 달린 것도 아닌데 어떻게 손목의 위치를 정확히 알고 잡아챘는지 알 수 없었다.

순간 소니도르는 등골이 오싹해지고 말았다.

보지도 않은 채로 손의 움직임을 알 수 있을 정도라면, 자신이 등 뒤에서 슬슬 뒷걸음질 치면서 주변을 살피고 있었다는 것도 분명 알았을 것이다.

'감각이 짐승 같은 것도 정도가 있지!'

그녀는 저도 모르게 비명을 지를 뻔하다가 재빨리 마르멜의 어깨 너머로 상대를 살폈다. 이래 봬도 그의 꿈속만 들락날락하며 놀고먹은 게 아니라 마르멜의 주변 인물을 전부 머릿속으로 암기하고 있었다. 그가 누구냐고 물으면 재빨리 대답할 수 있도록 말이다.

"어……."

그런데 소니도르는 흑표범이라고 불린 상대를 확인하고 잠시 말끝을 늘였다.

정돈되지 않은 새까만 머리카락. 긴 앞머리 사이사이로 비치는 흉흉한 보라색 눈동자. 누가 보면 화났느냐고 물을 정도로 싸늘한 인상에 일자로 굳게 닫힌 입술. 옷차림은 연회임에도 불구하고 전혀 신경을 쓰지 않은 건지 대충 구색만 갖추고 온 듯한 모습이었다.

그는 시야가 가려 불편했는지 앞머리를 쓸어 올리다가, 마르멜 등 뒤에 있는 소니도르를 발견하고는 더욱 표정을 험악하게 구겼다.

"지오."

소니도르가 조마조마한 심정으로 그의 이름을 불렀다.

"아아."

마르멜이 알 만하다는 듯 높낮이 없는 목소리로 답했다.

소니도르는 초조한 얼굴로 꼼짝없이 붙잡힌 자신의 손목을 내려다보다가 손가락을 꼼지락거렸다. 그러자 마르멜이 손에 더 힘을 주어 손목을 붙들더니, 그녀가 움직임을 멈추고 얌전해지자 그제야 힘을 풀며 달래듯이 다정한 목소리로 말했다.

"쉿. 가만히 있어. 네 오랜 친구라면 내게도 반가운 손님일 테니 제대로 인사해야지."

전혀 반가워하는 것 같지 않은데. 마르멜의 태도로 보아 지오르지오를 설득해서 단둘이 해결을 보는 건 아무래도 불가능해 보였다.

그뿐만 아니라 지금 흉흉한 기운을 풍기며 다가오는 쪽 또한 단순히 안부를 물으려는 것 같지도 않았다. 안부는커녕 다짜고짜 와서 협박하듯 소니도르를 내놓으라고 할 것 같았다.

'제발 사고 치지 마.'

그녀가 속으로 간절하게 중얼거렸다.

지오르지오가 아무리 말보다 행동부터 나가고 보는 성격이라고 해서 설마 이런 자리에서 소란을 피우지는 않을 것이다. 아니, 제발 그랬으면 좋겠다. 소란을 피우는 것도 문제지만, 쓸데없는 말로 황태자를 도발하거나 해서 제국민의 반감을 사는 짓도 해서는 안 됐다.

지금도 그의 단정치 못한 옷매무새를 보고 주변에서 많은 이들이 불쾌하단 얼굴로 수군거리고 있었다. 대체로 '역시 태생이 천한 것들은……'으로 시작하는 험담이었다.

그 모습을 바라보던 소니도르는 잠시 어린 시절의 기억 떠올렸다. 입에 피딱지를 달고, 광대에 푸른 멍을 물들인 어린 지오르지오가 무릎 꿇고 손을 들던 모습을 말이다.

소년은 뚱한 얼굴을 한 채로 슬금슬금 손을 내리다가 어머니의 호통을 듣고 다시 팔을 번쩍 들어 올렸다. 그래도 반성의 기색이 없자 결국 집 밖으로 쫓겨났다.

—나가서 네가 뭘 잘못했는지 생각해 봐라.

어머니는 한숨을 뱉으며 대문을 쾅 하고 닫았다. 그리고 피곤하다는 듯 눈가를 문지르더니 안방 쪽으로 향했다. 소니도르는 그녀의 눈치를 살피다가 조심조심 대문을 열고 나가 지오의 옆에 쭈그려 앉았다.

—이번엔 또 뭔 일이야?

—난 잘못 없어.

어련히 그러시겠지. 어린 소니도르는 한심하단 얼굴로 눈썹을 까딱이다가 퍼렇게 물든 그의 광대를 가리키며 물었다.

—또 알프 패거리야? 뭐라고 그랬는데?

—천하고 더러워서 부모도 버리고 갔다고…….

매일 똑같은 시비에 어떻게 매일 똑같이 으르렁 덤벼들 수가 있는지 모르겠다. 소니도르는 네 반응이 재밌어서 계속 시비 거는 것 아니냐고 타박하며 그의 볼을 꼬집었다. 하필 멍든 부분을 꼬집힌 그는 아프다고 비명을 질렀다.

—우연이네. 나도 오늘 비슷한 말 들었는데.

—……뭐라고 그랬는데.

그녀는 눈동자를 이리저리 굴리며 기억을 더듬다가 그들이 한 말을 어투까지 정확히 따라 하며 말했다.

—말이 꿈 장인이지 사실 창녀 아냐? 네 어미가 봉 가는 꿈 보여 줘서 돈 받는 거 아니냐고. 이 창녀의 딸아! 그러던데? 하여튼 생각하는 수준하곤.

—이 새끼들을 진짜……

소니도르는 뿔난 황소처럼 씩씩거리며 벌떡 일어나 달려가려는 그의 옷자락을 붙잡았다.

—여기서 또 싸우게?

—너와 어머니를 싸잡아 모욕했잖아! 비열하고 치졸한 제국 놈들.

—야 야, 일반화는 좋지 않아. 그냥 걔들이 이상한 거지. 착하고 친절하고 다정한 사람들도 얼마나 많은데.

그녀는 그의 옷자락을 끈질기게 붙잡고 늘어져 결국 다시 제 옆자리에 앉게 만들었다.

—어머니께서도 늘 그러셨잖아. 그냥 우리가 더 뛰어나서 질투하는 거야. 천하다고 업신여기는 장인들은 능력이 뛰어나 이런 번듯한 집도 가지고 있고, 고급스럽게 생활하고, 굶주릴 일도 없고, 또 우리가 훨씬 예쁘고 잘생겼잖아? 어떻게든 깎아내리려고 안간힘을 쓰는 거지.

—그래서 차별받는 게 당연하다고 말하는 거야, 지금?

—그 말이 아닌 거 알잖아. 걔들은 그냥 얼간이고, 우리는 우리가 가진 가치를 인정받을 때까지 설득하면 되는 거야. 힘으로 눌러 봤자 그들이 하는 짓과 똑같잖아. 우리가 뛰어나다는

건 변함없는 사실이니 언젠가 인정할 수밖에 없을걸.

그때까진 세상과 타협하며 살아갈 수밖에 없는 거지. 뭐, 수많은 우리 민족을 학살한 황족들은 죽어서도 용서할 수 없다고 하셨지만, 알프 패거리는 황족이 아니잖아? 그들은 죄가 없어. 무지한 거지.

소니도르는 시큰둥한 얼굴로 어머니께 수십 번도 넘게 들은 말을 반복하며 나뭇가지로 바닥에 그림을 그렸다.

—모두를 지키기 위해서 타협하는 거야.

그녀는 늘 불만이었다. 귀에 딱지가 앉도록 들은 말인데 왜 지오르지오는 이 쉬운 말을 이해하지 못해 매번 싸움박질이나 한단 말인가. 게다가 속이 빤히 보이는 빤한 놈들의 도발에 넘어가서 말이다. 싸우는 것도 싸우는 거였지만, 늘 그를 달래는 건 자신의 몫이었으니 이젠 슬슬 귀찮아지기 시작했다.

—들어가서 어머니께 사과드려.

소니도르는 그렇게 말하며 그림 그리던 것을 관두고 고개를 들어 올렸다. 그런데 지오르지오는 자리에서 벌떡 일어나 분한 얼굴로 씩씩거리더니 그녀를 노려보며 이렇게 말했다.

—그건 타협이 아니야. 겁먹어서 꼬리 말고 도망가는 개새끼지.

그리고 지는 석양을 향해 달려 나가기 시작했다. 야, 이 성가신 놈아! 소니도르는 바닥에 나뭇가지를 내팽개친 뒤에 그를 향해 삿대질하며 외쳤다.

그와 그녀의 나이 열 살, 막 질풍노도가 소년의 안에서 싹트기 시작하던 시기였다. 그리고 그 아이는 그대로 자라나 훗날 혁명군의 수장이 되고 만다.

소니도르는 과거의 기억을 떠올리며 아련한 표정을 짓다가 이내 고개를 붕붕 흔들었다.

지금 상황에서 현실도피는 좋지 않았다. 그냥 이대로 넋을 놓고 싶은 마음은 굴뚝같았지만 그랬다간 정말 연회장에서 때 아닌 피바람이 불지도 몰랐다.

다행인 점은 아무리 지오르지오라고 해도 때와 장소를 가리지 않는 건 아니라는 것이었다. 그는 자신을 모욕하는 말을 듣고도 쌈닭처럼 달려들지 않고, 그저 싸늘한 눈빛으로 주변에 잠시 눈길을 둘 뿐이었다. 지금 저런 하찮은 귀족들의 잡담보다 더 중요한 게 있었기 때문이었다.

그는 오로지 한 가지만 바라보고 앞으로 직진했다. 목적지는 마르멜의 앞, 그리고 목적은 소니도르였다. 지오르지오는 그들 앞에 서서 걸음을 멈추고 허리를 굽혀 인사했다.

"처음 뵙겠습니다, 태자 전하. 전 운 좋게 이 연회에 초대받은 파랑 장인, 지오르지오라고 합니다."

"파랑 장인이라. 색의 파랑은 아닐 테고, 파도를 다스리는 건가."

이미 뒷조사를 끝냈으면서 마르멜은 아무것도 모르고 있었다는 듯 능청스럽게 물었다. 지오르지오는 지극히 무표정이었으나, 마르멜이 마주 보고 있는 흑표범은 흉흉한 안광을 빛내며 이를 드러내고 있었다.

잘못하면 물리겠군. 그는 피식 웃으며 온통 새까매서 눈이

랑 하얀 이빨밖에 보이지 않는 표범을 응시했다.

"정확히는 바람과 물이지만 능력을 사용하는 모습이 마치 파도의 잔물결 같다 하여 파랑 장인이라 불립니다."

"두 가지의 능력을 동시에 사용할 수 있다는 거군. 이런 인재를 만나게 되어 반갑소."

"저야말로 태자 전하를 직접 만나 뵙게 되어 영광입니다."

둘 다 서로에게 꺼지라고 외치는 것 같은데. 소니도르는 생각했다. 마르멜은 분명 보이지 않아도 천사처럼 웃고 있었겠지만, 지오르지오의 표정은 아주 노골적이었다. 폭발하기 직전의 얼굴이었다. 어쩌면 그녀가 그와 알고 지낸 지 오래되어서 더더욱 저 표정의 의미를 단박에 알아보는 것일지도 몰랐다.

제발 사고 치지 마라. 성질 죽이고 사고 치지 마. 여기서 사고를 친다면 돌아가신 어머니를 다시 만나게 될지도 몰라!

그는 소니도르와 시선이 마주치자마자 입꼬리를 끌어 올리며 제 손목에 찬 팔찌를 살짝 흔들어 보였다. 대체 저 살벌한 웃음은 뭐지. 그녀는 그가 낀 팔찌를 더욱 자세히 살폈다.

반짝이는 마법석이 알알이 꿰여 있는 팔찌는 누가 봐도 아티팩트였다. 마법사도 아닌 장인인 그가 굳이 아티팩트를 찰 이유는 없을 테고. 잠시 곰곰이 고민하던 소니도르는 화들짝 놀라 자신이 찬 목걸이를 내려다보았다.

'설마…….'

그때 마르멜이 소니도르를 가리듯이 서며 입을 열었다.

"내게 따로 전하고 싶은 말이라도 있는 건가."

"예. 그녀를 돌려주십시오."

야 이 미친놈아! 거두절미하고 그 말부터 뱉으면 어떻게 해! 소니도르는 저도 모르게 꽥 소리 지를 뻔한 입을 틀어막으며 부들부들 떨었다. 어쩐지 저게 웬일로 얌전하게 예의를 갖춰 인사하나 싶었다.

그녀가 안절부절못하는 사이 마르멜은 네가 무슨 말을 하는지 전혀 모르겠다는 얼굴로 맑고 투명한 붉은 눈을 깜빡였다.

"그녀라면?"

"꿈 장인과 저는 장래를 약속한 사이입니다."

"아냐!"

소니도르는 참다못해 결국 크게 소리치고 말았다. 마르멜은 잠시 그녀 쪽을 돌아보다가 이내 다시 흑표범을 마주 보며 삐딱하게 웃었다. 마냥 온화해 보이던 전과 확연히 다른 얄미운 웃음이었다.

"그녀는 그대와 같은 생각이 아닌 모양인데."

"……."

지오르지오는 그 의기양양한 표정을 보고 더욱 심기가 불편해졌다. 예나 지금이나 아르케 제국 황족은 도적의 피를 짙게 이어받은 종속들이었다.

멋대로 그녀를 데려가서 부족민의 저주란 명목으로 제 옆에 억지로 묶어 둔 주제에 뭐가 저리 당당하단 말인가. 덕분에 이곳까지 찾아오는 데 많은 애를 먹은 데다가 입은 피해도 만만치 않았다.

잠시 대답이 없던 그는 무표정한 얼굴로 당당하게 고개를 치켜들며 답했다.

"쑥스러워하는 겁니다."

"그럼 본인에게 직접 물어보는 수밖에 없겠군."

화살이 그녀에게로 돌아갔다. 아니 대체 왜 상황이 이렇게 된 거지. 소니도르는 허위 사실을 유포하는 지오르지오를 가늘게 뜬 눈으로 봤다. 그때 마르멜이 잠시 그녀에게 시선을 돌린 틈을 타서 그가 입술을 달싹이며 입 모양으로 말했다.

'대답 잘해.'

설마 지금 그와 자신이 약혼했다는 핑계로 빠져나갈 수 있을 거라고 생각하는 건 아니겠지.

소니도르는 지금 무슨 말도 안 되는 소리를 하느냐는 듯 그를 응시하다가 주저하며 입을 열었다. 지오르지오가 무슨 생각인 건지 도저히 알 수 없었지만, 마르멜 앞에서 그와 장래를 약속한 사이라는 거짓말을 하고 싶지는 않았다.

"장래를…… 약속하기는 했죠. 일곱 살 땐가."

"그렇다는데."

"머지않은 과거에 제게 '나중에 크면 지오랑 결혼할까.' 하고 말하기도 했습니다."

"그대에게 농을 친 게 아닐까 싶은데. 쏭은 워낙 장난스러운 구석도 있으니까."

"쏭?"

지금 대화의 주제가 굉장히 이상한 쪽으로 흘러가고 있는 것 같은데. 대체 왜 갑자기 정작 본인은 아무 생각이 없는 결혼 얘기가 나오는 거지.

소니도르는 당황해서 이마에 송골송골 맺힌 식은땀을 닦아

242

내며 가쁘게 숨을 몰아쉬었다. 귀족들이 아무리 모욕하는 말을 뱉어도 잠잠했던 심장이 지금 큰 폭으로 뛰고 있었다.

기절할 것 같았다. 아니, 솔직한 심정으로는 그냥 나 몰라라 하고 기절하고 싶었다. 하지만 이건 정신을 놓는다고 해결될 문제가 아니었다.

흥분하면 안 돼. 이 정도는 예상했던 것보다야 양호한 정도잖아. 그녀는 망할 코르셋을 내려다본 뒤에 괜찮다고 자신을 다독이며 마르멜이 붙잡은 손목을 빼내었다.

"……."

그는 억지로 붙잡고 있던 손목을 이번에는 순순히 놓아주었다. 그러자 소니도르는 지오르지오의 앞쪽에 선 뒤 마르멜을 마주 보며 말했다.

"전하, 일단 이쪽은 제 오랜 친구 지오입니다. 어린 시절에는 한시도 떨어진 적이 없었을 정도로 가족 같은 존재이지요. 오랜 기간 떨어져 있다가 처음 만나는 것이니 잠시 둘이 얘기를 나눠도 괜찮을까요?"

"흐음, 가족 같은 친구라면 잠깐의 시간 정도는 양보할 수 있지."

마르멜은 잠시 두 사람을 번갈아 보며 대답이 없다가 이내 눈을 곱게 접으며 답했다. '가족'과 '친구'라는 단어에 유난히 강세가 들어간 건 소니도르의 착각이 아니었다.

그녀는 왜 자신이 고래 싸움에 등 터진 새우 꼴이 되어야 하냐며 속으로 투덜거리다가 꾸벅 고개를 숙이며 답했다. 대외적인 장소였으니 평소처럼 황태자를 친구 대하듯 편하게 대할 수는 없었다.

"배려해 주셔서 감사합니다."

"하지만 이젠 그대 없이 살 수 없는 몸이 되어 버렸으니 최대한 빨리 돌아오도록 해. 내가 직접 그대를 찾아가기 전에."

마르멜이 연회장 창문에 비치는 거대한 시계탑을 눈짓으로 가리키며 말했다. 시계의 분침은 거의 자정을 가리키고 있었다. 기껏해야 10분 남짓한 시간. 그는 종이 열두 번 치면 그대를 찾으러 가겠다고 말하며 나른하게 웃었다.

샹들리에의 불빛이 그의 머리 위에서 마치 보석처럼 오색찬란하게 부서졌다. 소니도르는 저도 모르게 뛰는 심장 위를 손바닥으로 덮었다.

긴장해서 뛰는 건지 설레서 뛰는 건지 모르겠다. 아무튼, 나대지 마라 심장아.

10분 만에 지오를 설득해야 한다는 임무를 받았지만, 그래도 둘이 대화할 시간이 없는 것보다는 나았다. 소니도르는 안도의 한숨을 내쉬며 지오르지오에게 따라오라며 손짓을 한 뒤에 테라스 쪽으로 향했다.

마르멜이 빤히 쳐다보고 있는 건지 등 뒤에서 느껴지는 시선이 매우 따가웠다.

검은 머리의 청년은 테라스 커튼을 거칠게 치자마자 곧바로 달려들듯 소니도르에게 다가왔다. 그리고 어이가 없다는 듯하, 헛웃음을 터트리며 그녀에게 물었다.

"황태자에게 애칭까지 허락했어?"

244

"……오랜만이야, 지오."

우리 일단 인사부터 하지 않을래. 소니도르가 한쪽 손을 가볍게 들어 올리며 말하자 그는 그대로 그녀의 손목을 잡아챘다. 표정 하나 변하지 않는 걸로 보아 그녀의 얘기를 침착하게 들어 줄 의향은 전혀 없어 보였다.

"똑바로 말해. 쏭이라니 그 개 이름 같은 애칭은 뭐야."

"개, 개 같……, 개 같긴 하지…….."

얼핏 들으면 욕 같은 말이라 당황했지만 일단 그녀는 순순히 인정했다. 자신도 처음 그 애칭을 들었을 때 개 이름 같다고 느낀 건 사실이었다. 지금이야 저 애칭도, 동물 취급도 익숙해져서 별다른 자각이 없다지만. 소니도르가 먼저 뭐라고 변명하길 기다렸던 지오르지오는 그녀가 머뭇거리며 말을 꺼내기를 주저하자, 참지 못하고 다시 그녀를 다그치기 시작했다.

"이젠 그대 없이 살 수 없는 몸? 대체 황태자랑 지금껏 뭘 한 거지?"

"다 설명할게. 일단 진정해 봐."

진정? 지오르지오는 입매를 굳히며 되물었다. 불행히도 그 말이 꾹 눌러 참고 있던 그의 분노를 자극한 모양이었다. 그는 커튼으로 가려진 연회장 쪽을 손가락으로 가리키면서 더욱 낮아진 목소리로 속삭였다.

"내가 지금 진정하게 생겼어? 내가, 내가 얼마나 널 찾은 줄 알아? 아무도 없이 텅 빈 사무소를 봤을 때 무슨 심정이었는지 아느냐고. 제국 놈들에게 억지로 끌려간 건 아닌지, 혹시 죽은 건 아닌지 얼마나……. 그런데 넌 여기서 황태자랑 노닥거리고 있었군."

잠시 피가 배어 나올 정도로 입술을 꾹 깨문 그가 눈가를 일그러트리며 말했다.

"네가 흔적도 없이 사라질 동안 아무것도 몰랐던 내게 화가 나서 돌아 버리는 줄 알았어."

걱정할 걸 알고 있었다. 이렇게 괴로워하는 그를 보니 죄책감이 물밀 듯이 밀려왔지만, 소니도르에게도 분명 사정이 있었다. 그때 당시에 그녀는 부족민의 대학살을 막기 위해서 이것만이 유일한 방법이라고 철석같이 믿고 있었기 때문이었다.

하지만 아무 말 없이 멋대로 떠난 건 분명 잘못이었으니 미안해서 그에게 섣불리 변명의 말을 꺼내기가 힘들었다.

"지오, 정말 미안해."

"난 네가 억지로 이곳에 묶여 있는 줄로만 알았는데…… 딱히 그런 것도 아닌 모양이야."

"……."

아니야. 억지로 묶여 있는 게 당연하잖아. 그렇게 당당하게 외칠 수 있을 정도로 소니도르는 떳떳하지 못했다.

아무리 황제의 강압적인 계약에 묶여 있다고 하더라도, 늘 미련 생기기 전에 마음을 버리고 황태자의 병을 고쳐야겠다고 습관처럼 생각하면서도, 결국은 마르멜에게 괜찮아질 때까지 곁에 있겠다고 말한 건 자신이었다.

협박을 받은 것도 아니고 자발적으로.

그녀의 흔들리는 눈빛을 본 지오르지오가 쓸쓸한 말투로 중얼거렸다.

"내가 너랑 같이 지낸 세월이 얼만데 그것도 모를까."

"지오, 정말 미안해. 하지만 일단 진정하고 내 말 좀 들어봐. 내게도 사정이⋯⋯."

"사정? 무슨 사정. 그거 알아? 지금 와서 네 사정 같은 건 아무래도 상관없어. 난 결국 이런 족쇄랑 다름없는 아티팩트까지 차면서 널 찾아서 황궁까지 잠입했고, 넌 여기서 우리 부족민들의 배신자 같은 짓이나 하고 있었으니까. 저주를 핑계로 황태자 곁에 머무를 생각을 한 건가?"

"그, 그건."

"저주에 걸렸다면 죽게 놔뒀어야지. 죽여도 시원찮을 판에 병을 고친다니."

"⋯⋯."

"네가 원수도 사랑할 정도로 성인군자일 줄은 몰랐어. 그것도 나를, 우리 부족민을, 배신하는 짓까지 하면서."

소니도르는 화가 나면 생각하기도 전에 쏟아 뱉고 보는 그의 버릇을 잘 알고 있었다. 그리고 솔직히 지오르지오와 만나게 되면 이런 말을 들을 줄 애초부터 예상하고 있었다. 그의 말마따나 지금껏 그와 같이 생활한 나날이 얼만데. 하지만 미리 알고 있었다고 해서 상처가 되지 않는 건 아니었다.

분명 잘못한 건 맞았다. 맞는데, 아무리 그래도 그렇지 배신자라니. 처음 황제에게 협박을 받았을 때 그녀는 황태자를 깨워서 대학살을 막을 생각밖에 없었다. 그리고 부족민들을 위해 아무도 모르는 곳에서 비밀리에 목숨을 걸고 싸우는 것이라며 뿌듯해하기도 했었다. 분명 목숨을 걸고 필사적으로 노력했다.

어찌 보면 지오르지오의 혁명군과 다를 게 없다고도 생각했었고.

물론 마르멜이 깨어난 다음 자신의 행동은 아무리 황제의 협박이 있었다고 하더라도 변명의 여지가 없긴 하지만…….

소니도르는 한숨을 내쉬며 눈가를 문지르다가 이내 감정을 가다듬고 그를 올려다보았다. 그리고 그와 시선을 맞추며 침착한 어투로 달래듯 말했다.

"지오. 분명 내가 잘못한 건 맞아. 편지에 적었듯이 말도 없이 떠난 건 백번을 사과해도 모자란다고 생각해. 그런데 내 얘기는 듣지도 않고 배신자라고 매도할 거야?"

"……."

"방금 한 말 진심으로 한 말이야?"

"……."

"아니지?"

"……응."

잠시 침묵하던 지오르지오가 시선을 피하며 아주 조그맣게 답했다. 하여튼 일단 울컥하고 보는 버릇 좀 고치라니까. 나중에 후회할 거면서 왜 꼭 저러는지 모르겠다. 소니도르는 가늘게 뜬 눈으로 그를 잠시 응시하다가 이내 피식 웃으면서 기습적으로 다가가 끌어안았다. 그러자 그가 잠시 몸을 딱딱하게 굳히다가 그것도 잠시 숨이 막히도록 그녀를 꼭 마주 안았다. 코르셋과 더불어 이중으로 고통받은 그녀가 괴로운 얼굴로 그를 슬쩍 밀어내며 말했다.

"보고 싶었어."

그렇게 오지 말라고 편지로 보냈지만 이미 와 버린 걸 어쩌겠는가. 오래간만에 보는 친구인데 일단 덮어놓고 반가워하는 수밖에. 그녀는 마주 안은 등을 토닥인 뒤에 가슴팍까지 헤쳐 놓은 와이셔츠 단추를 목 끝까지 채워 주었다. 지오르지오는 답답했는지 인상을 찌푸리다가 소니도르의 눈치를 살피며 단추 한두 개를 도로 풀었다. 그러자 아까 보았던 아티팩트가 그의 팔목에서 찰랑거리는 것을 다시 확인할 수 있었다.

  소니도르가 심각한 얼굴로 물었다.

  "족쇄랑 다름없는 아티팩트라고 했지. 그게 무슨 말이야?"

  "말 그대로야. 능력을 제어하는 마법이 걸려 있어."

  능력을 억제하는 마법이라면 무효화 마법이 있었다. 보통 마법의 경우는 무효화 마법을 걸면 말 그대로 무효화되지만, 장인의 능력인 경우 마법으로 완전히 억누르는 건 불가능하고 어느 정도 효력이나 위력을 잃게 된다. 하긴 그처럼 위험한 능력을 가지고 있는 장인을 선뜻 황궁으로 들여보낼 리가 없을 것이다. 황궁 내부에서 소동을 일으켰을 시에 빠르게 진압 가능한 정도로 능력을 제어했겠지.

  "설마 그거 몸에서 떼어 놓는다거나 하면 폭발해?"

  소니도르가 설마 하는 말투로 묻자 지오르지오가 말없이 그녀를 빤히 응시했다. 어떻게 알았느냐는 표정이었다. 그녀는 한숨을 내쉬며 자신의 목에 걸려 있는 목걸이를 가리켰다. 그리고 이따금 시계탑을 흘끗 응시하며 그에게 지금까지 있었던 일을 최대한 간략하게 설명해 주었다.

  어느 날 그녀의 사무소에 황제가 찾아왔던 일부터 시작해서, 자신의 목숨과 부족민의 운명을 걸고 필사적으로 황태자를 깨운 일, 그리고 현재 부족민의 저주가 풀릴 때까지 강제 계약으로 묶여 있는 일까지.

말이 끝나갈 때쯤에는 시계가 거의 자정을 알리고 있었다.

"그래서 지금 여기에 있는 거야. 부족민의 저주가 풀릴 때까지는 성급하게 황궁 밖으로 나갈 수도 없어. 일단 황태자의 저주가 풀릴 때까지 황궁에 머무는 수밖에."

"그 저주는 어떻게 푸는데? 왜 너만 유일하게 풀 수 있다는 거지?"

"그건……."

그녀는 잠시 대답을 망설였다. 마르멜이 정신병을 앓고 있다는 건 아무에게도 말할 수 없는 둘만의 비밀이었다. 자칫하면 그의 위치가 위태로워질 수 있는 문제였으니까 말이다.

부족민의 저주와 일상에 지장이 있을 정도로 심각한 정신병은 굉장히 다른 문제였다. 소니도르는 어색하지 않을 정도로 태연하게 말을 이었다.

"……저주에는 꿈 능력만 통하나 봐. 나도 최대한 빨리 저주를 풀기 위해 노력하고 있어."

"꿈 능력만 통한다는 걸 어떻게 알아. 다른 장인들의 능력을 시험해 본 것도 아니잖아."

"이미 저주를 풀 수 있는 사람이 옆에 있는데 굳이 새로 불러올 수고를 들이진 않겠지."

"흐음."

지오르지오는 모든 설명을 듣고 난 뒤 잠시 침묵하다가 이내 불만이 가득한 목소리로 말했다.

"여전히 네 방식은 이해할 수가 없군. 차라리 전부 내게 사실대로 말했다면 내가 모든 걸 걸어서라도 널 도와줬을 거다."

"어떻게?"

"어떻게든."

"그러니까 내가 너한테 말을 안 한 거야."

앞뒤 생각 없이 오로지 직진밖에 모르니까. 소니도르는 뒷말을 삼키며 그를 가늘게 뜬 눈으로 보았다.

미리 알았다고 해도 제국의 황제를 상대로 뭘 어쩌려고?

그가 아무리 혁명군 수장이라 해도 제국군과 상대할 수 있을 정도의 병력이 있는 것도 아니었다. 기껏해야 방법이 야반도주밖에 더 있었을까. 그리고 황태자의 비밀을 알고 있는 채로 그대로 튀어 버렸다면 남은 건 정말 개죽음밖에 없었다. 애꿎은 지오르지오와 그의 주변 사람들이 위험에 처할 수도 있었고.

"난 이게 최선이었어."

"아니, 어찌 됐든 지금보단 상황이 나았을 거다."

"지금이 왜? 대체 뭐가 문제인지 모르겠어. 아무도 피를 흘리지 않았고 장인들에 대한 처우도 지금 크게 변화하고 있잖아. 황태자가 황위에 즉위하면 우린 그때 정말 자유를 되찾을 수도 있어."

소니도르가 묻자 그는 자신의 앞머리를 쓸어 올리며 깊게 한숨을 내쉬었다. 반듯한 이마가 훤히 드러나자, 굳은 신념으로 반짝이고 있는 그의 보라색 눈동자가 더욱 선명히 보였다.

"피를 흘리지 않은 혁명이라는 건 자랑이 아니야. 우리가 진정으로 염원하는 세계는 바로 복수의 칼날 너머에 있어. 권리를 우리 힘으로 되찾지 않는 한 진정한 자유라고 할 수 없지. 제국이 주는 자유? 모든 권리를 멋대로 빼앗아 박탈할 땐 언제고 이제라도 제대로 된 자유를 줄 것 같아? 개나 주라고 해. 우리 민족은 참을 만큼 참았어."

"그래, 네 말이 맞을지도 몰라. 하지만 모두가 죽은 뒤에 자유가 무슨 소용이 있는데?"

"글쎄. 적어도 죽고 난 뒤에는 자유롭겠지."

입꼬리를 끌어 올린 그가 확신에 찬 어조로 그녀의 귓가에 속삭였다.

"소니, 죽음을 두려워할 필요 없어. 만약 싸우다 죽음을 맞이한다고 해도 그건 분명 끝이 아니야. 우리는 자유로워질 거야."

대화가 통하지 않는다. 소니도르는 착잡한 표정으로 지오르지오를 응시했다. 누가 옳고 그르고를 따지기 전에 가치관이 달라도 너무 달랐다.

그녀는 가능하면 현실에 타협하고 모두가 행복하게 살 수 있는 방법을 모색해 지금까지 열심히 달려왔던 사람이었다. 하지만 그는 모두가 죽고 대지가 피로 물들더라도 부족민의 자유만큼은 쟁취하고 말겠다는 사람이었다.

그들의 사상이 대립하는 건 하루 이틀이 아니라 새삼 입씨름을 하고 싶지는 않았다.

소니도르가 침묵하자 지오르지오는 자신의 손목에 찬 팔찌를 흔들어 보이며 말했다.

"이것만 봐도 모르겠어? 그냥 우릴 폭탄 정도로 취급하고 황궁에 묶어 둘 생각밖에 없잖아."

"그건 현 황제가 상당한 의심병을 앓고 있어서……."

그녀가 목소리를 최대한 낮춰 속삭이자, 지오르지오의 표정이 단박에 구겨졌다. 그는 하도 어이가 없었는지 짧게 웃음을 터트리며 얼굴을 바짝 들이댔다. 그리고 숨결이 닿을 듯 말 듯한 거리에서 으르렁거리듯 말했다.

"황태자는 다를 거라고 말하고 싶은 건가? 대체 언제 그렇게 신뢰를 쌓았지?"

"신뢰의 문제라기보단 너도 소문 들어 봤으니 알 것 아니야."

"성군이 될 재목? 하, 5백 년 역사상 그런 황제는 단 한 번도 없었어."

"이제 나타날 때도 됐잖아."

"……누구를 위한 성군? 적어도 우리를 위한 건 아닌 것 같은데."

"모두를 위한, 우리가 5백 년간 그토록 염원하던 군주."

"너 말이야……."

그때였다. 시계탑에서 정각을 알리는 종소리가 그들의 목소리를 잡아먹을 정도로 크게 울리기 시작했다.

데엥—

지오르지오는 그 소리를 듣자마자 그녀의 손목을 멋대로 붙잡은 뒤 그대로 잡아끌었다. 깜짝 놀란 소니도르가 미약하게 반항해 봤지만 막무가내였다.

그는 테라스 커튼을 손으로 살짝 걷어 내며 누군가를 찾는 듯 잠시 주변을 두리번거렸다. 그러는 사이에 종소리가 거듭 울렸다.

데엥—뎅—

머리가 울릴 정도의 소음 때문에 그는 그녀의 귓가에 입술을 바짝 붙여서 속삭였다.

"솔직하게 말해 봐. 여기 남아 있는 이유, 정말 부족민의 저주 때문이야?"

데엥—

"그게 무슨 말이야."

데엥—

"황태자에게 아무 감정 없다고 장담할 수 있느냐고."

소니도르는 그대로 입을 꾹 다물었다. 아무 감정 없느냐고? 그럴 리가. 가끔 자신이 느끼는 감정이 두려울 정도였다. 다만 그게 착각에 가까운 것이며 곧 있으면 사라질 감정일 거라고 자신을 세뇌할 뿐이지. 감정이 아무리 커 봤자 호감일 뿐이야, 하고 계속 그의 감정을 외면하고 자신의 감정을 외면하고…….

다시 한 번 혼란스러운 머릿속마저 혼미하게 울릴 정도로 큰 종소리가 울렸다.

뎅—

지오르지오는 정신 차리라는 듯 무섭게 표정을 굳히며 연회장 안, 정확히 황태자가 있는 곳을 가리켰다. 그곳에는 부드럽게 웃고 있는 마르멜과 사랑스러운 미소를 지으며 재잘재잘 이

254

야기꽃을 피우는 화려하고 아름다운 미녀가 있었다.

데엥—뎅—

"네 감정이 어떻든 상관없어. 저게 현실이니까."

알고 있었다. 소니도르는 장인이었고 마르멜은 제국의 황태자였다. 애초에 서로 감정을 품기에는 말도 안 되는 관계지. 그건 나라의 정세가 새로운 국면을 맞이한다고 해도 변하지 않을 사실이었다. 설령 장인들이 자유를 되찾는다고 해도 굉장히 힘들고 지치는 싸움이 될 것이다.

"쓸데없는 감정 품지 마."

"알고 있어."

그냥 빨리 저주를 풀고 돌아가고 싶을 뿐이야. 소니도르가 들릴 듯 말 듯한 목소리로 중얼거렸다. 다시 종소리가 울렸다.

뎅—

마르멜이 곧 병을 완치하고 원래의 세상을 볼 수 있게 된다면, 더는 소니도르를 보고 세상에서 가장 아름답다고 속삭여 주지 않을 것이다. 필요가 없으니 곁에 두지 않을 테고, 사랑스럽다는 듯 봐 주지도 않을 테지.

지금 그녀는 비유하자면 달콤한 황금빛 꿈을 꾸고 있는 것이다. 언젠가 깨어날, 어차피 깨어날 수밖에 없는 꿈을. 애초에 일어날 가능성이 없는 환상을 붙잡고 상처받을 일을 만들고 싶지 않았다.

지오르지오는 잠시 그녀의 목에 걸려 있는 목걸이를 응시하며 말했다.

"난 너와 같이 도망가려고 왔어."

데엥—

"하지만 저주를 풀어야 한다면 기다릴게. 알다시피 내 인내심은 길지 않지만."

뎅—

"기약이 있다면 힘들겠지만 기다려 보지."

마르멜이 자신의 손을 붙잡는 이사벨라를 무례하지 않을 정도로 떼어 내며 몸을 돌렸다. 그리고 테라스 쪽으로 향하다가 커튼 틈으로 빼꼼 고개를 내밀고 있는 소니도르를 발견하고 활짝 웃었다. 아이처럼 순수하게 기뻐하는, 티 없이 맑은 웃음이었다.

마지막으로 종이 울렸다.

데엥—하고.

모든 환상에서 깨어나는 순간이었다.

시나브로

소니도르는 마르멜의 등 너머 연회장에서 자신을 빤히 쳐다보는 이사벨라의 시선을 느꼈다. 눈빛이 흉흉했으나 표정은 온화했다. 그 간극이 사람을 더욱 섬뜩하게 만들었다.

연적 취급을 받는 게 무서워 지금까지 먼발치에서만 봤을 뿐 만남은 최대한 피해 왔는데. 그녀는 어쩌다가 마주친 시선을 어색하게 돌리며 생각했다.

하긴 약혼녀의 눈에는 난데없이 등장한 장인이 자신의 약혼자를 빼앗아 가는 것처럼 보일 것이다. 정작 아무 관계도 아니긴 하지만, 늘 한시도 떨어지지 않고 붙어 다니는 건 사실이니 말이다. 소니도르는 이 상황에 대해 본능적인 불편함을 느꼈다.

오해받지 않도록 빨리 태자 전하의 병을 고쳐야 할 텐데.

그래, 자신은 지금 복잡하게 생각할 것 없이 오직 한 가지만 바라보면 됐다. 마르멜의 병을 완전히 고치는 것. 그래야 헛된 희망을 버리고 빠르게 현실을 깨닫게 될 것이다.

깊은 생각에 빠진 소니도르는 약간 넋을 놓은 채로 자신에게 다가오는 붉은 눈의 청년을 응시했다. 병을 고치면 백억 부크를 가지고 떠나는 거야. 그게 계약상의 조건이었으니까.

마르멜은 두 사람 사이에서 흐르는 묘한 분위기를 알아차렸다. 그리고 전보다 어색하게 굳어 있는 소니도르의 표정도 빠르게 읽어 냈다. 무슨 대화를 나눴는지는 모르겠지만, 자신에게 좋지 못한 말들이 오고 갔다는 건 눈치껏 알아낼 수 있었다. 그는 잠시 미심쩍다는 표정을 하다가 이내 빙긋 웃으며 말했다.

"오래간만에 만나는 가족 같은 친구와 많은 얘기 나눴나?"

"네, 시간을 내주셔서 감사합니다."

"꿈 장인을 돌려 달라는 생각에는 변함이 없고?"

"……갑자기 사라졌던 그녀를 다시 만나니 잠시 이성을 잃었던 모양입니다. 잊어 주십시오."

잊어 달라고 말하는 흑표범은 여전히 송곳니를 드러내고 있었다. 지오르지오는 그녀의 손목을 놓고 그대로 꾸벅 고개를 숙인 뒤 황태자를 지나쳐 갔다.

예의에 어긋나는 행동이었으나 마르멜은 개의치 않아 하는 눈치였다. 오히려 여전히 웃는 낯으로 그대로 가 버리려고 하는 그의 손목을 덥석 붙잡아 당겼다.

마냥 유하고 선해 보이는 얼굴과는 상반된 힘이었다. 소니도르도 지오르지오도 놀란 얼굴로 마르멜에게 시선을 고정했다.

"그대와는 잠시 따로 얘기를 좀 나누고 싶군."

"……지금 말씀이십니까."

"연회가 끝나면 시간 좀 내주게."

왜? 소니도르는 순간 덜컹 심장이 내려앉는 것 같았다. 굳이 연회가 끝난 뒤에 시간을 내 달라는 것 보면 용건이 짧지 않다는 뜻일 텐데, 혹시 지오가 혁명군 수장인 것을 들킨 건 아닐까.

그가 황궁에 무사히 잠입했으니 당연히 모를 줄 알았다. 하지만 처음부터 알고서 황궁에 들였다는 가정도 배제할 순 없었다. 그녀가 조마조마한 심정을 애써 숨기며 두 사람을 살피고 있을 때 잠자코 있던 지오르지오가 입을 열었다.

"연유를 여쭤 봐도 되겠습니까."

"그대와 친해지고 싶어서?"

"……."

그윽한 눈빛이었다. 조금씩 올라가는 입꼬리가 의미심장했다. 여전히 마르멜의 나른한 웃음은 그 속을 알 수가 없었다.

세상에.

소니도르는 저도 모르게 제 입을 틀어막았다. 전에 호랑이 보고 귀엽다고 할 때부터 알아봤는데 혹시 맹수 종류가 취향이신 건가? 물론 마르멜이 어떤 동물이든 안 좋아하겠느냐만, 어쩌면 흑표범이 그의 취향을 저격했을지도 모른다.

그녀는 전혀 생각하지도 못한 전개에 말을 잇지 못했다.

'잠깐만. 그런데 몇 분 전까지만 해도 죽일 듯이 신경전을 벌였잖아. 대체 뭐지.'

원체 제 감정을, 특히 분노를 잘 수습하지 못하는 지오르지오의 표정은 처참할 정도로 구겨져 있었다. 그는 온몸으로 이렇게 말하고 있었다. 내가 왜 너랑 친해져야 하는데?

그러게…….

소니도르도 지금만큼은 지오르지오의 심정을 절절히 이해할 수 있었다.

황족의 '황' 자만 들어도 분노로 치를 떠는 사람과 황족의 정점에 두 번째로 가까운 황태자가 친해질 수 있을 리가. 농담이라면 굉장히 짓궂은 농담이었다.

만약 마르멜이 친해지자는 말을 진심으로 한 것이라면 곧 화병으로 죽을지도 몰랐다. 아니면 화병으로 죽기 전에 너도 죽고 나도 죽자며 마르멜을 죽이려고 들겠지. 어째 후자가 더 가능성이 높아 보이는 건 분명 그녀의 착각이 아닐 것이다.

소니도르는 터지기 직전의 폭탄을 눈앞에서 목도한 기분이었다.

역시 지오르지오가 황궁으로 오기 전에 무슨 수를 써서라도 막았어야 하는 건데.

그녀는 한숨을 삼키며 화장한 사실도 잊어버리고 제 눈가를 문질렀다. 그 와중에 속눈썹에 치덕치덕 바른 화장품이 눈에 들어가 눈을 부여잡고 소리 없는 비명을 질렀다.

"알겠습니다."

제국의 황태자가 따로 만나자는데 거절할 명목이 있을 리가 없었다. 지오르지오는 정말 먹기 싫은 음식을 억지로 삼키는 표정으로 겨우겨우 한마디를 뱉어냈다. 그리고 무례할 정도로 거칠게 황태자가 붙잡은 손목을 뿌리치더니 뒤도 돌아보지 않고 연회장을 가로질러 가 버렸다.

마르멜은 거의 제 목을 물어뜯기 직전의 얼굴을 했던 흑표범을 떠올리다가 이내 바람 빠지는 소리를 내며 웃었다. 다른건 몰라도 자신을 죽도록 혐오하고 있다는 건 잘 알겠다.

마르멜은 이런 것에 굉장히 익숙해져 있었다. 오히려 제 감정을 숨기는 것에 능숙한 능구렁이 같은 귀족들보단 차라리 대놓고 티 내는 게 더 대하기 쉬웠다. 저 정도는 귀여운 편이지. 물론 소니도르에게 무슨 쓸데없는 소리를 했는지는 알아봐야겠지만.

마르멜은 지오르지오의 뒷모습을 잠시 응시하다가 이내 안중에도 없다는 듯 고개를 돌렸다. 그런데 뒤를 돌자마자 여유로운 표정을 무너트리고 당황할 수밖에 없었다. 소니도르가 제눈을 감싸 쥔 채 끙끙거리고 있었기 때문이다.

"어디 아픈 건가?"

"아뇨, 눈에 뭐가 들어가서……."

"어디 봐 봐."

"이제 괜찮아요. 빠진 것 같아요."

그녀는 눈물을 줄줄 흘리며 고개를 들었다. 눈화장이 다 번진 얼굴은 괜찮지 못했다. 마르멜이 전에 시녀에게 최대한 꾸미지 말라 언급해 둔 덕에 화장을 옅게 한 게 그나마 다행일 정도였다.

그는 말없이 그녀를 빤히 내려다보다가 곧 작게 웃음을 터트리며 눈가를 소매로 닦아 주었다. 소니도르는 그의 고운 실크 천에 묻어 나오는 검은 액체와 분홍색 반짝이를 보고 쥐구

261

멍을 찾고 싶어졌다.

"부끄러워할 것 없어. 화장이 익숙하지 않아서 그래."

"돼, 됐어요. 전 괜찮아요. 옷 더러워지잖아요."

"다시 봐봐. 눈에 뭐 남아 있을 수도 있으니까."

"됐다니까요!"

그의 얼굴이 더 가까이 다가오자 당황한 소니도르는 저도
모르게 언성을 높이고 말았다. 마르멜은 놀란 얼굴로 그녀에게
뻗었던 손을 거둬들였다.

그녀는 입술을 꾹 깨물고서 고집스레 시선을 바닥에 고정하
고 있었다. 창피해서 그런 건가 했는데 표정을 보니 그 이유 때
문만은 아닌 것 같았다.

마르멜은 잠자코 그녀를 응시하다가 천천히 입술을 달싹였
다.

"파랑 장인이 네게 뭐라고 한 거지?"

"별말 안 했어요."

그의 눈이 가늘어졌다. 누가 봐도 의심하는 모양새였다. 선
을 그어 두는 편이 좋을 것 같다고 생각했는데 너무 갑작스럽
게 태도를 바꾼 모양이었다.

소니도르는 왠지 속마음을 읽힌 것 같아 뜨끔했지만, 일단
고집스럽게 모르쇠로 일관했다. 마르멜은 한동안 침묵하다가
이내 한숨을 뱉으며 말했다.

"피곤해?"

"……네."

"자정이 넘었으니 돌아가고 싶은 사람은 돌아가도 돼. 이리

와. 마차까지 데려다줄 테니."

　그로서는 많이 양보해 준 셈이었다. 하지만 소니도르는 고
개를 저으며 그의 뒤쪽을 가리켰다. 마침 또 누군가 마르멜을
향해 다가오고 있었다. 온화했던 그의 눈빛에 순간 짜증이 서
렸다.

　웬만한 귀족이면 그냥 넘어갈 생각으로 등을 돌렸는데, 도
저히 무시할 수 있는 사람이 아니었다. 황태자를 제외했을 때,
제국의 이인자라고 불려도 손색없는 이였으니까.

　'앤더슨 공작.'

　자주 황궁에서 마주치는 인사이니 모를 리가 없었다. 마르
멜은 자신에게 망설임 없이 다가오는 사자 머리를 보며 생각
했다. 귀족 중에서 가장 상대하기 껄끄러운 상대를 고르라 하
면 망설임 없이 눈앞의 사자 머리를 고를 것이라고. 그만큼 앤
더슨 공작의 탐욕은 하늘에 닿을 정도였는데 그것을 절대 표면
위로 드러내는 법이 없었다.

　그는 사람이 가장 숨기고 싶어 하는 은밀한 내면을 거침없
이 파고들어 멋대로 헤집고 조종하는 것에 천부적인 재능이 있
었다. 그것이 자신의 자식들이라고 해서 예외는 아니었다.

　'여러모로 아버지와 통하는 점이 있는 모양이지.'

　마르멜은 그렇게 생각하며 뚱한 얼굴로 소니도르를 돌아보
았다. 데려다줄 때까지 얌전히 있으라고 말할 생각이었는데,
그녀는 이미 이 틈을 타서 저 앞까지 도망가 버린 다음이었다.

　자정이 넘었음에도 여전히 연회장은 많은 사람으로 북적거

렸다. 소니도르는 고개를 돌려 마르멜과 앤더슨 공작이 대화를 나누고 있는 것을 흘낏 확인했다.

그의 시선이 닿지 않을 만한 거리까지 오고 나서야 걸음을 빨리하던 것을 멈추고 천천히 걷기 시작했다. 한두 살 먹은 애도 아닌데 마차까지 걸어가는 것도 못할까. 아무리 밖이 깜깜하다 해도 어디 세워져 있는지도 확실하게 기억하고 있는데 말이다.

소니도르는 얌전히 걸어가다가 귓가에 달콤하게 감기는 노랫가락을 듣고 잠시 홀 중앙에 시선을 고정했다. 상당히 로맨틱한 음악이라고 생각했더니, 역시나 젊은 남녀 둘씩 짝을 지어 춤을 추고 있었다.

저게 바로 연회의 꽃이지. 아름다운 드레스 자락이 만개하는 꽃처럼 활짝 폈다가 악단의 연주에 따라 흐르는 강물처럼 유동적으로 움직였다.

수줍은 미소를 짓는 그들은 굉장히 풋풋하고 또 즐거워 보였다. 하지만 소니도르는 전에 어느 귀족 영식 꿈속에서 나무토막 댄스를 추다가 죽을 뻔한 기억을 떠올라 눈가를 파르르 떨었다. 동상이몽이었다.

"앗!"

그때 누군가가 그녀의 드레스 자락을 밟았다. 다른 곳에 정신이 팔려 있던 소니도르는 미처 누군지 확인하지도 못한 채 영문도 모르고 바닥에 엎어질 뻔했다. 동시에 발을 헛디디는 바람에 그녀의 구두 굽이 뚝 하고 단숨에 부러졌다. 발목도 좀 삔 것 같았다. 주변에서 킥킥거리는 비웃음 소리가 들려왔다.

그녀가 황태자에게서 떨어지기만을 기다린 모양이었다.

'이건 또 무슨 유치한…….'

어린 시절 그녀를 지독하게 괴롭히던 알프 패거리나 할 법한 짓거리였다. 너무 유치찬란해서 할 말을 잃었다.

소니도르는 하도 어이가 없어 할 말을 잃고 주변을 돌아보았다. 몰려든 영애들이 부채로 입을 가리며 얼굴도 광대 꼴이라고, 어쩜 저리 천박하냐고 큰 소리로 떠들어 댔다.

처음 사교계에 진출한 꿈 많은 소녀라면 지금쯤 눈물을 보였을지도 모르겠지만, 수백의 꿈속을 돌아다니며 세상의 온갖 풍파는 다 겪어 본 소니도르는 눈곱만큼의 감흥도 없었다.

연회장에서 하하 호호 웃던 땅 위의 존재가 순식간에 돌변해서 죽이겠다고 달려드는 것에 비하면 이 정도야 애교 수준이었다.

'귀엽게들 노시네.'

소니도르는 굽이 부러진 구두를 망설임 없이 벗어서 그대로 들고 연회장을 벗어나려고 했다. 그러자 몇몇 영애들이 그녀의 앞을 가로막았다.

아, 대체 뭔데. 소니도르는 성가심을 느끼며 눈가를 찌푸렸다. 고개를 들자 과도할 정도로 한껏 치장한 영애 한 명이 그녀를 내려다보며 말없이 붉은 입꼬리를 올리고 있었다.

"제 앞길을 막고 계십니다만 잠시 비켜 주실 수 있으십니까."

"어머, 미안해라. 너무 작으셔서 미처 못 봤네요."

"웬 어린 소녀가 부모님 몰래 화장하고 연회에 온 줄 알았어요, 호호. 많이 동안이시네요?"

"……."

이것들이? 유치하다며 가만히 넘어가려고 했던 그녀는 순간 울컥하고 말았다. 안 그래도 잔뜩 지쳐 있었는데 넘어트리려고 한 것도 모자라 신발 굽까지 부러트리고 앞길까지 막다니. 다른 건 몰라도 키를 가지고 조롱한 건 잠자코 있을 수가 없었다.

소니도르는 얼굴에서 뚱한 표정을 완전히 지워 내고 얄미울 정도로 활짝 웃으면서 말했다. 아까와는 비교도 안 될 정도로 간드러진 하이 톤의 목소리는 눈앞의 영애들을 똑같이 따라 한 것이었다.

"어머, 내 정신 좀 봐. 미처 알아보지 못해 정말 죄송합니다. 부인."

"부인……?"

"손에 반지도 끼고 계셨는데."

"뭐? 이, 이건 약혼반지야!"

어머. 소니도르는 손바닥으로 입을 가리며 과도하게 놀라는 얼굴을 했다. 그리고 순식간에 굉장히 미안하다는 표정으로 돌변하며 슬쩍슬쩍 그녀의 눈치를 살폈다. 안쓰럽다는 눈빛은 덤이었다.

"그렇죠. 약혼반지라고 느껴질 정도로 동안이세요, 부인. 그런 말씀을 듣고 싶으셨던 거죠? 죄송해요, 제가 눈치도 없이. 화장이나 옷과 머리에 잔뜩 힘을 주신 걸 봤을 때부터 알아봤어야 하는 건데. 괜찮아요. 충분히 젊어 보이세요."

"이게!"

호호 웃던 소니도르는 갑자기 회의감을 느꼈다. 정신 연령 떨어지는 애들에게 맞춰 주니까 나까지 정신 연령이 떨어지는 것 같잖아. 역시 상대하지 않는 게 답인데.

　그녀는 푹 한숨을 내쉬며 자신의 뺨을 내리치기라도 할 것처럼 손을 들어 올리는 영애를 보았다. 설마 때리려고? 그녀는 비장한 표정을 지었다. 그리고 타이밍을 맞춰 실수인 척 허리를 숙여 피할 준비를 하기 시작했다. 갑자기 자신을 부르는 목소리만 아니었다면 말이다.

　"소니도르?"

　소니도르는 목소리가 들린 쪽으로 시선을 돌렸다. 금발을 곱게 틀어 올린 귀부인이 놀란 얼굴로 그녀를 쳐다보고 있었다. 익숙한 얼굴이었다. 소니도르는 잠시 고개를 갸우뚱 기울이다가 긴가민가한 목소리로 물었다. 전에 봤을 땐 수수한 모습이었기 때문에 단박에 알아보는 게 좀 힘들었다.

　"비쥬티에 백작 부인?"

　예전에 의뢰를 받고 불면증을 치료해 준 적 있는 부인이었다.

　"어쩜, 반가워요. 여기서 다시 만날 줄은 몰랐네요."

　백작 부인이 소니도르 곁으로 망설임 없이 다가왔다. 그러자 꿈 장인 주위를 둘러싸며 그녀의 기를 죽일 준비를 잔뜩 하고 있었던 젊은 영애들이 얼떨떨한 얼굴로 길을 열어 주었다.

　비쥬티에 백작 부인이라면 유명했다. 결혼한 뒤에 활동이 뜸해지긴 했지만, 여전히 사교계에서 그녀의 영향력은 무시하기 힘들 정도였다.

"어느 꿈 장인이 태자 전하에게 걸린 끔찍한 저주를 직접 치료해 주고 있다는 말을 듣고 혹시나 했습니다. 역시 대단해요, 소니도르는."

"하하, 제가 좀 대단하긴 하죠."

"네?"

"음, 여기선 더 겸손하게 대답했어야 하는 건가요?"

아무 생각 없이 웃던 소니도르가 잠시 심각한 얼굴로 중얼거리자 백작 부인은 작게 웃으며 답했다.

"여전하네요."

그리고 그녀의 손을 꼭 붙잡으며 정말 반갑다고 몇 번이나 반복해서 말했다. 늘 밤마다 자신을 괴롭히던 악몽을 말끔히 없애 준 그녀에게 부인은 늘 감사하고 있었다.

소니도르는 이렇게까지 반가워할 일인가 당황하긴 했지만, 이내 활짝 웃으며 자신도 언젠가 다시 만나고 싶었다며 화답했다. 자신의 능력을 사용해서 한 사람의 고통을 없애 주고, 또 그 사람에게 감사를 받는 일이 즐겁지 않을 리가 없었다.

"안 그래도 전에 해니벌 영식을 만났는데 소니도르를 꼭 다시 한 번 만나고 싶다고 하더라고요. 오늘 연회에도 분명 왔을 텐데…… 그런데 설마 울었어요?"

반가워서 떠들던 백작 부인은 그녀의 얼굴을 유심히 살펴보고는 표정을 굳혔다. 그리고 아까부터 주위를 얼쩡거리던 귀족 영애들을 둘러보며 눈가를 가늘게 좁혔다. 사교계에 한해서 발이 넓은 그녀는 다들 어느 가문의 영애인지 빠삭하게 알고 있었다.

비쥬티에 백작 부인과 눈이 마주친 영애들은 어색하게 인사 말을 건넸다. 그리고 서로의 눈치를 슬슬 살피다가 마르멜이 이쪽을 향해 걸어오는 것을 발견하고는 기겁하며 흩어졌다.

소니도르는 제 발 저린 사람처럼 저 멀리 도망치는 영애들을 어이없다는 듯 응시했다.

'쟤네 여기 뭐 하러 온 거야?'

대충 무슨 짓을 하려고 한 건지는 예상이 가지만 말이다. 어떻게든 수치심을 줘서 기를 죽이고 싶었던 모양인데 설마 다른 장인에게도 저러지 않을까 걱정이었다.

소니도르는 유일한 꿈 장인이라는 특수성 때문에 유난히 인맥이 다양하고 넓은 편이었지만, 장인이라 해서 전부 귀족과 연이 닿아 있는 건 아니었으니까 말이다.

뭐, 연기 장인 쪽은 전혀 걱정할 필요가 없어 보이지만.

소니도르는 산지사방으로 흩어지는 영애들을 쫓아 무심코 고개를 돌렸다가 여전히 이쪽을 응시하고 있던 이사벨라와 시선이 마주쳤다.

설마 계속 지켜보고 있었던 건가. 서슬 퍼런 푸른 눈동자를 마주 보는 건 벌써 두 번째였다. 이번에도 어색하게 시선을 돌려야 하나 생각할 때쯤 백작 부인이 걱정스레 물었다.

"혹시 저들에게 험한 꼴을 당한 건 아니죠?"

"험한 꼴을 당한 건 가엾은 제 구두 굽이죠."

소니도르는 제 손에 들린 구두를 살짝 들어 보이며 어깨를 으쓱였다. 신경 써 주는 건 감사한 일이지만 그녀는 저 연약한 영애들보다 꿈속에서 쫓아오는 괴물이 더 무서운 사람이었다.

그중 최고로 살 떨리는 경험이라 한다면 역시 마르멜의 꿈속이겠지. 최근에는 그나마 땅 위의 존재들의 얼굴이 동물 얼굴로 바뀐 참이라 전만큼 두렵지는 않았지만, 두 번 다시는 겪고 싶지 않은 경험인 건 여전했다.

"이 정도야 거뜬합니다."

소니도르는 그렇게 말하며 무심코 발을 앞으로 내디뎠다가 발목에 찌릿한 통증을 느끼고 비틀거리고 말았다. 부인의 등장에 놀라는 바람에 순간 발목을 삐끗한 것을 깜빡했다.

"아얏!"

저도 모르게 짧게 비명을 지르자 백작 부인이 놀란 얼굴로 그녀를 부축했다. 소니도르는 울상을 짓다가 한숨을 뱉으며 혼잣말을 중얼거렸다.

"오늘 몸의 수난은 코르셋으로 끝이길 바랐는데……."

"많이 다쳤어요? 휴게실까지 부축해 줄게요."

"에이, 괜찮아요. 제가 어떻게 연약하신 부인께 부축을 받겠어요. 이 튼실한 다리 좀 보세요."

"다쳤다니 그게 무슨 말이지?"

그때 연약하지 않으며 소니도르보다 다리도 더 튼실한 마르멜이 끼어들었다.

멋대로 도망치려고 했다가 걸린 소니도르는 어깨를 움찔 떨며 그쪽으로 천천히 고개를 돌렸다. 그리고 흉흉한 눈빛의 마르멜과 눈이 마주치자 어색하게 웃을 수밖에 없었다.

정말 아까 영애들은 생각이라는 걸 하지 않은 게 분명했다. 만약 황태자가 자신이 아끼는, 자신의 병을 유일하게 치료해 줄 수 있는 사람을 건드리면 어떻게 반응할지 조금만 머리를 굴려도 곧바로 알 수 있을 텐데!

"계속 곁에 있으라고 했을 텐데."

마르멜이 다정한 목소리로 흘러가듯 중얼거렸다. 다시 움찔 떤 소니도르는 별것도 아닌 일을 복잡하게 만들고 싶지 않다는 일념 하나로 말했다.

"그냥 걷다가 발목을 삐끗했어요."

"흐음, 그렇군."

마르멜은 그녀의 필사적인 표정을 응시하다가 주변을 휙 돌아보며 답했다. 누군가를 찾는 듯 주변을 돌아보는 그의 눈동자에 잠시 이채가 반짝였다. 흡사 먹이를 노리는 맹수의 시선이다.

"지금 제 말 안 믿으시는 거죠?"

"믿을게."

누가 봐도 안 믿고 있었다. 믿을 생각이 없구먼.

소니도르는 결국 반쯤 포기한 눈빛으로 비쥬티에 백작 부인을 응시했다. 그리고 고개를 꾸벅 숙인 뒤에 사과의 말 대신 절절한 시선을 전했다. 부인은 입을 가리며 호호하고 웃더니 괜찮으니 가 보라는 듯 손짓해 보였다.

너무 순순히 보내 줘서 도리어 의아했다. 지금 뭔가 단단히 착각하고 계신 것 같은데. 소니도르는 찝찝한 기분을 애써 넘기며 마르멜의 옷자락을 당겨 자신 쪽을 쳐다보게 했다.

"저 지금 많이 아파요. 부축 좀 해 주세요."

그가 잠시 움직임을 멈추며 그녀를 내려다보았다.

"걸을 수 있겠어? 이리 와."

마르멜은 그녀의 허리에 팔을 둘러 단단히 고정하더니 연회장 밖까지 부축하기 시작했다. 그리고 사람의 인기척이 없는 곳에 다다르자마자 번쩍 들어 올렸다. 발목이 아파 인상을 찌푸리고 있던 소니도르는 갑자기 시야가 뒤바뀌자 기겁하며 그의 목에 팔을 둘렀다. 처음에는 당황했지만 하도 당해서 이제는 어느 정도 익숙해져 있었다.

몇 번 버둥거리던 그녀는 치맛자락 사이로 드러나는 통통부은 자신의 맨발을 보고 이내 몸을 늘어트렸다. 얌전히 안기자.

마르멜은 평소와 다름없이 그녀를 친절하게 대해 주고 있는데, 그러면 그럴수록 기분이 더더욱 우울해지고 말았다. 소니도르는 지금 자신이 지오르지오의 말에 사정없이 흔들리고 있다는 걸 인정할 수밖에 없었다.

애써 외면하고 있었던 사실을 지적받는다는 건 이렇게 사람을 동요하게 만들었다.

"멜, 있잖아요."

"음?"

"제가 여기 평생 있을 건 아니잖아요."

마르멜은 무슨 말을 하나 싶어 가만히 소니도르를 내려다보았다. 괜찮아질 때까지 곁에 있겠다고 했으면서 이제 와 무슨 소리를 하느냐는 표정이었다.

그녀의 앙증맞은 산호색 입술이 말을 고르는 듯 오물거렸다. 그의 시선이 그녀의 입술에서 서서히 물기를 머금은 듯한 커다란 연녹색 눈동자에 닿았다.

"언젠가는 떠날 텐데, 너무 잘해 주지 마세요."

"그게 무슨 소리야."

떠나고 싶다는 소리인가. 역시 파랑 장인이 쓸데없는 소리를 한 게 틀림없었다. 불안해진 마르멜이 딱딱하게 굳은 얼굴로 되묻자 그녀의 말이 이어졌다.

"저도 사람인지라 그렇게 잘해 주시면 제가 특별한 존재인 것처럼 느껴지거든요."

"특별한 존재 맞아. 넌 나의 구원이니까."

구원이라니. 그의 처지에서 본다면 이해가 가지 않는 것도 아니었지만, 태연한 얼굴로 낯간지러운 소리를 잘도 한다 싶었다. 소니도르가 얼굴을 붉히며 말끝을 더듬었다.

"하, 하지만 전하의 병이 완전히 다 나으면 전 더 이상 구원이 아닌 거잖아요."

"그럴 리가. 내 정신병이 낫는다고 해도 달라지는 건 없어. 상황만 해결되면 널 잊는다고? 처음으로 내게 제대로 된 세상을 보여 준 너를 과연 내가 잊을 수 있을 것 같아?"

"사람 일은 어떻게 될지 모르는 일이잖아요. 그러니까 제 말은……."

그녀는 횡설수설하다가 한숨을 토해냈다. 어쩌다가 얘기가 이렇게 됐지? 이렇게 된 이상 본심을 꺼낼 수밖에 없지 않은가.

'내가 결국 이 말까지 하게 되는구나.'

잘해 주지 말란 말로 시작했다가 궁지에 몰린 소니도르는 시선을 이리저리 돌리다가 결국 두 눈을 꾹 감고 말했다. 지금 껏 계속 말하고 싶었고, 동시에 말하기 두려워 꺼내지 못했던 말.

"제가 착각할 수도 있잖아요."

"착각?"

"그러니까…… 멜이 절 좋아한다거나 하는 그런……."

마르멜은 잠시 할 말을 잃었다.

착각이라니. 그동안 누가 봐도 좋아하는 티를 내면서 잘해 줬던 것 같은데. 꿈속에서 이미 한 번 고백했고, 심지어 깨어나 자마자 널 좋아하고 싶다는 고백까지 했고 말이다.

세상에서 네가 가장 소중하고 유일하다는 간접적인 고백도 몇 번이고 했고, 사소한 거라도 이것저것 챙겨 주면서 늘 곁에 두기까지 했다.

그쯤 되면 착각이라고 생각하는 게 더 힘들지 않나. 설마 내 가 모든 여자에게 그렇게 대할 거라고 여기는 건가. 그런 생각 이 들자 마르멜은 조금, 마음이 상하고 말았다.

"너 눈치 없는 편 아니잖아."

그는 잠시 멈췄던 걸음을 다시 옮기며 속삭이듯 말했다.

"직설적으로 말해야 아나?"

소니도르는 잠시 움찔 몸을 떨다가 살짝 상기된 얼굴로 시 선을 돌렸다.

"……아뇨, 말하지 마요."

"……."

고백하기도 전에 거절당했다.

꿈속에서 좋아한다고 말했을 땐 성급했구나 생각해서 넘어 갔는데, 아직도 전혀 마음을 받아 줄 생각이 없는 모양이었다.

마르멜이 불만 가득한 얼굴로 눈썹을 치켜세웠다. 차라리 대놓고 싫어한다면서 밀어낸다면……, 아니 그래도 놓아줄 생각은 전혀 들지 않았지만, 그래도 언젠가 그녀의 행복을 빌어 주게 되었을지도 몰랐다. 하지만 그런 것도 아니고 늘 다정한 말만 해 주고 예쁘게 웃어 주면서 결정적인 순간에는 사정없이 밀어냈다.

나야말로 착각하게 되잖아. 네가 혹시 날 좋아하는 건 아닐까 하고.

"……전에 물었지. 널 좋아하는 게 이성적인 감정이냐고."

소니도르는 단순히 좋아한다는 말로 끝날 정도의 존재가 아니었다. 뭐라고 콕 집어서 표현하기 힘든 복합적인 감정이었지만, 마르멜은 그것을 유일하다고 표현해 왔다. 물론 그곳에는 스스로 기이하고 낯설게 느껴질 정도의 집착과 소유욕, 그리고 아마 질투도 포함되어 있었다.

좋아하고 있었다. 놓치고 싶지 않았다. 평생 내 곁을 떠나지 않아 줬으면 좋겠다. 병이 전혀 낫지 않았다고 몇 번이고 거짓말을 해서라도 억지로 붙들어 두고 싶었다.

그 어떤 남자든 친해 보이는 모습을 보기만 해도 심사가 뒤틀렸다. 특히 소니도르를 좋아하는 게 뻔히 보이는 지오르지오는 어떻게든 눈앞에 치워 버리고 싶은 심정이었다.

미움받고 싶지 않아 그저 사람 좋은 척 웃고 있을 뿐이었지만 속은 계속 불처럼 들끓었다.

하지만 그녀가 행복하게 웃고 있으면 아무래도 상관없다는 생각이 들었다.

이건 사랑일까. 아니면 그저 널 놓치고 싶지 않은 소유욕에 불과한 걸까.

잘 모르겠다. 하지만 그게 그렇게 중요한 걸까? 내가 이렇게 널 절실하게 필요로 하는데.

"좋아하고 있어. 네가 좋아. 늘 말했듯이."

"못 믿어요."

"못 믿는다고……? 내가 그렇게 믿음을 주지 못했어?"

"멜은 지금 저만 보이는 상태잖아요. 저만 온전히 색이 보이고요. 당연히 저만 눈에 들어올 수밖에 없는 상황이잖아요. 멜은 제가 세상에서 가장 아름답다고 말했지만, 저보다는 멜의 약혼녀분이 몇 배는 아름다워요."

"내 눈엔 그냥 검은 살쾡이야."

"그래요, 그게 문제라고요."

대체. 마르멜은 답답함을 느끼고 미간을 구겼다. 태어날 때부터 사람 머리가 보이지 않았던 것도 아닌데 설마 머리가 유일하게 보이는 사람이라고 해서 좋아할까. 그녀가 자신을 얼마나 바보 천치로 보고 있는지는 아주 잘 알겠다. 그는 답답한 마음에 이사벨라의 머리가 살쾡이든 제국 최고의 미녀든 좋아하게 될 일은 없을 거라고 말하려고 했다. 하지만 그보다 먼저 소니도르가 입을 열었다.

"꿈속에서 봤던 멜의 첫사랑도 만만치 않게 아름다웠죠."

"……어릴 때잖아."

"지금도 어리거든요. 열아홉이면 많은 걸 경험해 볼 나이시잖아요."

"……."

"성급하게 생각하실 필요 없으세요. 그러니까 지금 감정도 한때라는 거예요. 아니, 한때라기보다 애초에 착각이라고 생각해요. 제가 유일하게 보이니까 착각하시는 것도 무리가 아니잖아요."

마치 다 이해한다는 말투였다. 마르멜은 그대로 걸음을 뚝 멈췄다. 아까부터 심기가 불편해 보이던 그의 얼굴은 이제 완전히 굳어 있었다. 평소라면 쓸데없는 소리나 하는 그녀의 볼을 꼬집으며 넘겼을 텐데 이상하게 화를 억누르기가 힘들었다. 아니, 이건 화라고 하기보다는……. 마르멜은 복도에 세워진 장식대 위에 소니도르를 앉혔다. 그리고 무언가 꾹 눌러 참는 목소리로 그녀의 어깨를 붙잡으며 말했다.

"함부로 말하지 마. 날 화나게 하고 싶은 게 아니라면."

"……죄송해요."

"사과받으려고 한 말이 아니야. 그냥……, 다시는 그런 말 하지 마."

"……."

대답은 없었다. 마르멜은 고집스레 시선을 돌린 소니도르를 보고 깊게 한숨을 내쉬며 말했다.

"그럼 내 병이 완전히 나은 다음 하는 말이라면 믿겠어?"

"전 장인이잖아요. 멜은 태자 전하시고요."

"그러니까 지금 내가 하는 말은 믿지도 못하겠고 널 좋아하지도 말라?"

그런 셈이었다. 소니도르가 여전히 시선을 돌린 채 답이 없자 마르멜은 갑자기 초조해지기 시작했다. 그리고 지금까지 여유를 부렸던 것을 잠시 후회했다. 자신의 병이 나을 때까지는 어떻게든 곁에 있을 수밖에 없으니까, 그때까지 시간은 충분하다고만 생각했다. 병을 고치기 전에 일단 제국 전체에 만연한 부족민에 대한 인식부터 바꾸고, 이사벨라와 파혼을 할 생각이었다. 그런데 어느 하나 제대로 해낸 것 없는데 좋아하지조차 말라니.

갑작스럽게 등장한 흑표범 때문에 그녀가 이렇게까지 자신을 밀어낼 줄은 꿈에도 몰랐다. 그 짧은 사이에 감언이설로 설득했다고 해서 이렇게까지 돌변할 리는 없을 텐데.

'설마 좋아하는 건가.'

확실히 파랑 장인 쪽은 소니도르를 좋아하는 눈치였다. 전부터 의심하긴 했지만 대놓고 마르멜을 향해 그녀를 돌려 달라는 말까지 했으니까 말이다. 하지만 넌 분명 가족 같은 친구라고 말했잖아. 아니면 뭐 따로 좋아하는 장인이라도 있어?

마르멜은 뒤죽박죽 섞여 버린 생각을 정리하기 위해 눈가를 손바닥으로 문질렀다. 그러자 온통 새까맣고 눈빛만 형형했던 흑표범이 뇌리에서 떠나지 않아 더 기분이 나빠졌다. 대체 그놈은 어떻게 생겼길래. 이사벨라의 얼굴 따위는 아무래도 상관없었으나 파랑 장인의 상판만큼은 꼭 두 눈으로 확인하고 싶어졌다.

네가 장인이고 난 제국의 황태자라서 안 된다고? 마르멜은 그녀를 설득할 수 있는 몇 가지의 말들을 머릿속으로 떠올려 보았지만, 결국 입 밖으로 나온 건 조금도 가다듬어지지 않은 직설적인 말이었다.

"그럼 네 마음은 어떤데."

"그건 중요한 게 아니잖아요."

"내겐 가장 중요해."

네 대답에 따라 내가 무슨 짓을 할지 모르겠으니까. 마르멜이 굳이 뒷말을 꺼내지 않은 채 소니도르를 빤히 내려다보자 그녀는 치맛자락을 꾹 쥐면서 대답했다.

"전 의뢰를 끝마치면 돌아갈 거예요."

"아, 그래."

또 대답을 회피하는 그녀를 보자 마르멜은 자신을 지탱하고 있던 이성의 줄이 끊어지는 것 같은 기분이 들었다. 좋아한다는 말을 해도 믿어 주지도 않고, 또 좋아하지 말라는 소리나 들어야 한다는 게 답답했다. 감정까지 부정할 필요는 없잖아. 마음마저 착각이라 짓밟을 필요는 없었잖아. 그는 장식대 위에 앉아 있는 그녀에게 점점 더 얼굴을 가까이했다. 이대로 밀어붙이면 소니도르가 지레 겁을 먹고 도망갈 것 같았다. 하지만 이대로 아무것도 하지 않아도 분명 도망가겠지. 초조함에 입이 바싹 마르는 것 같았다.

"쏭."

"네?"

"어리고 참을성 없는 내가 극단적인 생각을 하지 않게 해 줘."

극단적인 생각이라니. 무슨 생각? 소니도르는 잠시 의아한 얼굴을 하다가 전에 가둬 놓고 키우고 싶다고 했던 마르멜의 말을 떠올리며 움찔 떨었다. 설마 그런 생각으로 하는 말은 아닐 것이다. 애초에 병이 다 나을 때까지만 곁에 있어 달라고 말한 건 마르멜 쪽이었으니까. 소니도르는 그가 자신의 병이 고쳐지든 말든 눈곱만큼도 관심 없었다는 걸 전혀 모르고 있었다.

"너만 있으면 된다고 했잖아."

"……."

"이 말도 네가 유일하게 보이기 때문에 하는 말이라고 우길 텐가."

마르멜은 어깨를 붙잡았던 손을 서서히 올려 그녀의 한쪽 얼굴을 부드럽게 감쌌다.

"싫으면 피해. 강요하지 않을 테니."

"……."

"밀어내도 좋고, 따귀를 때려도 좋고."

"……."

자신에게 서서히 다가오는 단정한 얼굴을 멍하니 응시했다. 서로의 숨소리만 들릴 만큼 가까운 거리에서 마르멜이 잠시 움직임을 멈추더니 낮게 갈라진 목소리로 말했다. 단지 가까운 곳에서 말을 했을 뿐인데 살결이 저릿저릿 울리는 것만 같았다. 분위기가 달라져서 그런가. 잔뜩 긴장한 그녀의 주홍빛 속눈썹이 파르르 떨렸다. 자신의 귓가에 쿵쿵 울리는 심장 소리가 시끄러울 정도였다.

소니도르가 동상처럼 굳어지자 그의 얼굴이 더 가까워졌다.

"안 피하네. 이러면 내 멋대로 해석하게 되는데."

그가 조금이라도 움직이면 입술이 맞닿을 거리에서 중얼거렸다.

착각이 아니었다. 분명 소니도르도 자신에게 호감이 있었다. 그렇지 않고서야 고작 얼굴 좀 가까이했다고 저런 표정을 지을 리가 없잖아. 마르멜은 분명 그렇다고 확신했지만, 그녀가 몇 번이고 밀어내니까 확신하면서도 영 자신이 없었다. 그는 부디 그녀가 자신의 감정을 솔직하게 고백하길 기다렸다. 그런데 소니도르는 입을 열어 자신의 의문에 답을 해 주기는커녕 두 눈을 질끈 감았다. 얼굴은 곧 있으면 터질 것처럼 붉어져 있었다.

'음?'

호기롭게 다가섰던 그는 잠시 망설였다. 질투심에 눈이 멀어 무조건 밀어붙이기는 했는데, 그녀가 눈을 감자 어째 분위기가 이상한 쪽으로 흘러가고 있었다.

그러니까, 왠지 키스해야 할 것 같은 분위기였다.

그녀가 두 눈을 질끈 감고 있어서 다행이었다. 그 사실을 깨닫고 나자 능숙한 척 굴었던 마르멜의 얼굴 또한 별반 다를 게 없을 정도로 달아오르기 시작했다.

그는 인사로 하는 가벼운 입맞춤 외에 단 한 번도 키스 같은 걸 해 본 적 없었다. 황태자씩이나 되면서 왜 키스가 처음인 건지 변명해 보자면, 머리도 보이지 않는 여자와 키스를 할 정도로 비위가 좋은 편이 아니었기 때문이었다. 머리가 보이던 시절은 아직 어릴 때였고.

그래도 막상 상황이 닥치면 할 수 있을 줄 알았는데 뭘 어떻게 하면 되는 건지 감을 잡기 힘들었다. 그냥 밀어붙이면 되나?

누구나 처음은 있는 법이었다. 그냥 밀어붙여 볼까 생각했던 마르멜은 바들바들 떨고 있는 소니도르를 보고는 잠시 멈칫했다. 이쪽도 처음인 건지, 아니면 밀어낼 정신도 없을 정도로 싫고 무서운 건지. 그는 얼굴을 익힌 문어처럼 붉게 물들인 채로 두 눈을 꾹 감고 있는 그녀를 가만히 응시했다. 그 모습이 마냥 귀여우면서도 인내심을 넘어 내면 깊은 곳을 쿡쿡 건드리는 무언가가 있었다.

그가 얼굴을 바짝 붙였을 뿐 미동조차 하지 않자 의아함을 느낀 소니도르가 눈꺼풀을 들어 올릴 것처럼 파르르 떨었다. 마르멜은 저도 모르게 남은 손으로 그녀의 눈 위를 재빨리 덮어 버리고 말았다.

"억! 뭐, 뭐예요?"

그녀가 잔뜩 당황한 목소리로 묻자 마르멜이 짧게 답했다.

"쳐다보지 마."

"……왜요?"

"눈 감아. 빨리."

얼굴에 닿은 그의 체온이 평소보다 유난히 높은 것 같았다. 시야를 차단당한 그녀는 자신의 눈을 가린 손을 더듬거렸다.

설마 찬바람을 쐤다고 갑자기 열이 오르거나 하지는 않았을 것이다. 그렇다면 당황스럽거나 부끄러운 일이라도 있었다는 걸까.

아니, 본인이 먼저 눈도 뜨기 힘들 정도로 바짝 다가와 놓고서는 본인이 부끄러워하는 건 대체 무슨 경우란 말인가.

소니도르는 황당해졌다. 늘 먼저 대담한 행동을 하면서도 눈 하나 깜짝하지 않던 분이.

키스라도 하려는 건 줄 알고 놀랐는데 다행히 아닌 모양이었다.

'싫으면 피하라고 했는데……'

절대 마르멜에게 자신의 마음을 드러내 보이지 않을 생각이었지만, 소니도르는 피할 수 있음에도 결국 피하지 않았다. 왜 그랬는지는 본인도 알 수 없었다.

갑작스러운 상황에 몸이 굳어서 움직이기 힘들었던 것인지, 아니면 내심 그가 자신의 마음을 알아주길 바랐던 건지. 어느 쪽이든 언동이 서로 불일치하고 있지 않은가.

이래서는 안 됐다. 다시 각오를 다진 그녀는 그의 손바닥을 떼어 내기 위해 손에 힘을 주었다. 하지만 마르멜이 절대 떨어지지 않겠다는 듯 그녀의 눈꺼풀 위를 꾸욱 눌렀다. 소니도르 또한 지지 않고 고개를 뒤로 젖히며 그의 손을 잡아떼려고 끙끙거렸다.

한참 동안 의미 없는 씨름을 하다가 결국 백기를 든 건 소니도르 쪽이었다.

"멜…… 저 가도 될까요."

"……"

마르멜은 침묵으로 대꾸했다.

달아오른 얼굴을 감추느라 키스할 타이밍을 놓쳐 버리고 말았다. 아니, 애초부터 키스는 할 생각도 없었는데 왜 아쉬운 마음이 드는 건지 모르겠다.

어쩐지 쓸데없는 오기에 사로잡힌 마르멜은 그대로 굳어져 움직이지 않았다. 그리고 그로부터 한참이 지난 후에야 입술을 그녀의 볼로 미끄러트렸다.

가볍게 쪽 볼에 입술을 붙였다 떼어 낸 뒤에 그는 결국 한숨을 내쉬며 손을 떼어 냈다.

"대체 방금 뭐였던 거죠."

"뽀뽀했잖아."

"그, 그건 그렇죠. 아니…… 대체 왜?"

대체 왜 이 상황에서? 그녀의 덜덜 떨리는 시선이 그렇게 묻고 있었다.

"……."

아무것도 묻지 마. 그는 싸늘하게 식은 눈빛으로 작게 중얼거렸다. 자괴감으로 인한 것이었다. 소니도르는 마르멜이 갑자기 예민한 반응을 보이는 것을 전혀 이해하지 못한 채 고개를 기울였다. 그녀의 눈에는 그가 혼자 다가왔다가, 갑자기 눈을 감으라고 협박하고, 떨어져서 화가 난 표정을 지은 걸로밖에 보이지 않았기 때문이었다.

'대체 뭘 하고 싶으신 거지.'

거창한 뽀뽀라도 하고 싶으셨나. 한참 생각하던 그녀는 결국 그의 행동을 이해하는 것을 포기했다.

하지만 적어도 한 가지는 알 수 있었다. 마르멜은 지금 막 첫

사랑을 시작한 소년처럼 안달 내고 있다는 것을. 전과 달리 초조해하고 있는 것이 이쪽에서도 느껴질 지경이었다.

행동은 이해 불가였지만, 그의 불안함은 이해할 수 있었다. 지금 자신이 유일하게 의지할 수 있는 존재가 좋아하지 말라는 둥 좋아하지 않을 거라는 둥 말하면 초조할 수밖에 없겠지.

그에게 있어서 소니도르는 걷잡을 수 없이 폭주하는 광기를 붙들고, 중심을 잡아 줄 정신적인 지주일 것이다. 아직 병이 다 낫지도 않았는데 벌써 이런 말을 하면 또 홀로 남겨질까 봐 불안한 생각밖에 들지 않겠지.

하지만 마르멜에게는 미안하게도 그녀로서는 감정이 더 깊어지기 전에 미리 말해 둘 수밖에 없었다. 제발 자신을 좋아하지 말아 달라고.

일단 다리가 성하지 못한 소니도르는 다시 얌전히 그의 품에 안겼다. 마르멜은 다시 그녀를 안고 걸어가 마차 안까지 직접 데려다 주었다.

"의원을 부르라고 전해둘 테니까 궁에 도착하면 바로 치료받도록 해. 알았지? 확인할 거니까."

그리고 아무도 듣지 못하도록 그녀의 귓가에 속삭였다.

"네가 아무리 부정해도 난 널 좋아해."

소니도르는 그 말을 듣고 멍한 얼굴로 눈을 깜빡이다가 말했다.

"멜은 절 좋아하지 않아요. 지금 그 증거를 말해 줄 수도 있어요."

"……뭐?"

"당신의 꿈속에 제가 여전히 동물인 게 그 증거죠. 제가 필요하기 때문에 유일한 건 맞지만 절 좋아하는 건 아니에요."

정말 소중하고 절실한 존재라면 소니도르는 본인의 모습으로 꿈속에 나타나야만 했다. 소니도르는 지금까지 감춰 둔 채말하지 않았던 마지막 카드를 꺼냈다. 그녀의 꿈 능력에는 예외가 없었다. 마르멜이 자신에게 호감을 품긴 했지만, 아직은 그 감정이 크지 않다는 결정적인 증거였다.

지금 딱 이 정도로 충분했다. 더는 자신에게 큰 감정을 품지 않도록 완벽하게 선을 그어 버리자, 그는 말문을 잃고 허를 찔린 표정을 지었다. 그럼 지금 자신이 느끼고 있는 이 감정은 그럼 대체 뭐란 말인가.

네 솔직한 감정은 어떤 건지 물을 새도 없었다.

'내가 널 좋아하지 않는다고?'

그거 신빙성 있는 거야? 그가 미처 묻기도 전에 마차의 문이 닫혔다.

⚜

마르멜은 혼란스러운 얼굴로 다시 연회장 쪽으로 향했다. 곧 연회가 파하겠군. 황제가 연회 시작을 알리는 동시에 라이젤 가드와 함께 퇴장하는 바람에 귀족들을 상대하는 것 전부 마르멜의 몫이 되었다. 애초에 그가 연회에 장인들을 초대하기로 기획했기 때문에 수습하는 것도 그의 몫인 게 당연했지만 말이다. 시계탑 쪽을 흘깃 응시한 마르멜은 피곤함이 가득한 눈으로 눈가를 문지르며 본궁에 위치한 그랜드 홀로 향했다. 한시라도 빨리 마무리 짓고 돌아가고 싶었다.

그때 연회장 반대편에 위치한 테라스 쪽에서 익숙한 동물의 머리가 보였다. 그는 저도 모르게 걸음을 멈추고 가만히 그녀를 살폈다. 이사벨라였다.

마르멜은 살쾡이의 뒤통수를 빤히 응시하며 그녀가 골목을 돌아 사라지는 것을 눈으로 좇았다. 그동안 보아 왔던 이사벨라의 언동으로 미루어 봤을 때 저절로 의심이 갈 수밖에 없었다. 마르멜의 눈가가 가늘게 좁아졌다. 그녀가 무슨 생각을 하고 움직이든 간에 어떤 일을 꾸미고 있다는 전조로밖에 비치지 않았다. 자신이 원하는 대로 일이 흘러가지 않으면 수작을 부려 제 원하는 방향으로 억지로 틀어 버리고도 남을 여자였으니 말이다. 그런 점에서는 그녀의 아버지인 앤더슨 공작과 똑 닮아 있었다.

그녀는 마르멜이 결혼은 포기하라는 말을 몇 번이고 전해도 사근사근한 목소리로 말을 돌릴 뿐 듣는 시늉도 하지 않았다. 앤더슨 공작도 연회에서 마주쳤을 때 파혼 건에 대해서는 일언반구도 하지 않았고 말이다. 그동안의 정을 생각해서라도 인도적인 방법으로 설득하려고 했지만, 이쪽에서 아무리 떠들어도 부녀가 쌍으로 사람 말을 들어 먹을 생각을 하지 않았다. 분명 그쪽에서도 마르멜을 탐탁지 않게 여기고 있을 게 분명했다. 걸림돌이라고 여기겠지.

'이렇게 나오면 이쪽에서도 비겁한 수를 쓸 수밖에 없어지잖아.'

마르멜은 느긋한 걸음으로 최대한 기척을 죽이고 이사벨라가 나온 테라스 쪽으로 향했다. 그리고 그곳에서 의외의 인물과 마주치고 말았다. 불쾌한 얼굴로 잠시 무언가 생각에 빠진 것처럼 보이는 흑표범이었다. 아까부터 보이지 않더니 이런 곳에 있었나. 그것도 하필 장인이라면 일단 혐오스러운 얼굴부터 하고 보는 이사벨라와 있었다니. 전혀 생각하지도 못한 조합임은 틀림없었다.

마르멜이 테라스 안쪽으로 들어가자 지오르지오 또한 인기척을 느끼고 고개를 들었다. 마르멜은 그와 시선이 마주치자마자 입꼬리를 끌어 올리며 테라스 커튼을 내렸다. 그리고 다짜고짜 이사벨라와 무슨 대화를 나눴느냐고 묻는 대신 능숙하게 인사말을 건넸다.

"드디어 둘이 되었군?"

마르멜이 의미심장한 말투로 말하자 지오르지오가 반사적으로 표정을 굳히며 이를 드러냈다. 저 노골적인 표범의 표정도 이제 슬슬 익숙해진 참이었다. 마르멜은 어깨를 으쓱이며 말했다.

"아까 연회가 파하면 만나기로 하지 않았던가."

그러자 지오르지오는 불만스러운 얼굴로 입을 꾹 다물 뿐이었다. 소니도르가 곁에 있었을 때보다 둘만 남으니 더 감정이 노골적이었다. 물론 실제 얼굴은 다를지도 모르겠지만, 적어도 동물의 머리로 보이는 마르멜의 눈에는 그렇게 비쳤다. 하도 반응이 솔직해서 탐탁지 않은 상대임에도 불구하고 저도 모르게 웃음이 튀어나올 뻔했다.

"그대는 내가 싫은 모양이야."

"……."

마르멜이 묻자 그는 뭘 당연한 걸 다 묻느냐는 표정을 해 보였다.

"흐음, 침묵은 긍정이라 받아들여도 되는 건가."

"……그럴 리가 있겠습니까."

"솔직해져도 딱히 처벌할 생각은 없는데."

"그렇게까지 말씀하신다면 사양하지 않고 묻겠습니다. 용건이 뭡니까."

찌푸려진 표범의 미간이 복잡한 그의 심경을 그대로 드러내고 있는 것만 같았다. 마르멜은 잠시 그를 빤히 응시하다가 테라스 안쪽까지 걸어간 뒤 이내 난간에 등을 기댔다. 그리고 지오르지오에게 가까이 다가오라는 듯 손짓하며 물었다.

"파랑 장인. 자유 용병으로 활동하고 있다지."

자유 용병은 혁명군의 수장인 지오르지오의 위장 신분이었다. 위장 신분이기도 했지만, 현재는 그쪽에서 주력으로 활동하면서 자금을 모으는 중이었다. 실력 또한 누구에게도 뒤처지지 않을 정도라 수많은 길드와 연을 트고 있었는데, 소니도르의 뒤를 캐던 정보 길드 '콴티타스'가 라이젤 가드에 의해 한차례 뒤집어지는 사건이 있었다. 시녀 한 명을 제외하고 황궁에 심어 두었던 꼬리를 전부 잘라 냈기에 망정이지, 하마터면 길드가 궤멸하는 걸로도 모자라 자신의 정체까지 들통 날 뻔했다.

　지오르지오는 그 내막에 마르멜이 있다고 확신하고 있었다. 황제가 그런 사사로운 일에 움직일 리가 없었고, 마르멜은 소니도르에게 마음이 있는 것처럼 보였기 때문이었다. 황태자에게는 은밀하게 그녀를 찾는 지오르지오의 움직임이 예사롭지 않아 보였겠지.

　그런데 다 알고 있었음에도 소니도르 앞이라고 아무것도 모른 척 능글맞게 묻는 꼴이 곱게 보일 리 없었다. 그녀의 앞에서는 늘 내숭이라도 떨고 있는 건가. 황태자라는 걸 제쳐 놓고서라도 정말 상대하기 싫은 타입이었다. 지오르지오는 흐트러진 머리를 쓸어 올리며 마르멜을 비스듬하게 응시했다. 두 사람의 시선이 잠시 허공에서 엇물렸다.

　"내가 그대들을 이곳에 초대한 이유가 무엇일 것 같나?"

　"마제른의 봄이기 때문이겠죠."

　"그래. 그렇지."

　하지만 그건 명목뿐이라는 걸 그대도 알잖아? 마르멜이 그렇게 되물으며 눈가를 둥글게 접었다. 자꾸만 이쪽에서 대답하길 유도하는 화법에 지오르지오는 점점 진절머리가 났다. 그는 짜증이 섞인 한숨을 뱉으며 황태자를 향해 천천히 입술을 달싹였다. 굉장히 위협적인 목소리였다.

　"전하께서 원하시는 바가 무엇인지요."

　바보가 아닌 이상 지오르지오도 예상하고 있었다. 직접 연회까지 초대했는데 제국에서 아무런 대가도 바라지 않을 리가 없었다. 약탈과 핍박을 일삼았기 때문에 부족한 것 없이, 모든 걸 다 가지게 된 제국이 장인들에게 바라는 것. 그건 오래 고민하지 않아도 어렵지 않게 떠올릴 수 있었다. 일단 하나는 반역의 가능성을 뿌리째 짓밟는 것, 나머지 하나는 조건과 상황과 관계없이 언제든지 사용할 수 있는 능력.

일단 능력 있는 장인들을 추려서 연회에 초대한 뒤, 그중에서도 또 추려서 능력을 제국에 공헌하도록 할 셈이겠지. 제국 놈들이 할 만한 짓이라곤 이름뿐인 그럴듯한 신분을 내려 주고, 능력을 착취하는 것밖에 떠오르지 않지만 말이다. 지오르지오는 시큰둥한 얼굴로 생각했다. 하지만 제국 쪽에서 무엇을 바라든 그에겐 아무래도 상관없었다. 오직 소니도르 하나만 보고 이곳까지 잠입한 것이었으니까. 죽을 각오도 되어 있었다.

"단도직입적으로 말하자면 그대의 능력이 탐이 나. 개인적인 감정은 뒤로하고서라도."

그리고 마르멜은 지오르지오의 예상과 조금도 빗나가지 않는 말을 뱉었다.

"물과 바람, 두 가지 능력을 아무런 제약 없이 사용할 수 있다는 것 말이다. 지금 네 손목에 채워져 있는 아티팩트만 아니었더라도 지금 당장 이 지루한 연회장을 화려하게 날려 줄 수도 있겠지. 안 그런가?"

"제국에 협력하라는 뜻입니까."

"일단 표면적으로는."

"표면적?"

"그게 폐하의 명이시다. 일단 그대들을 시험해 볼 생각이야."

아주 대놓고 도구 취급하는군. 지오르지오는 불만스러운 얼굴로 눈가를 찌푸렸다가 표면적이라는 말에 잠시 다시 마르멜을 지긋이 응시했다. 의중을 뜯어볼 생각이었지만, 선량한 얼굴을 하고 있는 그의 눈빛은 조금도 읽어 낼 수가 없었다. 황제의 명이기 때문에 일단 표면적으로 제국에 협력하라고? 왜 그런 짓을 하는 건지는 둘째 치더라도, 그런 짓을 해서 황태자에게 무슨 이득이 된다는 건지 모르겠다. 황제를 배반하고 반역을 저지를 생각인가?

"아무런 말씀도 해 주지 않으시고 제게 협력을 바라십니까."

협력할 생각도 없었지만, 그는 일단 떠보듯이 물었다.

"아니, 나를 도와 그대들끼리 협력해 다오."

"예?"

"그대들에게 땅을 되찾아 줄 생각이야."

"하? 무슨 소리를 하시는 겁니까."

"음? 네가 들은 대로다."

엇나가는 반문을 동시에 남발하던 그들은 잠시 서로를 마주 보며 침묵했다. 지오르지오는 잠시 자신의 귓가를 만지작거렸다. 청력이 멀쩡한 건지 의심스러웠기 때문이었다. 멀쩡히 잘 들리는 걸 보니 황태자가 헛소리한다는 결론밖에 나오지 않았다.

"무슨 말도 안 되는……."

"왜 말이 안 된다는 거지?"

진심으로 하는 말인 건가. 아니면 혁명군의 수장임을 알고 떠보려고 하는 걸까. 그 누구보다 제국의 황족들을 불신하는

지오르지오의 눈에는, 본인의 입으로 어떻게든 혁명군의 수장임을 자백하게 하려는 걸로밖에 보이지 않았다. 그는 입을 일자로 꾹 다물고 마르멜을 가만히 응시했다. 불신의 눈빛이었다. 지금껏 황족 그 누구도 부족민을 위한 일을 자발적으로 해낸 적이 없었다. 오히려 황태자 쪽에서 말하는 '표면적인 협력'이라는 것이 제국에 절대적으로 협력하게 하기 위한 위장일지도 몰랐다.

제국 놈들이 하는 짓이 다 거기서 거기지. 지오르지오는 속으로 빈정거리며 화를 참기 위해 주먹을 꾹 말아 쥐었다.

"꿈같은 말씀을 하시는군요."

"쑝의 사상에 물든 모양이지."

"……."

친한 척 애칭 부르지 마. 조용히 분노하는 그의 보라색 눈동자는 분노로 활활 타오르고 있었다. 지오르지오는 목 끝까지 끓어오르는 말을 삼키며 침묵한 채 마르멜을 빤히 응시했다. 도발하는 건가. 최대한 화를 억누르고 황태자를 가만히 뜯어보니 늘 싱글벙글 웃는 상판이었지만, 저쪽도 딱히 여유로 넘쳐 보이지는 않았다. 그도 그럴 것이 마르멜도 현재 소니도르에게 노골적으로 거부당한 직후였기 때문이었다.

두 청년의 시선이 잠시 허공에서 치열하게 맞부딪혔다.

"모두가 행복해졌으면 좋겠다더군."

"그녀가?"

"그대는 어떻지? 아르케 제국이 마땅히 그 죗값을 치러야 한다고 생각하는가."

"……."

마르멜은 자신을 유심히 살피는 지오르지오를 보며 말없이 입꼬리를 끌어 올렸다. 그리고 그를 등지고서 무방비한 모습으로 잠시 밤하늘을 올려다보며 말했다.

"뭐, 지금 당장 움직일 순 없을 테니 이건 좀 더 나중 얘기겠군. 일단 난 늘 그대들의 편에 서 있다는 뜻이다."

"그래서 결국 협력하는 뜻 아니십니까."

"그대의 능력이 탐이 나니 생각해 보라는 말이야. 일단 그 전에 친해져야겠지."

"……예? 지금 뭐라고 하셨습니까."

"시험해 본다 하지 않았나. 나도 내키지 않지만 일단 친해져야 그대에 대해 더 알게 되겠지."

그건 또 무슨 개소리야.

지오르지오는 이번에도 입을 다무는 쪽을 택하기로 했다. 하도 어이가 없는 나머지 입을 열면 욕설이 튀어나올 것 같았기 때문이었다. 성군이 될 재목이고 뭐고 소문처럼 마냥 여리고 다정한 사람이 아니라는 건 아주 잘 알겠다. 대체 무슨 생각을 하는 건지 마냥 상냥한 척 웃고 있는 저 머리를 뜯어보고 싶었다. 아주 능구렁이가 따로 없었다.

"친해지고 싶다……라……."

지오르지오가 바람 빠지는 웃음을 뱉으며 중얼거렸다.

역시 제국의 황태자 따위를 상대하는 게 아니었는데. 멋대로 소니도르를 저주라는 명목으로 데려가 곁에서 떼어 놓지 않는 것도, 폭탄을 심어 둔 것도 분노를 억누르느라 죽을 지경인데. 그녀가 저주가 풀릴 때까지만 기다려 달라고 했으니 성질을 꾹 누르고 참고 있는 거지. 그는 상대가 제국의 황태자든 뭐든 그냥 무시하고 돌아갈까 생각하며 지끈거리는 이마를 짚었다.

"진심으로 말씀하시는 겁니까."

"너무 싫은 티를 내는군. 이쪽도 마냥 좋은 건 아닌데 말이지."

"차라리 제 능력을 시험하십시오."

"친해지면 그것도 겸사겸사 볼 수 있지 않겠나."

친해지고 싶다는 헛소리를 들으니 왠지 마르멜 앞에서는 말을 거르지 않아도 될 것 같다는 확신이 들었다. 물론 선을 넘지 않는 범위 내에서 말이다. 잘은 모르겠지만 그런 걸로 새삼 처벌할 것처럼 보이지는 않았다. 그래서였을까, 지오르지오는 본인의 생각을 조금의 거름도 없이 곧바로 툭 하고 내뱉었다.

"……친해지고 나발이고 약혼녀 간수나 잘하시죠."

그는 조금 전 이사벨라와의 대화를 떠오르며 인상을 찌푸렸다. 대체 어떻게 냄새를 맡았는지 저쪽에서 멋대로 이해관계라고 생각하고 접근해 온 것이었다. 하지만 지오르지오는 눈앞의 마르멜과 마찬가지로 속이 시꺼멓게 보이는 그녀에게 협조해 줄 생각이 전혀 없었다. 소니도르에 대한 악의로 가득 차 보이는데 그녀에게 해를 끼칠지 어떻게 알고 손을 잡는단 말인가. 그 여자에게 협조해 줄 바에야 차라리 황태자와 협력하는 편이 나았다. 적어도 부족민의 저주가 풀려서 소니도르와 함께 도망칠 때까지만 말이다.

일단 무시했을 시에 그 여자가 소니도르에게 무슨 짓을 할지 몰라 긍정도 부정도 하지 않은 채 침묵으로 대응하긴 했지만. 약혼녀도 있는 주제에 소니도르를 싸고돌고, 심지어 그 약혼녀를 내쳐 낼 힘도 없는 황태자가 더욱 마음에 들지 않을 뿐이었다.

"약혼녀? 이사벨라를 말하는 건가?"

마르멜은 아무것도 몰랐다는 듯 능청스럽게 되물었지만 내심 안심했다. 지오르지오가 이사벨라에 관한 얘기를 끝까지 말을 꺼내지 않았으면 그녀와 작당한 게 아닌가 의심할 뻔했다. 그럼 장인들에게 자유를 되찾게 해 주는 데 톡톡한 공헌을 할 인재를 제 손으로 쳐 내야 하지 않았겠는가.

"그녀가 뭐라고 했지?"

"별말은 안 했습니다만, 속은 빤히 보이더군요."

"그런가."

조만간 다시 접근하겠군. 마르멜은 잠시 생각에 잠긴 채로 테라스 난간에 턱을 괴었다. 마치 남 일인 것처럼 구는 황태자의 태연자약한 태도는 지오르지오를 더 화나게 할 뿐이었다.

'네놈이 그렇게 우유부단하게 구니까 그 여자가 불안해서 날뛰는 거 아니야.'

그는 마르멜이 이사벨라에게 이미 파혼을 몇 번이고 청했다는 걸 모르고 있었다. 그래서 황태자가 어떤 태도를 보이든 순진한 장인의 마음을 가지고 노는 천하의 쓰레기로밖에 비치지 않았다.

입만 살아서 장인들에게 땅과 자유를 되찾게 해 주고 싶다는 둥, 권리를 주겠다는 둥 깨어 있는 척 굴면서 결국 저 모양이었다. 제대로 하는 건 하나도 없는 데다가 사람 마음을 장난감 정도로 취급하고 있지 않은가. 그가 약혼녀를 두고 어떤 여자를 끼고 놀든 상관없었지만, 하필 소니도르였다. 지금 이 상황에 그녀의 목숨까지 걸려 있지 않았더라면 당장 저 심장에 칼을 찔러 넣었을 것이다.

애초에 뿌리부터 도적인 나라였다. 도적들의 왕의 아들, 황태자가 하는 말이 곱게 들릴 리가 없었다. 모든 걸 전부 훔쳐 간 강도가 손을 내밀며 친해지자고 말하는데 그 손을 덥석 잡는 얼간이가 어디 있겠는가. 주먹이라도 날아가지 않은 게 다행이었다.

"부족민의 저주 말입니다만, 제가 아는 주술사를 소개해 드리지요. 저주에 문외한인 꿈 장인보다 그쪽이 더 빠르지 않겠습니까."

"글쎄. 배려는 고맙다만, 난 이미 그녀를 깊이 신뢰하고 있고 내 병세를 알고 있는 건 그녀 한 명이면 충분해."

"……친해지고 싶다 하시니 말씀드리죠."

지오르지오는 마르멜의 등 뒤로 바짝 다가가 말했다. 여전히 하늘을 응시하고 있던 마르멜이 서서히 고개를 돌리자 흑표범이 제 코앞까지 얼굴을 들이대고 있었다. 깜짝이야. 흉흉한 기색으로 이빨을 번뜩이는 맹수 때문에 순간 목을 물어뜯기는 줄 알았다. 너무 얼굴이 가까워서 마르멜은 저도 모르게 고개를 뒤로 슬슬 물리며 고개를 기울였다.

"그녀에게 무슨 일이 있으면 가만히 있지 않을 겁니다."

아, 그 말이었나. 갑자기 왜 이러느냐는 듯 눈을 동그랗게 뜨고 있던 마르멜이 작게 웃음을 터트렸다. 이내 노골적인 살기가 그의 내면의 무언가를 깨운 모양이었다. 이를테면 내면 끝까지 밀어 삼키고 있던 광기 같은 것 말이다. 그 또한 붉은 눈동자에 이채를 띠며 입꼬리를 한쪽으로 삐딱하게 끌어 올렸다. 섬뜩할 정도의 기괴한 웃음이었다.

　"나도 가만히 있지 않을 생각이야."

　정말로. 가만히 있지 않을 거거든. 마르멜은 같은 말을 재차 반복하며 나른한 목소리로 중얼거렸다. 그리고 손가락으로 테라스 난간을 훑었다. 이미 그의 시선은 지오르지오에게서 비스듬하게 엇나가 있었다. 다른 누군가를 생각하고 있는 듯 잠시 허공을 응시하던 그는 이내 다시 빙긋 웃었다.

　"그러니까 그 점에 대해선 걱정하지 않아도 돼."

　제국이고 뭐고, 사실 마르멜의 눈에 보이는 건 이제 하나밖에 없었다.

✧

　—당신의 꿈속에 제가 여전히 동물인 게 그 증거죠. 제가 필요하기 때문에 유일한 건 맞지만 절 좋아하는 건 아니에요.

　마르멜은 황태자 궁에 도착하자마자 대충 씻고 난 뒤 곧바로 소니도르를 찾았다. 그런 모진 말을 하고서 잘도 도망쳤겠다. 본인 능력이 아무리 뛰어나다고 해도 멋대로 사람 마음을 재단하다니 생각하면 생각할수록 괘씸했다. 하지만 그렇게까지 확신에 차서 말하니까 동시에 불안해지고 말았다. 본인의 감정의 무게에 의심이 가기도 했지만, 소니도르에게 자신은 매정하게 끊어 낼 수 있을 정도의 존재인 것 같았기 때문이었다. 그렇게 자신의 능력을 맹신하는 건가?

아니면······.

하긴 절실하고 안달이 난 건 본인뿐이었다. 마르멜은 서재 소파에서 몸을 잔뜩 구부린 채 잠들어 있는 소니도르를 보고 한숨을 내쉬었다. 목에 차고 있는 아티팩트만 아니었더라도 진작에 도망치고도 남았겠지. 저것을 계약으로 엮어서 멋대로 채운 건 황제였지만, 결국 그녀를 이곳에 묶어 두고 있는 건 마르멜 자신이었다.

그는 말없이 그녀 앞으로 다가가 붕대로 칭칭 감겨 있는 발목을 응시했다. 그리고 아주 부드러운 손길로 감싸 쥐었다가 서서히 힘을 줘 움켜쥐기 시작했다. 직접 물어보지 않았어도 지오르지오가 그녀에게 했을 말은 대충 예상할 수 있었다. 그가 정보상에게까지 의뢰해서 수소문 끝에 황궁에 잠입한 뒤 모든 사정을 알고 났을 때, 소니도르에게 했을 말. 마르멜은 그녀의 발을 붙잡은 손에 더욱 힘을 주었다. 그러자 그녀가 눈가를 찌푸리며 작게 신음을 흘렸다.

"으읏."

분명 같이 도망가자고 했겠지. 그때가 과연 언제인지까지는 이쪽에서 알 리가 없었지만, 아티팩트를 섣불리 건드렸다간 폭발할 수 있으니까 당분간 움직이지는 못할 것이다. 정확히 말하자면 부족민의 저주가 풀려서 계약의 조건을 충족하기 전까지는 움직이지 못하겠지. 지오르지오는 분명 마르멜의 제안을 받아들일 것이다. 그녀를 데리고 도망칠 때까지 황궁에 남아 있을 명목이 필요할 테니까.

거기까지 생각했을 때, 갑자기 등 뒤에서 익숙한 목소리가 들려왔다.

"그렇게 힘을 주시면 치료를 한 의미가 있겠습니까."

주변도 살피지 않은 채 오로지 소니도르를 찾기에 급급해서 누가 있는 줄은 몰랐다. 하지만 목소리를 듣고 단박에 누군지 알 수 있었다. 잠시 깜짝 놀랐던 마르멜은 습관적으로 그린 듯한 미소를 지으며 등을 돌렸다. 그러자 너구리 머리를 한 사내가 한 손에 책을 든 채로 눈을 깜빡이고 있었다.

소니도르를 제외하고 황태자의 침소에 멋대로 드나들 수 있는 유일한 직종의 사내. 주치의 하기스였다. 왜 기척을 읽을 수 없었나 했더니 기척을 지우는 마법을 덧씌운 채였다.

"그대였군."

"항상 느끼는 건데 전하께서 자주 사용하시는 그대라는 표현 의미심장하지 않습니까? 그렇게 감미로운 목소리로 속삭이시면 순진한 소녀들이 심장을 움켜쥐겠습니다."

"……."

마르멜은 원래 필요하지 않는 한 사람의 이름을 잘 부르지 않는 편이었다. 그대라고 부르는 것도 얼굴이 보이지 않으면 정확히 이름으로 지칭하기가 힘들어서 대명사로 부르던 게 습관이 되었을 뿐이었다. 그는 헛소리를 진지하게 하는 너구리를 지긋이 응시하다가 언제 힘을 줬느냐는 듯 부드러운 손길로 소니도르의 발을 내려놓았다.

"……그대는 날이 갈수록 말이 많아. 원래 이런 성격이었나?"

"사람이 죽다 살아나면 성격이 바뀐다는 말 있지 않습니까."

"처음 듣는다만."

천성은 죽어도 고치기 힘들다는 말은 들어 봤어도. 황제를 상대로도 요리조리 잘 빠져나갈 정도의 입담이라면 죽다 살아나기 전에도 어지간히 했겠구나 싶긴 하다만. 마르멜은 머리만 놓고 봤을 때 귀엽기 그지없는 갈색 털의 너구리를 의심스럽게 응시했다.

너구리가 코를 씰룩이다가 말고 이내 소니도르를 손가락으로 가리키더니 그대로 자신의 주둥이에 가져다 댔다. 그녀가 자고 있으니 조용히 하는 편이 좋지 않겠느냐고 말하는 것만 같았다.

마르멜은 말없이 소니도르를 내려다보았다. 드레스가 싫다고 그렇게 울상을 짓더니 그새 씻고 옷까지 갈아입은 듯했다. 소파에 찌그러져 누워 있는 데다가 많이 먹지도 못했을 텐데, 연회장에 있을 때보다 얼굴이 편해 보였다.

그는 잠에서 깨지 않아 다행이라고 생각하며 그녀를 번쩍 들어 침대에 눕혔다. 그리고 그 앞에서 우왕좌왕하다가 하기스를 흘낏 응시하고 다시 소파 쪽으로 돌아와 나른하게 기대앉으며 입을 열었다. 악의 없이 웃는 얼굴임에도 굉장히 살벌해 보였다.

"대체 그대는 언제까지 여기 있을 생각인가?"

아니 애초에 발목을 다 치료했는데 왜 여기에 계속 있는 거지? 썩 꺼져. 둥글게 휜 선홍색 눈동자가 그렇게 말하고 있었다. 하지만 하기스는 눈치 없는 척 계속 그 자리에 궁둥이 붙이고 앉아서 히죽거리며 웃어 댔다. 표정을 잘 읽기 힘든 동물의 얼굴임에도 왜 능글맞게 웃는 것처럼 보이는지 의문이었다.

"저도 참 그러고 싶습니다만, 전하. 환자의 상태에 이상이 보이면 무슨 일이 있어도 알아내 치료 방법을 모색하는 것이 의원으로 해야 할 도리가 아니겠습니까."

보통의 의원이라면 그렇겠지만, 너구리가 말하니 신용이 가지 않았다.

"무슨 말을 하고 싶은 건가."

마르멜이 묻자 그가 제 품을 뒤적이더니 곱게 포장된 상자 하나를 꺼내 보이며 말했다. 반투명한 상자 안에는 각양각색의 앙증맞은 과자가 먹음직스럽게 담겨 있었다. 그동안 충치 때문에 그 좋아하던 디저트를 먹지 못하게 한 게 미안해서 하기스가 따로 챙겨 왔던 것이었다.

"소니도르가 굉장히 기운이 없어 보이더군요. 이걸 줬는데도 받지 않았습니다."

"그거 심각하군."

아픈 건가? 별로 진지하게 듣지 않던 마르멜까지 덩달아 심각한 얼굴로 소니도르 쪽을 응시했다. 최근 연회 준비 때문에 고생해서 요즘 좀 여위긴 했지만 아무리 피곤해도 먹을 것을 마다하진 않을 텐데. 특히 평소에 먹지 못하게 했던 과자라면 더더욱 말이다. 자신을 진료할 때는 아무리 심각한 상황이라 읊어 줘도 허허 웃어넘기고 말았던 마르멜이 이번에는 굉장히 걱정스러운 얼굴을 했다. 그때를 놓치지 않고 너구리가 제법 단호하게 말했다.

"그녀에게 무슨 일이 있었던 건지 제게 말씀해 주시길 간절히 청합니다. 잘못하면 정신적인 문제로 번질 수도 있으니까요."

"……정신적인 문제?"

마르멜은 자신을 한계까지 몰아붙였던 병을 떠올리며 잠시 움찔 떨었다. 그는 하기스를 위아래로 훑으며 눈을 가늘게 뜨다가 이내 어쩔 수 없다고 여긴 모양이었다. 마르멜은 천천히 입술을 달싹여 의원이 알아도 되는 범위 내에서 그동안 있었던 일을 간략하게 말했다. 어릴 때부터 끈질기게 붙어 다닌 친구가 나타났으며, 그가 나타난 이후로 소니도르가 자신의 말을 모두 부정하기 시작했다고 말이다. 물론 그녀에게 좋아한다고 열렬히 구애했다는 말은 구태여 언급하지 않았다.

설명이라고 하기에도 민망할 정도로 빈약한 내용이었지만, 하기스는 그 몇 마디에도 단박에 문제점을 찾아내고 눈을 빛냈다.

그러니까 숙맥과 숙맥이 만났다는 것 아닌가.

두 쪽 다 나이가 나이인 만큼 이론은 빠삭하지만, 연애에 한해서 눈치가 없고 경험도 전무한 숙맥.

저 말만 들어도 숨이 턱턱 막히는 조합에 소꿉친구라는 남자까지 끼어들었으니 꼬여들 수밖에. 진작 둘 사이에 흐르는 미묘한 감정을 알아차렸던 하기스가 잠시 턱을 긁적이며 생각에 잠겼다. 지금 소니도르의 상태와 둘 사이의 기류로 봐서는 뭔가 꼬여도 단단히 꼬인 모양인데. 딱히 남 연애 사업에는 관심 없고 누구의 편인 것도 아니었다. 오히려 강 건너 불구경하면서 구경하는 쪽이 취향이긴 하지만, 한마디 조언 정도야 상관없겠지.

"그러니까 그녀가 가장 소중한 존재인지 헷갈리신다는 거죠?"

"그런 말은 한마디도 한 적 없는데."

"아, 물론 전하의 저주를 풀 수 있는 유일한 장인이기 때문에 가장 소중하다는 것 이해합니다."

하기스가 한쪽 눈을 찡긋거리며 말했다.

"……그대 말이야."

어쩐지 대화가 이상한 곳으로 흘러가고 있었다. 처음엔 분명 소니도르에게 정신적인 병이 생길지도 모르니까 모든 걸 털어놓으라고 하지 않았나? 왜 갑자기 부탁한 적도 없던 연애 상담처럼 되었단 말인가.

마르멜은 관자놀이를 꾹꾹 누르며 역시 의원이고 뭐고 그냥 썩 꺼지라고 말할까 고민했다. 예전에는 과묵하고 제 할 일만 하는 실력 있는 의원이었는데 대체…….

기분이 좋아 보이는 너구리는 마르멜의 시선에서 성가심을 읽어 내고 재빨리, 그리고 은밀하게 속삭였다.

"하지만 그건 해 보지 않으면 모르는 거잖아요?"

"뭘 해?"

"지금 전하께서는 비유하자면 한 번도 먹어 보지 않은 과일을 맛있다고 하는 것과 같은 것 아닙니까."

"그걸 꼭 먹어 봐야 아는 건가? 안 먹어도 알아."

귀족들 상대하는 데 이골이 난 마르멜은 하기스의 음담패설을 능숙하게 받아쳤다.

코를 씰룩이며 두 눈을 동그랗게 뜬 너구리는 조금 놀란 눈치였다. 하지만 큼하고 헛기침을 한 너구리가 다시 입가에 손바닥을 대며 동글동글 새까만 눈을 반짝였다. 그리고 훨씬 노골적인 말들을 꺼내기 시작했는데 이번에도 소니도르와는 전혀 상관없는 말들뿐이었다.

아니, 관계가 없는 듯 전혀 없다고도 할 수 없는 내용이었다. 황태자의 성생활에 관한 것 또한 의원의 관할이라 하면서 말이다.

마르멜은 역시 꺼지라고 손짓하다가, 너구리가 키스하는 법을 자세하게 설명하기 시작하자 조용히 손을 내려놓았다.

한참 구강구조에 관해 설명하던 하기스가 말했다.

"처음부터 능숙한 사람이 어디 있겠습니까."

"……."

없겠지만 처음부터 능숙해 보이고 싶다는 게 문제지. 마르멜이 할 말은 많지만 차마 입이 떨어지지 않는다는 눈빛으로 너구리를 보았다. 물론 그게 불가능하다는 걸 모르는 바는 아니었지만, 그랬다간 지금까지 쌓아 둔 게 순식간에 물거품 될 것 같았다. 가뜩이나 몇 살 어리단 핑계로 다양한 경험 많이 해 보라는 소리까지 들었는데. 조금이라도 틈을 보였다간 어린애 취급받을 상황이 싫을 뿐이었다.

정작 더 애 같은 게 누구인데. 고작 세 살 차이라는 이유로.

마르멜이 대답이 없자 하기스는 잠시 의아한 얼굴을 하다가 아아, 하며 고개를 주억거렸다. 그의 주저하는 기색을 읽고 대충 눈치로 찍어 맞힌 것이다.

"그럼 실전 연습이라도 하시는 게?"

"누구랑 실전 연습을 하라는 거지?"

"그야 당연히…… 음."

태자 전하께서 원한다면 세상에 널린 게 연습 상대일 텐데. 굳이 돈으로 사지 않아도 자발적으로 나서는 여인들이 수두룩할 것이다. 하지만 이 말을 꺼냈다간 당장에 쫓겨날 것 같아서 하기스는 뒷말을 삼킨 채로 다시 고민에 빠졌다.

"흐음, 이거 어렵네요. 체리 꼭지로 연습하면 키스 실력이 는다는 속설도 있습니다만."

"체리?"

"네. 혀로 매듭을 짓는 거죠."

혀로 매듭을 지어? 그 광경을 잠시 상상해 본 마르멜이 불쾌한 듯 인상을 구겼다. 굉장히 꼴사나울 것 같았다.

"지금 나보고 체리 꼭지나 물고 있으라고?"

그렇게 말하긴 했지만, 그 외에 딱히 방법이 없는 건 사실이었다. 연습한답시고 동물 머리를 한 여자와 입술을 부대끼고 싶지도 않았으니까. 그렇다고 소니도르 앞에서 처음 해 보는 것 티 내면서 버벅거리고 싶지도 않았다.

잠깐.

그런데 애초에 왜 이런 쓸데없는 얘기를 나누고 있는 거지? 정작 그녀는 키스 같은 건 안중에도 없을 텐데 말이다. 중요한 건 이게 아니지 않나? 마르멜은 대화 도중에 문득 깨달음을 얻었으나 굳이 나서서 지금의 화제를 멈추지는 않았다.

어느새 너구리는 능숙한 키스를 연마하는 법을 지나쳐 그다음 단계를 설명하고 있었다.

❖

"……그러니까……, 이렇게 자연스럽게……."

"……하면 되는 건가?"

"처음은……, 편이 좋죠……. 하지만 때론……, 하시면……."

아 시끄러워.

소니도르는 꿈속에서 뱁새가 되어 다리가 뚝 분질러지는 꿈을 꾸고 몸을 뒤척이다가 서서히 잠에서 깨어났다. 그녀는 눈꺼풀을 파르르 떨다가 대체 이게 무슨 꿈인가 곱씹으며 괜히 다친 다리를 움직여 보았다. 딱히 큰 통증이 느껴지지 않는 걸로 보아 치료는 제대로 된 모양인데, 왜 꿈속에서는 고통을 생생하게 느꼈는지 모를 일이었다.

'지금 몇 시지.'

많은 시간이 흐른 것 같진 않았다. 살짝 실눈을 떠 보니 여전히 창밖은 깜깜했다. 그녀는 이대로 다시 잠들까 고민하다가, 이내 침소 내부에서 도란도란 울려 퍼지는 말소리를 인식했다. 한쪽은 익숙한 마르멜의 목소리였고, 다른 한쪽은 목소리마저 느끼한 하기스였다. 기척을 내기 전, 그녀는 잠시 숨을 죽이고 말소리에 귀를 기울였다. 하지만 같은 방 안이라도 서재까지 거리가 꽤 되는지라 뭐라고 말하는지까지는 잘 들리지 않았다.

뭔가 계속하라고 그러는 것 같은데. 뭘 하라는 건지. 소니도르는 의심스러운 얼굴을 하다가 이내 부스스 몸을 일으키며 뒷머리를 벅벅 긁었다. 그리고 늘어지게 하품을 뱉은 뒤 온몸을 쭉 뻗어 기지개를 켰다. 그녀가 침대에서 몸을 일으키자 동시에 고개를 돌린 마르멜과 허공에서 시선이 맞부딪혔다. 최대한 인기척을 죽이고 움직인 건데도 그걸 귀신같이 알아차린 모양이었다.

소니도르는 침대 옆에 서서 잠시 망설이다가 어색하게 웃으며 손을 흔들었다. 잠시 무서울 정도로 딱딱하게 표정을 굳힌 마르멜은 여전히 떠벌리고 있는 너구리의 주둥이를 틀어막았다.

"읍!"

"그만하면 됐다. 충고 새겨듣도록 하지."

그리고 자리에서 일어나 그녀가 있는 쪽으로 빠르게 다가갔다. 그 빠른 태세 전환에 하기스는 터져 나오려는 웃음을 틀어막으며 눈치껏 침소 밖으로 빠져나왔다.

"몸은 괜찮아?"

"네. 다리도 멀쩡하고 자고 일어나서 몸도 개운해요."

소니도르는 몰래 빠져나가는 하기스를 흘낏 쳐다보며 대답했다. 무슨 대화를 나눈 거지? 실실거리는 의원의 얼굴을 보니 건설적인 대화를 나눴을 것 같지는 않았다. 아무리 마르멜 앞에서라면 내숭을 떠는 하기스라고 해도 말이다.

"……그런데 음."

하지만 아무래도 황태자의 사적인 대화까지 참견하는 건 좀 그렇겠지. 넌지시 물어볼까 했더니 마르멜이 아무것도 묻지 말라는 표정을 하고 있었다. 심각한 얘기였나? 소니도르는 잠시 망설이다가 화제를 돌렸다.

"오시길 기다렸어요."

"나를? 왜지?"

마르멜이 은근히 기대 어린 시선을 보냈다.

"그야…… 빨리 병이 나으셔야 하니까요?"

다시 무표정으로 돌아온 그가 뚱한 목소리로 답했다.

"아, 그렇겠군."

모두가 어떻게든 그의 병을 고치지 못해서 안달이었다. 하지만 그중에서도 소니도르가 그의 병을 고치려 하는 건 가장 달갑지 않았다. 지금 시점에서 아무리 말해 봤자 어떻게든 그의 품을 벗어나 도망치고 싶다는 말로밖에 들리지 않으니까 말이다. 실제로도 그런 의미로 말하는 거겠지. 그는 일전에 지오르지오와 소니도르가 나눴던 대화를 상상하자 괜히 심술을 부리고 싶어졌다.

"음."

그녀는 어쩐지 심기가 불편해 보이는 마르멜의 눈치를 살피다가 조심스럽게 물었다.

"하지만 역시 피곤하실 테고, 저도 지쳤으니 오늘은 그냥 자고 내일 하죠."

"잠이 안 와."

"당연히 그러실 줄은 알았지만…… 고되고 지치지 않으셨어요? 오늘은 비교적 쉽게 잠드실 줄 알았는데."

소니도르가 묻자 마르멜은 걸리적거리는 단추 몇 개를 끄르더니 곧바로 침대에 누워 버렸다. 그리고 당연하다는 듯 제 옆자리를 두드리며 말했다.

"안 와. 그러니까 네가 옆에서 재워 줘."

"수면 유도제는요?"

"의원이 이 이상 먹었다간 약물 중독으로 죽을지도 모른다 하더군."

"네?!"

그렇게 심각한 상황이었어? 아니, 불면증이 생긴 건 꽤 최근이 아니었나? 소니도르가 기겁하는 목소리로 되묻자 마르멜이 결백함을 주장하는 눈빛으로 고개를 끄덕였다. 본인의 몸과 관련되어서는 늘 무심하게 구는 그답지 않았다. 평소의 마르멜이라면 분명 무덤덤한 표정으로 대수롭지 않게 말하거나, 자신을 비웃듯 빈정거리며 말했을 것이다. 하지만 지금은 마치 '내가 이렇게 아프니 신경 써 달라'고 외치는 것 같지 않은가.

어리광 피우는 태자 전하라니.

'음…… 너무 못 자서 한계에 달하셨나.'

어쩌면 그녀의 과대 해석일지도 몰랐다. 소니도르는 떨떠름한 얼굴로 침대 위에 올라갔다. 그와는 거리를 둘 생각이었기 때문에 내키지 않았지만, 저번처럼 무릎베개 정도라면 해 줄 수 있었다. 굳이 능력을 사용하지 않아도 재울 수 있다면 그것도 결국 불면증을 치료한 것 아니겠는가.

그녀가 무릎걸음으로 다가가자 마르멜이 뒤뚱거리는 그녀를 보고 하하 웃었다.

"다음은 펭귄이 어때."

펭귄이 보고 싶어. 그는 극지방에만 산다는 다리 짧은 동물을 떠올리며 소니도르의 무릎에 머리를 뉘었다. 잠시 몸을 뒤척이다가 눈가를 곱게 접어 나른하게 웃는 것이 마치 고양이 같았다. 윽, 귀여워. 소니도르는 덜덜 떨리는 손으로 그의 눈가를 덮어 버리고 말았다. 늘 올려다보는 단정한 얼굴을 가끔 이렇게 내려다보면, 치명적인 사랑스러움에 숨이 턱 막힐 때가 있었다. 나이가 많고 적고를 떠나 이건 본능적인 거였다.

"놀리지 말고 주무세요."

"흐음."

"사실 전하께서 이러실 줄 알고 제가 자장가 몇 가지를 좀 배워 왔는데……."

큼하고 헛기침을 한 소니도르가 자장가라는 이름의 파멸의 노래를 입에 담으려는 순간이었다. 잠시 침묵하고 있던 마르멜이 다급하게 그녀의 노래를 끊고 들어왔다. 평소답지 않게 굉장히 당황하는 모습이었다.

"네가 그랬지. 꿈에서 네가 동물의 모습으로 나타나는 건 내가 진심으로 널 좋아하지 않아서라고."

"……그랬죠."

그녀는 첫 소절도 부르지 못하고 입을 달싹이다가 제 볼을 붉적이며 답했다. 사실 알고 있었다. 진심으로 부딪쳐 오는 마르멜에게 굉장히 상처가 되는 말을 했다는 것을. 하지만 이미 그를 서서히 밀어내기로 결심한 뒤라 잘못을 하고도 사과의 말을 뱉을 수가 없었다. 그건 소니도르에게 있어서 굉장히 양심의 가책을 느끼는 일이었다.

그렇다고 해서 여기서 사과를 했다간 마르멜에게 말려들 게 뻔했다. 좀 더 뻔뻔해져야만 했다. 그녀는 속으로 굳게 다짐했지만, 이어지는 그의 말에 어쩐지 가슴이 철렁 내려앉는 것 같은 기분이 들었다.

"네 말대로일지도 몰라. 어쩌면 내 감정이 그렇게까지 깊지 않을지도 모르지. 그냥 물에 빠진 사람이 필사적으로 허우적거리는 것처럼 널 필요로 하는 걸지도."

"……."

그녀가 유도했던 상황임에도 소니도르는 순간 말문이 막혀 아무런 말도 할 수가 없었다. 마르멜이 저런 생각을 가지게 될 때까지 끊임없이 그를 밀어낼 생각이었는데 왜 바라던 말을 듣고도 태연할 수 없는 걸까. 각오했던 일이었다. 그녀는 자신을 타일렀지만, 얼마 가지 않아 본인이 크게 동요하고 있다는 사실을 인정할 수밖에 없었다.

인정하고 싶지 않았지만, 사실은 섭섭했다.

마르멜은 손을 뻗어 눈 위를 덮인 소니도르의 손을 치워 냈다. 그의 붉은 눈동자가 그녀의 얼굴을 조심스레 살피고 있었다.

그가 물었다.

"어때, 실망했어?"

마치 실망하길 바라는 듯한 말투였다.

뭐야, 떠보는 거였나?

소니도르는 재빨리 당황한 기색을 지워 내려고 노력했다. 하지만 어쩐지 아무렇지 않은 척하기가 힘들었다. 애초에 아무렇지 않으면 어떤 표정을 지어야 하는 거지? 연기만큼은 자신 있다고 자부하던 실력은 어디 갔는지 모르겠다. 사고가 굳어 버리자 얼굴 근육도 굳어 버렸다. 그녀는 당황하여 아까 마르멜이 자신에게 그랬던 것처럼 그의 눈을 손바닥으로 덮어 버리고 말았다.

소니도르는 잠시 입술을 꾹 깨물며 연회장에서 약혼녀와 얘기를 나누던 마르멜을 떠올렸다. 테라스로 훔쳐본 틈 너머에서 그는 마치 다른 세계에 존재하는 사람처럼 화려한 풍경 속에 완벽하게 녹아들어 있었다. 그건 마치 미련을 놓지 못하고 손에 꾹 쥐고 있던 퍼즐 조각이 아름다운 그림에 꼭 들어맞는 것을 보는 것만 같았다.

─네 감정이 어떻든 상관없어. 저게 현실이니까.

그녀는 지오르지오의 말을 떠올리며 다시 마르멜을 내려다보았다.

지금 이렇게 누구보다 가까이 있어도 닿을 수조차 없는 존재라는 걸 자각해야만 했다. 그가 아무리 친근하게 굴어도 훗날 매정하게 등을 돌렸을 때 견딜 수 있을 만큼 마음의 준비를 해 둬야 했다. 소니도르가 속으로 중얼거리고 있을 때, 그녀의 손바닥 안쪽에서 속눈썹을 팔랑거리던 마르멜이 가만히 눈을 감았다. 드디어 잠들 마음이 든 모양이었다.

"사실 나도 이 감정의 깊이를 잘 모르겠어. 네 말대로 이런 건 별로 경험이 없으니까. 하지만 확실한 건 지금 내가 느끼는 감정에 충실하다는 거다. 네가 아닌 다른 곳에서 경험을 쌓을 생각 없어."

"……"

안고 싶고, 쓰다듬고 싶고, 키스하고 싶고, 이게 좋아하는 게 아니면 뭐지?

"네가 아무리 부정해도 좋아해. 미리 말 안 해 두면 후회할 것 같으니까 계속 말할 거야."

좋아해, 좋아해, 좋아해. 소니도르는 결국 붉어진 얼굴로 그의 입까지 틀어막았다. 눈에 이어 입까지 막힌 마르멜이 가만히 있다가 이내 작게 웃으며 자신의 손으로 그녀의 손을 감싸 쥐었다. 그리고 강하게 눌러 그녀의 손바닥에 입을 맞췄다.

소니도르가 기겁하며 손을 전부 떼어 내자 마르멜이 태연한 얼굴로 눈을 깜빡이며 말했다.

"널 안으면 잠이 잘 올 것 같은데."

"안, 안으시면 안 되거든요!"

보통 사내라면 저 안는다는 게 의심할 것도 없이 성적인 의미겠지만, 마르멜이라면 순수한 포옹의 의미라는 걸 소니도르도 잘 알고 있었다. 하지만 후자의 경우라고 해도 얌전히 안길 생각은 없었다. 그가 잠들어 있는 경우라면 인형 껴안는 기분으로 꼭 끌어안기만 하면 되겠지만, 깨어 있는 상태라면 과연 그가 안기만 할까. 그동안 보아 왔던 마르멜의 행동으로 미루어 보아 안는 김에 여기저기 입을 맞춰 댈 게 뻔했다.

콧잔등이나 볼 같은 곳에…… 역시 아직도 날 동물 취급하고 있잖아!

"왜 안 된다는 거지?"

"분명 안고만 있지 않으실 거니까 그렇죠."

"들켰나."

"순순히 인정하시는 겁니까."

대체. 그녀는 눈가를 가늘게 좁히며 침대 옆에 줄을 당겨 시녀를 불렀다. 이런 꼭두새벽에까지 불러서 미안하지만 태자 전하께서 잠이 오시지 않는다는데 어쩔 수 없지. 게다가 수면 유도제를 더 먹었다가는 죽을지도 모른다고 하기스가 말했다고 했으니까. 사실인지는 의심스럽지만.

소니도르는 시녀가 오자마자 테리를 홀로 키웠던 어린 시절을 떠올렸다. 악몽을 꿨다고 징징거리는 어린아이에게 주면 얼마 지나지 않아 곯아떨어지는 마법의 음료.

"우유 한 컵 따뜻하게 데워서 부탁해요."

"……"

마르멜이 한참을 어이없다는 눈빛으로 소니도르를 올려다보다가 이내 상체를 벌떡 일으켰다. 입을 일자로 꾹 다물고 있는 것이 아무래도 말문이 막힌 듯했다. 그는 한참을 그러고 있다가 시녀가 진짜로 데운 우유를 가져오자 어쩐지 볼멘 목소리로 투덜거렸다.

"내가 그런 걸 먹는다고 잠들 것 같아?"

"일단 드셔 보시고 말씀하세요."

대체 어디까지 날 어린애로 볼 거냐고 투덜거리던 그는 얼마 지나지 않아 눈을 느릿하게 깜빡였다. 그리고 자신이 마시던 우유를 기괴하단 얼굴로 내려다보았다. 설마 다른 것도 아니고 이런 게 먹힐 줄은 생각하지도 못했다는 기색이었다. 몇 모금 마시고 그만두려고 했던 마르멜은 결국 찝찝하단 얼굴로 우유를 끝까지 마셨다. 잠이 오는 건 아니었지만 어쩐지 노곤한 기운이 몰려왔다.

그가 반쯤 감은 눈을 하자 소니도르가 작게 웃음을 터트리며 제 무릎을 두드렸다.

"이리 오세요. 오늘 얌전히 주무시면 내일 좋은 꿈 꾸게 해드릴게요."

좋은 꿈? 마르멜이 얌전히 그녀의 무릎 위에 머리를 뉘이며 되묻자 소니도르가 답했다.

"귀엽고 사랑스러운 동물 꿈이죠. 특별히 마음껏 만질 수 있도록 허락해 드리지요."

"흐음, 꿈속에서만?"

"네? ……잠깐, 무슨 소리를 하시는 거예요!"

자연스레 연상되는 의문을 표했을 뿐이었는데 그녀가 삽시간에 얼굴을 붉게 물들이며 빽 소리를 질렀다. 마르멜은 빨갛게 달아오른 탐스러운 볼을 가만히 올려보다가 그것을 손가락으로 쿡 찌르며 삐딱하게 입꼬리를 끌어 올렸다.

"네가 꺼낸 말이잖아."

"그, 그야 꿈속에서 저는 동물이니까!"

"언제는 사람이라는 자각 좀 해 달라고 하지 않았나."

"……."

할 말이 없어진 소니도르가 입을 꾹 다물자, 마르멜은 한 번 봐준다는 듯 너그러이 웃었다. 어차피 인간 소니도르가 마음껏 만지라고 밥상을 차려 줘도 손가락 하나 까딱할 줄 모르면서 말이다. 동물은 능숙하게 다뤄도 인간 여자에게는 능숙하지 못한 마르멜은, 본인도 모르게 쉼 없이 튀어나오는 허세를 눈치챘다. 하지만 막상 상황이 닥치면 뭐든 해낼 수 있을 것 같은 근거 없는 자신감이 다시 무럭무럭 피어올랐다.

왠지 지금도 키스하라고 하면 할 수 있을 것 같다. 마르멜은 촉촉하게 젖어 보이는 그녀의 입술에 잠시 시선을 두었다가 가까스로 욕망을 억눌렀다. 아직은 온전한 그의 이성이, 신뢰도 얻지 못한 상태에서 무리하게 들이댔다가 지금보다 더 못한 사이가 되고 말 거라고 속삭였기 때문이다. 인간의 욕심은 끝이 없고 같은 실수를 반복한다지.

'어떻게 하면 날 믿어 줄까.'

잠시 생각하던 그가 이내 입술을 달싹였다.

"언젠가 지금 여기 있는 온전한 너를 내 꿈에 부를 거다. 오래 걸리지 않을 거야. 장담해."

"……."

"그럼 그때는 날 믿어 줄 텐가?"

둘 사이가 틀어진 원흉은 여러 가지였지만, 자신의 감정을 증명할 검증된 방법은 딱 하나였다. 소니도르를 그녀의 모습 그대로 자신의 꿈에 불러내는 것. 지금껏 그녀를 불러낼 수 없었기에 신뢰를 줄 수 없었던 것이고, 자신도 확신할 수 없었던 것이다.

그동안 절대적으로 신뢰한 만큼 배신으로 돌려받았던 기억 때문일까, 아니면 아버지의 끈질긴 세뇌 때문인 걸까. 이유는 도통 알 수 없었지만, 아무리 유일하고 신뢰한다고 해도 타인을 온전히 제 마음에 담는다는 건 힘든 일인 모양이었다. 하지만 그녀에게도 말했듯, 마르멜은 머지않아 소니도르를 자신의 꿈속으로 불러낼 수 있을 거라고 확신했다.

"그건 믿을 수밖에 없죠. 타인의 마음을 확인할 가장 확실한 방법이니까."

잠시 망설이던 소니도르가 주저 없이 답했다. 그녀는 절대적으로 자신의 능력에 자부심을 가지고 있었고, 맹신하고 있었다. 만약 마르멜이 그녀를 꿈속에 불러낸다면 그건 자신을 더없이 소중하게 생각하고 있거나 간절하게 원하고 있는 게 확실했다. 그걸 부정하는 건 자신의 능력마저 부정하게 되는 거였으니까 부정할 수 있을 리가 없었다.

그 사실을 정확히 알고 있었던 마르멜이 말없이 입꼬리를 끌어 올렸다.

"그럼 네 마음은 그때 들려줘. 기다릴 수 있으니까."

"……그렇게 되기 전에 마음을 접고 그만두세요. 저는 어차피 떠날 사람이고."

"접는다고 접히는 거였으면 애초에 내가 이 꼴이 되지도 않았어."

더는 망가지고 싶지 않아. 이번만큼은 욕심부리고 싶어. 그는 작게 속삭이며 그녀에게 손을 뻗어 가볍게 볼을 감싸 쥐었다. 그러자 소니도르가 그 손을 정중하게 떼어 내며 망설이듯 입술을 달싹였다. 그녀는 그가 자신을 꿈에 불러내게 되면, 그때 정말 빼도 박도 못할 거라는 걸 직감적으로 느꼈다. 자신이 절실히 원하는 한 사람이 누군지 확실해졌는데 과연 놓아주고 싶을까. 아마 자신의 감정에 확실해진 만큼 온전히 자신만을 아끼고 사랑해 줄 것이다.

문제는 언제나 그렇듯 그다음이었다. 병을 고치고 모든 환각에서 깨어났을 때.

소니도르는 꿈 장인이었다. 그녀는 사람의 무의식을 가장 많이 반영한다는 꿈을 직접 드나들 수 있는 사람이었기에 사람의 마음이라는 게 얼마나 간사하고, 또 변하기 쉬운 유동적인 존재인지 누구보다 잘 알고 있었다. 사람은 절실함이 사라지면 괴로웠던 시절을 잊는다. 반대로 그때와 같은 고통이 다시 찾아오면 그 시절을 돌이키고 절실함을 곱씹는다. 또 그리워한다.

소니도르는 절대 그 장단에 농락당하고 싶지 않았다. 상처받고 싶지 않았다.

'겁쟁이라고 해도 좋아.'

그녀는 마르멜에게 잠시 죄책감 어린 시선을 보내다가 재빠르게 지워 내고 말했다.

"좋아요. 그럼 멜도 한 가지 약속해 줘요. 제가 병을 고치면 절 놓아주시겠다고."

"뭐?"

"제가 먼저 병을 고치면 절 놓아주시고, 멜이 먼저 절 꿈에 부르면 원하실 때까지 곁에 있어 드릴게요. 먼저 이뤄낸 사람에게 원하는 걸 해 주는 거죠."

"내기를 하자는 건가."

"도박은 절대 하지 않는다고 하셨지만, 앞으로 매 순간 걸어야 할 일 많아질 거라고 하셨죠. 이것도 그 일 중에 하나라고 생각해 주세요."

"……."

그녀의 의중을 파악하는 듯 잠시 뚫어지게 응시하던 마르멜이 이내 망설임 없이 답했다.

"좋아."

그는 이 내기에서 질 리가 없다고 확신하고 있었다. 소니도르는 본인의 얼굴을 한가득 담은 마르멜의 붉은 눈동자를 내려다보다가 한숨을 삼켰다. 눈빛만으로도 알 수 있었다. 자신을 얼마나 아끼고 있는지. 게다가 저렇게 자신감 넘치는 표정을 보니 지오르지오의 충고가 다시 머릿속에서 희미해지는 기분이었다. 간사한 게 사람 마음이라더니, 어쩌면 정말로 그의 병이 다 나은 이후로도 자신을 좋아해 주지 않을까 하는 생각이 드는 것이다.

"자장가 불러 드릴게요."

"아, 아니 괜찮⋯⋯, 후. 부탁하지."

마르멜이 포기했는지 얌전히 눈을 감았다.

농락당하고 싶진 않았다. 하지만 만약 자신이 병을 고치는 것보다 먼저 꿈속에 불러낸다면, 그래도 한번 믿어 봐도 되지 않을까. 그러면 내가 훗날 옳은 선택을 했다고 웃게 될까, 아니면 역시 후회할 줄 알았다며 울고 있을까.

'첫사랑이 황태자라니.'

인생은 요지경 속이다.

소니도르는 그렇게 생각하며 그의 가슴께를 부드럽게 토닥여 주었다. 이번에는 정말 제대로 연습해 왔는지 저번의 끔찍한 자장가보다 제법 그럴듯한 음색이 그녀의 연분홍 입술을 타고 흘러나왔다.

따듯한 체온이 느껴지고 심장박동처럼 규칙적인 손길이 그를 안락으로 이끌었다. 여전히 불면증은 그의 고질병 중 하나였지만, 그녀와 지내는 시간이 길어질수록 잠드는 것이 더는 괴롭지 않았다. 그녀의 곁에서 잠들기 시작한 이후로 깨어날 때마다 폐부를 짓누르고 숨통을 옥죄는 것 같은 끔찍한 감각도 더는 느껴지지 않았다. 안심하고 곁을 내놓을 수 있을 만큼 편안하고, 또 그만큼 소중한 사람이란 뜻이겠지. 애초에 이런 평화를 마르멜에게 안겨 준 사람이 소니도르였다.

이대로 이어진다면 지독한 불면증도 언젠가 종지부를 찍을 거라 믿었다.

이래도 내가 널 좋아하는 게 아니라고? 대체 넌 뭐가 그렇게 불안한 거지. 이제 내 세계는 너를 중심으로 돌아가기 시작했는데. 그는 몽롱한 눈빛으로 눈을 깜빡이다가 이내 고운 숨을 내쉬며 잠이 들었다.

잠시 후, 소니도르는 그가 잠들었는지 몇 번이고 확인한 뒤에 깊은 한숨을 내쉬며 말했다.

"후아. 살았다. 심장 터지는 줄 알았네."

하루 안에 평생 들을 좋아한다는 말은 다 들은 것 같았다.

대체 뭘 하시길래 날이 갈수록 더더욱 치명적으로 변하시느냐 말이다. 나이도 세 살이나 어린 남자인데 어떻게 사람이 숨 쉬듯이 색기를 뿜을 수가 있지. 그러고 보니 처음 만나 뵀을 때보다 좀 더 성숙해지신 것 같기도 했다. 미묘한 차이지만 남자답게 변한 턱선이라든지, 골격이라든지……. 소니도르는 제 눈을 벅벅 문지르다가 이내 양 볼을 찰싹 내리쳤다. 눈에 콩깍지 같은 거라도 쓰인 게 틀림없었다.

정신 차리고 빨리 황태자의 병을 고치자. 평온한 일상과 평탄한 미래를 위해서라도 말이다.

그녀는 속으로 다짐하고 또 다짐하며 조심스럽게 무릎을 빼고 침대 위에서 내려와 자신이 묵는 손님방으로 향했다.

새는 신을 향해 날아간다

마제른의 봄. 창조의 신 마제른이 축복을 내리는 그 둘째 날이었다. 사흘 연속으로 이어지는 황궁 연회의 꽃은 역시 각국에서 몰려든 인재들이 각자의 재능을 뽐내는 날인 오늘이었다. 넓은 그랜드 홀에서는 곳곳에 무대가 세워졌다. 한곳에서는 현재 제국에서 가장 주가를 올리고 있는 인기 화가가 즉석에서 초상화를 그려 주고 있었고, 한곳에서는 각 분야에서 최고만을 뽑은 연주자로 구성된 오케스트라가 연주하고 있었다. 물론 지휘자 또한 세계적인 거장으로 명성이 자자한 사람으로, 이런 날이 아니고서야 고위급 귀족들도 쉬이 마주치지 못한다는 천재들뿐이었다.

이런 천재 예술가들이 연회의 시작을 장식한 뒤에 일어난 일이었다. 첫째 날은 얼굴만 비치고 휙 떠나 버렸으며, 둘째 날이 되어서야 겨우 옥좌에 앉은 황제가 가만히 입꼬리를 올리다가 입을 열었다. 여전히 사람의 등골을 오싹하게 할 정도로 낮은 목소리였다.

"이번 연회는 장인들을 위해 특별히 마련된 연회가 아닌가. 가장 큰 무대를 남겨 두었으니 어디 그대들의 뛰어난 능력 모든 것을 가감 없이 짐에게 보여 주게."

갑작스러운 명령이었다. 매년 마제른의 봄에 연회를 찾은 귀족들에게는 굉장히 익숙한 풍경이었으나, 이번에 처음 연회를 찾은 장인들에겐 금시초문이었다. 아무것도 준비하지 못해 당황한 장인들이 우왕좌왕하는 사이에, 어느새 초대된 장인 명단을 들고 나온 시종 하나가 그들을 한 명씩 호명했다. 처음엔 얼떨떨한 기색을 감추지 못했던 장인들은 이내 무대 앞으로 나와 자신의 능력을 하나씩 보여 주었다. 그들 대부분이 자신의 능력을 생업으로 삼고 살아가고 있었기 때문에, 숨 쉬듯이 자연스러운 일이었기 때문이었다.

"꽃 장인, 안젤리나."

가장 처음으로 나온 한 여인이 나무판자 바닥을 손바닥으로 스윽 쓸더니 이내 크고 아름다운 장미꽃 하나를 피워 냈다. 꽃 장인이라. 대단하네. 소니도르는 신기하단 얼굴로 무대 밑에서 사람들을 따라 짝짝 손뼉을 쳤다. 아무것도 없는 맨바닥에 생명을 창조하는 능력인 만큼 본인처럼 제약이 엄청날 게 뻔했다. 역시나 그녀의 예상이 맞았는지, 꽃 장인이 피워 내는 꽃의 개수가 늘어날수록 그녀의 옆얼굴을 타고 식은땀이 흘러내렸다.

아무래도 무대 앞이라 조금 무리를 한 모양이었다. 귀족들은 장인이라고 무시할 땐 언제고 역시 능력이 신기하긴 신기했던 모양인지 무대에서 시선을 떼지 못하고 있었다. 장인의 능

력을 애용하는 귀족들도 간혹 있었지만, 장인이라는 이유로 무
조건 멸시하고 피하는 귀족들도 있었기 때문이었다. 후자의 경
우라면 아마 이번 무대에서 장인의 능력을 처음 보는 것일 거
다. 어쩌면 편견을 약간, 아주 조금이나마 없앨 수 있게 되었을
까.

'이것 참 평화적인 방법이네. 그래, 이렇게 간단하게 될 수
있는 일인데.'

제국에서 적극적으로 나선다면 언젠가 이 이유 없는 차별도
완전히 사라지게 될 것이다. 언제가 될지 모르겠지만, 땅을 돌
려받을 날이 올 수도 있을 것이다. 그 누구의 피도, 눈물도 흘
리지 않고도 이룩해 낼 수 있을 것이다. 소니도르는 그렇게 믿
었다. 그녀는 안도의 한숨을 삼키며 자신의 옆에 선 마르멜을
살짝 기대 어린 눈빛으로 올려다보았다. 황궁에 장인을 초대한
다는 파격적인 방법이 처음에는 걱정뿐이었는데, 어쩌면 이게
장인들이 자유로워질 첫걸음이 될지도 몰랐다.

앗, 눈 마주쳤다. 자신을 향해 옅게 웃는 그를 보고 그녀는
화들짝 놀라 시선을 돌렸다.

"연기 장인, 주세페."

연기 장인의 이름을 직접 듣는 건 처음이었다. 이름도 중성
적……, 아니 중성적인 것도 아니라 완전히 남자 이름인데. 소
니도르는 무대 위로 오르는 그녀를 빤히 응시했다. 주세페는
여전히 남자들이나 입을 법한 연미복을 입고 있었으며, 여전히
누가 봐도 남자 같았다. 남자치고는 살짝 선이 가늘고 굉장한
미청년이라는 것을 제외하면 말이다. 그녀는 당당하고 기품이

어린 걸음으로 무대 위로 올라오더니, 우아한 몸짓으로 허리를 숙여 입을 열었다. 굉장히 극적인 어투였다.

"아, 나의 셀레나. 황혼의 불꽃이 그대를 물들이고, 어둠에 새까맣게 피어난다 해도 그대는 부정할 수 없이 나의 꽃이요, 나의 검은 빛이로다."

아르케 제국에 사는 이라면 누구라도 알고 있는 연극 '죽음의 꽃'의 대사였다.

연기 실력을 내보이기 위해선 비극만 한 게 없긴 하지. 소니도르는 멍하니 생각했다. 연기 장인은 자신이 사랑하던 연인이 죽을병에 걸려 점점 미쳐 가자, 그것을 지켜볼 수밖에 없는 한 남자의 비통함을 그대로 연기해 냈다. 그리고 이내 무릎을 꿇더니 무대 바닥에 피어난 꽃들을 하나하나 꺾어 그 위로 자신의 눈물방울을 떨구어 냈다. 왜 갑자기 죽음의 꽃 대사를 읊는가 했더니 저 꽃을 활용하기 위해서인 모양이었다.

덜덜 떨리는 손끝, 주저하는 손길. 흐트러진 남색 머리카락 사이로 드러나는 애수에 찬 눈동자. 연기도 완벽했지만, 그녀의 수려한 외모 또한 단연 돋보였기에 동시에 꺅꺅하고 곳곳에서 영애들의 비명이 들려왔다. 그래 봤자 여자인데요. 소니도르는 가늘게 뜬 눈으로 주세페의 행동을 주시했다. 그녀는 바닥에 피어난 새빨간 장미꽃을 한데 모아 꽃다발을 만들었다. 그리고 무대 바로 밑, 황태자 옆에 서 있던 소니도르에게 그 꽃다발을 내밀었다.

그녀가 풀잎 같은 녹색 눈동자를 몇 번 깜빡이다가 얼빠진 소리를 냈다.

"엥?"

"이 꽃이 시들어도 그대는 영원히 내 곁에서 시들지 않을 것이오."

"저요?"

"그래, 나의 셀레나."

가장 앞에 있는 젊은 여자가 나밖에 없어서 그런가. 잠시 얼떨떨한 표정을 짓던 그녀가 꽃다발을 받으려 손을 뻗자, 바로 옆에 있던 마르멜이 그 꽃을 빠르게 낚아챘다.

그리고 그린 듯한 미소를 지으며, 부드럽고 다정한 목소리로 셀레나의 대사를 읊었다. 높낮이 없는 무덤덤한 말투였으나 그 속에 소니도르만 읽어 낼 수 있는 살기가 가득했다.

"아니, 내 곁을 지킨 대가로 당신의 영혼까지 말라비틀어지게 될 것입니다. 영원히."

저 대사가 저렇게 소름 돋는 대사였던가. 굉장히 슬픈 장면이었던 것 같은데. 셀레나의 광기만큼은 완벽하게 소화해 낸 마르멜이 언제 그랬냐는 듯 다시 성자의 미소를 짓기 시작했다. 그 와중에 붉은 꽃다발이 그의 선홍색 눈동자에 굉장히 잘 어울렸다. 소니도르는 눈가를 파르르 떨다가 허공을 향해 멈춰 있는 민망한 손을 거둬들였다. 잠시 얼떨떨한 표정을 짓고 있던 주세페는 이내 연기의 마지막을 장식했다. 슬픔까지 뒤덮을 정도의 지독한 기쁨, 모순된 감정으로 괴로워하는 얼굴로 눈물을 흘리며 씨익 입꼬리를 올린 것이다.

그녀는 마르멜의 손등을 가져가 그 위에 경건히 입을 맞추며 말했다.

"기꺼이."

"……."

아니, 이 사람이 태자 전하께 추파를 던지고 있잖아!

워낙 남자 같은 차림새와 태도 때문에 방심하고 있었지만, 연기 장인은 여자였다. 소니도르는 뚱한 얼굴로 주세페와 마르멜을 번갈아 보다가 이내 자신이 한 생각에 흠칫 놀라고 말았다. 아, 아니 추파를 던지면 뭐. 뭐 어때서. 아무 사이도 아닌데 나랑은 전혀 상관없는 일이잖아. 연기 장인이 하기스와 비슷한 사람이라는 건 이미 예전부터 예상했던 일이고.

그녀가 혼란스러워하는 사이에 마르멜은 웃는 얼굴 그대로 꽃을 뒷좌석의 영애에게 넘겨 버렸다. 마치 쓸데없는 쓰레기를 떠넘긴 듯한 뿌듯한 표정으로 말이다. 손등을 손수건으로 벅벅 닦아 버리고 싶었지만 소니도르가 당하는 것보단 나았으니 이쯤이야 참을 수 있었다.

최면 장인, 환술 장인, 화염 장인, 노래 장인…….

몇 명의 장인이 더 나와 무대 앞에서 능력을 뽐냈다. 노래 장인의 입을 타고 흘러나왔던 천사의 음색, 그 아름다운 선율이 불러일으킨 먹먹한 여운에 젖어 있을 때였다. 그들에겐 너무나 익숙한 이름이 호명되었다.

"파랑 장인, 지오르지오."

그가 불리자마자 어깨를 움찔 떤 소니도르가 불안하다는 시선을 무대 위로 던졌다. 어제와 마찬가지로 영 불량한 옷차림의 그가 형형한 눈빛으로 주변을 둘러보다가 이내 손가락을 세웠다. 그러자 그의 손가락에서 물방울들이 맺히기 시작하더니 점점 그 크기를 키워 나갔다.

"제 능력은 뚫거나 예리하게 잘라 내거나 부수거나 박살 내는 것에 특화되어 있습니다. 많은 분께서 연회를 즐기고 있는 이 자리를 망칠까 두려우니 이쯤하고 내려가도 되겠습니까."

지오르지오는 최대한 예의를 갖춰 말했으나, 트집 잡기 좋아하는 몇몇 귀족들은 그의 말이 고깝게 들렸던 모양이었다. 본인의 능력을 너무 과신하는 것 아니냐며, 고작 장인의 힘으로 황실 연회를 망칠 수 있겠느냐고 그들이 불만스러운 얼굴로 수군거릴 때였다. 옥좌에 비스듬히 기대앉아 이 사태를 관망하고 있던 황제가 재미있다는 듯 웃으며 입을 열었다.

"어디 해 보아라."

"……."

"인명 사고를 내지 않는 범위 내에서 짐이 모든 것을 책임지지. 단 누구 하나 다치지 않는다는 조건을 덧붙이마."

"명령이시라면……."

황제는 과연 능력을 억제하는 아티팩트를 차고도 파랑 장인이 얼마나 날뛸 수 있는지 궁금했던 모양이었다. 소니도르는 낭패 어린 얼굴로 이마를 짚었다.

지오르지오의 능력은 위험했다. 어릴 때야 엄한 소니도르 어머니의 가르침 밑에서 함부로 능력을 사용하지 않았지만, 지금은 자유 용병으로 활동하고 있지 않은가. 현재 그는 말하자면 고삐 풀린 망아지 꼴이었다. 어린 시절 같이 살아왔고, 한때 같이 의뢰를 수행한 적이 있었던 소니도르는 알고 있었다. 그가 사람의 심장에 구멍을 뚫고, 육신을 난도질하고, 멀쩡한 건

물을 무너트리고도 남을 정도로 가공할 힘을 가지고 있다는 것을.

물론 제약이 걸려 있는 지금은 그 반의반의 힘도 내지 못하겠지만, 역시 위험한 건 매한가지였다. 게다가 혁명군 수장인 그가 황제 앞에서 자신의 능력이 특출하다 뽐내 봤자 무엇 하겠는가. 최악의 경우에는 위험인물로 간주되어 제거당하고 말 것이다.

소니도르는 중간에 자신과 시선이 마주친 지오르지오를 향해 간절한 눈빛을 보냈다. 그의 제비꽃 눈동자에 순간 불만이 서렸으나, 이내 어쩔 수 없다는 듯 그녀에게 삐딱한 웃음을 지어 보였다. 그리고 테라스를 향해 손날을 눕혀 횡으로 허공을 길게 긋자, 테라스에 길게 휘장처럼 늘어진 커튼들이 예리한 바람에 잘려 앞쪽부터 차례로 뭉텅뭉텅 떨어져 내렸다. 근처에 서 있던 사람들이 헛숨을 들이키며 제 몸을 더듬었지만 잘린 건 오로지 커튼뿐이었다. 커튼 바로 옆에 세워진 기둥에는 흠 조차 나지 않았다.

"미천한 실력입니다만."

"충분하군."

불행이라고 해야 할지, 다행이라고 해야 할지 황제는 파랑장인의 능력이 마음에 들었던 모양이었다. 그는 이제 만족하느냐는 표정으로 소니도르를 내려다보았다. 지금도 충분히 눈에 띄는 것 같은데……. 그나마 건물 기둥을 잘라 버리지 않은 게 다행이라고 해야 하나. 그녀는 떫은 표정을 짓다가 마지못해 천천히 고개를 끄덕였다.

지오르지오가 무대 밑으로 내려가고, 거의 모든 장인이 호명되어 무대 앞으로 나섰다.

하지만 아주 특출한 재능을 가지고 있어도 자신의 재능을 보여 줄 수 없는 사람들도 존재했다. 아무래도 공간이 제한적이기 때문이었다. 그중 하나가 소니도르였다. 전 세계를 통틀어 유일하게 꿈을 다룰 수 있는 꿈 장인이었지만 그 능력은 어떻게 보여 줄 수 있는 게 아니지 않은가. 그래서 그녀는 장인들이 각각 능력을 보여 주는 동안 무대 밑에서 짝짝 손뼉을 쳐 댈 뿐이었다. 마르멜도 그걸 알고 애초에 명단에서 소니도르를 빼 두었기 때문에 그녀가 무대에 불려 나갈 일은 없었다.

"폐하."

하지만 연회 내내 황태자 옆에 꼭 붙어서 떨어질 생각을 하지 않는 소니도르를 보고 많은 귀족은 호기심과 의심, 그리고 질투를 느끼고 있었다. 이 수많은 장인 중 가장 주목받는 이라면 당연히 소니도르가 될 터. 당연히 그녀에게 많은 관심이 집중되고 능력을 궁금해했다. 역사가 깊은 명문가의 가주이자 앤더슨 공작의 측근, 디온 백작이 조용히 좌석에서 일어나 앞으로 나섰다. 그는 입가에 잔잔하게 걸려 있는 웃음만큼이나 그 속내를 읽어 내기 힘든 노련한 귀족이었다.

그러나 마르멜의 눈에는 선한 인상의 중년의 남자가 아닌 비열하게 웃으며 두 눈을 번뜩이는 하이에나로 비쳤다. 앤더슨 공작의 측근 중에서는 유독 하이에나가 많군. 황태자는 속으로 중얼거리며 소니도르를 가리듯 몸을 틀어 얌전히 자리를 지켰다. 틈을 노리는 날짐승의 음험한 속내를 읽고도 나서지 않은 건 과연 무슨 소리를 할 생각인지 지켜보겠다는 뜻이었다.

"폐하, 제가 한 말씀만 올려도 되겠습니까."

"말해 보시오, 백작."

"데센시아 부족민의 저주, 그 끔찍한 일로 우리의 고대 황실 가문의 핏줄은 완전히 역사 속에 묻히고 말았습니다. 그런 저주가 다시 아르케 제국에 찾아왔고, 제국은 또 한 번의 위기를 마주하고 있지요. 아주 심각한 사태가 아니겠습니까. 제국 안팎으로 혼란스러운, 더 나아가 불온한 움직임들이 보이고 있습니다. 하지만 그 저주를 유일하게 없앨 수 있는 장인의 능력을 확인해 보지 않는다니요. 이래서야 어디 이 자리에 모인 모두의 불안을 잠재울 수 있겠습니까."

회의에서나 할 법한 말을 굳이 연회에서 꺼낸 이유는 알 만했다. 정사에 직접 참여하지 않아도 발언권이 있거나, 제국에 영향력 있는 모든 귀족이 모여 있는 자리였기 때문이었다. 말 한마디로 사교계를 좌지우지할 수 있는 부인들도 있었다. 쓸데없는 말로 소문을 퍼트리거나 파문을 일으켜 그들을 충동질할 생각인 것이다.

좌중이 술렁였다.

'능력의 증명이라.'

마르멜은 잠시 고민하는 사이, 제 할 말을 마친 뒤 자신 쪽을 응시하는 하이에나와 눈이 마주쳤다. 가만히 고개를 기울인 그는 더욱 짙은 미소를 지으며 씨익 웃어 보였다. 디온 백작은 저도 모르게 흠칫 놀랐다가, 왜 유약한 황태자와 눈이 마주쳤다는 이유만으로 소름이 돋은 건지 혼란스러워해야만 했다.

황제는 무언가 생각하는 듯 잠시 말이 없다가 입을 열었다.

"백작의 말도 일리가 있군. 하지만 꿈 장인의 능력을 증명하는 건 저주를 완전히 풀어내는 방법밖에 없지 않겠는가. 꿈 능력은 사람이 잠든 사이 꿈속으로 들어가는 능력이라 들었으니 눈앞에서 증명해 보일 방도가 없네."

마르멜의 눈이 가늘어졌다. 어쩔 수 없다는 듯 말을 늘어놓는 늑대의 눈빛에서 무언가 꿍꿍이를 읽었던 탓이었다. 미리 따로 생각해 둔 것이라도 있는 건가.

"예, 저도 그것이 걸리는군요. 하지만 확인할 방법이 없으니 의심이 가는 건 어쩔 수가 없는 것 아니겠습니까. 하물며 저주라니. 모든 부족민이 모여 해결안을 제시하는 것도 모자라건만 고작 한 명이라니요. 애초에 대제국을 상대로 저주를 내린 건 저들의 조상이 아닙니까. 결자해지도 모르는 배은망덕함이라니. 쯧."

"……."

이 자리에 모인 장인들의 표정이 모두 하나같이 딱딱하게 굳었다. 소니도르 또한 마찬가지였다. 하도 들어서 귀에 딱지가 앉을 지경이었지만, 매번 속에서 울컥 불길이 치솟는 건 어쩔 수 없는 일이었다. 과연 제국주의 사상에 찌들어 피해자의 입장에서는 단 한 번도 생각해 보지 않은 제국 귀족이 할 법한 소리였다.

"배은망덕이라……."

벽에 가만히 기대어 있던 지오르지오가 살기를 담은 목소리로 작게 중얼거렸다. 그의 손에 들린 샴페인이 끊임없이 요동

치자 그는 술잔을 조용히 테이블 위에 내려놓았다. 웃기는 소리였다. 갑자기 강도가 나타나 자신을 죽이려고 하면, 집주인은 집을 지키기 위해 반항하다가 강도에게 상처를 입힐 수도 있었다. 그걸 두고 배은망덕이라 하다니. 지금 배부른 돼지 같은 네 목에 검을 들이대도 그딴 소리를 할 수 있는지 궁금해지는데.

—모두를 지키기 위해 타협하는 거야.

지오르지오는 문득, 까마득한 옛날에 마냥 작고 사랑스러웠던 어린 소녀가 불퉁한 목소리로 했던 말을 떠올렸다. 무섭도록 표정을 굳힌 그는 소니도르 쪽을 흘깃 응시한 뒤 얌전히 살기를 거뒀다. 대의를 위해서도 아니고 고작 저런 한심한 제국 귀족의 도발에 넘어가 일을 그르칠 수는 없는 일이었다.

아무도 장인들을 위해 나설 리 없다고 생각했던 순간, 잠자코 자리를 지키던 마르멜이 좌석에서 일어나 천천히 걸음을 떼었다. 그리고 계단을 올라 황제의 옥좌 옆, 공석인 황후의 자리 옆에 마련된 좌석에 앉아 온화하게 미소 지었다. 잠시 소니도르의 곁에 있기 위해 내려왔을 뿐 원래부터 그곳이 마르멜의 자리였다.

사위가 쥐 죽은 듯이 조용해졌다. 물방울 떨어지는 소리마저 들릴 것 같은 침묵 속에서 대외적인 황태자의 모습으로 돌변한 그가 물었다.

"장인이 무엇이라 생각하십니까."

"예?"

"장인의 뜻이 무엇이라 생각하시느냐 물었습니다."

"그야 데센시아 부족민이 아닙니까."

"하하."

눈가를 곱게 접어 웃은 그가 갑작스레 단어 뜻풀이를 시작했다.

"장인이란 우두머리, 즉 그 분야 최고의 권위자를 뜻합니다."

디온 백작은 여전히 영문을 모르겠다는 얼떨떨한 얼굴이었다. 하찮은 지위의 뜻이나 의미 같은 걸 생각해 본 적 따윈 단한 번도 없었기 때문이었다. 평민의 뜻은 무엇이라 생각하느냐, 노예의 뜻은 무엇이라 생각하느냐 묻는 것과 매한가지였다. 순식간에 좌중의 관심을 사로잡은 마르멜이 몸을 앞쪽으로 기울이며 물었다.

"왜 데센시아 부족민을 장인이라 부를까요."

"그, 그건 저도 잘……."

"우리 제국에서 그들의 땅을 억지로 빼앗고 설 자리를 잃게 한 속죄의 뜻으로 내려 준 명칭입니다. 비록 나라를 잃었으나 신의 축복을 받은, 기적과도 같은 능력으로 이어져 있기를 바라는 마음에서죠. 데센시아 부족민. 그들의 유대, 그들의 나라. 그것이 곧 장인입니다."

나라를 잃었어도 결국 그들은 능력이라는 유대로 이어져 있다는 뜻이었다. 해석의 여지가 많은 말이었기에 장인들은 동시에 모호한 표정을 지었다. 땅을 되찾을 때까지 민족의 유대를 잊지 말라는 격려로 들리기도 했고, 어쩌면 '장인' 그것으로 만족하라는 의미로 들리기도 했다. 하지만 적어도 황태자가 다른 황족들과 달리 부족민을 존중하고 있다는 것 하나만은 확실하게 와 닿았다.

"백작. 애초에 저주가 아르케 제국 황실을 덮친 이유를 생각해 보신 적 있으십니까."

"……."

"침묵은 긍정으로 알겠습니다."

사실 바보가 아닌 이상 모를 리가 없었다. 평화로웠던 남쪽의 작은 섬을 탐내고 멋대로 빼앗아 피로 물들인 것도 모자라 능력을 탐내 멋대로 이주시킨 것도 애초에 제국이었으니까. 그걸 알고 있음에도 제국민 대부분은 힘이 약하니까 땅을 빼앗긴 게 당연하다고 생각했다. 나라 없는 부족민을 받아들여 줬는데 배은망덕하게 저주를 내린 것도 그들의 잘못이었다.

그 뿌리 깊게 박혀 버린 잘못된 생각부터 바로잡지 않으면 그들의 골은 깊어질 뿐일 것이다. 마르멜의 노력 또한 계속 헛바퀴를 돌 뿐일 것이고. 하지만 계란으로 바위를 치더라도 포기하지 않고 끊임없이 주장할 수밖에 없었다.

"그대들은 파멸의 끝을 알리는 시작은 그 피로써 풀 수밖에 없다는 신탁을 기억하십니까. 저주를 푸는 방법은 분명 있을 것입니다. 제 저주가 나아간다고 해도 다음 대, 혹은 그다음 대에 다시 이어질지도 모를 일이니, 황실의 안녕을 위해서라도 우리는 저주를 완전히 풀어내야 합니다."

대체 무슨 말을 하시려고. 소니도르는 마르멜이 앞에 나선 순간부터 계속 그를 불안한 시선으로 올려다보았다. 애초에 부족민의 저주도 아닌데 태연하게 거짓말을 하고 있는 능청스러운 모습에 그저 한숨만 나올 뿐이었다.

"그렇다면 부족민을 모두 죽여야만 그 저주가 풀릴까요. 아니요, 과거 우리가 남긴 치욕스러운 과오에서도 알 수 있듯 그건 저주를 앞당길 뿐이었습니다. 불로써 불을 끄려고 하는 꼴이었지요. 이제 남은 방법은 하나뿐입니다."

"……그게 무엇입니까."

"화합이지요."

백작은 말없이 침묵했다. 소니도르의 능력을 시험해 봐야 하는 것 아니냐 물었을 뿐인데 대체 왜 얘기가 이렇게 되었나 하는 얼굴이었다. 마르멜이 저주의 책임이 소니도르가 아닌, 하물며 장인들도 아닌, 바로 제국민에게 있다고 교묘하게 말을 돌린 것이다. 사실만 놓고 봤을 때 틀린 말은 아니었으나 애초에 말을 꺼낸 의도와는 대화의 흐름이 전혀 다르게 흘러가고 있었다. 완전히 말려든 것이다.

"백작의 말대로 모두의 도움이 필요했기에 연회를 마련했습니다. 오늘 이 자리는 제국 역사상 가장 기념비적인 날이 될 것입니다. 파멸의 끝을 알리는 시작을 이 순간부터 풀어 나갈 생각이니까요. 해결은 내가, 또 도움은 그대들에게 구합니다. 저주를 푸는 데 도움을 줄 수 있는 뛰어난 장인들에게 작위를 내리고 곁에 둘 생각입니다."

"전하!"

"그 무슨 말도 안 되는! 장인에게 작위라니요!"

순식간에 연회장이 술렁이기 시작했으나 그는 꿋꿋하게 말을 이었다.

"제국의 영광과 안녕을 위해서라도 여러분들께서 협력해 주시리라 믿습니다."

"흐음."

마르멜의 말을 처음부터 끝까지 옆에서 가만히 듣고 있던 황제가 피식 웃으면서 말했다.

"그렇다는군."

"……."

디온 백작은 고개를 숙이며 얌전히 물러났다. 황제가 별말을 하지 않는데 그 앞에서 나설 수는 없는 노릇이었다. 카딘은 옥좌를 손가락으로 톡톡 두들기며 무언가 잠시 생각에 잠긴 듯 말이 없었다. 그 모습을 모두가 긴장한 채로 지켜보았다. 저 의심병에 걸린 미친 황제가 또 무슨 소리를 꺼낼지 걱정되었기 때문이었다.

잠시 후 그가 입을 열었다.

"그렇게 되었으니 모두 사이좋게 지냈으면 좋겠군."

그리고 마르멜이 애써 에둘러 얼버무렸던 화제를 도로 꺼냈다.

"백작의 말대로 짐 또한 꿈 장인의 능력이 의심스러우나 그 효과가 확실하니 믿고 있네. 지속적으로 상당한 시간이 필요한 방법이라는 건 마음에 들지 않지만, 실력이 확실한 건 여러 이들에게 증명된 바가 있으니……."

카딘의 시선이 잠시 비쥬티에 백작 부인에게 닿았다. 애초

338

에 황제가 꿈 장인의 소문을 들은 것도 그녀를 통해서였다. 백작 부인은 그의 시선이 자신에게로 향하자 가슴에 손을 얹고 예를 갖춰 허리를 살짝 숙여 보였다.

"……원한다면 백작에게도 그 증언을 들려줄 사람이 몇몇 있을 것 같군."

예상외로 소니도르를 두둔하는 발언이었다. 당연히 그림같이 웃고 있던 마르멜의 표정에 잠시 금이 갈 수밖에 없었다. 그는 잠시 믿을 수 없다는 시선으로 카딘을 응시하며 생각했다. 혹시 뭐 잘못 드셨나? 요즘 입맛이 해괴해졌다는 소문이 들리던데.

"물론 고쳐 내지 못할 경우 일말의 재고 여지도 없다만."

아니나 다를까 이어지는 말은 전혀 소니도르를 두둔하는 발언이 아니었다.

"그대들이 정 불안하다고 느낀다면 연회가 끝난 뒤 짐이 직접 시험해 보지."

아까부터 의심스러웠던 황제의 꿍꿍이는 결국 이거였던 모양이었다.

"……."

마르멜은 공적인 자리인지라 뭐라 반박하지도 못하고 주먹을 말아 쥐었다. 제발 별일 없기를 바랐지만 역시 불안하기 짝이 없었다.

소니도르는 연회가 끝나고 황태자 궁에 도착하자마자 시녀들에게 끌려가 씻겨졌다. 살인적인 코르셋과 바짝 당겨서 올려 묶었던 머리를 풀고, 수증기가 올라오는 따뜻한 욕조에 몸을 담그니 온몸이 노곤해졌다. 처음에는 누군가에게 씻겨진다는 거부감이 상당했으나, 이제는 매우 익숙해져 자연히 몸을 맡길 수 있을 정도가 되었다. 오늘 하루도 드디어 해방이라 생각하며 쭉 기지개를 켜자 시녀들이 가만히 있으라고 그녀에게 가볍게 타박을 주었다.

"하아, 오늘도 테리는 연회에 안 나왔네."

그녀는 시녀의 말에 따라 얌전히 욕조에 기대 있다가 뜬금없이 깊은 한숨을 내쉬며 한탄했다. 그러자 소니도르 주위에 둘러서서 열심히 씻기던 시녀 중 하나가 슬쩍 말을 걸었다. 예전엔 옆에서 아무리 떠들어도 듣는 시늉조차 하지 않더니, 요 며칠 새 그녀들과 급속도로 친해져서 이젠 몇 마디 수다도 함께 나눌 수 있을 정도가 되었다.

"전에 말했던 그 조수요?"

"부득불 자기가 조수래서 조수라고 부르고 있긴 하지만 그 꼬맹이는 완전히 제가 키웠다고요. 아들……까지는 힘들겠지만 적어도 친동생처럼 지금까지 열심히 키워 줬는데 코빼기도 안 비치다니."

"그럴 나이지 않습니까? 독립할 때도 됐네요, 뭘."

"걔가 제 입으로 독립할 생각 없다고 했거든요? 얼마 전까지만 해도 평생 곁에서 조수로 있을 거라고 하더니. 나 참, 어이가 없어서."

"원래 가깝고 친근한 사람일수록 아쉬울 때만 찾는 법입니다."

"아니 그래도……."

"아니면 누구 좋아하는 여자애라도 생긴 거 아니에요?"

소니도르의 머리에 향유를 바르면서 두피를 꾹꾹 지압해 주던 시녀가 물었다. 좋아하는 여자애? 소니도르는 잠시 그 말을 곱씹어 보다가 이내 피식 웃으면서 절대 아니라고 고개를 내저었다. 본인이 지금껏 연애에 개미 뒷다리만큼도 관심이 없었다면 테리는 그보다 더했다. 아직 어린 나이이기도 하고 말이다. 여자와 사귀느니 차라리 소니도르 님 곁에 있는 게 속 편하다면서 졸졸 쫓아다니는 놈인데 그새 좋아하는 여자가 생겼을 리가.

"근데 진짜 이상한 게 걔가 호기심이 많아서 절대 연회 같은 곳을 빠질 애가 아니거든요. 하물며 황실 연회인데 일생에 한 번 올까 말까 한 기회를 발로 걷어찰 리가 없는데."

크리스티안은 황제의 옆에서 계속 호위하고 있었기 때문에 눈인사라도 할 수 있었다. 하지만 테리는 머리털 끝조차 보지 못했다. 수련이 고되다는 소리를 듣기는 했지만, 얼마나 힘들었기에 자신을 단 한 번도 만나러 오지를 않는 건지. 꼭 연회가 아니더라도 한 번 정도는 만나러 올 수 있는 것 아니야?

아니면 이쪽이 온종일 황태자에게 붙잡혀 있는 것처럼 테리도 잠자고 밥만 먹으면서 수련을 하는 걸지도 몰랐다. 그런 거라면 연회에도 오지 못할 정도로 지친 것일 테니 굉장히 안쓰러웠지만. 그런 것도 아니라면 가만히 두지 않을 테다.

이래서 자식새끼 키워 봤자 다 소용없다고 하는 거겠지. 머리 검은 짐승은 함부로 거두는 게 아니랬는데. 소니도르는 속으로 투덜거리다가, 또 걱정하다가 이내 마음을 비우고 씻겨 주는 대로 늘어져 눈을 감았다.

잠자리에 필요한 모든 준비를 끝마친 소니도르가 마르멜의 침소로 향했다. 문밖에서는 황태자 곁을 따라다니는 직속 시녀와 시종 몇몇이 대기하고 있었다. 같은 마차를 타고 돌아왔지만 역시 마르멜 쪽이 훨씬 일찍 씻고 준비한 모양이었다. 그러니까 쓸데없이 뭐 치덕치덕 바를 필요 없다고 매번 말하는데. 그녀는 속으로 투덜거렸으나 뽀송뽀송하게 말린 머리를 기분 좋다는 듯 만지작거렸다. 부드러워서 기분이 좋았다.

예전엔 머리카락 사이에 손가락을 넣어 쓸기만 해도 엉키던 덩어리였는데, 꾸준한 관리 끝에 이젠 제법 머리다워졌다. 부스스한 곱슬머리인 건 어쩔 수가 없었지만 말이다.

흠, 조금 예뻐졌나? 피부 관리도 받고 요즘 먹는 것도 줄이고 있어서 살이 좀 빠졌는데. 양 볼을 감싸 쥐며 헤헤 웃던 그녀는 이내 정색하며 벽에 쾅 머리를 박았다. 예뻐서 뭐! 예뻐서 뭐하려고! 머리카락이 서로 뒤엉키든 하늘로 치솟든 신경조차 쓰지 않더니! 소니도르는 한참을 제 머리를 쥐어뜯으며 괴로워하다가 주위의 시선을 느끼고 천천히 손을 내렸다. 그리고 민망함에 붉어진 얼굴을 하고 침소 내부로 들어섰다.

하지만 침대 위에서 잘 준비를 해야 할 마르멜이 없자 잠시 주변을 돌아보며 의문을 표했다.

"전하께선 어디 계세요?"

그러자 이부자리를 정리하던 시녀가 어쩐지 주저하는 목소리로 말했다.

　　"서재에 계십니다."

　　"음? 고마워요."

　　소니도르는 그녀의 떨떠름한 반응에 고개를 갸웃거리다가 이내 침소 내부에 있는 서재로 향했다. 그러자 양피지에 무언가를 끄적이며 매우 심각한 표정을 짓는 마르멜을 볼 수 있었다. 이 시간까지 끝마쳐야 할 일이라도 있었던 모양이었다. 그녀가 가까이 다가가자 그는 기척을 느끼고 고개를 들었다가, 깃펜을 내려놓으며 몸을 가볍게 풀었다.

　　"생각보다 빨리 나왔군."

　　"그래요? 졸고 있어서 별로 못 느꼈는데."

　　소니도르는 아무 생각 없이 답하다가 무언가 위화감을 느꼈다. 미묘한 차이였지만 마르멜이 입에 무언가를 물고 있는 것처럼 발음했기 때문이었다. 설마 먹을 거? 자기 전에 뭐 먹으면 충치 생긴다고 그렇게 잔소리할 때는 언제고! 그녀는 자신이 느낀 의문을 여과 없이 그 자리에서 바로 물었다.

　　"그런데 전하 뭐 드세요?"

　　"……."

　　입에 무언가를 우물우물하던 마르멜이 그것을 양피지 위에 뱉어 버리더니 순식간에 싸서 시녀에게 넘겨 버렸다. 눈 깜짝할 새에 일어난 일이었다. 얼이 빠진 소니도르는 눈을 깜빡이다가 시녀가 빠른 걸음으로 자리를 떠 버리자 그제야 정신을 차리고 어이없다는 표정을 지었다.

"뭐 드신 거 맞죠? 자기 전에 뭐 먹으면 꼭 이 닦으라고 그렇게 잔소리를 하시더니."

"아무것도 안 먹었다."

"그럼 물고 계셨어요? 나 참. 사탕인 거 다 알고 있거든요."

"……뭐 그런 걸로 해 두지."

그는 웬일인지 순순히 자신이 사탕을 먹었다며 시인했다. 소니도르는 충치가 생기면 이 갈아 내는 것을 가장 먼저 구경할 거라면서 옆에서 계속 투덜거렸다. 더러워요! 이 닦고 주무세요! 그녀의 타박에 정말로 아무것도 먹고 있지 않았던 마르멜은 억울한 표정을 지었다. 자기 전에 사탕을 먹다니 내가 너 같은 줄 아나. 애초에 그는 단 음식을 즐겨 찾는 편이 아니었다.

하지만 그것도 잠시, 무슨 좋은 생각이라도 떠오른 것인지 그는 빠르게 표정을 수습하고 여유롭게 웃으며 말했다.

"이리 와 봐."

"왜요?"

청개구리 심리가 발동한 소니도르는 고개를 뒤로 쭉 빼며 답했다. 그러자 마르멜이 책상 위에 팔꿈치를 괴고, 반대쪽 손으로 손가락을 까딱였다. 왠지 자신감에 가득 차 보이는 표정과 한쪽으로 삐딱하게 올라간 입꼬리가 불안하기 짝이 없었다. 위험을 감지한 그녀의 생존 본능이 경종을 울렸다. 저 사악하기 짝이 없는 눈빛은 꿈속에서 죽음의 꽃을 피워 냈을 때와 똑같잖아!

"내가 갈까, 네가 올래."

"왜 선택지가 두 개밖에 없는 거죠!"

"궁금한 거잖아? 내가 뭘 먹었는지."

"역시 몰라도 될 거 같아요. 우리 지금 꿈에 들어갈까요? 당장 작업을 시작하죠!"

"내가 가지."

소니도르가 필사적으로 그의 관심을 돌리려 했으나 아무래도 그의 귀에는 전혀 들어오지 않았던 모양이었다. 마르멜이 자리에서 일어나더니 그녀의 옷깃을 붙잡아 당기고 그대로 입을 맞췄다. 쪽 하고. 새가 먹이를 쪼듯 가볍게, 그리고 아주 순식간에 입술과 입술이 맞닿은 것이다. 어이없게 첫 키스를 빼앗겼다. 믿을 수 없는 상황에 그녀는 완전히 머리가 하얗게 비워져서 그대로 굳어졌다. 꿈까지 포함하면 그와 입을 맞춘 게 처음이 아니긴 하지만 그땐 동물이었고 지금은……

"어때. 사탕 먹은 것 같아?"

부드럽고 촉촉한 그의 입술에서는 예상과 다른 상쾌한 향이 맡아졌다. 완전히 사고 회로가 정지한 그녀는 여전히 멍하니 풀린 눈을 한 채 저도 모르게 멍하니 중얼거렸다.

"박하사탕?"

"여전히 의심하는 건가."

입술에 남은 부드러운 감촉을 더듬듯 손가락으로 훑은 그가 짓궂은 미소를 지었다. 가볍게 골려 주려고 했을 뿐인데 이래서야 아무것도 먹지 않았다는 걸 증명해 보일 때까지 입을 맞추고 싶어지잖아. 얼굴을 새빨갛게 물들인 채 바짝 굳어 버린 그녀를 보자 사랑스러움이 밀려와 참기가 힘들었다. 마르멜은 웃음기 어린 목소리로 그녀의 볼을 가볍게 꼬집으며 말했다.

"나보고는 경험을 많이 쌓으라고 운운하더니, 너도 그다지 경험이 많아 보이진 않는데."

소니도르는 그 말을 듣고 나서야 제정신을 되찾고 버럭 소리 질렀다.

"당연하죠! 첫 키스였거든요?!"

"내가 처음?"

제 또래의 성인 남성을 침대 위에서 부둥켜안거나, 공주님처럼 안겨서 뽀뽀를 받거나, 고백을 받거나, 하물며 이를 닦아 준 것까지 전부 마르멜이 처음이었다. 이렇게까지 제 마음을 붙잡고 뒤흔든 건 그가 처음이고, 살다 살다 충치 관리까지 받게 될 줄은 몰랐는데 당연히 그것 또한 그가 처음이었다. 고작 몇 달 사이에 자신의 삶 속에 자연스레 녹아든 것이다.

어느새 정신을 차려 보니 이렇게 되었다는 표현이 가장 알맞았다. 이러다 언젠가 그가 옆에 없으면 마음 한구석이 텅 빈 듯 허전할 것 같았다. 언제 이렇게까지 제 마음을 비집고 파고들어 왔는지 억울하기 짝이 없었다. 뜬금없이 마음을 도둑맞은 기분이 이러할까. 소니도르는 울컥한 표정으로 목 끝까지 올라왔던 책임지라는 말을 가까스로 삼켰다.

"흐음, 처음이란 말이지……."

처음이라면 사실 걱정할 필요가 없었던 것 아닐까. 잘하든 못하든 앞으로 그 누구와 입을 맞추게 되든 처음이었던 자신을 떠올리게 될 테니까. 물론 그녀가 다른 누군가에게 갈 때까지 마냥 손 놓고 구경만 할 생각도 없었지만.

마르멜은 그녀의 말을 듣고 기분이 좋아졌는지 처음이라는 말을 반복해서 중얼거리며 그녀를 제 쪽으로 당겼다. 그리고 다시 기습적으로 쪽 하고 입을 맞췄다. 얼굴이 저절로 달아오르고 맞닿은 입술이 찌릿하고 전기가 오르는 것 같았다. 그녀의 달콤한 살 냄새가 코끝을 맴돌았다. 반사적으로 그가 목울대를 울렸다. 이거 위험한데. 얼굴에서 서서히 웃음을 지워 낸 그가 잠시 자신보다 한참 작은 소니도르를 내려다보았다. 그녀는 눈을 질끈 감으며 굳어져 있을 뿐 딱히 불쾌해하는 기색이 아니었다.

전에도 싫으면 피하라고 말했을 텐데.

"밀어내거나 도망치지 않으면 내가 멋대로 착각할 거라고 말했잖아."

깜짝 놀란 소니도르가 눈을 뜨려고 하자 마르멜이 손바닥으로 그녀의 눈을 덮어 버렸다. 보지 말라니까. 그가 귓등을 붉게 물들인 채로 작게 속삭이자 우물쭈물하던 그녀가 서서히 눈을 감았다. 여전히 밀어내지도 도망가지도 않은 채였다. 그러자 머릿속에서 무언가 뚝 끊겨 버린 듯한 느낌이 들었다.

성급하게 굴지 마. 이성이 잠시 속삭이는 소리를 들은 것도 같았다. 하지만 그의 몸이 먼저 움직였다. 체리 꼭지를 혀로 매듭짓기는커녕 반으로 뚝 끊어 낼 정도로 형편없는 실력이었지만, 지금 이 순간은 아무래도 상관없다는 생각이 들었다. 이번에는 좀 더 거칠게 입술을 부딪쳤다. 그녀가 작게 신음을 흘리며 물러서자 강하게 뒤통수를 그러쥐고 아랫입술을 빨아들였다. 저절로 벌어진 입술 틈을 파고든 뜨거운 혀가 마치 굶주린 것처럼 입안을 탐했다. 소니도르는 저도 모르게 숨을 헐떡이며 그의 옷자락을 필사적으로 붙잡았다.

　머리가 번쩍거리고 정신이 하나도 없었다. 지끈거리는 쾌감과 섬뜩한 소름이 동시에 밀어닥쳤다. 분명 지금 하고 있는 건 키스인 게 분명한데 마치 이대로 잡아먹힐 것 같다는 두려움에 떨어야만 했다.

　입안이 다 얼얼했다. 얼얼하다 못해 아팠다. 그의 날카로운 송곳니가 혀에 살짝 닿을 때마다 몸이 움찔 떨렸다. 타액을 빨아들인 마르멜이 잠시 입술을 떼어 낸 순간 소니도르가 그를 밀쳐 내며 빠르게 멀어졌다. 다리가 풀려 중간에 넘어질 뻔했지만 꿋꿋하게 달려가 벽에 찰싹 달라붙자 마르멜의 표정에 잠시 불만이 서렸다. 아직 갈증은 다 풀리지도 않았는데.

　도망가면 쫓아가고 싶어진다. 추적 본능에 따라 움직이려던 그는 그녀의 표정을 보고 잠시 다가가는 것을 멈췄다. 좋아하는 것까지는 바라지도 않았지만 기겁하고 있지 않은가.

　그렇게 서툴렀나. 어쩌면 매듭을 묶을 수 있을 때까지 참았어야 했을지도 모르겠다. 타액으로 번들거리는 입술을 혀로 훑으며 마르멜이 슬쩍 인상을 찌푸렸다. 자신이 뭔가 실수를 한 건가 싶어 방금 했던 키스를 돌이켜 보았지만 사실 잘 기억도 나지 않았다. 그냥 본능에 따라 무작정 밀어붙였을 뿐이었으니까.

　……그게 문제였나? 그럼 다시 해 볼까. 이번에는 잘할 수 있을 것 같은데. 아니 확실히 잘할 수 있다. 그는 마치 육식동물을 앞둔 초식동물처럼 덜덜 떨고 있는 소니도르를 보며 입맛

을 다시다가 씨익 웃었다.

"자, 잠깐만요, 전하. 저 이런 거 처음이고 또 무섭거든요
······."

그녀는 왠지 다시 달려들 것 같은 그를 설득하려다가 문득
깨달았다.

'아니, 애초에 키스를 왜 한 거지?'

소니도르가 지끈거리는 이마를 붙잡으며 마르멜을 흘낏 응
시했다. 자꾸만 제 붉은 입술을 혀로 핥으며 짙게 웃고 있는 그
를 보니 지독하게 색정적이라는 생각밖에 들지 않았다. 그녀
는 양손의 얼굴을 파묻으며 중얼중얼 자책하기 시작했다. 미치
겠다. 심장은 터질 것 같고, 머리는 혼란스러울 뿐이고, 상황은
최악이었다. 뽀뽀까지는 동물 취급일 뿐이라고 어떻게든 우길
수라도 있지, 키스는 정말 빼도 박도 못하지 않는가. 동물은 말
할 것도 없고, 이성으로 보이지도 않는 사람에게 보통 키스 같
은 건 하지 않았다.

그건 마르멜은 물론 소니도르에게도 해당하는 사항이었다.

애초에 싫다고 하면 될 것을. 일을 복잡하게 만들기로 작정
한 것도 아니고, 거절할 기회는 분명히 있었는데 완전히 분위
기에 휩쓸리고 말았다. 이래서야 그녀가 황태자에게 어느 정도
마음을 품고 있다는 사실을 들킬 뿐이었다. 아니, 이미 그는 어
느 정도 눈치채고 있을지도 몰랐다. 대체 이 사태를 어떻게 수
습해야 할까. 사실은 실수일 뿐이었다고, 없었던 일로 치자고
말해 볼까? 그건 아무리 마르멜이라고 해도 화를 낼 것 같았
다.

대체 무슨 말을 어떻게 꺼내야 할지 갈팡질팡하는 사이 그가 물었다.

"그래서 불쾌했어?"

"……."

잡아먹힐까 봐 두려워 섬뜩하긴 했지만 사실 다리가 풀릴 뻔할 정도로 기분 좋았다. 하지만 그걸 곧이곧대로 말할 수 있을 리가 없었다. 결국, 소니도르가 선택한 것은 모르쇠로 일관하는 것이었다.

"확실히 사탕은 안 드신 것 같네요."

아무것도 먹지 않았다는 건 거짓말이 아닌 모양이었다. 치약의 알싸한 향 외에 달콤한 맛은 전혀 나지 않았으니까. 그녀가 말하자 마르멜은 지금 그게 문제냐고 말하는 듯한 얼굴을 하다가 이내 피식 웃으며 한발 물러섰다.

"내기는 잊지 말라는 거지? 좋아. 약속은 약속이니까."

소니도르가 먼저 병을 고치면 그녀를 미련 없이 놓아주고, 마르멜이 먼저 그녀를 원래 모습 그대로 꿈속에 부르면 영원히 곁에 남겠다는 내기. 그가 먼저 내기를 언급하면서 화제를 돌리자, 그녀가 안도의 한숨을 내쉬며 고개를 끄덕였다.

"대신 내기에서 이기게 되면 네 마음 꼭 네 입으로 듣고야 말 거다."

지금도 어느 정도 그녀의 마음을 알 것 같긴 했지만 확신하고 싶었다. 꼭 직접 듣고 싶었다. 그리고 소니도르가 그의 예상이 틀리지 않았다고, 직접 그에게 고백하는 날이 온다면 죽어도 곁에서 놓아줄 생각이 없었다. 그때 돼서 도망가려고 한다면 한계까지 몰아붙여진 자신이 어떻게 나올지 장담할 수가 없었다.

어쩌면 아버지의 조언대로 새장 속의 새로 만들어 평생 서로를 구속하며 고통 속에 살게 될지도 모르지.

'부디 내가 극단적인 선택을 하지 않게 해 줬으면 좋겠군.'

그렇게 생각하며 어깨를 으쓱인 마르멜은 겉옷을 벗더니 침대 위에 올라가 그대로 누워 버렸다. 저 여유롭기 짝이 없는 말투와 태도로 봤을 때, 본인이 절대 내기에서 질 리가 없다고 확신하고 있는 듯했다. 그만큼 제 감정이 견고하다고 믿고 있는 건지. 소니도르는 그 자신감이 잠깐 부럽다고 생각하면서도 이사벨라를 떠올리고 다시 입술을 꾹 깨물었다.

이쪽은 모든 게 마르멜이 처음이었지만, 황태자인 마르멜은 분명 처음 키스하는 사람이 자신은 아닐 것이다.

좋아한다고 아무리 고백해도, 키스해도 도망가기만 하는 여자는 누구라도 싫어하겠지. 병을 고치고 나고 세상이 달리 보이면 분명 생각이 달라질 것이다. 다시 불안감이 치솟자 역시 그에게 좋아한다고 말하지 않기를 잘했다는 생각이 들었다.

소니도르가 천천히 마르멜에게로 다가가자 그는 흐트러진 머리카락 사이로 붉은 눈을 빛내며 천진난만하게 웃었다. 아까 잡아먹을 듯이 굴더니 어느새 다시 부드럽고 말랑말랑한 마르멜로 돌아와 있었다.

"무서웠다면 미안해. 다음엔 네가 겁먹지 않게 좀 더 부드럽게 해 줄게."

"……다음은 없거든요."

"하하, 오늘은 널 꿈속에 불러낼 수 있을 것 같아."

그는 가까이 다가온 그녀의 손을 꼭 잡으면서 말했다.

그는 옆에 누워서 자라고 권유하던 것을 오늘은 하지 않을 모양이었다. 평소에는 불편한 자세로 자는 모습이 마음이 아프다, 널 안고 자면 따뜻해서 잠이 올 것 같다, 잠자리에 들 때마다 끈질기게 말하더니. 키스한 이후 그녀가 자신을 지나치게 의식하고 있다는 걸 눈치껏 알아챈 모양이었다. 치고 빠지는 게 아주 고단수였다. 소니도르는 가늘게 뜬 눈으로 그를 보다가 이내 한숨을 내쉬며 빨리 자라고 그를 종용했다.

하루빨리 병을 고치기 위해서라도 이제 시간을 지체하는 일은 없어야만 했다.

"우유 데워 달라 할까요?"

"됐어."

"딱히 애 취급하는 거 아니거든요. 그냥 효과가 좋으니까 여쭤 보는 거예요."

"이제 그냥 잘 수 있어."

눈을 말똥말똥 뜨고 있던 마르멜이 우유라는 말에 순식간에 얼굴을 구겼다. 그는 고집스럽게 눈을 꾹 감으며 잠을 청하다가 한참 몸을 뒤척였다. 가만히 누워서 눈을 감고 있는 시간이 길어지자 결국 견디다 못한 그가 몸을 일으켜 시녀에게 우유를 부탁할 수밖에 없었다. 대체 따뜻하게 데우면 우유에게 무슨 일이 일어나길래 수면 유도제보다 더 잠이 잘 온단 말인가.

플라시보 효과인가. 마르멜은 어쩌면 소니도르를 전적으로 신임하고 있기 때문에 그럴지도 모르겠다고 생각했다. 그녀가 가슴께를 토닥여 주자 그는 눈을 느릿하게 깜빡이다가 어느새 새근거리며 잠이 들었다.

이럴 때 보면 또 마냥 천사 같은데 말이지. 소니도르는 잠든 그를 내려다보다가 손을 꼭 맞잡고 꿈 능력을 사용했다. 그녀는 이번에도 어렵지 않게 그의 의식의 끝자락을 쉽게 찾아냈다.

정원의 주인

앞으로 마르멜이 다시 영원한 잠에 빠져들지 않는 한 그의 의식을 찾기 위해 몸을 더듬는 일은 없을 것 같았다. 그건 불행 중 다행이었다.

그뿐만 아니라 이번에는 꿈속에서 이리저리 헤매지 않고 곧바로 마르멜과 만날 수 있었다. 여기가 어디인지 채 파악하기도 전에 소니도르를 발견한 마르멜이 먼저 달려와 그녀를 꼭 끌어안고 있었기 때문이었다.

까, 깜짝이야.

"에에에엥."

또 동물이었다.

옴짝달싹도 할 수 없는 그녀가 저리 좀 비키라고 울었다. 그리고 자신의 울음소리에 놀라 움찔 떨고 말았다. 야, 양인가.

양치고는 눈높이가 높은 걸로 봐서 아무래도 몸체가 길쭉한 것 같았다. 느낌상 어째 다리와 목 쪽이 긴 것 같은데, 설마 기린은 아닐 테고. 사슴에 가까워 보이지만 사슴은 염소 우는 소리처럼 울지 않았다.

소니도르는 북슬북슬한 하얀 털이 빽빽하게 자란 다리를 응시하다가 문득 깨달았다.

"설마 라마?"

"라마도 귀엽지만, 훨씬 작고 사랑스러운 알파카."

마르멜은 많이들 착각하지만 같은 낙타과라도 라마와 알파카의 생김새는 전혀 다르다고 설명하기 시작했다. 그것도 옴짝달싹도 할 수 없도록 그녀를 꼭 끌어안은 채로 말이다.

별로 궁금하지도 않았다. 꿈속에서 사람의 모습으로 나타나게 해 주겠다고 호언장담을 하더니, 막상 꿈속에 들어오니 또 동물 찬양을 하고 있으니 어이가 없었다. 알파카가 그리도 좋더냐.

알파카의 부드러운 하얀 털에 완전히 빠져든 마르멜은 그녀의 목을 끌어안은 채로 놓아줄 생각을 하지 않았다. 처음에야 또 동물 마니아 본능이 깨어났구나 싶었지만, 한참이 지나도 계속 끌어안고만 있었다. 그녀의 복슬복슬한 털에 얼굴을 파묻고는 이대로 죽었나 싶을 정도로 요지부동이었다. 그는 참다못한 소니도르가 격하게 버둥거리기 시작하자 갑자기 생각났다는 듯 고개를 들었다.

"이제 알겠다. 널 안고 싶어서 네가 이곳에서 동물의 모습으로 나타나는 거야."

"그건 아닌 것 같은데요."

"푹신푹신해."

"아, 좀!"

"동물은 맘대로 만지게 해 준다면서."

"맘대로 만지세요. 하지만 이래서야 꼼짝도 못 하잖아요!"

"그것참 유감이군."

마르멜이 히죽 웃으면서 답했다. 여전히 그녀가 오도 가도 못하게 목덜미와 상체를 결박하듯 꽉 끌어안으면서 말이다. 어쩐지 즐거워 보이는 그 목소리를 듣는 순간 소니도르는 깨달았다. 그는 자신이 소니도르를 사람 모습으로 꿈속에 부를 때까지, 꿈을 통해 병을 치료받을 생각이 눈곱만큼도 없었던 것이다! 그래야 내기에서 이길 확률이 높아질 테니까.

그녀는 끙끙대며 앞발을 겨우겨우 앞으로 내디뎠다. 어찌어찌 걸어갈 수는 있었는데 마치 자신에게 매달린 마르멜을 질질 끌고 가는 모양새였다. 굼벵이도 이보단 빠르겠다.

그녀는 힘이 잔뜩 실린 목소리로 말했다.

"이렇게 치사한 방법으로 나오실 줄은 몰랐네요."

"원하는 게 있으면 수단도 방법도 가리지 않는 집요한 남자라고 해 줄래?"

"집요해!"

"칭찬 고맙군."

칭찬이 아닙니다! 그녀가 꽥 소리를 지르자 마르멜이 하하 웃으면서 무지막지한 힘으로 알파카를 바닥에 엎드리게 하고 다시 꼭 끌어안았다. 마치 한시라도 소니도르에게서 떨어지면 죽는 사람처럼 조금의 틈도 없이 완벽하게 밀착해 있었다. 어쩐지 황태자 전용 곰 인형, 아니 알파카 인형이 된 것 같아 그녀는 불만으로 속눈썹을 파르르 떨었다.

마음대로 만지게 해 준다는 건 현실에서 절대 해서는 안 되는 약속 1위로 올려 두자.

"에휴."

소니도르는 한숨을 뱉으며 얄미운 마르멜의 정수리에 턱을 콩콩 내리치다가 문득 고개를 들었다. 하늘은 높고 말은 살찌는 계절이라는 가을, 구름 한 점 없이 푸른 하늘이 한눈에 들어왔다. 그제야 그녀는 정신을 차리고 주변 풍경을 찬찬히 살펴보았다. 각양각색의 꽃들이 한데 모여 있었고, 멀리서 고급스러운 건축물이 있는 걸로 봤을 때 그들은 아마도 황궁 정원 한가운데에 있는 것 같았다.

물론 곳곳에 과연 저게 이승에서 피어나는 꽃인지 의심스러운 모양새의 꽃들도 있었지만, 이 꿈의 주인이 누구인지 생각하면 금방 이해할 수 있는 수준이었다. 그래도 그의 꿈에서 처음 봤던 황폐한 정원보다야 이번엔 제대로 구색을 갖추고 있지 않은가. 정돈되지 않은 느낌이 들긴 하지만 꽃들도 한가득 피워져 있고. 처음 봤던 가시덩굴 정원에 비할 바가 아닐 정도로 발전했다.

그녀는 알록달록한 주변 풍경을 눈에 담다가 문득 떠오른 생각이 있어 입을 열었다.

"멜. 꿈속에서나마 세상의 색을 되찾은 기분이 어때요?"

"알파카는 희니까 다양한 색 중에서도 단연 빛나는군."

"……."

그러고 보니 처음 꿈속에서 색을 되찾았던 이유가 여우의 아름다운 황금색 눈을 보고 싶어서였던가. 이제는 익숙해질 때도 되었건만 여전히 하고 싶은 말이 많아지는 순간이었다.

"말했잖아. 색은 내게 별 의미가 없다고."

"죄악감 때문에요?"

소니도르는 세상의 아름다움을 누릴 자격이 본인에겐 없다고 말하던 마르멜의 모습이 떠올렸다. 문제는 본인은 누릴 자격이 없다고 생각했는데, 어떻게 꿈속에서는 이렇게 다채로운 색이 피어나느냐는 것이다. 황태자가 아무리 동물을 좋아한다고 해도 동물 하나에 풀릴 마음이었다면 이렇게까지 미치지는 않았겠지. 그렇다면 자신이 세상의 아름다움을 예찬하며 계속 설득했기 때문일까? 제법 그럴듯한 말들을 늘어놓는 데에 자신 있는 그녀였지만 영 석연찮은 구석이 있었다.

정답에 가까운 듯하면서도 계속 중요한 걸 놓치고 있는 것 같은⋯⋯.

"현실에서 제가 색이 있기 때문에 유일한 거잖아요?"

"⋯⋯."

"꽃도 필요 없다고 하셨으면서 막상 꿈속에서는 아름다운 꽃을 피워 내고."

황폐하고 삭막하기 그지없었던 정원이 언제 이렇게까지 그럴듯하게 변했을까. 언제부터 그가 아름다운 꽃을 피워 낼 수 있었을까. 아름다움을 느낄 자격도 없다 말하던 그가 언제부터 소니도르의 끈질긴 설득에 마음을 열고 꿈속을 이렇게까지 가꾸었을까.

이제야 그 이유를 진지하게 생각해 보았다. 새삼스러웠지만, 그 이유를 거슬러 올라가다 보면 앞으로 그의 병을 고칠 수

있는 아주 중요한 단서가 될 것 같았기 때문이었다. 현실에서
도 그의 잃어버린 색채를 되찾게 해 주려면 과연 어떻게 해야
할까.

　역시 죄악감이고 뭐고 일단 귀여운 동물은 충분히 세상의
아름다움을 누릴 자격이 있다고 생각하고 있는 건 아닐까. 애
초에 꿈속이 이 정도까지 발전한 게 따지고 보면 전부 그 동물
효과 때문이었다. 하지만 이제 와 생각해 보면, 그 동물들의 내
용물은 결국 소니도르였다.

　'인간 동물 떠나서 그냥 네가 좋은 것 같아.'

　순간 귓등을 꽃잎처럼 붉게 물들이며 고백하던 감미로운 목
소리가 떠올랐다. 그냥 네가 좋다고, 좋다고 계속해서 진지한
얼굴로 서툴게 고백하던 그의 모습이 뇌리에서 떠나질 않았다.
아니, 갑자기 지금 뜬금없이 저 기억이 왜 떠올라! 알파카는 구
름처럼 뭉실뭉실 떠오른 잡생각을 떨쳐 내려고 고개를 마구 휙
휙 흔들었다. 그러자 마르멜이 그녀의 행동을 빤히 올려다보다
가 피식 웃으며 답했다.

　"여전히 모르겠다니 바보로구나. 난 이제 확실히 알 것 같은
데."

　"네? 뭐, 뭐를요?"

　"네가 유일하기에 너만 색이 보이는 거다. 네게 어울리기 때
문에 꽃이 피어 있는 거야."

　긴가민가했는데 이제는 확실히 알겠어. 마치 어린아이를 어
르듯, 그녀의 귓가에 조곤조곤 속삭인 마르멜이 눈을 곱게 접
으며 웃었다. 사방에 만개한 꽃보다 더 꽃 같은 웃음이었다. 그

는 이렇게 내 세상이 조금씩 변하고 있는 건 순전히 다 네가 있기 때문이라고 말하고 있었다. 딱히 고백이랄 것도 없는 말이었지만 네가 좋다는 표현보다 더 노골적으로 들려왔다.

'동물이 아니라 다 나 때문이라고?'

맙소사. 그녀는 뭔가 단단히 착각하고 있었다. 별안간 깨달음을 얻은 그녀가 얼굴을 붉게 물들였다. 앞으로도 황태자의 꿈속에서 소니도르가 사람의 모습으로 변할 일은 아마 없을 것 같았다. 아무리 그가 그녀를 절실하게 사랑하고, 둘도 없는 소중한 존재라고 생각하더라도 말이다. 처음부터 소니도르를 동물의 모습으로 봐 왔던 마르멜은 그녀가 어떤 모습을 하든지 상관없었던 것이다.

뱁새든 개든 고양이든 알파카든 뭐든. 자신이 좋아하는 건 소니도르라는 것을 알고 있으니 굳이 사람의 모습으로 나타날 필요가 없었겠지. 그녀가 무슨 모습을 하고 있어도 알아볼 수 있으니까.

왜 이걸 지금까지 몰랐을까. 복슬복슬 새하얀 털에 숨겨져 있던 그녀의 살이 잘 익은 문어처럼 새빨갛게 달아오르기 시작했다. 그러자 그녀를 꼭 끌어안고 있던 마르멜이 천진난만한 목소리로 중얼거렸다.

"아, 따뜻해졌다."

꺄악! 알파카는 창피함을 이기지 못하고 제자리에서 벌떡 일어났다. 그리고 깜짝 놀라 순간적으로 그녀를 놓친 마르멜을 뻥 하고 걷어차고 말았다. 반사적인 행동이었다. 저런 말을 듣고도 태연한 얼굴로 그에게 얌전히 안겨 있을 수 있을 리가 없었다. 무방비하게 알파카를 끌어안고 있다가 봉변을 당한 그는 푸른 잔디밭을 데굴데굴 구르다가 겨우 멈춰 섰다. 그리고 퀭하게 그늘진 음침한 눈빛으로 자신의 머리에 붙은 풀잎을 떼어 냈다.

"쏭……."

"죄, 죄송해요! 그런 낯간지러운 말을 들으니 저도 모르게 그만……."

소니도르는 재빠르게 변명하며 머리를 굴렸다. 어떡하지? 애초에 마르멜의 마음은 다른 사람들처럼 자신이 어떤 모습으로 변하는가로 구분 지을 수 있는 게 아니었다. 그냥 어떤 모습이든 상관이 없었던 거다. 어쩌면 이미 그의 감정은 돌이킬 수 없을 정도로 그녀에게 빠져 있을지도 몰랐다. 아닐 수도 있지만 어쨌든 이제 그의 마음을 눈으로 직접 확인할 방법이 사라지고 만 것이다.

"그……."

소니도르는 입을 달싹이다가 이내 꾹 다물었다. 이 사실을 곧이곧대로 마르멜에게 친절히 설명해 줘야 할까? 그럴 이유는 어디에도 없었다. 양심이 굉장히 찔리긴 하지만, 그들이 했던 내기가 결국 아무런 의미도 지니지 못한다는 걸 밝히는 것보단 나았다. 사실은 이미 전하께서 날 마음 깊이 좋아할지도 모른다는 말을 어떻게 한단 말인가. 확실하지도 않은 말을 함부로 했다가 마르멜이 어떤 반응을 보일지도 몰랐고, 애초에 자신의 능력에 굉장한 자부심을 가지고 있었던 그녀의 자존심이 허락하질 않았다.

무엇보다 이 내기가 무효가 된다면, 이곳을 떠날 명분이 사라지고 만다.

이번에도 소니도르가 택한 것은 결국 외면하는 쪽이었다.

"그?"

그녀가 말을 꺼내려는 듯하다 그만두자, 모르는 척해 줄 생각이 전혀 없는 마르멜이 되물었다. 심상치 않은 분위기를 보니 소니도르가 당황하는 이유가 단순히 낯간지러운 고백 때문만은 아닌 것 같았기 때문이다. 그는 걷어차여 지끈거리는 배를 문지르며 눈가를 가늘게 좁혔다. 동물의 표정을 읽기는 힘들었으나 그녀를 빤히 쳐다본 결과 한 가지 사실은 확실히 깨달을 수 있었다.

알파카는 굉장히 귀엽다.

"……."

소니도르는 저 귀여워서 깨물어 주고 싶다는 표정에 굉장히 익숙해진 상태였다. 작고 사랑스러운 생명체를 봤을 때 본능적으로 짓고 마는 그런 무방비한 표정. 저 표정에 익숙해지고 나니 마르멜이 귓등까지 붉히면서 고백할 때와는 확연하게 다르다는 걸 알 수 있었다. 그가 아무리 동물을 좋아해도 사람인 연애 대상이랑 같을 리가.

계속 소니도르를 헷갈리게 했던 것은 지금껏 그 동물이 소니도르였기 때문이었다. 마르멜은 소니도르가 아무리 동물의 모습을 하고 있어도 현실에서는 주홍 머리에 녹색 눈을 가지고 있는 사람이라는 걸 알고 있었다. 그러니까 때때로 동물의 모습을 하고 있어도 사랑에 빠진 소년 같은, 그런 표정을 지었던 거겠지.

—인간 동물을 떠나서 그냥 네가 좋은 것 같아.

악! 또 생각나 버렸어!
그녀는 휙 등을 돌리며 빠르게 말을 쏟아 냈다.
"그, 그럼 이제 멜도 절 놓아주셨겠다, 다시 꿈속 여행을 시작할 수 있겠네요!"
"놓아준 적 없다. 걷어차인 적은 있어도."
"……저는 집요한 사람 싫어합니다."
대충 말을 얼버무린 소니도르가 얼른 정원을 가로질러 달려 나갔다. 부끄러움을 견딜 수가 없었던 탓이다. 마치 공이 튀어 나가듯 통통 네 발이 동시에 허공을 붕 떴다가 다시 앙증맞은 발이 잔디를 박찼다. 마르멜은 이리저리 흔들거리는 새하얀 꼬리에 시선을 고정했다가 역시 아무래도 좋다는 생각이 들어 그녀의 뒤를 쫓았다. 자신의 병을 고치려고 소니도르가 이리저리 자신의 꿈속을 헤집고 다닌다고 해도, 내기에서 질 것 같다는 생각은 절대 들지 않기 때문이었다.
이길 수 있었다. 오늘은 비록 알파카라더라도 내일이라도 당장 그녀를 사람의 모습으로 꿈속에 불러낼 수 있었다. 마르멜은 그만큼 자신의 안에서 이미 활짝 피어난 감정을 느끼고 있었다. 신앙처럼 숭고하지만 아직은 꽃처럼 연약하고 가녀린, 그런 감정. 자신이 내기에서 이기게 되는 그 순간부터 끊임없이 계속 말해 주고 보여 줄 생각이었다. 이렇게나 내가 널 좋아하고 있다고. 자신에게나 그녀에게나 위태롭게 자리 잡은 꽃망울이 완전히 뿌리를 내릴 수 있도록.

"알파카의 목이 길어서 다행이야."

뜬금없는 말에 소니도르가 도망가듯 달려가다 말고 걸음을 멈췄다. 그리고 그 긴 목으로 슬쩍 뒤를 응시하며 의심스러운 기색을 비쳤다. 아직 네게 어울리기 때문에 꽃이 피어 있는 거라는 말의 여파가 채 가시지 않은 상태였다. 또 무슨 쓸데없는 소리를 하시려고. 그녀는 불안한 목소리로 되물었다.

"왜죠."

마르멜이 몸을 가볍게 풀며 활짝 웃었다. 사르르 호선을 그리며 접히는 눈과 볼에 잡힌 보조개가 더없이 사랑스러웠다.

"내가 콧잔등에 뽀뽀하기 쉬울 것 같거든."

아니, 그동안 목이 길든 주둥이가 길든 상관없이 쪽쪽거리지 않으셨어요? 그냥 아무런 말이나 가져다 붙이는 것처럼 들렸지만, 그는 진심으로 그렇게 생각하고 있는 듯 무서운 속도로 가까워졌다. 전하께서 축지법을? 몸을 풀었던 건 추진력을 얻기 위함이었나!

소니도르는 반사적으로 발걸음을 빨리하며 필사적으로 달음박질했다. 때아닌 나 잡아 봐라 놀이에 숫양 정원사가 그들을 돌아보았다. 도망가는 알파카와 그 뒤를 무섭게 쫓는 꿈의 주인. 양은 두 눈을 끔벅이다가 '메에에' 하고 가볍게 울고는 가위로 다시 잔풀을 다듬기 시작했다.

"도망가면 역시 쫓고 싶어지는데."

"그렇게 무섭게 쫓아오면 누가 안 도망가요!"

"아무 짓도 안 해. 그냥 좀……, 응? 이리 와."

더 무서워! 더 속도를 높였지만 네 발이 익숙하지 않은 소니도르는 얼마 가지 않아 마르멜에게 붙잡히고 말았다. 알파카는 잔뜩 긴장하며 속눈썹을 파르르 떨었지만, 그는 긴 목덜미를 꼭 끌어안은 채 가만히 있을 뿐이었다. 마르멜은 꽃 잔디 위에 주저앉아 알파카의 부드러운 털에 볼을 바짝 붙이고 있다가 그녀가 내려다보자 콧잔등에 기습적으로 입을 맞추며 말했다.

"지금 네가 불안해하는 게 뭔지 알아."

행복한 미래만이 남았다. 마르멜은 두 사람의 감정만 놓고 봤을 때 문제 될 건 없다고 생각했다. 소니도르는 자신을 좋아했다. 아니, 적어도 좋아하기 직전의 호감을 품고 있었다. 사실 그동안 계속 긴가민가 초조해했었고 지오르지오의 등장으로 인해 불안은 한층 더 심해졌었다. 하지만 용기 내서 한 키스로 인해 이젠 불안은 확신으로 바뀌어 있었다.

아직 불투명한 확신이었지만, 끈질긴 고백에도 대답하지 못하고 망설이는 이유도 사실은 진심으로 좋아하기 때문이라고. 그리고 자신을 계속 밀어내는 건 분명 황태자와 장인이라는 신분의 차이 때문이 아닐까 하고.

착각이라고 해도 좋았다. 이젠 뭐든 상관없으니 직접 저 입으로 듣고 싶었다.

대체 언제쯤 내게 마음을 들려줄 셈인 건지.

마르멜은 한숨을 뱉으며 속으로 중얼거리다가 언제 초조해했느냐는 듯 여상하게 말했다.

"입만 살아 있는 사람이 되고 싶지 않아 특별히 자세하게 언급한 적은 없지만, 네가 장인이라는 건 아무런 문제도 되지 않아. 부디 그런 일로 걱정하지 말아 줬으면 좋겠군."

이왕이면 모든 걸 해결한 뒤에 결과로 보여 주고 싶었지만, 그녀가 계속 불안해하다가 떠나기 전에 언급이라도 해 두고 싶었다. 장인들에게 자유를, 그리고 두려울 일 없는 평화를, 아이들이 꿈을 꿀 수 있는 세상을, 그리고 차별이 없이 행복을 누릴 수 있는 일상을, 그 모든 건 불안해하는 그대를 위해서. 방해되는 걸 모두 치우고 없애서라도 이루어 주고 싶었다.

하지만 여기까지 말하는 건 아무래도 무서워할 테니 그만두는 편이 좋겠지.

"꿈속에 찾아와 날 위로해 주고 길들인 순간부터 황태자라는 직위는 아무래도 상관없어진 거라는 것만은 알아줬으면 좋겠는데."

황태자가 자신의 신분을 부정하다니 못 하는 소리가 없다. 그는 지나가던 사람이 들으면 기겁할 법한 말을 아무렇지도 않게 뱉으며 다시 그녀의 턱에 얼굴을 묻었다. 나른하게 깜빡이는 붉은 눈동자와 부드럽게 풀린 표정이 더없이 무방비해 보였다. 소니도르는 잠시 황당하다는 얼굴을 하다가 다시 얼굴을 붉혔다. 저런 소리를 듣고 가슴이 두근거리는 자신도 아마 제정신이 아닌 것 같았다.

내가 언제 당신을 길들였다고. 오히려 길들었다면 모를까. 괜히 억울해져서 울컥 반박하는 말을 뱉을 뻔했다. 이 일에 휘말려 이리저리 흔들리다 어느새 정신을 차리니 그렇게 되어 있었노라고. 소니도르는 마르멜에게서 시선을 완전히 돌린 채로 더듬거리며 답했다.

"그건……, 물론 불안했지만 사실 그건 별로 문제라고 생각하지 않아요. 멜이 언젠가 우리에게 자유를 줄 수 있을 거라고 믿고 있으니까. 믿기 때문에 지금 제가 이곳에 있는 거겠죠."

강제적으로 계약을 맺어 이곳에 붙들려 있는 것처럼 보일지도 몰랐다. 어느 정도 사실이기도 하고. 하지만 소니도르는 나름 '선택'을 했다. 마르멜을 믿기로 한 것이다.

물론 민족의 배신자 소리를 들었을 때는 좀 충격적이긴 했지만, 그녀에게 그녀만의 방식이 있듯이 지오르지오에게도 그만의 방식이 있다고 생각했다. 모두가 죽게 되더라도 죽음으로서 비로소 자유로워질 거라는 말은 동의할 수 없어도, 그냥 그런 생각을 할 수도 있겠구나 하고 이해는 할 수 있었다.

"그런 대답을 할 줄은 몰랐는데."

마르멜은 진심으로 놀랐다는 듯 두 눈을 동그랗게 뜨며 그녀를 응시했다. 억지로 곁에 있는 것이 아니라, 믿기 때문에 곁에 남은 거라니. '믿음'이라는 단어만 들으면 항상 황제의 그림자가 눈앞에 아른거렸지만, 그녀가 말하는 믿음은 꽤나 기분 좋은 울림이었다. 말뿐만이라도 행복했다. 그는 살짝 상기된 얼굴로 자신의 볼을 손바닥으로 문지르다가 천천히 입꼬리를 끌어 올렸다. 전에 소니도르가 했던 말이 떠올랐던 탓이었다.

"아아, 그러고 보니 불안해하는 게 하나 더 있었나."

그의 목소리에는 어느새 장난기가 어려 있었다.

"살쾡이가 사람의 모습을 하게 되면 마음이 달라질 거라 했지."

"윽, 그렇게는 말 안 했거든요."

"언제는 경험 많이 해 보라 하더니."

"많이 하세요! 제발 많이 해 주세요! 누가 뭐라고 했습니까!"

"진심으로 하는 말이야?"

"네!"

흐음. 그런데 왜 나와 시선을 못 맞추는 거지? 마르멜은 알 파카의 새하얀 털을 쓸어 주며 물었으나 그녀는 입을 꾹 다문 채 대답이 없었다. 그러니까 이번에도 묵비권을 행사하실 모양 이었다. 그는 불만스러운 얼굴을 했으나 딱히 집요하게 캐묻지 는 않았다. 자신이 내기에서 이기기 전까지는 정말 입도 뻥긋 할 생각이 없어 보였기 때문이다.

"최고의 미녀를 보고 사랑에 빠질 남자였으면 그전에 먼저 거울과 사랑에 빠졌겠지."

"……진심으로 하는 말씀이세요?"

"응."

"뭐라고 반박하고 싶지만 반박할 수 없는 게 슬프네요."

반쯤 농담으로 한 말이었는데 순식간에 수긍해 버리는 소니 도르 때문에 마르멜은 잠시 민망해졌다. 살아가는 데 나름 편 한 얼굴이라는 자각이 있긴 했지만 그렇다고 설마 거울을 보고 사랑에 빠지겠는가. 그냥 눈코입이 대칭을 이루고 있군, 하는 정도의 생각밖에 없었다. 그는 작게 헛기침을 한 뒤에 다시 말 을 이었다.

"남자가 사랑에 빠지는 순간에 대해 들어 본 적이 있어? 그 냥 상대가 어떤 모습을 하든 아무래도 상관없어지는 순간이 온다더라고."

"……."

전부터 궁금했는데 전하께 사랑에 대한 이상한 꿈과 환상을 심어 준 건 대체 누구일까. 예전에는 누구를 만약 사랑하게 된 다면 모든 걸 송두리째 다 바칠 거라고 그러더니. 전부를 다 던질 각오가 없다면 애초에 시작조차 않을 거라고. 전에는 그 말을 듣고 어쩌면 귀엽다는 생각도 했던 것 같지만, 지금은 오히려 진짜 그럴까 봐 두려워지기 시작했다.

아무리 그래도 다 던지면 아니 되십니다…….

"네가 어떤 모습을 하든 상관없다 깨달은 순간부터 어쩌면 사랑에 빠졌을지도 모르지."

그녀가 외면하고 무시할수록 고백의 강도는 점점 강해져만 갔다. 이미 자신이 수용할 수 있는 범위를 한참 전에 넘어섰다. 이제 알 것 같으니까 그만 얘기하셔도 돼요. 심장이 남아날 것 같지 않거든요? 소니도르는 속으로 중얼거리며 더더욱 그의 시선을 피하다가 아예 고개를 반대쪽으로 획 돌려 버렸다.

역시 그에게는 우리가 한 내기가 아무런 의미도 없었다고 말해 주는 편이 좋을 것 같았다. 계속 그를 기만하는 것 같은 찝찝함이 사라지질 않았기 때문이었다.

물론 지금은 말고, 좀 더 준비된 후에. 그러니까 저 노골적인 고백에 답할 각오가 된 다음에 말이다. ……고백에 대한 대답이라니. 상상만 해도 당장 저 정원 뚫고 밖으로 뛰쳐나가고 싶어지는 걸 보니 아직 그녀가 받아들이기엔 먼 이야기인 듯싶었다. 일단 부끄러워 죽을 것 같았다.

대체, 전하께서는 스스로 낯간지럽지도 않으실까. 아직 어려서 그러신 건가.

소니도르가 역시 그냥 도망가는 편이 좋을까 생각하던 순간이었다. 가을꽃이 만개한 정원 곳곳에서 갑자기 봄 향내를 물씬 풍기는 프리지아가 서서히 고개를 내밀었다.

노란 꽃잎은 하늘을 강렬하게 물들이는 석양과 같은 오렌지빛이 맴돌고 있었다. 이리 뜯어봐도 저리 뜯어봐도, 마르멜이 어떻게 생겼는지 기억나지 않는다 말했던 꽃이 맞았다. 무표정한 얼굴로 어머니가 가장 좋아하셨노라 말했던 그 꽃. 그 때문에 소니도르는 놀란 얼굴로 마르멜을 돌아볼 수밖에 없었다. 갑자기 땅 위에서 꽃이 피어났다면 그건 의도하든 아니든 꿈의 주인이 피워 냈다는 뜻이었기 때문이었다.

"멜?"

그는 서서히 그녀의 목에 두른 팔을 풀어내더니 꽃 잔디를 짓밟고 일어나 천천히 걸음을 떼기 시작했다. 그 뒤를 소니도르가 불안한 얼굴로 따랐다. 한 걸음, 한 걸음, 그가 내딛는 길목마다 난잡하게 피어 있던 꽃들이 조금씩 정돈되어 피어나기 시작했다. 마치 전문가의 손길이 닿은 것처럼 조화롭고 아름답게, 정말 황궁의 정원처럼 말이다. 소니도르는 자신이 설정한 계절과 전혀 맞지 않은 봄꽃들을 돌아보며 혼란스러운 눈빛을 했다.

그녀의 능력 영향 아래 있는 꿈이라면 전부 그녀가 설정한 계절, 시간, 즉 하늘의 영향 아래 존재해야만 했다. 하지만 갑자기 봄꽃이 피어난다고 해도 전혀 불가능한 일은 아니었다.

땅은 마르멜의 영역이었기 때문에 그가 원한다면 눈밭에서도 꽃을 피워 낼 수 있었다. 특히 그가 강하게 영향력을 행사할 수 있는 낙원에서라면 말이다.

하지만 어떻게 생겼는지 기억도 안 난다던 꽃을 갑자기 피워 낸다니. 아무리 생각해도 그의 기억이 돌아왔다는 것밖에 결론이 나지 않았다. 유난히 뿌옇게 흐려져 잘 기억나지 않는다는 어머니와 관련된 기억이 그것도 갑자기 말이다. 대체 언제? 마르멜이 한 것이라고는 집요할 정도로 소니도르에게 애정 표현을 한 것밖에 없는데 말이다.

'아, 혹시 그게 소스가 돼서 얼떨결에 내면 깊은 곳에 들어와 버렸나?'

어느 정도 가능성이 있는 가설이었다. 애정은 소스 중에서도 가장 효과가 좋은 강력한 감정이다. 게다가 주변 풍경이 영향을 받는다는 건 이곳이 낙원이 아니라 의식하지 못한 새 깊은 내면에 들어왔다는 뜻이었으니까.

"잠깐, 멜. 멈춰 봐요."

그녀의 말을 듣지 못한 건지 마르멜은 홀린 듯이 정원 더욱 깊은 곳으로 발걸음을 옮겼다. 안쪽으로 향할수록 정원은 점점 더 고풍스럽고 우아한 분위기를 자아내기 시작했다. 마치 더욱 깊은 내면과 기억 속으로 그들을 이끌듯이 말이다. 뱁새가 되었던 날 보았던 대리석으로 지어진 분수대가 스쳐 지나갔다. 하프를 품에 안은 채 미묘하게 웃고 있는 천사의 입꼬리. 눈동자가 없는 조각상의 눈에서 콸콸 투명한 물줄기가 쏟아지는 것을 보고 알파카는 저도 모르게 마르멜의 옷자락을 이빨로 강하게 물어 당겼다.

걸음을 멈춘 그가 낮아진 목소리로 중얼거렸다.

"이곳, 프리지아 궁이었어."

간간이 보이는 땅 위의 존재 말고는 아무도 없었던 정원에서 기억의 잔재가 봄과 같이 피어났다. 새하얀 눈처럼 빛나는 머리카락을 가진 여인이 보였다. 단아하고 청초한 미모의 그녀는 화려한 드레스를 입고 붉은 눈을 반쯤 내리뜬 채 노란 꽃들을 화관으로 엮고 있었다. 가녀리고 연약해 보인다는 점만 빼면 마르멜과 놀랄 정도로 닮아 있었기에 단박에 알 수 있었다. 그녀가 반역을 저질러 결국 사형을 당한 전 황후, 아우디케라는 것을. 그리고 그녀의 곁에 있는 것은 이제 막 걸음마를 뗐을까 싶을 정도 앙증맞고 귀여운 마르멜이었다.

아기는 고사리 같은 손으로 황후의 치맛자락을 매달리며 말했다.

"나두우."

작고 통통한 입술이 옹알이하듯 오물거렸다. 양 볼을 빵빵하게 채운 젖살은 붉은 홍조를 띠고 있어 딱 깨물고 싶어질 정도로 탐스러웠다. 소니도르는 상황도 잊고 잠시 사랑스러움에 심장을 움켜쥘 뻔했으나 이어지는 아우디케의 말을 듣고 정신을 차렸다.

"이것을 달라는 것입니까. 아니면 만드는 방법을 가르쳐 달라 하시는 겁니까."

"우웅?"

"더 이상 어리광 피우지 마세요. 황자는 장차 이 제국을 다

스릴 고귀한 피를 물려받았으니, 다른 미천한 이들과는 근본부터가 다르십니다. 절 실망하게 할 셈입니까."

"……."

"어머니 저도요, 하고 말씀하셔야지요."

그녀는 자신의 치맛자락을 붙든 손을 억지로 떼어 낸 뒤 등을 돌렸다. 매정한 손길에 휘청거린 아기는 텅 빈 자신의 손바닥을 내려다보다가 아장거리며 그 뒤를 쫓았다. 연신 달싹이던 작은 입술이 뭉그러진 발음으로 뭐라 웅얼거리다가 겨우 한마디를 뱉어 냈다.

"어, 어……."

어머니, 저도요. 어머니, 저도요.

메아리처럼 귓가에 아련히 울리는 목소리와 함께 기억의 잔상도 환상처럼 흩어졌다.

잠시 침묵하던 마르멜은 작게 신음을 흘리며 이마를 짚었다. 잊어버린 기억을 떠올릴 때 늘 찾아오는 격심한 두통이었다. 소니도르가 밑에서 올려다보자 고운 얼굴이 고통으로 일그러져 있는 게 보였다. 그녀는 걱정스러운 눈빛으로 그를 보다가 마치 위로하듯 주둥이로 팔을 툭툭 건드리며 물었다.

"멜, 멜 괜찮아요?"

그러자 그가 걱정할 필요 없다는 듯 손사래를 치며 답했다.

"괜찮아. 이제 슬슬 익숙해지는 참이니까."

"피나는데요?!"

알파카는 자신이 툭툭 치고 있던 주먹에서 피가 뚝뚝 떨어지자 기겁하는 소리를 냈다. 마르멜은 바닥에 고인 자신의 피를 내려다보다가 천천히 손바닥을 펴 보았다. 손은 새빨갛게 물들어 있었고 살갗을 파고든 손톱자국이 깊게 파인 채로 그대로 남아 있었다. 그는 어차피 꿈인데 이 정도야 뭐 어떠냐는 말을 꺼낼 생각이었지만, 당황하는 그녀를 보고 눈동자를 이리저리 굴리며 할 말을 골랐다. 왠지 자기 몸 좀 소중히 여기라고 화를 낼 것 같았기 때문이다.

세상에 무서울 게 없는 마르멜이었지만 어쩐지 소니도르가 화를 내는 건 두려웠다.

"……이건 고통을 분산시키는 버릇 때문에. 별거 아냐."

"별거 아닌 게 아니잖아요. 이런 거 익숙해지시면 안 되는데."

소니도르는 자신을 과할 정도로 여리게 보는 경향이 있었다. 어릴 땐 아직 미숙했던 몸으로 독약도 마셨는데, 속에서부터 타들어 가는 고통에 비해 이 정도야 아무것도 아니었다. 꿈이니까 굳이 상처를 치료할 필요도 없고. 현실이었다고 해도 이 정도는 귀찮아서 아마 그대로 놔뒀을 텐데. 하지만 역시 이 말을 곧이곧대로 꺼낼 정도로 멍청하지는 않았기에, 마르멜은 제 손을 등 뒤로 숨기며 능청맞게 말을 돌렸다.

"이제 소스의 원리를 어느 정도 알 것 같아."

소니도르가 눈을 가늘게 접었지만, 결국 한숨을 내쉬며 물었다.

"뭔데요?"

"억누르고 있던 게 해소되면 그것에 대한 반작용으로 계속 잊어버렸던 기억이 튀어나와."

그때 갑자기 다시 정원에 어린 마르멜의 잔상이 아른거렸다. 아까보다는 좀 더 흐릿한 기억이었다. 활짝 피어난 꽃들을 꺾으며 같은 자리를 서성거리는 아이와 안타까운 표정으로 그 뒤를 쫓는 곱상한 외모의 부인. 황태자가 태어난 순간부터 그를 곁에서 지켜 주고 보살펴준 유모, 엠보로스 자작 부인이었다. 황실 모독죄로 결국 단두대형에 처해졌던……. 그래, 의도적으로 지운 기억이라면 다 저런 식이겠지. 행복했던 기억이 있을 턱이 없었다.

이번에는 소니도르가 마르멜의 주의를 돌리기 위해 마구 떠들어 대기 시작했다.

"전에 말씀드렸죠. 멜은 살아가기 위해서 어쩔 수 없이 기억을 지운 거라고."

그는 연회 첫날에 들었던 말을 떠올리고는 천천히 고개를 끄덕였다.

"쉽게 말하자면 이제는 좀 살 만하니까 억지로 지워 냈던 기억들이 되살아나는 거예요."

소니도르는 간단명료하게 설명한 뒤에 잠시 고민하듯 뜸들이다가 말을 좀 더 덧붙였다.

"사람마다, 그리고 상황에 따라 소스를 찾는 법은 제각각이지만 멜의 경우는 계속 참고 있었던 게 원인이니까요. 아마 현실에서도 거리낌 없이 행동하시면 병을 고치기 더 수월해질걸요? 하지만 황궁에선 행동이 제한적일 수밖에 없으니까 그건 무리가 있고."

"거리낌 없이?"

"더는 감정이나 충동을 억누르지 않는 거죠."

"확실히 그건 무리가 있군."

마르멜은 피식 웃으며 답했다.

"아마 아버지와 똑 닮은 황제가 되지 않을까."

언제 이렇게 내숭이 늘었는지 모르겠다며 그는 눈가를 나른하게 접으며 웃었다. 사람은 누구나 자신의 진심을 어느 정도 숨기며 살아가지만, 그의 경우는 그 정도가 아주 심했다. 들어가지도 않는 틀에 억지로 자신을 끼워 맞춘 꼴이었다. 계속되는 압박과 학대에 미쳐 버리기 직전에 소니도르를 만났기에 가까스로 진정할 수가 있었던 거지. 아니었다면 어떻게 됐을지 예전부터 자신도 충분히 예상하고 있었다.

참고 살면 병이 된다는 말이 괜히 있는 말이 아니지만, 이제는 병이 되더라도 그녀를 위해 참을 수 있었다. 이를테면 황태자에게 있어서 꿈 장인은 방파제 같은 역할이었다.

입꼬리를 한쪽으로 끌어 올린 마르멜이 그녀를 흘끗 내려다보며 물었다.

"모든 걸 내보이라니. 감당할 수 있겠어?"

"그, 그렇게까지 모든 걸 다 내보이시진 않으셔도 어느 정도는 괜찮지 않을까요? 적어도 항상 그렇게 웃고 다니실 필요는 없다는 거죠. 가끔은 자신의 본심도 입에 담아 보고."

"네 앞에선 충분히 그러고 있잖아."

아, 그래서 내 병이 그렇게 빨리 진전을 보이는 건가. 무의식 중에 답하던 그는 뭔가 깨달음을 얻은 목소리로 중얼거렸다.

"사람의 유대가 필요하다는 게 결국 이런 거였군."

물론 소니도르 앞이라고 해서 모든 속내를 다 밝히는 건 아니지만, 다른 이들을 대할 때와는 확연히 다르다는 것을 자신도 자각하고 있었다. 그러니까 계속 유일하다, 특별하다고 느끼고 있고 그녀에게 끈질길 정도로 읊어 주는 거겠지.

"기억을 전부 되찾으면 내 정신병을 고칠 수 있는 건가?"

"장담할 수 없지만 큰 효과를 불러올 거라는 건 확실하죠."

완벽하게 고치기 위해선 기억을 되찾는 게 전제 조건이었다. 게다가 저번에 마르멜이 코마 상태에서 깨어났을 때는 황제의 협박도 있었고, 상황이 급박하여 일단 수단과 방법을 가리지 않고 깨우는 것에 중점을 두었다. 그 때문에 그의 내면에 아직 해소되지 않은 과거의 앙금들이 뒤죽박죽으로 남아 있는 것이다. 심지어 기억을 지우는 것을 방관하기도 했고 말이다.

일단 기억을 바로잡고, 마르멜이 과거를 받아들이고, 상처를 딛고 일어나 미래를 바라본다면. 그렇다면 모든 것은 제자리를 찾을 것이 틀림없었다.

사실 소니도르는 그가 과거의 기억을 떠올리는 것을 끔찍해하는 것 같아, 굳이 직접 나서서 되새겨 줄 필요는 없다고 생각하고 있었다. 하지만 그가 스스로 기억을 떠올린다면 또 얘기가 달라진다. 부추기지 않아도 알아서 더 나은 방향으로 나아가고 있지 않은가. 물론 마르멜이 괴로워하는 모습을 볼 때마다 이쪽도 마음이 편하지는 않았지만, 장기적으로 봤을 때 좋은 징조였다.

"이거 내가 너무 쉽게 생각했을지도 모르겠어. 내기에는 당연히 내가 이길 줄 알았는데."

"저도 승산이 없는 내기를 하지는 않거든요."

"그건 내 쪽도 마찬가지다."

그녀는 마르멜의 자신만만한 대답을 들으면서 다시 양심의 가책을 느낄 수밖에 없었다. 이거 어차피 의미 없는 내기인데. 그냥 지금 말할까. 하지만 그렇게 고민하는 사이에도 사람 마음이라는 게 간사하기 짝이 없어서 속에서는 다시 다른 의문이 불쑥 피어올랐다. 내가 어떤 모습이든 아무리 상관없다지만 그래도 한 번쯤은 사람의 모습으로 꿈속에 불러 줄 수 있는 건 아닌가 하고. 굳이 동물일 필요 없지 않은가. 아니면 내 원래 사람 모습보다 오리지널 동물이 더 귀엽다는 건가. 그만큼 외모의 존재감이 엷다는 건가.

……그건 부정의 여지가 없다는 게 더 슬펐다. 동물의 귀여움을 사람이 어떻게 이겨.

"왠지 우울해 보이는데."

"착각입니다. 얼른 멜의 기억을 쫓아가죠."

"흐음."

소니도르의 말에 그는 잠시 망설이는 기색을 비쳤다. 이대로 그녀의 말을 따르면 자신의 병을 고치는 데 한 발짝 더욱 가까워질 것이고, 그건 결국 그녀를 돕는 일이었으니까.

"자신 없어요?"

"그럴 리가."

하지만 마르멜은 그녀의 도발에 순식간에 넘어가고 말았다.

"기억을 떠올리는 것도 슬슬 짜증 나려고 하니 빨리 끝내 버리는 편이 좋겠군."

아니면 넘어가는 척해 주는 건지. 그만큼 자신 있는 건지.

그는 손가락을 타고 흐르는 핏방울을 대충 바닥에 털어 내다가 그래도 피가 멎지 않자 상처를 핥았다. 아니, 치유 마법도 쓸 수 있으신 분이 왜 굳이 저런 민간요법을? 귀찮아하는 기색이 덕지덕지 묻은 얼굴로 피를 혀로 쓸어 가는 모습이 마치 고양이 같았다. 마르멜은 소니도르가 타박하고 나서야 마지못해 상처를 아물게 하는 주문을 영창했다.

별것도 아닌 거로 유난은. 그의 눈빛이 그렇게 말하고 있었지만, 그녀는 상처를 별것 아닌 걸로 치부하는 그의 습관이 마음에 들지 않았다.

"아픈 걸 아프다 생각하지 않으면 나중에 정말 고통스러울 때도 아무것도 아닌 게 되어 버려요. 그건 고통에 둔감해지는 게 아니라 자신을 죽여 가는 과정이라고요. 눈치챘을 땐 이미 손쓸 새 없이 너덜너덜해져 있을 거예요."

"너무 과장하는 게 아닐까 싶은데. 이 정도는……."

"쓰읍! 다음에도 고통을 분산시키고 싶으시면 차라리 바닥에 풀을 쥐어뜯든가 하세요."

"어차피 꿈…… 알았어."

"그리고 힘들면 힘들다고 말씀하시고요. 적어도 제 앞에서는 모든 걸 표현하세요."

그리고 그녀는 환자가 의원에게 자신의 증상을 말하는 것과 똑같은 거라면서 계속 같은 말을 강조했다. 마르멜은 두 눈을 부릅뜨는 알파카를 보고 결국 순순히 그러겠노라 대꾸하고 말

앉다. 하지만 그것도 잠시, 이내 실실거리는 웃음을 지으며 그녀의 푹신한 머리를 품 안에 꼭 끌어안았다. 정말, 예쁜 말만 한다니까.

소니도르는 버둥거리다가 아까 자신이 그를 걷어차 버린 걸 떠올리고는 얌전해졌다. 그러고 보니 먼저 폭력을 가한 내가 저런 말을 할 처지가 아니지 않나. 물론 멋대로 끌어안은 그의 잘못도 있긴 하지만, 애초에 맘대로 만져도 된다고 허락한 건 본인이었다. 소니도르 혼자 뜨끔하여 몸을 움찔 떨었으나 마르 멜은 이미 그 일에 대해서 잊어버린 채였다.

그는 여전히 정원을 서성거리는 기억의 잔재를 응시하고는 그쪽으로 알파카를 이끌었다.

"멜, 그 전에 물어볼 게 있는데요. 정말 기억을 되찾아도 되는 거예요?"

"이제 와 묻기에는 늦은 감이 있지 않나?"

마르멜은 여전히 시선을 어린 자신에게로 고정한 채로 답했다. 유모가 어린 마르멜의 어깨를 억세게 붙잡은 채로 뭐라고 말하고 있었다. 작은 어깨가 그녀가 흔드는 대로 이리저리 흔들렸다. 파르르 떨리는 아기의 눈꺼풀은 두려움을 담고 창백하게 질리기 시작했다. 유모는 어린아이라면 지레 겁을 먹고 울음을 터트릴 정도로 단호한 손길, 단호한 눈빛, 그보다 더 단호한 목소리로 말했다.

"전하. 강해지셔야 합니다. 모두의 기대에 부응하셔야지요. 그래야 살아남으실 수 있으십니다. 사랑받고 싶으시다면 사랑받을 자격을 스스로 갖추십시오."

"댜격?"

"훌륭한 군주의 자질을요."

기껏해야 갓 첫 생일을 맞이했을 법한, 그야말로 아기였다. 저 말을 알아들을 수 있을지조차 의문이었고, 과연 저게 어린 아기에게 할 소리인가. 소니도르는 마르멜이 한 살에 말을 깨치고 세 살에 글을 터득했으며 네 살부터는 제국사와 제왕학을 공부하기 시작했다는 어린 시절의 기록을 떠올렸다. 그때는 마냥 위인전 같다고 생각했는데 그게 여기서 유래된 모양이었다.

사랑받고 싶다면 사랑받을 자격을 스스로 갖추라니.

조건 없이 사랑받으며 자라 어리광 부릴 나이의 아기에게 대체 무슨 짓들인지 모르겠다. 황궁 사람들이란……. 그녀는 앞발로 관자놀이를 꾹꾹 누르며 오만상을 쓰지 않기 위해 노력해야만 했다.

"저땐 무슨 말인지 몰랐지만, 내가 해야 할 일을 본능으로 알았던 것 같아."

마르멜은 대수롭지 않다는 어투로 입술을 달싹였다.

"부모의 사랑을 받고 싶은 건 아이의 본능이니 유모의 말을 따랐지. 목소리가 나오지 않을 때까지 말을 연습하고, 입술이 부르틀 때까지 올바른 발음을 연습하고, 기품 있는 몸짓을 배우고, 글을 연습하고……."

그는 잠시 중지 손가락에 단단하게 박인 굳은살을 내려다보다가 말을 이었다.

"그 대가로 어머니께 화관을 만드는 법을 배웠지."

아장거리며 걷는 마르멜은 어느새 사라지고 제법 자란 아이가 정원 꽃 잔디 위에 주저앉아 프리지아를 엮고 있었다. 더없이 행복하다는 표정으로 웃으며 끙끙대는 아이 앞에서 조곤조곤한 목소리로 설명해 주는 것은 아우디케였다. 평화로운 한때를 보내는 두 모자로 보였지만, 유심히 살펴보면 알 수 있었다. 정말 그를 낳은 엄마가 맞나 싶을 정도로 그 속에서 아이에 대한 애정이라고는 단 한 톨도 찾아볼 수가 없었다.

사랑받고 싶어 이토록 노력하는 아이에게 진심으로 다가오는 이는 단 한 명도 없었다. 황제는 미쳐 있었고, 황후는 그를 도구 이상으로 보지 않았고, 그의 숙부는 반역을 일으켜 가문을 세울 생각밖에 없었다. 기록에 따르면 엠보로스 자작 부인이었던 유모도 애초에 황후의 사람이었고, 그의 놀이 상대도 첫사랑도 결국 황후가 붙여 놓은 사람이었다. 철저하게 마르멜의 마음을 얻기 위해 투입된 말이었고, 반역의 기반을 탄탄하게 다질 수단이었다.

그들은 모두 황제에 의해 한 명도 남김없이 참수당했다. 놀이 상대였던 쌍둥이 남매와 첫사랑의 행방은 알 수 없었지만, 아마 살아남지 못했으리라. 게다가 그의 기억에서 직접 본 이들 말고도 수많은 생명이 황제의 손에서 죽어 갔다. 지키고자 노력했지만 결국 상자에 소중했던 이의 머리가 담겨서 오기까지 했고.

처음부터 거짓뿐이었던 유대였지만 전부 사라지고 곁에 아무도 남지 않았을 때 마르멜이 느꼈을 공허함은 아마 상상을 초월했을 것이다. 거짓이라도 붙들고 싶었을 것이다. 하지만 입을 꾹 다문 채 생각에 잠겨 있는 소니도르를 보고 그는 피식 웃으며 알파카의 머리를 검지로 쿡 찔렀다.

"동정할 필요 없다. 아르케 제국의 황족으로 태어나 누릴 것 다 누리며 살아왔으니."

마르멜은 그렇게 말하며 소니도르가 한 질문에 대한 답을 다시 들려주었다. 정말 기억을 되찾아도 되겠느냐는 질문에 대한 답은 고민의 여지도 없이 전부터 정해져 있었다. 잊어버린 기억이 대수인가. 그토록 찾던 행복이 지금 곁에 있는데.

"기억을 잊은 채로 있는 것보단 낫겠지. 이제 더 이상 어린 아이가 아니니까."

"그래도 분명 상처받을 텐데요."

"뭔가 아는 거라도 있는 건가."

"……사실 멜의 꿈속에서 봤어요. 그 기억을 지우는 과정도 지켜봤고요."

소니도르는 황후 아우디케와 그의 외숙부가 나눴던 노골적인 대화를 떠올리며 말했다. 언젠가 말해야겠지 싶긴 했지만 역시 그를 괜히 괴롭히는 것 같아 말을 주저하게 되는 건 어쩔 수가 없었다. 내가 기억을 지웠다고? 마르멜은 그렇게 되물으며 고개를 갸우뚱 기울였다.

"그럼 이미 지워졌던 기억을 다시 떠올려 냈다가 다시 지웠다는 거잖아."

"그렇죠?"

"이번이 세 번째니 새삼 충격받을 것도 없겠군."

"뭐 그런 억지 논리가. 그만큼 충격적인 기억이라는 거잖아요!"

"흐음, 별로 상처나 충격을 받아서 기억을 지우지는 않았을 걸."

"그, 그럼요?"

그러자 그가 어깨를 으쓱이며 답했다.

"그 기억이 어떤 기억인지도 모르는데 내가 알 리가 있나."

"……."

아는 것처럼 당당하게 말하더니. 소니도르는 잠시 할 말을 잃고 침묵하다가 이내 고개를 젓고는 사라진 기억의 잔재를 쫓아 걸었다. 깍지 낀 두 손을 뒤통수에 받친 마르멜이 느긋한 걸음으로 그 뒤를 따랐다. 그러자 동물 머리를 달고 있는 시녀나 시종, 정원사들이 그들의 행적을 따라 고개와 시선을 돌렸다. 어쩐지 주변이 으스스해졌지만, 머리가 토끼, 사슴 내지는 양이라 그런지 전만큼 두렵게 느껴지지는 않았다.

프리지아 궁 정원에 관련된 기억은 이것으로 끝인 모양이었다. 더는 기억의 잔재가 나오지 않자 알파카는 긴 목으로 주변을 휙휙 돌아보다가 결국 바닥에 털썩 주저앉고 말았다. 이제 아침이 밝아 올 것 같은데 앞으로 남은 연회를 위해서라도 슬슬 일어나는 편이 좋지 않을까. 아무런 소득도 없다면 굳이 이곳에 남아 있을 필요는 없었다.

소니도르가 잠시 고민하는 사이 마르멜의 목소리가 그녀의 사념에 끼어들었다.

"그래서 그 기억이 뭔데."

"네?"

"내가 스스로 지웠다는 기억."

"제 입으로 말해요?"

그녀가 내키지 않는다는 얼굴로 답하자 그가 알파카의 콧잔등을 톡 건드리며 말했다.

"어차피 네가 알고 있는 건데 시간 끌 필요는 없잖아."

그때 기억의 잔재가 그들을 빠르게 쓱 스쳐 지나갔다. 라이젤 가드 기사단 정복을 입은 새하얀 은발의 남자. 머리 색 때문에 순간 마르멜인가 싶었지만, 나름 큰 키에 속하는 그보다 훨씬 키가 크고 다부진 체격의 사내였다. 닮은 듯 전혀 닮지 않은 외모. 소니도르는 초상화를 통해서만 봤던 그의 외숙부의 얼굴을 빤히 응시하다가 다시 마르멜을 돌아보았다.

"대충 어떤 건지 알 것 같기도 하고."

그는 낮아진 목소리로 중얼거리며 기억의 잔재의 뒤를 쫓았다. 정원은 마치 살아 있는 듯 일렁이며 계속 그 형태를 바꿨다. 풀들이 서로 뒤엉켰다 풀리기를 반복하자 소니도르는 마르멜에게 최대한 바짝 붙어서 달렸다. 풀꽃의 미로를 지나자 어느새 온통 새하얗고 고풍스러운 외관의 프리지아 궁이 모습을 드러냈다. 사내는 거침없이 그 안으로 들어섰다.

"샨."

그리고 기사를 맞이한 건 초조한 기색으로 같은 자리를 맴돌고 있던 황후였다. 그녀는 자신의 동생이 궁 내부에 들어서자마자 화색을 띠며 황급히 그에게 다가왔다.

그녀가 저렇게 노골적으로 감정을 얼굴에 드러내는 건 처음 보았다. 기억의 잔재를 통해 본 황후는 항상 희미하게 미소 짓거나, 살포시 인상을 찌푸리거나, 아니면 정교한 인형같이 굳은 얼굴을 하고 있었으니까. 아우디케는 사내를 응접실로 안내한 뒤 사용인 모두를 물린 뒤에 말했다.

"늦었구나."

"모두의 눈을 피해 파발꾼 역할을 톡톡히 하고 있는 제 입장도 생각해 주시죠."

"그래서 가져온 것이냐."

그는 제 품을 뒤적여 편지 한 장을 꺼낸 뒤 아우디케에게 건넸다. 그녀는 얼른 봉투를 뜯어 편지 내용을 빠르게 훑어보더니 가슴을 쓸어내리며 안도의 한숨을 내쉬었다. 편지 내용까지는 확인할 수가 없었다. 아무래도 이건 전부 마르멜의 기억의 잔재였으니까. 그가 직접 보지 못한 것까지 재현해 낼 수는 없었겠지.

'어?'

거기까지 생각한 소니도르는 지금 이 상황이 굉장히 이상하다는 것을 깨달았다.

이게 기억의 잔재로 남았다는 건 마르멜이 과거에 저 모습을 직접 두 눈으로 확인했다는 뜻인데, 그게 가능할 리가 없었던 것이다. 명색의 라이젤 가드라는 사람이 어린아이가 자신의 뒤를 쫓고 있는 것을 몰랐을까? 게다가 기사의 뒤를 쫓아 궁 안에 들어가서 응접실 내부까지 몰래 침입했다고? 심지어 저런 은밀한 대화를 나누는데 엿듣는 걸 가만히 놔뒀다고? 마르멜이 암살자에게 은신술의 비기를 배우지 않은 한 완전히 불가능한 가정이었다.

그렇다면 남은 건 두 가지밖에 없었다. 아이가 몰래 숨어든 것을 알면서 모르는 척했거나, 마르멜이 직접 본 게 아니라 간접적으로 봤거나. 전자일 리가 없으니 결국 답은 하나였다.

영상구를 설치하여 저 장면을 찍었든 아니면 마법사나 장인을 고용했든, 누군가가 영상으로 남겨서 마르멜에게 보여 준 것이다.

대체 누가……?

"무사했구나, 나의 오제트."

그때 황후가 정말 가슴이 아프다는 듯 속눈썹을 파르르 떨다가, 동시에 환희에 찬 얼굴로 눈가에 어린 눈물을 닦아냈다. 오제트? 그녀에게 있는 형제라고는 지금 그녀의 눈앞에 있는 남동생밖에 없을 텐데, 외간남자의 이름을 부르며 저런 표정을 짓는다니.

어쩌면 친인척의 이름일 수도 있었으나 어째 불안한 생각밖에 들지 않았다. 친인척이라면 황궁으로 불러서 언제든지 만나 볼 수 있는 것 아닌가. 저렇게 편지로만 주고받으며 애달픈 얼굴을 할 필요는 없을 것이다.

"샨, 내가 그를 다시 만나 볼 수 있을까."

"가능하리라 생각하십니까? 지금으로선 그도 우리도 무탈하지만, 한동안 언동을 조심하시는 편이 좋습니다. 적어도 모든 계획이 차질 없이 진행되리란 확신을 얻게 될 때까지."

"……그래. 네 말이 맞다."

기다려야지. 그리고 또 기다려야지. 작게 중얼거린 아우디케는 편지를 아주 조심스러운 손길로 쓰다듬다가 봉투 속에 곱게 접어 넣었다. 오제트. 언젠가 들어 본 것도 같은 이름이었다. 소니도르는 열심히 기억을 더듬으며 머리를 굴렸지만, 어디서 스쳐 지나가듯 들었던 것인지 도통 떠오르지 않아 신경질적으로 발을 굴렸다.

모든 게 의문투성이였다. 대체 왜? 라는 생각이 머리를 세차게 두드렸지만, 중요한 것은 이 일들이 이미 한참 전의 과거에 일어났다는 것이다. 게다가 이 모든 상황을 마르멜이 지켜봤다는 것이고.

만약 그녀가 황제가 아닌 다른 정인을 마음에 품고 있는 거라면 마르멜을 둘러싼 모든 상황이 이해가 됐다. 아우디케는 단순히 황제를 몰아내고 자신의 가문을 세우기 위해서 반역에 가담한 게 아니라 사랑하는 다른 남자가 있었던 것이다. 그렇기에 자기 아들에게 그토록 매정했던 것이고, 오로지 황제로 세울 목적 하나로 철저하게 도구로만 바라보고 그를 키워 낸 것이겠지. 사랑하지 않는 황제의 자식이니까.

본인의 자식이기도 하면서. 정말 깊이 파고들면 들수록 더더욱 이해할 수가 없었다.

─소중할수록 감출 줄 알아야 하는 법이라 그리 일렀거늘. 그렇게 당하고도 적이 항상 외부에서 올 거라 생각하는 게냐. 꼭 그녀를 곁에 둬야겠다면 차라리 아무도 보지도 못하는 곳에 가둬 두는 편이 나을 거다.

그 순간, 그녀는 전에 마르멜을 직접 찾아온 카딘이 한 말을 떠올렸다. 정확히는 황태자의 옆에 앉아 있던 소니도르를 보고 한 말이었다. 아우디케가 다른 이를 마음에 품고 있었다는 가정하에 저 말을 다시 되새겨 보니 무슨 생각으로 꺼낸 말인지 알 것 같은 기분이 들었다.

설마 황후마마를 믿었던 것을 후회하고 계시는 건가. 그래서 마르멜에게 믿음이란 덧없고 어리석은 짓이라 세뇌했던 걸까. 그녀는 입맛이 텁텁해지는 것을 느끼며 마르멜을 올려다보았다. 그는 기억을 떠올리느라 두통이 이는지 오만상을 찌푸리고 있다가 식은땀을 닦아 내며 여유로운 태도로 응접실 소파에 걸터앉았다. 그리고 안절부절못하는 소니도르에게 이리 오라는 듯 손짓했다.

"괜찮으세요?"

그의 말마따나 누릴 건 다 누리고 살아온 황태자인데 왜 사소한 거 하나하나 신경 쓰이는지, 이렇게까지 안쓰럽게 느껴지는지 모르겠다. 원래 남에게 세세하게 신경 쓰는 성격도 아닌데도 말이다.

마르멜은 정말 아무렇지도 않다는 얼굴로 답했다.

"이미 벌어진 일이고 돌이킬 수 없는 과거일 뿐이야."

"하지만 전에는……."

괴로워하셨잖아요. 그녀는 그의 곁으로 다가가 말하다가 차마 주저하며 뒷말을 잇지 못했다.

그러자 마르멜이 소니도르를 멋대로 끌어다가 품 안에 안으면서 속삭였다. 귓가에 감미로운 목소리가 흘러들어 왔다. 뭐, 어때. 이젠 네가 있는데. 그녀는 그 말을 듣는 순간 곧바로 긴 목으로 고개를 최대한으로 젖히며 그의 품에서 벗어나기 위해 버둥거렸다.

　"굉장히…… 부담스러운데요."

　"그렇지? 그럼 순순히 내 품으로 와."

　"그보다 정말 괜찮으신 거 맞아요?"

　"끈질기군. 그렇게 걱정되는 건가."

　이게 걱정 안 하고 배길 문제인가. 생판 처음 보는 남이라도 그의 사정을 듣고 나면 정신 상태의 안녕을 물을 텐데. 그만큼 심각했다. 황족 대대로 내려오는 광증의 유래를 누군가가 차근차근 눈앞에서 설명해 주는 기분이었다. 자, 아시겠죠? 사람이 이렇게 미쳐 가는 겁니다.

　어쩌면 황제도 이런 과정을 겪어 왔기 때문에 저 지경으로 미치게 된 것 아닐까 하는 생각마저 들었다. 정말로 그렇다고 해서 마르멜에게 한 짓이 정당화되는 것은 절대 아니지만.

　"내가 지금 견딜 만하니까 과거의 기억이 되살아나는 거라고 했잖아. 그러니까 견딜 만해."

　마르멜은 걱정하는 것도 습관이 아니냐며 알파카의 양옆 얼굴을 감싸 쥐며 말했다.

　"게다가 널 곁에 두는 대가로 내가 치러야 할 과정이라면 충분히 감내할 수 있지."

　그의 엄지손가락이 콧잔등을 스치자 소니도르가 에취, 하고 재채기를 했다. 의도적으로 한 짓이었는지 그가 귀엽다는 듯 시원스레 웃음을 터트렸다. 그녀는 코를 훌쩍이는 소리를 내며 가늘게 뜬 눈으로 마르멜을 보다가 이내 한숨을 내쉬었다. 좋게 생각하자면 저런 장면을 보고도 여유롭게 알파카나 놀리며 미소 지을 정도로 괜찮아지셨다는 거겠지.

"멜이 스스로 지운 기억이 뭔지 궁금하다고 하셨죠."

소니도르가 그의 붉은 눈동자를 똑바로 응시하며 말을 이었다.

"황후마마의 가문에서 실제로 반역을 계획하고 있었어요."

나름 그가 충격받지 않을까 잔뜩 긴장해서 한 말이었는데, 마르멜은 여전히 대수롭지 않다는 반응이었다. 그가 순진무구한 얼굴로 두 눈을 깜빡이며 그녀의 말을 받아쳤다.

"아, 그거 알고 있었어."

"……네?"

잠깐, 뭐라고요? 그녀는 자신의 귀를 의심했다.

"원래 사랑받지 못한 아이는 눈치가 빠른 법이거든. 그동안 어머니와 외숙부께서 보여 주신 미심쩍은 행동이 전부 단서였는데 설마 모를 리가."

"전부터 알고 계셨다는 건가요?"

"어릴 때도 대충은 눈치채고 있었지."

그럼 대체 기억은 왜 지웠단 말인가. 이미 전부터 예측하고 있었던 일인데. 소니도르는 역시 그만큼 충격이 컸던 걸까 하고 생각했지만, 이내 별로 상처나 충격을 받아서 기억을 지우지는 않았을 거라는 마르멜의 말을 떠올렸다. 지금 그의 반응도 충격받은 것과는 거리가 멀어도 한참 멀었기 때문에 그녀는 다시 의문 가득한 얼굴을 할 수밖에 없었다.

그는 잠시 고민하듯 턱을 쓸며 침묵하다가 입술을 달싹였다.

"내가 지웠던 기억들을 보면 결론적으론 전부 어머니와 관련된 기억이지."

"음, 큰 범위로 보면 그렇죠."

"머리로는 알아도 받아들일 수가 없었겠지. 나는 대체 무엇이었나."

"……."

"나는 이곳에 살아 있기는 한 걸까. 내가 이곳에 숨 쉬고 있다는 걸 누구 하나 알아차리는 이가 있기는 한가. 사실은 사념이나 허깨비가 아닐까. 그런 생각을 했었어."

잠시 기억의 잔재를 응시하는 마르멜의 눈빛에서 잠시 착잡함이 스쳤다가 사라졌다.

"기억을 지워 낸 이유라면, 흐음. 지금 다시 냉정하게 생각해 보자면 증오의 대상을 만들기 위해서였을지도 모르겠군."

"증오의 대상이라니……."

"정작 날 배신한 이들은 다 죽고 없어졌잖아. 그래서 복수의 칼날을 아버지에게 돌리기 위해 기억을 지웠던 것 같아. 모든 건 다 아버지 탓이라고 생각하고 싶었을지도."

"……."

"아버지를 증오하고 또 증오했어. 심장에 칼을 꽂아 넣어 완전히 숨통을 끊어놓고 싶을 정도로. 누구에게도 그렇게까지 살심을 품어본 적이 없는데 참 이상하지."

그렇게 하지 않으면 도저히 공허함을 달랠 수가 없을 것 같아 그랬을까? 나도 잘 모르겠군. 그는 혼잣말하듯 중얼거렸다.

그의 말처럼 정말로 '냉정하게' 마르멜은 자신의 행동에 대한 원인을 결론지었다. 듣고 보니 충격을 받았다거나 하는 이유보다 더 그럴듯하게 들려왔다.

자신을 둘러싼 모든 게 거짓이었다는 게 밝혀진 후, 아직 소년이었던 그는 모든 기억을 지워 내고 차라리 증오의 대상을 만들어서라도 자신이 이곳에 살아 있다는 것을 증명해 보이고 싶었을 것이다. 내가 사랑했던 모든 이들에게, 나는 사실 아무것도 아니었다는 사실을 어떻게 받아들일 수 있을까.

소니도르는 어떻게 반응을 해야 할지 몰라 눈동자를 굴리다가 용기 내어 그의 이름을 불렀다.

"멜."

"응. 여기 있어."

"이 장면⋯⋯."

어디서 봤어요?

하지만 소니도르의 말은 채 이어질 수 없었다. 하늘이 순식간에 어두워지더니 조금씩 무너지기 시작한 것이다. 그녀는 헛숨을 들이키며 놀란 얼굴로 창밖을 응시했다.

아직 기억의 잔재는 할 말이 더 남은 듯, 사라지지 않은 채 시답잖은 소리를 주고받고 있는데 벌써 깨어나려는 모양이었다. 마치 하늘에서 유성이라도 떨어지는 듯 순식간에 깜깜해져서 앞이 잘 보이지 않았다.

소니도르는 재빨리 앞발로 허공을 더듬었다. 조각난 하늘에서 새어 나온 빛으로 겨우 사위를 분간할 수 있었다. 그녀는 당황한 얼굴로 주위를 둘러보다가 마르멜이 있던 쪽으로 앞발을 뻗었다. 그와 동시에 억센 손길이 그녀의 목을 강하게 움켜쥐었다. 아무래도 알파카의 목이 길어 다른 것과 단단히 착각한 모양이었다.

자, 잠깐! 거기 앞발이 아니라 목! 목! 커억!

⊹

하늘이 완전히 내려앉았다. 몸이 물을 먹은 솜처럼 녹진녹진 늘어지고 의식이 평소보다 느릿하게 찾아왔다. 그녀는 잠시 끙끙 앓는 소리를 내다가 천천히 눈꺼풀을 들어 올렸다. 감각은 생각보다 둔탁하게 찾아왔기 때문에 자신을 흔들어 깨우는 손길을 나중에서야 알아차렸다. 뭔가 귓가에서 웅얼거리는 것 같기도 했다.

"소니도르 님, 일어나세요! 지금부터 준비해도 빠듯하다고요!"

소니도르는 천근만근 무거운 몸을 겨우 일으켰다. 대체 언제부터 깨우고 있었던 거지. 그녀는 미간을 구기며 눈을 반쯤 뜨고 있다가 손바닥으로 빛을 가리며 물었다. 입술을 달싹이자 잠기운에 가득 잠겼던 목소리가 사정없이 갈라져 나왔다.

그녀는 반사적으로 제 목을 더듬었다.

"준비? 무슨 준비요?"

"당연히 연회 준비죠!"

"하아."

이걸 이틀이나 더 해야 한다니. 아니, 아직 연회가 시작된 지 이틀밖에 되지 않았다니. 체감상으로는 일주일도 더 된 것 같은데 말이다. 그녀는 이불에 얼굴을 파묻으며 웅얼거리듯 물었다.

"몇 시예요?"

"벌써 오후가 다 되어 가요."

"끄응."

아침이 밝도록 의자에 앉아서 자고 있던 소니도르는 끙끙대며 허리를 붙잡았다. 제대로 일어나지도 정신을 차리지도 못하자, 보다 못한 시녀가 그녀를 일으켜 세웠다. 그리고 전하 좀 깨워 달라고 부탁한 뒤에 목욕물을 준비해 두겠다고 말하며 욕실로 들어갔다. 그녀는 시녀가 완전히 사라진 것을 확인하고는 늘어지게 하품을 뱉으며 마르멜을 흔들어 깨웠다.

"일어나세요. 일어나세요."

평소에는 주변에 부스럭거리는 소리만 들려도 귀신같이 눈을 뜨더니 웬일로 오늘은 고운 숨만 내뱉을 뿐 미동조차 하지 않았다. 근육통으로 골골대며 연회 준비를 할 수는 없으니 시녀가 안 보는 사이에 치료 마법 좀 부탁할 생각이었는데. 누가 우유에 수면제라도 탄 건가.

"멜, 일어나요. 해가 중천에 떴습니다아."

"……."

"멜. 멜멜. 멜멜멜멜. 메에에에에엘."

이쯤 되면 시끄럽다고 인상을 찌푸리면서 일어날 법도 한데.

“…….”

불길한 침묵이 허공을 맴돌았다.

“……전하?”

자, 잠깐만.

갑자기 잠이 순식간에 확 깨는 기분이었다. 소니도르는 뒷골이 오싹해지는 것을 느끼며 입을 일자로 꾹 다물고 서서히 뒷걸음질을 쳤다.

다른 평범한 이라면 허허, 깊게도 잠들었군 하고 생각할 법도 하지만 이미 영원히 잠들 뻔했던 전적이 있는 마르멜이다. 그녀는 설마 내가 생각하는 그것만큼은 제발 아니길 바라며 마지막으로 그를 흔들어 깨워 보았다.

천사 같은 얼굴로 잠들어 미동조차 하지 않았다.

'대체 왜?!'

소니도르는 머리를 쥐어뜯으며 속으로 절규했다. 일이 순조롭게 풀려 가고 있다고 굳게 믿고 있었다. 조만간 전하께서 멀쩡히 세상을 볼 일도 머지않았다고 생각하고 있었는데, 병이 낫기는커녕 다시 잠들어 버리다니! 뭐 이런 황당한 경우가 다 있느냔 말이다. 게다가 그가 다시 잠든 이유를 전혀 모르겠다는 게 가장 큰 문제였다.

아니 대체 왜? 그녀는 같은 의문을 속으로 수십 번도 넘게 반복했다. 어째 꿈도 순조롭게 술술 잘 풀리고 오늘은 운수가 좋더라니!

소니도르는 악악 비명을 삼키다가 허둥거리는 것을 멈추고 다시 주변을 돌아보았다. 다행히 이 장면을 목격한 사용인은 아직 없었지만, 얼마 있지 않아 욕조에 물을 받으러 갔던 시녀가 저 멀리서 다가오는 것이 보였다. 그뿐만 아니라 오늘은 연회의 셋째 날이었다.

연회를 개최한 실질적인 주인공인 마르멜이 오늘, 내일 연회에 참석하지 않으면 다들 이상하게 생각할 게 분명했다. 게다가 만약 그가 잠에서 깨어나지 않는다는 걸 들키기라도 한다면, 가뜩이나 장인들이 황궁으로 초대된 상황에서 어떤 난리가 일어날지 상상하기조차 두려웠다.

"전하께서 아직 기침하지 않으셨습니까?"

"그……."

소니도르는 재빨리 머리를 굴렸다. 그리고 그동안 내공으로 쌓아 둔 연기력을 최대한으로 끌어 올려 능청스럽게 말했다. 당황으로 물들어 있던 그녀의 얼굴은 어느새 걱정을 가득 담고 있었다.

"전하께서 그간 피로가 쌓이셨던 모양입니다. 아마 몸살이나 감기 기운이 아닌가 싶은데 의원님, 아니 주치의를 불러 주시겠습니까?"

"세상에! 괜찮으세요? 얼른 폐하께 알려야……!"

"아, 아뇨. 일단 주치의를 통해 정확한 병명을 알아야 하잖아요. 그냥 피곤하신 걸 수도 있고."

시녀가 침대 쪽으로 황급히 달려오자 소니도르가 손사래를 치며 말했다. 마르멜이 시체처럼 미동도 없이 고운 숨만 내쉬고 있다는 걸 들키는 날에는 여러 의미로 끝장이었다. 게다가 황제를 부르라니. 실력이 확실하다기에 믿었건만 다시 부족민의 저주가 도진 거냐고 이번에야말로 네 죄를 묻겠다며 그녀의 목을 뎅강, 이곳에 모인 모든 장인의 목도 뎅강 할 게 뻔했다.

시녀는 그녀가 다가오지 못하게 하자 잠시 미심쩍은 얼굴을 했지만 일단 상황이 급박하다고 생각했는지 재빨리 의원을 부르기 위해 달려갔다. 후후후…… 미쳐 버리겠군.

소니도르는 전혀 웃을 상황이 아닌데도 시녀가 나가자마자 낮게 웃음을 터트렸다. 이 상황을 전혀 이해할 수 없었기 때문이었다. 잠시 천장을 올려다보며 피식거리며 웃다가 이내 얼굴을 손바닥으로 덮으며 울상을 지었다.

아니 전하, 제가 걱정할 것 하나도 없다면서요. 입만 살아 있는 사람은 되고 싶지 않다고 하지 않으셨어요? 그 말을 꺼낸 지 아직 하루도 채 되지 않았습니다만! 얼른 일어나세요! 다 죽게 생겼다고요, 지금!

그녀는 마르멜을 다시 흔들어 깨우다가 도리어 확인 사살을 당하고 망연자실하고 말았다.

'진정. 진정하자.'

뒤늦게 찾아온 근육통 때문에 온몸이 비명을 질러 댔지만 지금 그걸 신경 쓸 상황이 아니었다. 아무리 몸이 아파도 목이 잘리는 것만 할까. 소니도르는 대체 왜 그가 깨어나지 않는 건지 그 원인을 찬찬히 되짚어 보았다.

"……."

전혀 모르겠어! 누가 우유에 독이라도 탔나!

그녀가 머리를 쥐어뜯으며 괴로워할 때쯤, 하기스가 숨을 헐떡이며 문을 벌컥 열어젖혔다. 변태 의원에게서는 좀처럼 보기 힘든 당황하는 얼굴이었다. 저쪽도 일어나자마자 막 달려온 것인지 대충 차려입어 옷매무새가 엉망진창이었다.

저 느끼한 얼굴이 이렇게까지 반가웠던 적이 있었나. 소니도르는 얼굴에 단박에 화색을 띠며 그가 있는 곳까지 쪼르르 달려갔다가 뒤따라오는 시녀를 보고 다시 표정을 굳혔다.

하기스는 마르멜에게 성큼성큼 다가가 매우 진지한 얼굴로 진찰하는 시늉을 하더니 대충 병명을 둘러대었다.

"과로로 인한 감기몸살이군요."

그간 마르멜이 부린 꾀병으로 황태자의 몸이 약하다는 이미지가 강해졌기 때문이었을까, 시녀는 단박에 납득하며 폐하께 알려 드려야겠다고 다시 황급하게 달려 나갔다.

하기스는 소니도르가 그랬던 것처럼 허허 헛웃음을 터트리더니 의자에 기대앉아 고개를 뒤로 젖혔다.

"대체 이게 뭔 일이야."

"다 같이 요단 강 건너는 일요?"

"아가, 전혀 농담으로 안 들린다."

"아닌 거 알잖아요."

잠시 침묵이 온몸을 짓누르듯 무겁게 내려앉았다.

"황제 폐하를 속이는 건 불가능하다는 거 알지? 아마 곧 이쪽으로 오실 거야."

"그렇군요. 시한부 인생이라는 건 알았지만 제게 남은 시간이 고작 몇 분이라니."

소니도르는 참담한 표정으로 중얼거린 뒤에, 문득 생각이 난 건지 주변에 종이를 찾아 고개를 이리저리 돌렸다. 그리고 마르멜의 서재를 향해 발걸음을 옮기기 시작했다.

일단 유서를……. 하지만 하기스가 진정하라는 듯 뒷덜미를 붙잡는 바람에 휘청거리며 바닥에 주저앉고 말았다. 그녀는 반쯤 넋이 나간 얼굴로 인형처럼 입만 달싹였다.

"일어날 힘도 없어."

"일단 침착해. 차라리 폐하께서 먼저 알게 된 게 다행일 수도 있어. 다른 고위급 귀족이 이 사실을 알게 되면 정말 끝장이잖아. 적어도 모두의 목숨을 구할 탈출구는 있을 거야."

"탈출구……."

"대충 둘러댈 말이라도 생각해 내자."

하기스 본인도 막막했는지 한숨을 삼키며 말했다.

둘러댈 말. '왜 갑자기 잠드셨는지 전혀 짐작조차 할 수 없습니다.' 하고 말했다간 무조건 저승행일 테니 뭐라고 말을 해야 하긴 할 거다. 소니도르는 자신이 죽게 될 것도 괴로웠지만, 만약 다른 장인들까지 이 일에 끌어들이게 될 상황이 너무도 끔찍하여 얼른 머리를 굴렸다. 겨우 대학살만큼은 막았다고 기뻐했건만 일이 다시 이렇게 될 줄 누가 알았겠는가.

아무리 인간사 새옹지마라지만 이건 너무하잖아!

그녀는 머리가 지끈거리며 과열될 때까지 굴리다가 겨우 가설 하나를 생각해 낼 수 있었다.

"어쩌면 이거 나아 가는 과정일 수도 있어요."

"그게 사실인가."

"히익!"

그때 뒤에서 묵직하고 낮은 음성이 들려왔다. 누가 들어도 황제의 목소리였기 때문에 소니도르는 저도 모르게 기겁하는 소리를 내며 앉은 자리에서 펄쩍 뛰다가 다시 엉덩방아를 찧는 추태를 보이고 말았다.

바로 올 거라는 걸 미리 들어 알고는 있었지만 이건 빨라도 너무 빨랐다. 아직 마음의 준비도 채 끝내지 못했는데 적어도 숨 돌릴 틈은 줘야 하는 것 아닌가. 그녀는 찌잉 하고 울리는 꼬리뼈를 문지르며 눈물을 글썽였다. 그러자 어느새 그녀의 위로 커다란 그림자가 졌다.

소니도르는 마른 침을 삼키며 바닥에 고정했던 시선을 천천히 들어 올렸다.

"바닥에서 뭘 하는 건가."

카딘이 묻자 그녀는 입꼬리를 파들파들 떨면서 답했다.

"근육통 때문에 일어날 수가 없어서⋯⋯."

"쯧."

그는 가볍게 혀를 차면서 붙잡고 일어나라는 듯 소니도르에게 손을 내밀었다.

그러고 보니 전에도 이런 상황이 있었던 것 같은데. 기시감인가. 그녀는 크고 단단한 황제의 손을 붙잡고 일어나면서 떨떠름한 표정을 지었다. 잠시 그의 뒤쪽으로 시선을 두자 황제가 어딜 가든 대동하고 다니는 라이젤 가드가 굳건히 자리를 지키고 있었다. 하지만 이상하게도 그를 열심히 부르러 간 시녀의 모습은 보이지 않았다.

황태자 궁 소속이니까 다시 이곳으로 돌아와야 할 텐데.

'설마 내가 생각하는 그건 아니겠지.'

제발 아니기를 바라지만 목격했다는 이유로 설마 즉결 처분이라도 당한 건가. 아니 대체 그 시녀는 무슨 죄야. 남 일 같지가 않아서 황제에 대한 막연한 두려움은 배가되었다. 소니도르는 라이젤 가드의 무엄하다는 시선을 한 몸에 받고 나서야 뒤늦게 허리를 숙여 인사했다. 제국의 태양을 뵙습니다.

카딘은 그녀의 인사를 듣는 둥 마는 둥 손짓을 하면서 말했다.

"됐으니 넌 치료나 받고 아까 하던 말이나 계속해 봐라."

그 말을 들은 하기스가 눈치 빠르게 소니도르의 어깨에 손을 얹어 회복 주문을 영창했다. 카딘은 그런 의원을 못마땅하게 보았다. 남의 비위를 귀신같이 알아맞혀 최악의 상황에서도 요리조리 잘 빠져나가는 꼴이 좋게 보일 리가 없었다.

아직까진 쓸모가 많았기 때문에 일부러 살려 두고 있긴 했지만, 여전히 영 마음에 들지 않았다. 상대가 황제라도 모든 것을 다 알고 있다는 듯 약점을 파고들어 사람 머리 꼭대기에서 놀려고 하는 것도 그렇고. 그냥 죽일까.

황제가 의원의 생사를 두고 고민하는 사이, 소니도르는 순식간에 가벼워진 몸을 이리저리 움직이며 열심히 머리를 굴려 생각해 두었던 말을 꺼냈다.

"전에 전하께서 깨어나실 때는 내면의 치료는 전혀 이루어지지 않았어요."

"내면의 치료라면?"

"그러니까 근본적인 문제는 일단 덮어 두고 표면적인 문제만 해결했다고 볼 수 있습니다. 폐하의 명대로 일단 수단과 방

403

법을 가리지 않고 태자 전하를 깨우는 것에만 중점을 두었거든요. 여전히 내면은 그대로 곪아 있었던 거죠."

"부족민의 저주가 아니라?"

"이, 이번은 아닌 모양입니다."

그러고 보니 그런 핑계도 있었지. 그녀는 뒤늦게 자신의 실수를 깨닫고는 말을 더듬었다. 하지만 카딘은 그 부분은 아무래도 상관이 없었던 모양이었다. 그는 정말로 이해할 수 없다는 얼굴을 하고선 물었다.

"속이 곪아 있다니. 곪을 게 뭐가 있단 말인가."

"그간 상처받은 기억을 그냥 지웠거든요."

"지웠으니 된 것 아닌가."

"기억은 지운다고 사라지는 게 아니에요. 마치 흰 물감을 부은 것처럼 시간이 흐르면 굳어서 떨어지죠. 오랜 시간이 흐른 뒤 다시 기억의 파편을 발견하게 되면 오히려 기억을 지웠던 당시보다 더 상처가 될 수도 있어요."

황제는 잠시 대답이 없었다. 그리고 한참 뒤 미미하게 미간을 찌푸린 채로 물었다.

"뭐가 그리 상처가 됐다는 거지?"

"그러니까…… 모든 게요?"

"모든 것?"

소니도르는 꼬박꼬박 대답하다 말고 잠시 말을 멈춘 채로 그의 푸른 눈동자를 빤히 응시했다. 원래 황제와 눈을 마주치는 것조차 불경죄에 해당하는 것이었지만 도저히 그러지 않을 수가 없었다. 늘 공포의 대상이었던 황제가 처음으로 멍청해 보였기 때문이었다.

　찬찬히 그의 얼굴을 살피자, 그는 정말 아무것도 모른다는 눈빛을 하고서 마르멜이 가끔 짓곤 하는 순진무구한 표정으로 두 눈을 깜빡이고 있었다. 정말 끔찍할 정도로 괴리감이 느껴지는 모습에 그녀는 황급히 시선을 내리깔았다.

　진짜 몰라서 묻는 말이잖아!

　본인이 했던 모든 말, 행동이 상처가 되었다는 걸 진심으로 몰랐다는 걸까. 그러니까 그렇게 배려 없는 행동을 반복했던 거고? 아니, 무슨……. 모르는 척하는 거겠지, 설마.

　너무 황당해서 말이 잘 나오지도 않았다. 소니도르는 대체 무슨 말을 꺼내야 할지 고민하며 입술을 달싹이다가 결국 말하는 것을 포기하고 잠시 의원에게 열렬한 눈빛을 보냈다.

　폐하께서 공감 능력이 심각하게 떨어지시는 것 같습니다만.

　대체 뭐라고 해야 하느냐고 살려 달라는 시선을 던지는 그녀에게, 하기스는 일단 모르는 척을 하라는 듯 계속 고개를 저어 보였다. 제 일이 아니라고 뒤로 쏙 빠져서 입을 꾹 다물고 있는 모습이 아주 얄밉기 그지없었다.

　“……사람마다 상처가 되는 기준은 다르니까요.”

　기준이 가장 다른 건 카딘이었지만 일단 소니도르는 그렇게 둘러대고 말았다.

　“아무튼, 쉽게 설명해 드리자면 모든 것을 바로잡기 위해 일단 한 번 뒤집어엎는 과정이라고 할 수 있죠. 이 과정을 거치면 다시는 영원한 잠에 빠져드는 일이 없으실 거예요.”

　방금 지어낸 가설이긴 했지만, 완전히 가능성이 없는 이야기는 아니었다. 게다가 모두를 살리기 위해서는 이 가설을 사실로 만들어야만 했다. 이제부터 이게 사실인 거다.

그녀가 자신의 연기력을 모두 끌어모아 확신에 찬 어투로 자신만만하게 말하자, 카딘이 하기스를 보는 시선으로 그녀를 보았다. 입만 산 사기꾼을 보는 눈빛이었다. 왠지 억울해진 소니도르는 울상을 지으며 속으로 다시 자신의 신세를 한탄했다.

"왜 하필 지금인지 모르겠군."

그건 저도요. 그녀는 소리 없이 동의했다. 하필 영향력 있는 인물들이 한자리에 모인 연회 도중인 데다가, 늘 차별받고 핍박받던 장인들도 연회에 초대받은 상태였다.

이 일이 밝혀지면 장인들은 아무런 잘못도 없는데도 늘 그래 왔던 것처럼 동네북 꼴을 면치 못할 것이다. 어쩌면 최초로 황궁으로 초대된 장인들의 명단이, 황궁까지 끌려가 처분당한 장인들의 명부가 될 수도 있었다.

게다가 그중에는 불의를 참지 못하는 불과 같은 성격의 혁명군 수장 지오르지오가 있었다.

최악의 시나리오였다. 그러면 억울한 일을 당한 순간 미쳐 날뛸 게 뻔했다. 소니도르가 역시 유서를 적는 쪽으로 결심을 굳힐 때쯤 카딘이 입을 열었다.

"언제 깨울 수 있는 거지."

"그건 저도 장담을 드릴 수가 없습니다."

"어제까지 멀쩡했는데 갑자기 아프다는 핑계로 이틀이나 연회를 빠지면 의심을 살 수밖에 없어. 게다가 그렇게 공개적으로 잔병치레를 앓고 있다는 사실이 알려지면 연회가 끝난 후에도 계속 관심을 받게 될 거다. 연회가 끝나기 전에 깨울 수 있는 게 아니라면 대역밖에 방법이 없군."

"하지만…… 연기 장인은 이미 대외적으로 모습을 보였으니 대역으로 세울 수 없어요."

"네 조수가 있지 않나."

"가만히 누워 있는 환자 역할이 아니라면 그만두시는 게 좋을 것 같습니다."

테리의 연기 실력을 떠올린 그녀가 정색하며 답했다. 자칫 잘못해서 들키게 되면 오히려 전보다 상황이 복잡하게 꼬일 수 있었다. 황제도 그것을 모르는 바가 아닌지라 골치 아프다는 표정을 한 채로 잠시 고민에 빠졌다. 그리고 그때 카딘과 소니도르, 두 사람의 머릿속에서 비슷한 생각이 스쳐 지나갔다.

연기 장인은 아니지만, 그 못지않게 능글거리고 사람의 비위를 맞추는 데 특출한 재능이 있는 사람. 물론 사기꾼 못지않은 말재간에, 그동안 황제도 깜빡 속일 만큼의 연기 실력을 갖추고 있는 이가 바로 여기 있지 않은가. 게다가 그동안 한 번도 연회에 참석하지 않았고 말이다. 그들의 시선이 동시에 하기스에게로 향했다.

"……."

"……."

"왜, 왜 절 그런 눈으로……."

당황한 의원에게 소니도르가 재빠르게 다가가 이리저리 둘러보기 시작했다. 하기스라니. 변태 의원이라니. 세상에서 가장 못 미덥긴 했지만 테리에 비하면 아주 훌륭한 연기자였다.

게다가 지금까지 누구보다 가까이 마르멜을 곁에서 지켜봐 왔고 말이다. 그녀는 탐탁지 않은 시선을 그에게 던지다가 마지못해 어깨를 툭툭 두들겨 주었다.

눈치만 쓸데없이 빠른 하기스는 그 의미를 단박에 알아차리고 웃음기 어린 목소리로 '농담이지?' 하고 물었다. 하하. 소니도르도 그를 따라 웃으며 작게 귓가에 속삭였다.

"저도 이게 농담이었으면 좋겠습니다만."

"다른 방법이 있지 않을까."

그가 어울리지도 않게 아련한 목소리로 중얼거리자 그 모습을 지켜보던 황제는 느릿하게 입매를 비틀며 생각했다. 다른 방법이라면 있었다. 마르멜이 제시한 제안을 완전히 뒤엎어 버리는 방법 말이다. 그는 장인들이 얼마나 쓸 만한 패인지, 차라리 이 기회에 늘 골치를 썩이던 그들을 단번에 쓸어버릴지 저울질을 하는 중이었다. 제 것 하나 지키지 못하고 또 나약하게 쓰러진 놈이 잘못이지.

황제의 싸늘하게 굳은 벽안이 이채를 띠는 것과 동시에 그가 입술을 달싹였다.

영상구에서 흘러나오는 첼로와 플루트의 선율이 방안을 가득 메웠다. 물속에 잠겨 듣는 듯 느릿하고 애상적인 멜로디를 가볍게 흥얼거리며 중년의 사내는 찻잔을 들며 희미하게 미소 지었다. 마치 과거의 추억에 잠긴 듯 그의 시선은 아득히 먼 곳을 바라보고 있었다.

"……."

그의 맞은편에는 긴 금발을 하나로 틀어 올린 꽃처럼 아름다운 외모의 여인이 앉아 있었다.

그 찬란한 외모는 태양에 빗대어도 손색이 없을 정도로 반짝 빛났지만, 어쩐지 그녀는 잔뜩 긴장한 얼굴로 치맛자락을 그러쥐고 있었다. 두 사람 사이에 묘한 긴장감이 맴돌았다.

같은 공간, 손을 뻗으면 맞닿을 거리에서 보이지 않는 거리감이 그들 사이를 가로막고 있었다. 그것은 여인, 이사벨라가 아무리 노력해도 전혀 좁혀질 기미를 보이지 않는, 절대 무너지지 않는 벽이었다.

"음색이 좋지 않으냐. 프라타나가 직접 날 위해 작곡한 교향곡이다."

그때 눈을 감은 채 곡의 도입부를 감상하던 앤더슨 공작이 먼저 여인에게 말을 걸었다.

그녀는 화들짝 놀라 황송하다는 듯 고개를 푹 숙이면서 더듬더듬 입을 열었다.

"물론입니다. 누가 들어도 아버지를 위한 곡이 아니겠습니까."

"하하, 네가 듣기에도 그러하냐."

기분이 좋은 듯 공작은 차의 향기를 음미하며 드물게 부드러운 음색으로 말했다.

"새로운 아침을 위한 교향곡이라더군."

프나타나라면 제국에서 '천상의 예술가'라고 불리는 저명한 작곡가이자 동시에 지휘자였다. 매번 열리는 마제른의 봄 연회에 초대받은 그는 뼛속까지 제국주의자이자 귀족파이며 앤더슨 공작의 아주 열렬한 지지자였다.

그동안 물밑에서 숨죽여 살아왔던 세월을 반영하는 듯한 애달픈 선율은 팀파니 소리와 함께 어느새 새로운 세계를 갈망하듯 더욱 힘차고 격정적으로 바뀌고 있었다.

그때 소리 없이 등장한 한 남자가 공작을 향해 부복하며 말했다.

"꼬리가 잘렸습니다."

앤더슨 공작은 이미 예상했다는 듯 찻잔에 든 찻물을 단번에 들이켜며 물었다.

"생각했던 것보다 빠르군. 생사는 제대로 확인했나."

"예. 그 자리에서 즉사했습니다."

공작의 앞으로 나선 남자가 테이블 위에 까맣게 변색된 보석을 내려놓았다. 사람의 몸에 심어 놓고, 그 사람의 신변에 위험이 생기면 곧바로 이변을 알리는 기능의 보석이었다. 어떤 증상을 보이는지에 따라 색이 달라지지만, 까맣게 변했다는 건 곧 더 이상 심장이 뛰지 않는다는 의미였다.

"하필 연회 도중이라……."

앤더슨 공작은 일이 재미있게 돌아간다는 듯 더욱 짙어진 미소를 지으며 말했다.

"심약하신 태자 전하께서 한 짓일 리 없으니 이번에도 폐하께서 직접 나서신 모양이군."

이쪽에서 아직 아무런 움직임을 보이지도 않았는데 알아서 미끼를 덥석 물었다. 저번에도 그렇고 갑자기 시녀의 목을 쳐낸 것에는 분명 이유가 있을 것이다. 만약 이번에도 갑자기 황태자의 병세가 위독해진다거나, 악화된다거나, 조잡하기 짝이 없는 대역을 세운다면 일은 걷잡을 수 없이 공작에게 유리한 방향으로 흘러갈 게 틀림없었다.

왠지 웃음을 참을 수 없어진 그는 낮게 웃음을 터트리며 이사벨라를 지그시 응시했다.

어린 나이에 벌써 정계의 중심에 들어선 아들에 비하면 영 쓸모없다고 생각했는데. 부인을 닮아 쓸 만한 거라고는 예쁘장한 외모밖에 없는 줄 알았더니 화려하게 장식된 인형인 것 외에도 꽤 쓰임새가 있는 모양이었다.

황태자가 대역인 것을 단박에 알아보는 눈썰미와 초대된 장인 중 그들에게 도움이 될 인물을 누구보다 빠르게 물색할 줄 아는 판단력. 비록 파혼할 위기에 처했으며, 제 감정을 추스르지 못한 채 이리저리 흔들리는 점만 빼면 꽤 쓸 만한 패가 아닌가.

"아버지, 부디 제가 아버지를 도울 수 있게 해 주세요."

그리고 보답 없는 애정을 갈구하며 충직한 개가 되길 자처하는 미련함까지.

공작은 부드러운 손길로 딸의 손을 맞잡으며 자애로운 얼굴을 해 보였다.

마치 세차게 흐르는 폭포와도 같이 강렬한 이 선율처럼. 부족민의 불길한 저주로 물든 썩어 빠진 황족들을 몰아내고 새로운 물길, 새로운 아침이 열릴 것이다.

장인들이라니요. 전하께선 썩어 빠진 동아줄을 잘못 붙드셨습니다. 차라리 제게 손을 내미시지. 그 약해 빠진 몸으로 절붙들 힘이나 있으실지 모르겠습니다만.

앤더슨 공작은 속으로 마르멜을 조롱하며 극으로 치닫는 소용돌이 같은 선율을 따라 콧노래를 흥얼거렸다.